PHILIP TEIR

WINTERKRIEG

FINNLAND. COOL.
FRANKFURTER BUCHMESSE.
EHRENGAST 2014.

PHILIP TEIR

WINTERKRIEG

Roman

Aus dem Finnlandschwedischen
von Thorsten Alms

Karl Blessing Verlag

Originaltitel: *Vinterkriget*
Originalverlag: Schildts & Söderströms

MIX
Papier aus verantwortungsvollen Quellen
FSC® C014496

Verlagsgruppe Random House FSC® N001967
Das für dieses Buch verwendete
FSC®-zertifizierte Papier *Munken Premium*
liefert Arctic Paper Munkedals AB, Schweden.

1. Auflage

Umschlaggestaltung: Geviert, Christian Otto,
unter Verwendung einer Fotografie
von © gettyimages, Chris Stein
Satz: Leingärtner, Nabburg
Druck und Einband: GGP Media GmbH, Pößneck
Printed in Germany
ISBN: 978-3-89667-534-7

www.blessing-verlag.de

»Und gleichwohl sind diese Kleinigkeiten
nicht bedeutungslos im Leben,
denn das Leben besteht aus Kleinigkeiten.«

August Strindberg, *Heiraten*

November – Dezember

I

Den Hamster der Enkelkinder einzufrieren war der erste Fehler gewesen, den Max und Katriina in diesem Winter begangen hatten – bis zu ihrer Trennung sollten noch viele folgen.

Es war ein Unfall. Max war auf den Hamster getreten. Er spürte, wie sich etwas Weiches unter seiner Fußsohle bewegte, und hörte ein eigenartiges, furchtbares Piepsen, aber da war es schon zu spät. Blixten war nur ein halbes Jahr alt geworden, und jetzt wurde er in eine Tüte gepackt und ganz weit hinten im Tiefkühlfach verstaut.

Für ihre älteste Tochter Helen war das Grund genug, um in den folgenden zwei Wochen nicht mehr mit ihnen zu reden, aber als Max später darüber nachdachte, fragte er sich, ob die Probleme im Grunde nicht schon im November angefangen hatten.

Es war ein milder Herbst. Die Töölöbucht seufzte unter dem feuchten Novembernebel, während Jogger an ihr entlangkeuchten. An einem Freitag am Ende des Monats waren Max und Katriina bei den Keskinens zum Abendessen eingeladen. Katriina mischte sich schnell unter die Gäste, während Max – wie er befürchtet hatte – neben der Chefin seiner Frau platziert wurde.

Wivan Winckelmann war eine kleine Frau von sechzig Jahren und besaß eine grässliche Stimme, allein dafür geschaffen,

Max' Nerven ausfindig zu machen und zu traktieren. Sie arbeitete in leitender Funktion für die HUS, die für die medizinische Versorgung in der gesamten Region Helsinki zuständig war, und besaß damit einen enormen Einfluss auf den ganzen öffentlichen Sektor. Verheiratet war sie mit einem glatzköpfigen Kaninchengesicht namens Pertti. Er schien sich stets etwa einen Meter hinter ihr zu verbergen, als hätte er in Wivan einen effektiven Schutzschild gegen eine bösartige und anspruchsvolle Welt gefunden.

Die Keskinens wohnten in einem der neueren Viertel von Vuosaari, in einer Wohnung, die aussah, als käme sie aus einem modernen finnischen Film: klinisch, weiß und steril. Eine Wohnung, in der sich, so stellte sich Max vor, ein Serienmörder wohlfühlen würde. Früher hatten sie in einem alten Jugendstilhaus an der Fredrikinkatu gewohnt. Die Keskinens hatten Max besser gefallen, als sie noch in der alten Wohnung gelebt hatten. Es war eine dieser Wohnungen, die man während der Wirtschaftskrise in den Neunzigerjahren günstig kaufen konnte. Risto war – genau wie Max – gut durch die Krise gekommen. Sie arbeiteten beide in Berufen, die von den schlechten Zeiten kaum in Mitleidenschaft gezogen worden waren. Ganz im Gegenteil: Als der ganze Rest von Finnland in wirtschaftlicher Depression und Massenarbeitslosigkeit versank, waren sowohl Max als auch Risto in ihrem jeweiligen Metier sehr erfolgreich. Die Krise schien die Nachfrage nach gesellschaftlichen Analysen, die Max' Spezialgebiet innerhalb der Soziologie darstellten, zu fördern. Risto wiederum, der als Psychiater arbeitete, wurden im Kielwasser der Konjunkturschwäche etliche Patienten zugespült, die schwer an Scheidungen oder persönlichen Tragödien zu tragen hatten.

Max tauschte Wangenküsse mit Tuula Keskinen, die anschließend bei Katriina untergehakt und mit einem Gin Tonic in der Hand in der Wohnung verschwand.

Katriina und Max hatten während der ganzen Taxifahrt kein Wort gewechselt. Max hatte aus dem Autofenster geschaut und es genossen, in Bewegung zu sein, das sanfte Gleiten des Wagens über die Sturenkatu, während der Regen wie glänzendes Konfetti herabfiel. Es hatte die ganze Woche geregnet, ein milder und angenehmer Regen, der die Baumstämme tiefschwarz färbte und bewirkte, dass man an den Wangen ständig fror.

In diesem Jahr war die Dunkelheit ganz plötzlich gekommen. Max hatte den ganzen Herbst an einem Manuskript gearbeitet, mit einem Abgabetermin im März, der beunruhigend schnell näher rückte, und jedes Mal, wenn er nachmittags aus dem Fenster seines Arbeitszimmers schaute, wunderte er sich, dass die Tage so kurz geworden waren.

Ihre jüngste Tochter, Eva, war in diesem Herbst nach London gezogen, und Katriina versank in einer, wie sie selbst es nannte, »Depression«, was für Max eher die egozentrische Reaktion auf den Umstand war, dass Kinder irgendwann einmal erwachsen werden. Indem sie diese Entwicklung als Diagnose ihres persönlichen Zustandes interpretierte, konnte Katriina sie für ihre eigenen, dramatischen Zwecke nutzen.

Als sie Eva im August zum Flughafen gefahren hatten, erklärte Katriina in aller Breite – wie sie es immer tat –, was Eva nach ihrem Jahr in London alles tun sollte, wie sie ihren Lebenslauf zu planen hatte und wie viel Geld sie jeden Monat zurücklegen sollte, wenn sie erst einen Job ergattert hätte. Sie schlug gleichzeitig – als Alternative – vor, dass Eva ihr abgebrochenes Studium in Helsinki wieder aufnehmen und vielleicht sogar ihren Master machen könnte.

»Weißt du was, Mama, ich kann das alles echt nicht mehr hören. Nicht alle Menschen planen ihr Leben bis ins letzte Detail voraus«, sagte Eva vom Rücksitz aus, wo sie auf ihrem Telefon herumtippte. Sie hatte den ganzen Sommer bei ihnen gewohnt, weil sie ihre Wohnung gekündigt hatte, als sie von der Schule angenommen worden war. Alles nur, um Geld zu sparen, wie sie behauptete. Einen Ferienjob hatte sie sich allerdings nicht besorgt. Sie war neunundzwanzig Jahre alt und hatte den Sommer damit verbracht, auf dem Balkon in der Sonne zu liegen und Wein zu trinken.

»Nein, nein. Ich wollte damit nur sagen, dass es gut wäre, wenn du einen Plan hättest.«

»Ich habe doch einen Plan. Ich werde Kunst studieren. Ich werde mich hoffentlich mit unzähligen attraktiven Briten verabreden. Für mich ist das genug. Weißt du überhaupt, wie schwer es ist, in diesen Studiengang hineinzukommen?«

»Doch, doch, wir sind unheimlich stolz auf dich.«

Max hatte versucht, sich herauszuhalten. Er war tatsächlich unheimlich stolz auf Eva. Katriina und Eva stritten sich manchmal über Dinge, die Max nicht einmal ansatzweise nachvollziehen konnte, und er nahm an, dass es damit zu tun hatte, wie ähnlich die beiden einander waren. Sie schienen beide das Gefühl zu haben, dass ihnen die Welt gehörte. Dass Eva diese Einstellung von Katriina geerbt hatte, war offensichtlich, aber woher sie bei Katriina kam, konnte er sich nicht erklären. Sie war eines dieser Persönlichkeitsmerkmale, die man in der Theorie leicht bewundern konnte, die aber das Leben in der Praxis nicht einfacher machten. Seit er Katriina kannte, hatte sie nie gezögert, wenn sie etwas unbedingt haben wollte.

Heute Abend hatte er zu verstehen gegeben, dass Katriina Eva vielleicht nicht *jede* Woche anrufen, sondern sie ihr eigenes Leben in London leben lassen sollte. Das hatte dazu geführt, dass Katriina ihn anblaffte, weil er zwei Stunden vor dem Abendessen bei Risto und Tuula noch Tennis spielen wollte. Er entgegnete, dass sie nicht so viel Wein auf nüchternen Magen trinken solle, woraufhin sie konterte, dass er vielleicht mehr Zeit mit ihr verbringen könnte, dann bräuchte sie nicht zu trinken.

So ging es weiter, bis Max die Tür hinter sich zuschlug und in den Regen hinausging, um sich auf den Weg zur Tennishalle zu machen. Er spielte wie ein Holzklotz, grob und gereizt, und als er zu Hause in die Diele trat, war seine Laune noch schlechter als vorher. Am Ende hatten sie trotz allem ein Taxi zu den Keskinens genommen, ohne auf der Fahrt auch nur ein Wort miteinander zu wechseln.

Max besaß keinen Führerschein. Als sie sich vor dreißig Jahren kennengelernt hatten, war Katriina begeistert gewesen von seiner Verweigerungshaltung gegenüber dem Individualverkehr. Jetzt verachtete sie ihn aus demselben Grund. Sie behauptete, dass diese Haltung während all der Jahre eher mit Faulheit und Geiz zu tun gehabt habe als mit Umweltschutz.

Sie kamen zwanzig Minuten zu spät und wurden gleich aufgefordert, am Esstisch Platz zu nehmen. Max setzte sich und stellte fest, dass er die Mehrzahl der Gäste zumindest vom Sehen kannte: Wivan und Pertti, Tuula und Risto – Risto begrüßte ihn mit einem Nicken, während er um den Tisch ging und jedem einen Schnaps einschenkte –, einige Arbeitskollegen und -kolleginnen von Katriina in Begleitung ihrer Männer oder Frauen.

Am Tisch saß auch ein chinesisches Paar, das sie einige Male selbst schon zum Abendessen eingeladen hatten. Der

Mann hieß John, und Max hatte ihn als schweigsamen, aber sympathischen Experten für internationales Handelsrecht in Erinnerung. Ganz hinten, am anderen Ende des Tisches, saßen Stefan und Gun-Maj, ein finnlandschwedisches Paar, das sein gesamtes Hab und Gut verkauft hatte, als es in Pension gegangen war. Inzwischen reisten sie durch Ostasien und organisierten teure Meditationskurse für Paare mittleren Alters, die aus den Mühlen des Alltags ausbrechen wollten. Stefan war stets gleichmäßig gebräunt und hatte sich neuerdings ein albernes Ziegenbärtchen wachsen lassen.

Max begrüßte seine Tischnachbarn. Wivan verwickelte ihn sofort in ein Gespräch.

»Ich habe das Interview mit dir in der letzten Nummer von *Anna* gesehen. Gestern habe ich noch zu Pertti gesagt: Guck mal, das ist doch Max! Stimmt doch?«

Pertti saß ein paar Stühle weiter und nickt; allem Anschein nach nicht, weil er seiner Frau zugehört hatte, sondern weil er darauf konditioniert war, ihr in jeder Situation beizupflichten. Wivan wandte sich erneut Max zu und reichte ihm ein Tablett mit Roter Bete. Ihr Armband klingelte gegen das Silbergeschirr.

»Du meinst bestimmt meinen Kollegen«, sagte Max.

»Nein, dort stand, dass es sich um einen Soziologen von der Universität Helsinki handelte. Bei euch arbeiten doch nicht mehrere Soziologen, die Max Paul heißen?«

Er reichte das Tablett weiter.

»Doch, lustigerweise gibt es tatsächlich zwei an unserem Institut, und wir werden oft miteinander verwechselt.«

Wivan verschlug es für ein paar Sekunden die Sprache, bevor sie nervös zu lachen begann. Max sah zu Katriina hinüber, aber sie schaute woandershin. Sie hatte offensichtlich beschlossen, ihn für den Rest des Abends zu ignorieren. Er schaute auf ihr Weinglas und bemerkte, dass es schon halb geleert war, obwohl Risto gerade erst eingeschenkt hatte.

»Nein, das ist mein voller Ernst. Das war ich nicht«, sagte er wieder an Wivan gewandt.

Wivan hörte auf zu lachen und betrachtete ihn verwirrt. In gewisser Weise meinte es Max tatsächlich so, wie er es gesagt hatte: Bei der Person, die von *Anna* interviewt worden war, handelte es sich um eine Art Medienpersönlichkeit, die er zu solchen Anlässen hervorholte, wenn beispielsweise eine Frauenzeitschrift anrief und einen oder zwei kurze Oneliner haben wollte. Meistens ging es um Familien oder um Sex, Themen, über die Max zwar auch gelegentlich geforscht hatte, die aber keineswegs seine Schwerpunkte darstellten. Aber je mehr dieser Interviews er führte, desto mehr Journalisten riefen an und wollten mit dem »Sexprofessor« reden.

Max hatte sich zwar geschworen, nie wieder auf diese Art von Fragen zu antworten, weil sich in Finnland langsam eine Vorstellung von der Soziologie als Sexwissenschaft breitzumachen begann, aber er war einfach zu faul und zu höflich, um Nein zu sagen; es fiel ihm leichter, eine kurze Antwort zu geben als gar keine. Dieses Mal war das Interview von einer jungen Frau um die fünfundzwanzig geführt worden, die ihn im Institut angerufen hatte, als er gerade vor dem Internetauftritt der *Helsingin Sanomat* saß und einen Beitrag für ein Diskussionsforum schrieb.

Zuerst stellte sie sich vor – Max bekam ihren Namen gar nicht richtig mit – und erklärte, dass sie im Auftrag der Zeitschrift *Anna* anrufe.

»Ich schreibe gerade einen Artikel über das Hausfrauenideal von heute. Könnten Sie sich vielleicht vorstellen, ein paar Fragen zu dem Thema zu beantworten?«

»Nur zu«, erwiderte Max, während er sich weiterhin auf sein Diskussionsforum konzentrierte. Damit hatte er sich zuletzt immer ausgiebiger beschäftigt. Es gab einige User, die häufig in denselben Diskussionen auftauchten wie Max. Mittlerweile diskutierten sie schon seit vielen Monaten heftig über alle möglichen Themen, angefangen vom Islam bis zum U-Bahn-Ausbau der Stadt Helsinki Richtung Westen. Max wusste, dass er sich auf solche Debatten im Internet gar nicht einlassen sollte. Die unmittelbare Befriedigung angesichts der Zerschlagung eines gegnerischen Arguments wurde sofort dadurch verdorben, dass der Streit doch niemals endete und es immer wieder neue Teilnehmer gab, die vom Thema ablenkten oder bewusst provozierten. Es war wie der Versuch, an einem Spielautomaten Geld zu gewinnen, man tat einen Schritt vorwärts und zwei wieder zurück. Und es machte genauso süchtig. Manchmal saß er nachts um zwei noch zu Hause und nahm an Diskussionen über die biologischen Unterschiede zwischen Männern und Frauen teil, um eine wissenschaftliche Perspektive einzubringen, obwohl er ganz genau wusste, dass es sich bei den anderen Teilnehmern um pubertierende Jugendliche handeln konnte.

Die Frau am Telefon begann ihre Fragen zu stellen.

»Ja, zunächst einmal ... von verschiedener Seite wird ja behauptet, dass wir gerade einen neokonservativen Trend erleben, dass Frauen, die in den Achtzigerjahren geboren wurden, sich die traditionellen Ideale der Fünfzigerjahre zu eigen machen. Fernsehserien wie *Mad Men* seien ein Beispiel dafür. Was sagen Sie dazu?«

Das Hausfrauenideal? Das war ein Kinderspiel. Max brauchte nicht lange zu überlegen.

»Das ist schwer zu sagen ohne statistische Grundlage.

Wenn man sich die letzten zehn Jahre anschaut, sprechen die Zahlen eine andere Sprache. Die Leute heiraten später, und immer mehr Paare leben ohne Trauschein zusammen. Außerdem machen Frauen Karriere und sind nicht länger an den Herd gefesselt.«

»Und trotzdem ist da die Rede von diesem Trend …«

»Natürlich kann man behaupten, dass es einen Trend gibt, aber das bedeutet nicht, dass er sich auch in der Statistik abzeichnet.«

Er schloss seinen Browser.

»Ja, aber in meinem Artikel geht es nun einmal um das neue Hausfrauenideal. Könnten Sie darüber etwas sagen? Ich meine, wir erleben im Augenblick ja ein riesiges Interesse am Kochen. Nur zum Beispiel. Was glauben Sie, woran liegt das?«

»Die Leute müssen essen.«

Die Frau am Telefon lachte höflich.

»Klar, aber könnten Sie nicht etwas zu diesen Trends sagen? Ich meine, warum Frauen heutzutage mehr Zeit zu Hause verbringen und früher Kinder bekommen wollen?«

Diesen Trend hatte Max tatsächlich aus nächster Nähe beobachten können. Seine ältere Tochter Helen hatte früh geheiratet und Kinder bekommen – ihm war das fast wie eine Rebellion gegen die Generation ihrer Eltern vorgekommen. Aber Eva schien nicht den Plan zu verfolgen, in die Fußstapfen ihrer Schwester zu treten.

»Wollen sie das wirklich?«, fragte Max.

»Also … ich habe die Zahlen jetzt nicht vor mir liegen, aber zurzeit wird ja viel über dieses neue Hausfrauenideal geredet … immer mehr Medien berichten darüber, und dann gibt es diese vielen neuen Zeitschriften, die sich direkt an junge Mütter richten …«

Max war nicht dumm. Er wusste, wie solche Artikel zustande kamen: Man brauchte nur ein paar fantasieanregende Behauptungen und – das war das Allerwichtigste – einen sogenannten *Case,* einen Interviewpartner, der die These bekräftigen konnte, die der Verfasser verkaufen wollte. Im besten Fall brachte man noch einen mediengeilen Wissenschaftler wie Max dazu, die Hypothese zu bestätigen. Er dachte darüber nach, sie auflaufen zu lassen, aber dann beschloss er, ihr zu geben, was sie wollte. Er lehnte sich in seinem Stuhl zurück und sprach langsam, damit sie alles notieren konnte.

»Okay, wenn man die Ehe aus rein historischer Perspektive betrachtet, dann war sie schon immer konjunkturgebunden. Für lange Zeit war man davon ausgegangen, dass sich die Getreidepreise proportional zur Anzahl der Eheschließungen verhielten. Im achtzehnten Jahrhundert galt das beinahe als statistisches Axiom. Haben Sie das?«

»Mhm«, antwortete sie. Er konnte hören, wie sie auf der Computertastatur klapperte.

»Wenn die Kaufkraft niedrig ist, heiraten weniger Menschen. Bei uns im Westen haben wir heute einen extrem hohen Lebensstandard – man braucht mittlerweile also nicht mehr zu heiraten, um seine Versorgung zu sichern. Und diese Veränderung betrifft vor allem die Frauen. Die Ehe ist allerdings eine uralte Tradition, die Menschen haben schon immer in irgendeiner Form geheiratet, in allen Kulturen. Sie ist eine zählebige Institution. Heute heiraten die jungen Leute vielleicht, weil es ein Teil ihres Identitätsprojekts ist. Vielleicht geht es dabei nicht mehr um Sicherheit, sondern die Ehe wird zu einer Art Rollenspiel, zu einem Ritus des Erwachsenwerdens, den man in einer Zeit braucht, in der die Jugend zum absurden Dauerzustand geworden ist. Oder, wie

Sie es ausdrücken, zu einem Trend. Als ich jung war, in den Siebzigerjahren, da wollten wir aus den Konventionen ausbrechen, für uns war die Ehe ein vorsintflutliches Relikt. Unsere Eltern repräsentierten die alten patriarchalen Muster, und wir wollten die Gleichberechtigung. Also, um Ihre Frage zu beantworten: Der starke Trend besteht wohl darin, dass die Ehe ihr Gewicht als gesellschaftliche Institution immer mehr verliert. Sich scheiden zu lassen war niemals leichter als heute. Vielleicht fällt es deshalb auch leichter zu heiraten.«

Wenn er erst einmal angefangen hatte zu sprechen, wusste Max nie so genau, wie er enden würde, aber diese aus dem Stegreif improvisierte Theorie fand er plausibel.

Als der Text veröffentlicht wurde, war seine Antwort auf zwei Sätze zusammengekürzt worden. Außerdem hatte ihm die Journalistin Worte in den Mund gelegt. Der Text lautete so:

Der Soziologe Max Paul, Experte für Sexualwissenschaft, findet ebenfalls, dass das frühe Heiraten gerade einen Boom erlebt:

»Die Ehe ist ein Teil unserer Natur, sie kommt in allen Kulturen vor. Mit einer Heirat setzen die jungen Leute ein Zeichen dafür, dass sie erwachsen sind, und noch nie war das Heiraten so einfach wie heute.«

Wivan Winckelmann wartete immer noch darauf, dass Max ihr die Namensverwirrungen an seinem Institut ausführlicher erklärte. Er wollte gerade dazu ansetzen, als er vom anderen Ende des Tisches ein Räuspern vernahm. Risto wollte ein Trinklied singen. Er war ein notorischer Schnapstrinker, groß und kräftig gebaut und mit einem grauen Haarkranz, und er konnte während eines einzigen Abendessens mehr als zehnmal anstoßen, ohne davon betrunken zu werden. Er schien den Klang seiner eigenen Stimme zu lieben. Max überlegte, ob dies nicht ein allgemeines Kennzeichen für Psychiater sei: Weil sie während der ganzen Woche gezwungen waren, stumm dazusitzen und zuzuhören, wurden sie am Wochenende geradezu zu Entertainern.

Die Stimmung begann allmählich zu steigen, und es wurde lauter in der Runde. Alle lachten über eine längere Geschichte, die Stefan am anderen Ende des Tisches zum Besten gab, aber weil an Max' Ende nichts davon ankam, forderte Wivan ihren linken Tischnachbarn immer wieder dazu auf, Stefans Äußerungen zu wiederholen. Ganz offensichtlich überlebten die Pointen die wenigen Meter von Stefan bis Wivan nicht; sie sah immer verwirrter aus, je länger die Geschichte dauerte. Max schaute zu Katriina hinüber; sie hatte ihre Aufmerksamkeit auf Stefan gerichtet, aber er erkannte diesen Ausdruck in ihren Augen, den sie um diese Zeit des Abends häufig bekam und der bedeutete, dass sie eigentlich nicht zuhörte.

Als das Essen vorbei war, gingen Katriina und Tuula zum Rauchen auf den Balkon. Es regnete immer noch. Max stellte sich in eine Ecke des Wohnzimmers und schaute auf die Uhr. Sie würden bald nach Hause fahren, dachte er. Sobald Katriina hereinkam, würde er sie bitten, ihre Sachen zu holen.

Bis dahin konnte er nichts anderes machen, als in einer Ecke zu stehen und so zu tun, als fühlte er sich wohl. Die Leute hatten sich in der Wohnung verteilt, ein paar waren am Tisch sitzen geblieben, einige saßen auf dem Sofa.

Max blätterte in einem Buch, als plötzlich Stefan auftauchte. Er gehörte schon lange zu ihrem Bekanntenkreis, hatte Ende der Siebzigerjahre als Journalist gearbeitet und war viel in der Welt herumgekommen. Er war auf Antikernkraftkonferenzen in Japan und Genf gewesen, über die er für die *Fredsposten* oder *Ny Tid* geschrieben hatte – Artikel, die Max nie las –, und hatte sich Anfang der Achtzigerjahre gegen den NATO-Doppelbeschluss engagiert. Mittlerweile redete er am liebsten über die kleinen Inseln, die er in Südostasien besuchte. Sie trugen Namen wie Koh Phangan oder Pulau Pinang, und Max hatte noch nicht einmal die höfliche Frage nach seinem Befinden beantwortet, als Stefan schon tief in einem Monolog über Yoga versunken war.

»Das ist mehr als Yoga, verstehst du, es geht um die Art und Weise, wie man das Leben betrachtet. Ich meine, ich habe mich ja immer engagiert, wenn es um moralische Fragen ging, genau wie du, aber letzten Endes – sobald ich gelernt hatte, wie man richtig atmet, habe ich eingesehen, dass die Reise im eigenen Inneren beginnen muss. Oder?«

Max nickte.

»Absolut.«

»Sag Bescheid, wenn du uns besuchen und es selbst einmal ausprobieren möchtest. Ich kann dir einen kleinen Einführungskurs geben. Gratis, natürlich.«

Max versprach, über das Angebot nachzudenken, und Stefan sah zufrieden aus.

»Ich sage nur eins: Flexibilität. Du ahnst gar nicht, was der Körper leisten kann, wenn er nur ein bisschen Training bekommt. Selbst in unserem Alter.«

Max wurde ungern an sein Alter erinnert.

»Du meinst, dass man geschmeidiger wird?«

»Nicht nur das. Du lernst zu atmen, stärkst deinen Kreislauf, du lernst jeden Muskel deines Körpers kennen. Du wirst einfach sinnlicher.«

»Klingt fantastisch«, sagte Max.

»Worauf du einen lassen kannst«, sagte Stefan und nickte zu Gun-Maj hinüber, die ein paar Meter von ihnen entfernt stand. Sie winkte ihm auf eine Weise zu, die Max als übertrieben verführerisch empfand. Max fragte sich, wie oft die beiden Sex hatten. Vermutlich häufiger als er und –

Er unterbrach den Gedankengang, als er merkte, dass Katriina hereingekommen war.

Sie stand bei Wivan, und es sah aus, als würden sie sich über die Arbeit unterhalten, weil Katriina ununterbrochen nickte, als wollte sie das ganze Gespräch so schnell wie möglich hinter sich bringen. Max sah, dass Risto mit zwei neuen Weingläsern für die beiden auftauchte und nachschenkte.

Eine Stunde später saßen sie im Taxi und sprachen das erste Mal miteinander, seit sie sich zu Hause gestritten hatten.

»Kannst du mir erklären, warum wir uns mit diesen Leuten treffen?«, fragte Max.

Katriina schaute geradeaus. Heute Abend war sie betrunken, vielleicht mehr als sonst, und Max begann sich zu fragen, ob sie ihn überhaupt gehört hatte. Nach einer Weile sagte sie:

»Weil sich Menschen nun einmal treffen, Max. Das ist vollkommen normal.«

Ihre Stimme klang müde und resigniert. Max hätte nichts mehr erwidern sollen, aber er konnte es nicht lassen. Er hatte mit Stefan einen Whisky getrunken und fühlte sich munter.

»Ja, aber ich meine genau diese Leute. Wir haben doch nichts mit ihnen gemein. Okay, Risto und Tuula sind in Ordnung, aber die ganzen anderen ... Stefan, zum Beispiel, ich schwöre dir, wenn er mir noch einmal mit irgendeiner verdammten Halbinsel vor Borneo kommt, dann erwürge ich ihn. Weißt du, was er heute Abend zu mir gesagt hat? Dass ich mit Yoga anfangen soll, damit ich besseren Sex habe.«

Katriina kicherte.

»Für einen Mann, der auf diesem Gebiet forscht, stehst du allem, was mit Sex zu tun hat, erstaunlich skeptisch gegenüber«, sagte sie und legte eine Hand auf seinen Schritt.

Max schaute zum Taxifahrer und fragte sich, ob er das vielleicht gesehen hatte. Der Fahrer war um die vierzig, ein Typ, der vermutlich lange genug durch Helsinki gefahren war, um das meiste gesehen zu haben, dachte Max und versuchte sich und Katriina aus der Perspektive des Fahrers zu betrachten: schon wieder ein unglückliches, verwöhntes, älteres Ehepaar, das einander hasste und sofort zu streiten begann, nachdem es auf der Rückbank Platz genommen hatte.

»Warum begreifen die Leute einfach nicht, dass ich nicht über Sex forsche? Es gab eine einzige Studie, und die ist schon zwanzig Jahre alt.«

»Eine Studie, auf der du deine ganze Karriere aufgebaut hast. Du solltest dankbarer sein«, sagte Katriina.

»Ich sage nur, dass dies das letzte Mal war, dass ich mitgekommen bin«, sagte er, doch seine Aussage hatte keinerlei Wirkung. Ihm war selbst bewusst, dass sie nicht stimmte. In ein paar Wochen würden sie vermutlich wieder auf der Fahrt von irgendeinem Fest bei irgendeinem ihrer Freunde nach Hause in einem Taxi sitzen.

Sie schwiegen eine Weile. Plötzlich fragte Katriina:

»Weißt du, ob Eva einen Freund hat?«

Max schaute aus dem Fenster.

»Woher soll ich das wissen?«

»Ich mache mir nur Sorgen ihretwegen.«

Max begann zu lachen.

»Worüber lachst du?«

»Weil sie genau dasselbe über dich gesagt hat.«

»Über mich?«

»Ja, dass sie sich deinetwegen Sorgen macht. ›Papa, Mama ist deprimiert.‹ Warum musst du dich bei ihr ausheulen? Sie muss sich doch deine Probleme nicht auch noch anhören.«

»Das mache ich doch gar nicht.«

»Sag mir, was hast du für einen Grund, deprimiert zu sein?«

»Dass man seine Kinder anruft, muss doch nicht gleich etwas Pathologisches sein. Wann hast du mit ihr gesprochen?«

»Keine Ahnung. Vorgestern?«

»Hat sie angerufen?«

»Ob sie angerufen hat? Ja, wahrscheinlich.«

Er wusste, dass sich Katriina darüber aufregen würde. Eva rief sie nie an. Aber das war auch nicht so ungewöhnlich, denn sie wusste ja, dass ihre Mutter sich früher oder später melden würde.

Den Rest der Fahrt schwiegen sie, aber als sie zu Hause waren und die Zähne putzten, kam Max auf Katriina zu und wollte ihr seinen Standpunkt noch einmal ausführlicher erläutern – er hasste es, wenn er seine Gedanken nicht zu Ende führen konnte, wenn sie einfach verstummte und sich im Badezimmer verkroch. Aber sie schob ihn weg.

»Ich will nichts mehr davon hören. Ich bin müde und möchte ins Bett gehen.«

Er saß eine Stunde auf dem Sofa im Wohnzimmer und schaute in den Regen hinaus. Er schenkte sich ein Glas

Whisky ein und anschließend noch eins, und als er beide ausgetrunken hatte, stand er auf, holte seinen Computer aus dem Arbeitszimmer und setzte sich wieder aufs Sofa. Er ging ins Internetforum der *Helsingin Sanomat* und schaute sich die aktuellen Threads an. Max wurde von einer unbändigen Lust ergriffen, einen provozierenden Beitrag zu schreiben, die Grenzen des guten Geschmacks zu überschreiten. Zu dieser Nachtzeit gab es keine Moderatoren, die die Beiträge zensierten. Aber was sollte er schreiben?

Er eröffnete eine neue Debatte, probierte ein paar Ideen aus, schrieb ein paar Zeilen, löschte sie wieder. Er beschloss, auf einen Text zu verlinken, den er selbst geschrieben hatte – nicht zuletzt auch, um herauszufinden, was die Leute über ihn dachten. Er entdeckte eine Diskussion, bei der es um die Kürzungen in der häuslichen Pflege ging, und dachte, dass es hier funktionieren könnte. Er verwendete einen anderen Benutzernamen als normalerweise und schrieb: »Wenn Frauen früher anfangen würden zu arbeiten, würde das den Familien und der finnischen Wirtschaft guttun. Dieser neue ›Hausfrauentrend‹ ist eine Zeitbombe. Der Soziologe Max Paul hat hier einen Artikel zu dem Thema geschrieben.« Er verlinkte zu einem Artikel über den Demografiewandel und aktualisierte seinen Browser. Der Artikel legte dar, dass in einigen Jahren auf hundert erwerbsfähige Finnen ungefähr fünfundsechzig Kinder und Rentner kämen.

Vermutlich waren um diese Uhrzeit nicht besonders viele Leute wach. Er saß fünfzehn Minuten vor dem Rechner und wartete darauf, dass irgendjemand etwas schrieb, aber es passierte nichts. Er schaltete den Rechner ab, stellte das Whiskyglas in die Spüle und ging in Evas altem Zimmer zu Bett.

Aber er konnte nicht einschlafen. Etwas nagte an ihm, er hatte noch etwas zu sagen, aber es gab niemanden, der ihm zuhören konnte.

Nach einer halben Stunde stand er wieder auf, tastete sich durch die dunkle Wohnung bis zum Computer im Wohnzimmer und klappte ihn auf. Ein paar Kommentare waren eingegangen. Einige davon wirkten sachlich, aber Max' Augen blieben sofort an einem bestimmten hängen:

»Hallo? Wen interessiert schon die Meinung dieses Sexprofessors?«

2

Um halb vier Uhr morgens wachte Katriina auf und konnte nicht wieder einschlafen. In den vergangenen Jahren waren ihre Schlafprobleme immer schlimmer geworden, und seit einer Weile schon wachte sie immer genau zu dieser Uhrzeit auf und lag im Bett und dachte an all das, was am folgenden Tag zu erledigen war und an dem Tag darauf und was im kommenden Halbjahr mit ihrem Leben passieren würde und in dem Leben ihrer Kinder und wie es sich zu dem verhielt, was im vergangenen Jahr passiert war, und häufig – weil die Morgenstunden unendlich erschienen – führten diese Assoziationsketten dazu, dass sie über ihr ganzes Leben nachzudenken begann, über ihre Eltern, ihre Kindheit und darüber, wie wenig sie sich an all das zu erinnern vermochte.

Katriina hatte bei Risto und Tuula einen angenehmen Abend verbracht, auch wenn sie etwas unzufrieden damit war, neben Risto platziert worden zu sein. Es war vermutlich seine Idee gewesen. Seit sie einander kannten, flirtete er mit ihr, und sie wunderte sich, dass es Tuula noch nie aufgefallen war. Er neigte dazu, jedes Mal ganz bewusst ihre Haare zu berühren, wenn er aufstand oder an ihr vorbeiging. Je später der Abend wurde, desto aufdringlicher verhielt er sich.

Aber Tuula war wie üblich vollauf damit beschäftigt, von ihren Kindern zu erzählen. An diesem Abend hatte sie sich darüber ereifert, dass sie im Rucksack ihres jüngsten Sohnes etwas gefunden hatte, was sie als »Haschpfeife« bezeichnete.

»... und weißt du, was das Schlimmste daran ist? Das Schlimmste ist, dass er gelogen hat. Dass er mir direkt ins Gesicht gelogen hat!«

Aus Tuulas Miene sprach dabei eine Mischung aus Sorge und Faszination, als hätte sie diese Replik vorher schon eingeübt, während sie das Abendessen zubereitete. Katriina hatte ihr zugehört und versucht, möglichst den einen oder anderen guten Rat einfließen zu lassen. Tuulas Sohn war fünfzehn, da war es vielleicht nicht die Riesenüberraschung, dass er mit Drogen oder Tabak experimentierte. Das machten wohl alle Teenager. Katriina erinnerte sich, wie sie Ende der Siebzigerjahre selbst den halben Kaivopuisto-Park vollgekotzt hatte.

»... und du weißt ja, wie Risto ist. Er kann so etwas einfach nicht ernst nehmen. Er findet, dass es nur eine Phase ist und wir ein Auge zudrücken sollten. Aber das geht doch nicht, ich meine, heute ist es eine Haschpfeife und morgen sind es Heroinspritzen. Oder diese Designerdrogen, die alle Jugendlichen jetzt nehmen. Ich habe einen Artikel darüber gelesen ... Sie bestellen sie im Internet und werfen sie ein, wenn sie für eine Klassenarbeit lernen müssen.«

Katriina hatte nicht mehr die ganze Diskussion im Kopf, sie hatte sich auf ihr Weinglas konzentriert, aber sie meinte sich vage erinnern zu können, dass sie so was Ähnliches gesagt hätte wie, dass sie als Jugendliche auch keine Unschuldslämmer gewesen seien und dass ihre Töchter bestimmt auch das eine oder andere ausprobiert hätten, als sie noch Teenager waren.

»Du solltest dir mal seine Freunde angucken, Katriina!

Du solltest sie wirklich mal sehen! Sie tragen Schuhe so groß wie Kähne, sie stinken nach Schweiß und Gott weiß was noch, und sie tun nichts anderes, als vor ihren Computern oder Telefonen zu hocken und diesen Geruch nach pubertärer Geilheit abzusondern und zu rülpsen oder zu furzen. Ich meine, verstehst du, womit ich da leben muss?«

Und Katriina hatte gesagt, dass sie verstehe. Als Elternteil war man immer auch als Handelsreisende in Sachen Kinderanekdoten unterwegs.

Sie hatte beschlossen, gleich ins Bett zu gehen, sobald sie zu Hause waren. Wenn sie irgendetwas verabscheute, dann waren es diese zähen, albtraumhaften Streitereien, die vor keiner Niederträchtigkeit haltmachten. Sie waren wie Sex – es war den ganzen Aufwand nicht wert.

Katriina betrachtete die Ehe als eine Form gegenseitiger Tyrannei, wie ein Leben in einem höchst effektiven, totalitären Staat. Man hatte selten eine Wahl, aber solange man sich um seine eigenen Sachen kümmerte und nichts infrage stellte, funktionierte es.

Mit Max verheiratet zu sein glich normalerweise einer ruhigen Fahrt auf einem Floß in einem angenehmen Klima. Manchmal trieb sie an Land, ohne dass sie eigentlich das Gefühl hatte, die Zivilisation vermisst zu haben. Wenn er in der passenden Stimmung war, konnte er ein wunderbarer und großzügiger Mann sein, aber in den letzten Jahren hatte sie auch die Einsamkeit zu schätzen gelernt, das Gefühl, nicht ständig sehnsüchtig nach einem Hafen Ausschau halten zu müssen, sondern einfach nur ohne Ziel herumtreiben zu dürfen.

Jetzt lag sie im Bett und hörte Max in Evas Zimmer schnarchen. Vermutlich lag er auf dem Rücken, den Mund ein wenig geöffnet und den Kopf leicht nach hinten geneigt, erschöpft, nachdem er wie immer noch lange vor dem Computer gesessen hatte. Er glaubte, sie wusste nichts davon, dass er nachts heimlich aus dem Bett schlich, aber sie wachte jedes Mal auf, wenn er ins Wohnzimmer ging.

Warum hatten sie eigentlich angefangen zu streiten?

Tja, sie war hungrig gewesen. Max war in die Küche gekommen, kaum zwei Stunden vor dem Abendessen, und er hatte seinen Trainingsanzug getragen. Katriina hatte auf die Uhr geschaut und gesehen, dass es halb sechs war. Dann hatte er sie gefragt, ob sie schon wieder Eva angerufen habe, als dürfte sie mit ihrer Tochter nicht telefonieren.

»Willst du jetzt etwa Tennis spielen gehen?«, hatte Katriina gesagt, um das Gespräch zu dem einzig relevanten Thema zurückzulenken: dass sie bald zu einem Fest aufbrechen würden.

Sie hatte sich auf die Einladung gefreut. Es war schon einige Wochen her, dass Max und sie gemeinsam etwas unternommen hatten. Sie hatte sich schon ausgemalt, wie Tuula ihr einen Gin Tonic reichen würde, sobald sie durch die Tür gekommen war, wie Tuula ihr wegen des neuen Kleids und der neuen Schuhe Komplimente machen würde, wie sie ins Wohnzimmer gehen und sich setzen würden. Katriina würde von ihren Plänen für die neue Küche erzählen, und Tuula würde verständnisvoll nicken und ihr vielleicht eine Einrichtungsfirma empfehlen können (Tuulas außergewöhnlicher Einrichtungsgeschmack hatte eine vierseitige Reportage über ihre Wohnung in der Lifestyle-Zeitschrift *Avotakka* bewirkt). Aber Max war vom Tennis nach Hause gekommen, wie immer verspätet, weil er offensichtlich dachte, wenn es um ihre Freunde ging, müsse er sich nicht besonders anstrengen.

Katriina lauschte. Es hatte aufgehört zu regnen. Sie stand auf und ging ins Wohnzimmer. Edvard lag auf dem Sofa und schlief, und Katriina ging in die Küche und öffnete den Kühlschrank.

Die Regale waren voll mit halb aufgebrauchten Butterpaketen, Konservendosen, Gläsern mit Roter Bete und eingelegten Gurken. Sie sah eine Porzellanschale mit Entenpastete (wann hatte sie die bloß zubereitet?), eine halb volle Flasche mit Mineralwasser, eine Schüssel mit Kartoffelbrei, kleine Flaschen mit Kalbs-, Hühner- und Pfifferlingsfond, mehrere Gläser mit sonnengetrockneten Tomaten, Pesto, grüner Marmelade, Dijonsenf, schwarzer Johannisbeermarmelade. Sie konnte sich nicht erinnern, wann sie den Kühlschrank das letzte Mal ausgemistet hatte.

Sie nahm die Entenpastete heraus, zog die Frischhaltefolie ab und schnüffelte daran. Sie roch jedenfalls nicht schlecht. Sie schnitt sich eine Scheibe Brot, bestrich sie mit der Pastete und aß. Edvard wachte auf und kam sofort zum Tisch gelaufen. Sie strich sich eine Messerspitze Pastete auf den Finger und ließ sie ihn abschlecken. Er schnupperte zunächst an dem rotbraunen Klumpen, bevor er ihn mit einem kurzen Schnappen verschluckte. Sie dachte darüber nach, was Wivan gesagt hatte – dass sie im Frühjahr mehrere Dienstreisen unternehmen müsse. In den vergangenen zehn Jahren war sie viel gereist, aber es war ihr immer lästiger geworden. Was sie früher als spannend empfunden hatte, betrachtete sie mittlerweile nur noch als logistische Belastung.

Die Küche war siebzehn Jahre alt und eine Spezialanfertigung für ihre Wohnung. Die Schreinerarbeiten waren von drei estnischen Brüdern ausgeführt worden, die gerade einen eigenen Familienbetrieb gegründet hatten – einer von Max'

Tennispartnern hatte sie empfohlen. Er hatte angerufen, sich ein vernünftiges Angebot machen lassen, und dann tauchten sie eines Tages auf und fingen an, die alte Küche herauszureißen, ohne dass Max oder Katriina die Gelegenheit gehabt hätten, sich von ihnen über konkrete Details unterrichten zu lassen. Sie brauchten nur wenige Stunden, um die vorhandene Küche zu demolieren, aber danach begann die Arbeit deutlich langsamer voranzugehen. Auf dem staubigen Zementboden wuchs ein Berg von Zigarettenkippen heran, bis Katriina schließlich auf den Haufen deutete und ihnen erklärte, dass sie im Haus nicht rauchen dürften. Die Brüder schienen die Botschaft zu verstehen, was dazu führte, dass sie sich stattdessen auf den Balkon stellten und rauchten, wodurch die Arbeit nicht einmal mehr halb so schnell vonstattenging.

Als sie die Küche nach zwei Monaten schließlich fertiggestellt hatten, war sie im Großen und Ganzen zufrieden. Sie war durchdacht geplant und nach Maß gefertigt. Das schöne, beinahe rote Eichenholz hatte einen zeitlosen Charakter; kurz gesagt, eine Küche, die beeindruckte, ohne protzig auszusehen.

»Man kann über die estnischen Handwerker ja sagen, was man will, aber bei unserer Küche haben sie außerordentlich sorgfältig gearbeitet«, pflegte Katriina zu sagen, wenn das Thema zur Sprache kam.

Aber jetzt, in der dichten Novemberfinsternis, konnte jeder sehen, dass die Küche ihr Haltbarkeitsdatum überschritten hatte. Die Holzoberfläche hatte an mehreren Stellen Ränder und Fettflecken. Wahrscheinlich hätten sie das Material schleifen und nachbehandeln müssen, aber keiner von ihnen hatte sich um so etwas gekümmert, seit sie in die Wohnung gezogen waren. Einige Schranktüren hingen lose an den Scharnieren oder schlossen nicht mehr richtig, und der Kühlschrank – der einst weiß und modern gewesen war, mit einem Flaschenregal und einem Eisspender in der Tür – war vergilbt und hatte begonnen, ein seltsames, hustendes Geräusch von sich zu geben. Der Eisspender wurde gar nicht mehr verwendet, nachdem er eines Nachts kaputtgegangen war und eine Überschwemmung verursachte, die sich bis zum Parkett in der Diele ausgedehnt hatte.

»Eigentlich gibt es an dieser Küche nichts zu beanstanden. Sie muss nur ein bisschen aufpoliert werden. Keine Küche hält länger als fünfzehn Jahre, nicht einmal eine Puustelli-Küche«, hatte Max gesagt, als sie noch einmal darauf zu sprechen gekommen war, und das war sein letztes Wort zu dem Thema gewesen.

Als Katriina sich mit ihren Kindern über die Küche unterhielt, waren sie einhellig der Meinung, dass sie eine neue bekommen sollte.

»Bestell eine neue, dann ist Mama glücklich«, sagte ihre älteste Tochter Helen, als sie an einem Wochenende zu Besuch war. Helen war die vernünftige Tochter, und in der Regel tat Max, was sie ihm vorschlug.

»Ja, vielleicht. Aber ich muss mich selbst darum kümmern. Wenn ich sie bestellen lasse, kann ich mir sicher sein, dass die Kosten explodieren. Bei diesen Firmen gibt man leicht den einen oder anderen Tausender zu viel aus.«

»Aber um wie viel Geld kann es dabei schon gehen? Zweitausend Euro hin oder her, das spielt doch wohl keine Rolle, wenn es um eine Küche geht, die fünfzehn oder zwanzig Jahre halten soll?«

Helen versuchte wirklich, ihren Vater auf den richtigen Kurs zu bringen. Katriina dachte, wie schön es war, wenigstens die eigenen Kinder auf ihrer Seite zu wissen.

Eva war derselben Ansicht. Sie hatte während des Sommers bei ihnen gewohnt und zu allem und jedem eine Meinung gehabt, was Katriinas Geduld fast täglich auf eine harte Probe stellte.

»Außerdem geht es ja nicht nur um die Küche, Papa, es geht auch um eure Ehe. Du kannst doch nicht zulassen, dass diese Küchengeschichte zu einem Argument wird, das sie gegen dich verwenden kann. Du musst dir überlegen, wofür es sich zu streiten lohnt, ein bisschen strategisch denken.«

Eva sagte immer frei heraus, was sie dachte, und Katriina hatte das Gefühl, dass sie mit ihrer Äußerung eher provozieren wollte, als dass sie in der Sachfrage Katriinas Position teilte. Eva war schlank und blond. Sie strahlte die Selbstsicherheit und die leichte Überheblichkeit einer Person aus, die ständig zu hören bekommen hatte, wie schön sie doch sei. Katriina würde das nie zu jemandem sagen (nicht einmal zu Tuula), aber manchmal hatte sie den Eindruck, dass Eva auf sie herabschaute, als ob sie nicht richtig akzeptieren konnte, dass Katriina ihre Mutter war. Für Teenager war so ein Benehmen vielleicht normal, aber für eine Neunundzwanzigjährige?

Katriina hatte ihren Töchtern zugehört und dabei eine eigene Idee entwickelt, wie die neue Küche aussehen sollte: sehr weiß, auf Hochglanz poliert, keine offenen Regale, fast übertrieben modern. Schubladen und Türen sollten rollen und gleiten, als gehörten sie zur Einrichtung eines Science-Fiction-Raumschiffes. Sie sah ihre neue Küche vor sich und sah gleichzeitig ein Leben, das einfach war, weiß, weiß, weiß. Ordnung und klare Linien. Ein Leben mit einem perfekten Grundriss.

Katriina spürte, dass sie vom Essen schläfrig geworden

war. Sie kehrte ins Schlafzimmer zurück und stellte den Wecker auf acht Uhr. Helen und die Kinder würden am nächsten Tag zu Besuch kommen, und sie brauchte ein paar Stunden, ja, wenn schon keinen Schlaf, dann zumindest Ruhe.

3

Die Wohnung füllte sich mit dem Lärm der Enkelkinder und der Stimme Katriinas, die sich laut mit ihnen unterhielt (»Ach, wie schön!« »Hast du das selbst gemacht?« »Was für ein schönes Kleid du trägst!«). Die Stimmen kamen aus einem Leben, das irgendwo anders stattfand. Durch das Fenster konnte Max sehen, dass es schon nach neun Uhr war, vielleicht schon fast zehn. Das grelle Licht deutete an, dass der Regen im Laufe der Nacht in Schnee übergegangen war.

Er musste vergessen haben, dass Helen heute zu Besuch kommen wollte. Katriina hatte nichts davon erwähnt, allerdings hatte sie den ganzen Abend ohnehin kaum ein Wort mit ihm gewechselt.

Er blieb im Bett liegen und dachte über eine Theorie nach, die ihm im Schlaf gekommen war. Wovon Katriina nichts wusste, ja, wovon sie nicht einmal eine Ahnung hatte, war die Tatsache, dass Max sich im Laufe des vergangenen Jahres jede Menge Gedanken über die neue Küche gemacht hatte. Max hasste das Wort »integriert«, es war mittlerweile zu einer Art Mantra geworden, das überall gemurmelt wurde; integriert, drahtlos, alles musste versteckt werden, in der Zukunft gab es nur noch glatte Oberflächen, alles war ein potenzieller Touchscreen. Nach Max' Verständnis verwandelte sich die ganze Welt gerade in eine einzige Galerie. Deshalb konnte er nur schwer akzeptieren, dass

Katriina bei einer Einrichtungsfirma eine klinisch reine Küche bestellen wollte.

Ein Zuhause musste eingewohnt werden, es musste allmählich mit Dingen gefüllt werden, die man liebte, zu denen man eine Beziehung hatte. Max verabscheute die gesamte modernistische Bautradition, die darauf abzielte, alles Alte und Menschliche hinauszuwerfen und strenge, klare Linien einzuführen. Er fand, kurz gesagt, dass es sich bei einem Zuhause um einen Organismus handelte. Warum ging es beim zeitgenössischen Design so sehr darum, jedes Zeichen von Leben auszumerzen? Warum durften die Menschen nicht in angenehmen, schönen Umgebungen wohnen? Warum musste alles in dieselbe rechtwinklige Kastenform gepresst werden, in dieselbe industriell gefertigte Gewöhnlichkeit, in dieselbe – ja, eben – klinisch reine Laboratmosphäre? Es war seelenlos und grundlos. Heute konnte man nicht mehr erkennen, wo das Schaufenster aufhörte und der persönliche Wohnbereich begann. Alles musste wie ein Hotelfoyer aussehen oder wie Keskinens Serienmörderwohnung in Vuosaari.

Max hatte die Theorie, dass sich das ästhetische Ideal der meisten Menschen darauf zurückführen ließ, was sie in ihrer Kindheit erlebt hatten, und für ihn war klar, dass sein Schönheitsbegriff zum Teil von seiner Kindheit in Österbotten geprägt war – die gemütlichen Katenhäuschen, die rot gestrichenen Häuser mit den weißen Rahmen, Möbel, die von einem Onkel als Geschenk zur Hochzeit oder zu anderen Anlässen geschreinert worden waren. Möbel mit einer Geschichte, die vielleicht den Atlantik überquert hatten und vom Leben der Menschen und ihren Beschwernissen erzählten. Zu einem Ikea-Möbel konnte man keine Beziehung aufbauen, es konnte niemals mit einer bisher unentdeckten Gravur überraschen, es konnte keine Geschichte erzählen, außer vielleicht von den chinesischen Kindern, die von morgens bis abends schufteten, um seine Einzelteile herzustellen.

Max glaubte auch, dass das Schönheitsempfinden tief im evolutionär kodierten Unterbewusstsein der Menschen verankert war. In den Neunzigerjahren war durch eine Studie nachgewiesen worden, dass Menschen auf der ganzen Welt dazu tendierten, solche Landschaften als schön zu betrachten, die im Großen und Ganzen jener Savannenlandschaft glichen, in der sich der Mensch vor Millionen von Jahren entwickelt hatte.

Diese Gedankengänge unterbrach seine Enkeltochter Amanda, die plötzlich ins Zimmer gelaufen kam, auf das Bett hüpfte und ihn umarmte. Die Gereiztheit, die er vor wenigen Sekunden noch verspürt hatte, schoss aus dem Bauch nach oben und vermischte sich mit einem Gefühl der Dankbarkeit und – ja, vielleicht – des Glücks? Amanda war ein intelligentes neunjähriges Mädchen, das die Welt mit einer Art von leidenschaftlichem Ernst zu lieben schien. Sie kuschelte und küsste und flüsterte »Moffa, ich liebe dich« in sein Ohr, bis Max schließlich dahinschmolz und sich wie frisch verliebt fühlte. Was, wenn nicht das, dachte Max, konnte eine universelle Schönheit sein? Das Lächeln eines Enkelkindes?

»Moffa?«

»Ja?«

»Weißt du was?«

»Was denn, Liebes?«

Amandas Stimme war überdreht, sie schaute ihm direkt in die Augen.

»Mommo sagt, dass du versprochen hast, heute mit uns etwas zu unternehmen.«

»Habe ich das?«

»Ja! Du sollst mit uns schwimmen gehen.«

»Soll ich das?«

»Mommo sagt jedenfalls, dass du heute nichts Wichtigeres vorhast.«

»Das hat sie gesagt?«

»Sie sagt, du glaubst, du willst arbeiten, aber dass du mit uns viel mehr Spaß haben wirst.«

Max fand die Idee gar nicht so dumm. Er hatte ohnehin keine Lust, sich heute mit seinem Manuskript zu befassen.

»Moffa?«

»Ja?«

Amanda klang plötzlich besorgt.

»Müssen wir Lukas mitnehmen?«

»Darf er nicht mitkommen?«

»Nein. Er fängt nur an zu jammern, weil ihm kalt wird. Und ins tiefe Becken darf er auch nicht.«

»Ich finde, er sollte mitkommen.«

Amanda setzte sich aufrecht aufs Bett und schaute Max an.

»Moffa?«

»Ja?«

»Sei jetzt nicht traurig, aber du riechst aus dem Mund.«

Amanda hielt sich demonstrativ die Nase zu. Max schloss den Mund, war aber gleichzeitig gerührt von der Bemerkung »Sei jetzt nicht traurig«. Er bekam einen Kloß im Hals.

»Das liegt nur daran, dass ich mir die Zähne noch nicht geputzt habe. Jetzt lauf, damit ich das machen kann. Ich ziehe mich noch an, dann komme ich.«

Amanda lief in den Flur hinaus. Max stand auf und spürte sofort, dass sich sein ganzer Körper wie betäubt anfühlte. Manchmal konnte es eine ganze Stunde dauern, bis sein Motor warm gelaufen war. Er ging ins Badezimmer und putzte sich ordentlich und mehrere Minuten lang die Zähne, während er unter der Dusche stand, um das Gefühl loszuwerden, dass er stank wie ein alter Knacker. Er liebte die Anonymität, die ihm seine Enkelkinder schenkten – für sie war er einfach nur der Moffa. Solange sie nicht googeln konnten, jedenfalls. Als er ins Wohnzimmer kam, küsste er seine Tochter auf die Stirn und fragte:

»Ist Christian auch da?«

Helen senkte für einen kurzen Moment die Augen, als zögerte sie mit der Antwort.

»Ja, er sucht unten wohl noch nach einem Parkplatz. Du siehst ein bisschen blass aus.«

»Kein Grund zur Sorge. Ich habe nur nicht so gut geschlafen.«

Max dachte nicht daran zuzugeben, dass er wieder vor dem Computer gesessen hatte.

Er sah ein, dass der Streit mit Katriina – falls es denn ein Streit war – vergessen wäre, wenn er mit den Kindern in die Schwimmhalle ging. Katriinas Vorschlag, mit den Enkeln schwimmen zu gehen, deutete er nahezu als eine Versöhnungsgeste von ihrer Seite.

Katriina ging in die Küche, und er folgte ihr. Ihr blondes Haar war zu einem nachlässigen Pferdeschwanz gebunden. Unter normalen Umständen hätte er sie vielleicht von hinten umarmt, aber jetzt begnügte er sich damit, eine Hand auf ihre Schulter zu legen.

»Ich muss anscheinend schwimmen gehen«, sagte er.

Sie schwieg eine Weile. Dann sagte sie:

»Schön, schön. Kannst du zuerst noch mit dem Hund rausgehen?«

»Bist du immer noch sauer?«

»Sauer? Ich bin nicht sauer. Aber der Hund muss nach

draußen. Ich bin mit ihm heute früh eine kurze Runde gegangen, aber jetzt sieht es so aus, als müsste er mal Pipi machen. Du kannst ja Amanda mitnehmen, dann hast du ein bisschen Gesellschaft.«

Als Max und Amanda vor die Tür traten, erschien ihm die ganze Welt verändert. Die Sonne schien, und es war unwirklich hell, so hell, dass ihm beinahe schwindelig wurde. Eine nüchterne finnische Landschaft, die direkt zu ihm zu sprechen schien, die Dinge sagte wie: Kopf hoch, reiß dich zusammen, heute ist der erste Tag vom Rest deines Lebens!

Sie gingen zur Töölöbucht hinunter, Edvard lief fröhlich vor ihnen her und strich an den Gebäuden entlang. Edvard war ein West-Highland-White-Terrier, benannt nach Edvard Westermarck, einem Soziologen des neunzehnten Jahrhunderts, mit dem sich Max' Gedanken in den vergangenen Jahren sehr beschäftigt hatten. Das Buch, an dem er gerade arbeitete, sollte die erste seriöse Biografie des Wissenschaftlers werden.

Sie warteten an der Ampel am Mannerheimintie, während eine Straßenbahn vorüberfuhr. Amanda trug eine schwarze Winterjacke und eine Mütze, die wie der Kopf eines Koalas aussah, mit Ohren und allem.

Auf der anderen Seite der Töölöbucht konnte man den Säästopankinranta erkennen. Max' Arbeitszimmer lag dahinter, in Kaisaniemi. Abgesehen von wenigen Auslandsaufenthalten, zuerst in Berkeley, Ende der Siebzigerjahre, für kurze Zeit in Oxford in den Achtzigern und schließlich wieder in Berkeley, als die Mädchen klein waren, hatte er seine ganze wissenschaftliche Karriere in diesen zwei Vierteln verbracht. In den Siebziger- und Achtzigerjahren war das Soziologische Institut im Franzeniagebäude in Kallio untergebracht, bis es später in die Unioninkatu umzog.

Max Paul war Professor für Soziologie an der Universität Helsinki. Er hatte diese Stelle seit fünfzehn Jahren inne, hatte Gastvorlesungen gehalten, Bücher und Artikel geschrieben, an Forschungsprojekten teilgenommen, in den Neunzigerjahren in einer Talkshow mitgewirkt *(Brain Trust)* und internationale Konferenzen besucht. Er würde noch fünf oder sechs Jahre auf dieser Position weiterarbeiten und dann in Pension gehen. In den Neunzigerjahren hatte er auch eine Studie zu den sexuellen Gewohnheiten der Finnen veröffentlicht (als ein Teil des größeren Forschungsprojekts FINSEX), und für ein paar Jahre lang tat er daraufhin nichts anderes, als durch das Land zu reisen und über statistische Erhebungen zu den Sexualpraktiken der Bevölkerung zu sprechen. Sowohl Helen als auch Eva waren damals Teenager, und besonders Helen musste damit fertigwerden, dass ihre Klassenkameraden dabei zusahen, wie Max im Fernsehen über die lockere Einstellung der Finnen zum Analsex plauderte. Eines Tages war sie weinend aus der Schule gekommen, nachdem eine ihrer Freundinnen eine Zeitung mitgebracht hatte, die Max als den »SEXDOKTOR« bezeichnete. Max musste ihr erklären, dass er sich mit seriöser Forschung befasste und dass solche Aufmacher niemals ein korrektes Bild der Soziologie als wissenschaftlicher Disziplin zeichneten.

In drei Wochen wurde Max sechzig.

Als er jünger war, hatte er sich nie Gedanken darüber gemacht, dass seine Zeit begrenzt war, sie schien ihm unendlich. Jetzt hatte er das Gefühl, dass die zehn Jahre seit seinem fünfzigsten Geburtstag wie ein Wimpernschlag vergangen waren. In der Forschung ist vielfach nachgewiesen worden, dass die Menschen den Verlauf der Zeit mit zunehmendem

Alter als immer schneller empfinden, und Max hatte diesen Effekt vor allem in den letzten Jahren an sich wahrgenommen. Gelegentlich wurde auch behauptet, dass man diesem Gefühl entgegenwirken könne, indem man versuche, das Gehirn mit neuen Erlebnissen zu füttern – die Theorie dahinter besagte, dass das Gehirn auf neue Reize stärker reagiere als auf Wiederholungen, was auch erklären würde, warum man sich an den ersten Kuss besser erinnerte als an den tausendsten. Aber diese Theorie implizierte die unangenehme Frage: Was konnte man tun, um die ganze Zeit Neues zu erleben? Unternahmen Stefan und Gun-Maj deshalb ihre ständigen Yogareisen? Weil sie ihnen neue Erinnerungen verschafften und den Lauf der Zeit bremsten?

Max beschloss, dass Amanda und er die Töölöbucht umrunden und anschließend in das Villenviertel Linnunlaulu hinaufgehen würden. Von dort führte eine Brücke über die Eisenbahntrasse zum Tokoistrand hinüber. Amanda redete die ganze Zeit und sprang von einem Thema zum anderen (»Weißt du, welches Essen ich am ekligsten finde? Fisch mit Schleimsoße. Das kriegen wir STÄNDIG in der Schule.«, »Moffa, glaubst du, dass manche Menschen sich nie die Haare kämmen?«). Max bemerkte schnell, dass es reichte, hin und wieder ein kleines »Hmhm« zu äußern, um Amanda zufriedenzustellen. Sie schien in gleicher Weise von ihren eigenen Gedanken eingenommen wie er von den seinen.

Er hatte sich im Herbst 1970 an der Universität eingeschrieben, als die Soziologie sehr in Mode war. Die Menschen strömten in die Seminare. Marx war der unangefochtene Hausgott, und die Vorlesungen waren für jedermann geöffnet. Studentinnen stillten ihre Babys in den Seminaren und diskutierten über die Arbeitsbedingungen der finnischen Metallarbeiter.

Für Max war das eine spannende und umwälzende Zeit, er wurde von den linken Bewegungen mitgerissen – wer wurde das nicht? –, aber er fand schon damals die Partys unterhaltsamer als die Rhetorik. In seinem ersten Studienwinter, im Februar, wurde ein Vorlesungsstreik ausgerufen, der eine Woche dauerte und am Soziologischen Institut begann. Max beteiligte sich unter anderem als Streikwache, und er erinnerte sich, wie eindimensional ihm die Denkweise mancher seiner Kommilitonen erschien (»Wir dürfen niemals eine Soziologie akzeptieren, die über dem Klassenkampf steht!«) – sie schienen tatsächlich an eine Revolution zu glauben, und einige von ihnen hörten auf zu studieren, weil es für sie nur eine Frage der Zeit war, dass an der Universität der Marxismus das Ruder übernahm. Sie erinnerten an jene religiösen Fanatiker, denen die Welt gar nicht schnell genug untergehen kann.

Als österbottnischer Finnlandschwede, der seine Wurzeln in der ländlichen Gegend um Kristinestad hatte, fiel es ihm schwer, den Auslegungen seiner Helsinkier Kommilitonen zu Arbeitswerttheorie und sozialer Entfremdung zu folgen, zumal nicht wenige von ihnen in Wohnungen lebten, die ihnen gerade aufgrund der Strukturen, gegen die sie protestierten, als Erbe zugefallen waren.

Max selbst war bei einer Familie in Punavuori einquartiert und zahlte eine reduzierte Miete, weil er sie bei der Betreuung ihres einzigen Kindes unterstützte. Viele andere Österbottninger waren in den Studentenwohnheimen am Rautalammintie in Vallila untergekommen, aber er besuchte sie selten, weil er nicht nach Helsinki gekommen war, um sich mit Österbottningern zu treffen. Dann hätte er genauso gut nach Turku ziehen können. Er war fest entschlossen, so schnell wie möglich Finnisch zu lernen. Im ersten Semester musste er jedes Mal, wenn er etwas in der Stadt zu erledigen hatte, sein altes Finnischlehrbuch vom Gymnasium zu Hilfe nehmen, um einen Satz zusammenzubauen.

Seine Eltern, Ebba und Vidar, hatten ihn während seiner ganzen Studienzeit nur ein einziges Mal in Helsinki besucht. An dieses Wochenende erinnerte er sich als eine einzige Qual, weil sein Vater ununterbrochen darüber jammerte, wie teuer hier alles sei. Er hatte sie am Hauptbahnhof abgeholt – sie hatten das Hotel im Sokosgebäude ausgesucht, weil sie keine längeren Strecken gehen wollten –, und nachdem sie aus dem Zug gestiegen waren, hatte sein Vater nichts Eiligeres zu tun, als einen dunkelhäutigen Mann zu kommentieren, den er die Mikonkatu entlanggehen sah (»Ich wusste gar nicht, dass ihr Neger in Helsinki habt.«).

Er erinnerte sich, dass seine Mutter der Begegnung mit seiner Gastgeberfamilie mit großer Nervosität entgegensah: Sie hatte vorher angerufen und gefragt, ob sie ein Geschenk mitbringen und wenn ja, was es kosten solle, und er hatte ihr versichert, dass dies vollkommen unnötig sei, dass sie ihnen möglicherweise nicht einmal begegnen würden, aber sie hatte darauf bestanden. Nachdem sie sich im Hotel einquartiert hatten, zog sie ein furchtbares Kunstwerk aus ihrer Tasche, eine dieser Collagen, die damals (es war 1971) so beliebt waren. Vermutlich hatte es ein lokaler Künstler in Kristinestad hergestellt, aus Tannenzapfen oder gebrauchten Korken, die mit Farbe besprüht waren.

Wenn er jetzt daran zurückdachte, kam ihm die ganze Geschichte nur noch rührend vor, aber damals war er außer sich vor Wut, weil er so deutlich spürte, dass seine Eltern in einer ganz anderen Zeit lebten – vielleicht sogar in einem anderen Jahrhundert? – und ganz offensichtlich nicht in das Milieu passten, dem er mittlerweile angehörte. Er hatte

Angst, dass sie ihn wieder hineinziehen könnten in ihre alte, muffige Welt.

Ebba wollte gern ins Theater gehen, und das Einzige, was Max vom Theaterleben der Stadt kannte, waren die studentischen Produktionen, die im Rahmen der politischen Bewegungen entstanden. Er hatte herausgefunden, dass das Lilla Teatern eine Revue von Claes Andersson und Johan Bargum inszeniert hatte, und Karten dafür gekauft.

Seiner Mutter machte der Theaterbesuch Freude, vor allem, weil sie noch nie zuvor in Helsinki eine Vorstellung gesehen hatte, aber Max' Vater reagierte mit verbissenem Schweigen. Den Rest des Abends saß er da und trank Schnaps und murmelte Sachen wie »schamlos« oder »kein Respekt«.

Vidar war ein großer Bewunderer des Feldmarschalls Carl Gustav Emil Mannerheim – in seiner Familie gab es Leute, die von den Roten ins Gefängnis geworfen worden waren, Vidar selbst hatte am Fortsetzungskrieg teilgenommen. In einer Szene des Stücks wurde Mannerheim der Lächerlichkeit preisgegeben; man hatte sein Gesicht auf den Hintern eines Pferdes gekleistert, den man anschließend mit der Peitsche traktierte.

Vor der Rückfahrt der beiden am Sonntag standen sie alle drei auf dem Bahnsteig und starrten zu Boden. Max' Mutter fragte ihn, ob er »ein nettes Mädchen« kennengelernt habe, und Max antwortete ausweichend.

Sie kamen nie wieder nach Helsinki, nicht bevor Max acht Jahre später, 1979, promoviert wurde. Zu der Zeit war der Alkoholismus seines Vaters bereits so weit fortgeschritten, dass seine Mutter und seine Schwester Elisabeth all ihre Kräfte bündeln mussten, um ihn auf den Beinen halten zu können. Es war eine der glücklichsten Zeiten in Max' Leben, und er dachte nicht daran, sie sich von seinem Vater verderben zu lassen. Abgesehen von seiner Doktorarbeit, die er in einem langen, schwungvollen Wurf fertig geschrieben hatte, war er in den Fluren der Universität auch Katriina begegnet, und sie wollten bald heiraten. Sie stammte aus einer Helsinkier Familie mit russischen Wurzeln, und Max war von dem historischen Glanz der Ahnenreihe geblendet, die sich bis in die Zarenzeit und noch weiter zurückverfolgen ließ. Verglichen mit ihr, kam er sich wie ein Bauerntölpel vor.

Der Säästöpankinranta lag wie eine Fata Morgana aus Granit vor ihnen, und Max dachte, dass sie vielleicht ein Café finden und sich eine Weile hinsetzen könnten.

In den letzten Jahren war die Soziologie zu einem besonders spannenden Feld geworden, weil die Neurowissenschaften große Fortschritte machten und dabei von der Evolutionspsychologie ergänzt wurden. Das war für Max eine Erleichterung: Seit den Achtzigerjahren hatte der Poststrukturalismus jegliche Forschung relativiert und bewirkt, dass man sich als Wissenschaftler fühlte, als würde man ständig im Dunkeln tappen. Anschließend hatte die Genderforschung – die ja an und für sich willkommen war – dafür gesorgt, dass man Forschungsgelder nur noch für Projekte bekam, die in irgendeiner Weise mit Gleichstellung, Geschlecht oder Formen des Zusammenlebens zu tun hatten.

Max war fasziniert von dem, was die Hirnforschung zu vielen der alten philosophischen Streitfragen beitragen konnte, zum Beispiel zum Verhältnis von Vernunft und Gefühl oder zu der freudschen Unterscheidung zwischen dem Es und dem Ich. Gleichzeitig bestand das Risiko – besonders in den Medien –, dass man die neurologische Forschung auf metaphysische Aussagen reduzierte. Das Gehirn wurde als ein Organ mit einem selbstständigen Willen beschrieben. »Unser Gehirn mag Gleichheit und Gerechtigkeit!«, hatte Max neulich erst in einem Artikel gelesen, dessen Verfasser auf eine weitere amerikanische Forschergruppe verwies, die eine Studie über das Belohnungszentrum im Gehirn veröffentlicht hatte. Das Gehirn »mochte« selbstverständlich gar nichts. Das war eine hohle Phrase, genau wie das ständige Gerede darüber, inwieweit der Mensch von der linken oder der rechten Gehirnhälfte gesteuert wurde.

Im Augenblick fand Max, dass er seine linke Gehirnhälfte im Übermaß benutzte. Als er für seinen Kaffee und Amandas Saft bezahlte, stand plötzlich eine etwa dreißigjährige, dunkelhaarige Frau vor ihm und betrachtete ihn. Sie kam ihm vage bekannt vor, aber er konnte sie nicht einordnen.

»Hallo«, sagte sie. Max kam einfach nicht darauf, wer sie sein konnte. Vielleicht die Freundin einer seiner Töchter? Eine ehemalige Studentin?

»Erinnern Sie sich an mich?«

Irgendetwas blockierte einen Schalter in Max' Gehirn. Er schaute sie an, ohne ein Wort zu sagen, überlegte fieberhaft, wo er sie schon einmal gesehen hatte.

»Ich sehe schon, Sie haben mich vergessen. Laura Lampela. Ich war vor vielen Jahren bei Ihnen in einem Proseminar. Ich habe damals eine Weile Soziologie studiert, allerdings nicht länger als anderthalb Semester.«

Plötzlich erinnerte sich Max tatsächlich: Laura, das Mädchen, das ein bisschen hippiemäßig aussah. Max hatte ihre Seminararbeit betreut, bei der es um ... er konnte sich nicht genau an das Thema erinnern, aber hatte das vage Gefühl, dass es mit Alkohol zu tun gehabt hatte. Oder war es Konsum? Es musste fast zehn Jahre her sein.

»Natürlich erinnere ich mich. Schön, Sie wiederzusehen, Laura! Das hier sind Edvard und Amanda.«

»Hallo, Edvard und Amanda! Aber Sie erinnern sich nicht wirklich, oder? Ich habe eine Seminararbeit über die Haltung von in der Gastronomie arbeitenden Menschen zum Alkohol geschrieben.«

»Genau. Genau«, sagte Max. »Ja ... wir wollten nur einen Kaffee und einen Saft trinken. Schön, Sie zu sehen, Laura.«

Er sah sich nach einem freien Tisch um. Alle Plätze schienen besetzt. Laura bemerkte, dass er nach einem Sitzplatz suchte.

»Heute ist es hier ziemlich voll, es ist ja Samstag. Sie können sich zu mir setzen. Ich wollte ohnehin gleich gehen.«

Max nahm seinen Kaffee in die eine Hand, während er mit der anderen die Leine hielt, und ging zu dem Tisch hinüber. Amanda nahm ihren Saft und betrachtete Laura skeptisch. Als Max sich setzte, wusste er nicht, ob er sich unterhalten sollte oder nicht, aber Laura sprudelte einfach los, bevor er zu einer Entscheidung gelangen konnte.

»Eines muss ich gestehen«, sagte sie. Ihr Haar war dunkel und kräftig. Sie sah überhaupt nicht so aus, wie er sie in Erinnerung hatte. Es lag nicht allein daran, dass sie älter geworden war – sie sah professioneller aus, trug keine Hippieklamotten mehr, sondern hübsche schwarze Jeans und eine schwarze Tunika.

Hastig schaute er sich in dem Café um. Glaubten die Leute möglicherweise, dass er sich mit seinen beiden Töchtern unterhielt oder mit seiner jungen Frau und ihrem gemeinsamen Kind?

»Was sagten Sie?«

»Ich sagte, dass ich etwas gestehen muss. Erinnern Sie

sich an das Interview mit Ihnen, das in *Anna* veröffentlicht wurde? Sie haben damals mit mir gesprochen. Ich wollte mich nicht zu erkennen geben, als ich Sie angerufen habe, weil ich mich ein bisschen schämte.«

Sie schob eine Haarsträhne hinter das Ohr. Max schaute zu Amanda. Sie hörte aufmerksam zu und wartete auf die Fortsetzung.

»Ja, und ich fand die ganze Fragestellung eher lächerlich. Aber als ich an dem Artikel saß ... da musste ich plötzlich an Sie denken. Damals wurde ja so viel über diese Sexstudie geredet. Deshalb habe ich angerufen.«

»Sie waren das?«, fragte Max.

»Ja, Entschuldigung, Sie sind hoffentlich nicht böse auf mich?

»Böse? Warum sollte ich Ihnen böse sein?«

»Als ich sah, wie sie Ihre Antworten verstümmelt haben, habe ich sie gebeten, meinen Namen nicht unter den Artikel zu setzen. Manchmal machen sie das, und dann benutze ich ein Pseudonym. Normalerweise bin ich eine seriöse Journalistin.«

»Aha?«

Max dachte, dass sie damit vermutlich eine Art von Nachrichtenjournalismus meinte.

»Wirklich, ich meine, wenn Sie Zeit und Lust hätten, dann würde ich ein richtiges Porträt schreiben. Also nur über Ihre Person. Manchmal schreibe ich für die *Helsingin Sanomat*.«

»Tatsächlich?«

»Als Freie, natürlich. Ich kann es ja mal versuchen. Schreiben Sie gerade an einem Buch?«

Max dachte an das tausendfünfhundert Seiten starke Dokument in seinem Computer, all die unzusammenhängenden Notizen, die er sich zu Westermarck gemacht hatte, das ganze Material, aus dem auf wundersame Weise noch ein Buch entstehen sollte.

»Ich fürchte, ja. Und ich liege im Zeitplan ein bisschen zurück.«

»Das macht nichts. Sie waren ja überall bekannt, in den Neunzigerjahren, meine ich. Als Teenager wollte ich keine Folge von *Brain Trust* verpassen. Vielleicht könnte man ja so ein … ›Was macht eigentlich …?‹ daraus machen?«

»Also, ich weiß nicht …«

»Haben Sie vielleicht bald Geburtstag?«

»Warum?«

»Manchmal macht man auch Geburtstagsporträts.«

Amanda hatte das Interesse verloren. Sie hatte ihren Saft ausgetrunken, verfütterte die restlichen Kekse an Edvard und hing an Max' Arm.

»Wir müssen gleich aufbrechen«, sagte er. »Aber in drei Wochen werde ich tatsächlich sechzig.«

»Ja, aber das ist doch perfekt!«, sagte Laura. Max fragte sich, warum sie so enthusiastisch war. Sie benahm sich, als wäre er eine bedeutende Persönlichkeit.

»Moffaaa?«

Er schaute zu Amanda. Okay, sie würden jetzt gehen.

»Ich schreibe Ihnen hier mal meine Telefonnummer auf«, sagte er.

»Ich werde mit meinem Chef reden. Ich kann nichts versprechen, aber ich glaube, dass es klappen wird.«

»Dann schauen wir mal«, sagte Max, stand auf und rief so gut gelaunt nach Edvard, dass er sich selbst wunderte.

Als sie wieder zu Hause waren, lief Edvard ins Wohnzimmer und hüpfte in Helens Schoß, worauf sie mit einem erstickten

Schrei aufsprang, weil er jede Menge Dreck an den Pfoten hatte. Amanda stürmte hinterher.

»Moffa soll von der *Helsingin Sanomat* interviewt werden!«

Max hängte die Leine auf und ging zu den anderen ins Wohnzimmer. Helen und Katriina saßen auf dem Sofa. Von Christian war noch nichts zu sehen.

»Wo ist Christian?«

»Er ist in der Stadt. Er wollte noch zum Elektromarkt und in ein paar andere Geschäfte«, sagte Helen.

Max mochte seinen Schwiegersohn. Bei ihm sahen schwierige Dinge ganz einfach aus. Er konnte Häuser bauen und renovieren, all das, was Max aus Zeitmangel nie gelernt hatte. Darüber hinaus war er ganz unverkennbar ein Finnlandschwede nach typisch Helsinkier Art: wohlerzogen, hilfsbereit, höflich an der Grenze zur Langeweile.

Jetzt fragte Helen:

»Was ist das für ein Interview, von dem Amanda gesprochen hat?«

Max schaute zu Katriina hinüber.

»Ja, richtig. Eine ehemalige Studentin, die jetzt anscheinend für die *Helsingin Sanomat* arbeitet. Oder zumindest als freie Mitarbeiterin«, sagte Max, ohne den Blick abzuwenden.

»Das klingt gefährlich«, bemerkte sie mit einem Nicken.

»Ja, wie auch immer, jedenfalls arbeitet sie mittlerweile als Journalistin. Sie sagte, dass sie ein Porträt über mich schreiben wolle. Keine große Sache, es ist noch nicht einmal klar, ob daraus etwas wird. Ein Geburtstagsporträt zum Sechzigsten.«

Edvard lief um sie herum und begrüßte einen nach dem anderen, bevor er sich vor die Tür zu Evas altem Zimmer legte und sie im Auge behielt.

Katriina wandte sich an Max.

»Helen und ich gehen jetzt in die Stadt. Du musst dich also um Lukas und Amanda kümmern. Hat Edvard nur Pipi gemacht?«, fragte sie.

»Beides«, sagte Max.

4

Im Alter von sieben Jahren wäre Eva in der Nähe des Sommerhauses der Familie in Sideby fast ertrunken. Sie hatte erst im Frühjahr schwimmen gelernt und watete ins Wasser hinaus, ohne darüber nachzudenken, dass es etwas ganz anderes war, im offenen Meer zu schwimmen, zwischen Klippen und hohen Wellen, als im beheizten Becken des Schwimmbads an der Topeliuksenkatu. Nachdem sie zwanzig Meter geschwommen war, spürte sie keinen Boden mehr unter den Füßen und geriet in Panik. Der Strand lag in einer kleinen Bucht, und der Wind wehte kräftig vom Meer her. Es war kalt (es war immer noch Juni), und die Wellen waren höher, als sie geglaubt hatte, sie rollten wie dunkle und drohende Wogen auf sie zu, und plötzlich spürte sie, dass sie nicht länger dagegen ankämpfen konnte, dass irgendetwas sie nach unten zog und sie bald untergehen würde. Ihre große Schwester Helen war irgendwo oben auf den Klippen, aber Eva konnte sich nicht umdrehen. Als sie zu schreien versuchte, kam kein Laut heraus.

Das Außergewöhnliche war, dass die Panik sich schnell in ein anderes Gefühl verwandelte. Sie dachte: So werde ich also sterben. Diese Einsicht war nicht etwa erschreckend, sondern eher faszinierend.

Und nachdem sie akzeptiert hatte, dass sie sterben würde, war sie plötzlich ganz ruhig. Sie schaute zum Himmel hinauf und ließ sich fallen. Ihr Körper war taub geworden, sodass sich das Wasser nicht mehr so kalt anfühlte, und Eva meinte Millionen unterschiedlicher Farben zu sehen. Vielleicht fühlte es sich so an, wenn man ertrank?

Helen unterbrach dieses Gefühl, indem sie sie zum Essen rief. Eva tat so, als würde sie nichts hören, aber daraufhin sprang Helen von den Klippen ins Wasser, und Eva spürte plötzlich wieder den Boden unter ihren Füßen.

Sie erzählte niemandem, was passiert war, weder am selben Tag noch irgendwann später. Sie war damals vielleicht nicht kurz vor dem Ertrinken gewesen, aber sie hatte etwas anderes gelernt: dass der Tod, die totale Auslöschung, nichts war, wovor man Angst haben musste.

Sie glaubte, dass sie deswegen so wenig Angst vor dem Scheitern, vor Fehlern oder vor unerwarteten Situationen hatte. Daher neigte sie auch zu drastischen Entscheidungen – zum Beispiel, als sie die Verlobung mit Alexander nach vier Jahren auflöste, gerade als sie angefangen hatten, über Kinder nachzudenken. Eva verhielt sich wie ein Mann in einem schlechten Film: Sie hatte gesagt, dass sie noch einmal kurz rausmüsse, und kam nicht wieder zurück.

Evas Unerschrockenheit war es auch, die sie nach London getrieben hatte, auf Gedeih und Verderb, ohne irgendeinen Plan als den, ein Jahr lang Kunst zu studieren.

Jetzt lag sie im Bett in ihrer Wohnung in Bethnal Green und dachte darüber nach, ob sie den Kurs nicht drangeben und sich stattdessen einen Job suchen sollte. Ihre Periode war überfällig, und sie wusste nicht, woran es liegen konnte. Sie vermutete, dass es am Stress lag.

Es war Ende November, und der Kurs lief mittlerweile seit zwei Monaten. Es herrschte immer noch mildes Wetter. Nachmittags konnte man draußen sitzen, und Eva ging oft in die Weavers Fields, einen nahe gelegenen Park, und setzte sich auf eine Bank und las, oder sie ging in die Brick Lane und schlenderte über die Flohmärkte. Sie liebte es, Leute zu betrachten, und in London gab es sehr viele Leute zu betrachten. Junge Pseudo-Hippies mit Rucksäcken, die in Cafés saßen und mit gerunzelten Augenbrauen Hemingway lasen, elegante Paare jenseits der achtzig, die in aufeinander abgestimmter Tweedkleidung durch Kunstmuseen wandelten, breithüftige karibische Matriarchinnen in der U-Bahn, Pakistanis, die Eintrittskarten zu West-End-Premieren verkauften, kecke Mädchen in Schuluniformen, die aufgeregt in ihre Mobiltelefone sprachen. Eva war die Anonymität in London nicht gewohnt und schaute den Leuten ein paar Sekunden zu lange ins Gesicht. Sie hatte die sozialen Codes der Metropole noch nicht gelernt.

Die Universität lag im Nordwesten von London, mit der U-Bahn fünfundvierzig Minuten von ihrer Wohnung entfernt. Normalerweise musste sie nicht vor zehn Uhr vormittags in der Vorlesung sein, also stand sie um acht Uhr auf, aß ein schnelles Butterbrot und nahm die U-Bahn, wenn sie denn fuhr. Andernfalls war sie genötigt, sich mit einer Kombination aus Bus- und Bahnlinien mühsam voranzutasten.

Ihre Mitbewohnerin Natalija war oft schon in der Küche, wenn sie aufwachte. Natalija arbeitete an der Londoner Börse und war ein geselliger und extrovertierter Mensch, was sich als sehr praktisch herausgestellt hatte, als Eva nach London gekommen war und niemanden gekannt hatte. Eva hatte die Wohnung über eine Annonce gefunden. Natalija hatte die Tür in einer Wolke aus Parfüm geöffnet, das braune Haar zu einem perfekten Knoten aufgesteckt. Sie war ziemlich groß, nicht dick, aber kurvig, und Eva konnte in den folgenden zwei Monaten beobachten, wie sich die Männer nach ihr umdrehten, wenn sie abends ausgingen. Eva selbst hatte die blonden Haare ihrer Mutter und den Körperbau ihres Vaters geerbt – sie hatte schon immer gefunden, dass sie, verglichen mit ihrer Schwester, ziemlich alltäglich aussah, und sich niemals richtig daran gewöhnt, dass Leute sie vielleicht nicht immer als schön, aber zumindest als genetisch interessant betrachteten.

So ähnlich hatte es jedenfalls Malik ausgedrückt, nachdem sie zum ersten Mal miteinander geschlafen hatten.

»Du könntest als Fotomodell arbeiten«, hatte er gesagt, »du hast diese leicht unterkühlte, androgyne Ausstrahlung, die sie heute haben wollen. Ernsthaft. Und versteh mich nicht falsch, ich mag das.«

»Sei nicht albern«, hatte sie geantwortet und sich im Bett umgedreht. Für diese Art von Schmeicheleien fühlte sie sich zu alt. Als sie als Teenager mit ihrer Mutter nach Paris gereist war, war sie tatsächlich von Männern auf der Straße angesprochen worden, die behaupteten, für eine Modellagentur zu arbeiten, und Aufnahmen von ihr machen wollten. Aber das passierte wahrscheinlich allen Skandinavierinnen. Ihr erster Freund hatte mit ihr Schluss gemacht, weil er sie zu knochig fand.

Nachdem Malik begonnen hatte, bei Eva zu übernachten, schliefen sie oft erst nach ein oder zwei Uhr ein. Wenn sie aufwachte, war sie müde und spürte wenig Motivation, zur Universität zu fahren. Manchmal hatte er sein Auto dabei, dann konnten sie gemeinsam hinfahren. Heute war er allerdings zu Hause geblieben, er hatte gesagt, dass er noch Aufsätze korrigieren müsse. Eva hatte ihn damit aufgezogen, dass sie ihm dabei ja helfen könnte, woraufhin er nur genervt abgewinkt hatte.

»Es ist okay, dass wir eine Beziehung haben. Wir sind erwachsene Menschen. Aber meine Arbeit nehme ich ernst, und du musst verstehen, dass es hierbei um eine Frage der Ehre geht. Das ist wichtiger als Sex.«

Sie hatte nichts darauf erwidert. Sie wusste nicht so recht, welche Art von Beziehung sie zu Malik hatte. Soweit sie sich erinnerte, hatte er sie nie als seine Geliebte bezeichnet oder irgendetwas anderes in der Richtung.

Eva war Mitte August in London gelandet. Es war immer noch heiß und schwül, und alle schienen die Stadt verlassen zu haben. Familien waren mit ihren Kindern im Urlaub, die Schulen waren geschlossen, und die einzigen Menschen, denen man begegnete, wenn man in Shoreditch ausging, waren schlecht bezahlte, dreißigjährige Zugezogene mit prekären Karriereaussichten, Menschen, die sich in dergleichen Situation befanden wie Eva. Jedes Mal, wenn sie auf eine Party ging – zu Anfang hatte sie oft Natalija begleitet –, traf sie auf Personen mit ähnlichen Geschichten: Geisteswissenschaftler, die sich als Freiberufler durchzuschlagen versuchten, Akademiker, die in Cafés bedienten, Studenten mit enormen Schulden, australische IT-Nerds, die in der Finanzbranche arbeiteten (sie schienen die Einzigen zu sein, die Geld hatten, und Natalija schien sie alle zu kennen), junge Menschen mit teuren Ausbildungen in hoffnungslosen Fächern wie Literaturwissenschaft oder Ästhetik. Sie lebten alle in improvisierten Wohngelegenheiten, viele hatten reiche Eltern. Die meisten hatten ihr Studium schon hinter sich. Als Eva sagte, dass sie Kunst studierte, schien das niemanden besonders zu beeindrucken.

Nach fünf verschlafenen Studienjahren hatte sie ihr Examen in Kunstgeschichte abgelegt und anschließend darüber nachgedacht, ob sie mit dem Masterstudium fortsetzen sollte, bis sie einsah, dass ihr die dafür notwendige Motivation komplett fehlte.

Für das Kunststudium in London hatte sie sich aus einem Impuls heraus beworben. Sie war sich fast sicher, dass sie an der Zulassung scheitern würde, zumal sie gar keine praktische Erfahrung hatte. Aber sie hatte einen Aufsatz über den Begriff der Schönheit aus darwinistischer Perspektive geschrieben (und dazu Zitate aus einem Aufsatz ihres Vaters entliehen: »Der ästhetische Relativismus unserer Zeit hat trotz allem keine Antwort auf die universellen und interkulturellen Genüsse, die wir tagtäglich erleben«) und ein paar Zeichnungen ausgegraben, die aus ihrem letzten Jahr auf dem Gymnasium stammten. Darüber hinaus fertigte sie ein paar neue Illustrationen an, eine Art düstere Aquarelle, die von den Höhlenmalereien in Lascaux inspiriert waren. Das Malen hatte Spaß gemacht, und das Resultat war viel provokanter, als sie erwartet hatte, mit Geschlechtsteilen und verstümmelten Körperteilen in unterschiedlichen Anordnungen. Im Juni erfuhr sie, dass sie angenommen worden war, was in der übrigen Familie anscheinend niemanden überraschte.

»Ich habe ja schon immer gewusst, dass du dich mit Kunst beschäftigen solltest«, sagte ihr Vater, als sie anrief und davon erzählte, als hätte er in Wirklichkeit nur darauf gewartet, dass sie sich endlich dazu entschließen würde.

»Warum hast du mir das nie gesagt?«

»Ich kann dir doch nicht sagen, was du tun sollst. Du sollst schließlich das machen, was dich selbst interessiert, und nicht das, was ich mir vorstelle.«

Die Lehrveranstaltungen begannen im September. In der ersten Woche gab es zwei Einführungstage für die ausländischen Post-Graduate-Studenten, und am Mittwoch fingen die Vorlesungen an. Eva erschien zehn Minuten zu früh zu ihrer ersten Veranstaltung und schaute in einen beinahe menschenleeren Seminarraum. Erst zwei Studenten waren da – ein Junge und ein Mädchen, von denen Eva vermutete, dass sie ein Paar waren. Sie grüßte sie mit einem Nicken und trat ein. Sie blätterte ein bisschen in ihrem Smartphone herum und versuchte beschäftigt auszusehen.

Es standen kaum Stühle in dem weiß gekalkten Raum, stattdessen sah es so aus, als sollten sich die Teilnehmer auf Kissen und orientalischen Teppichen niederlassen. Die Räumlichkeiten wirkten neu, aber sie befanden sich in einem alten Gebäude. Eva vermutete, dass es aus der Mitte des neunzehnten Jahrhunderts stammte. Der Stadtteil hieß Hendon, und der Campus setzte sich aus moderner Architektur und alten Ziegelgebäuden zusammen. Um Viertel nach neun wurden die Türen geschlossen. Eva hatte für sich einen Platz in der Ecke gefunden.

Malik Martin war ein breitschultriger, groß gewachsener Mann von etwa vierzig Jahren. Er hatte dunkles, lockiges Haar, das an einer Stelle am Hinterkopf schon etwas dünn wurde. Er schien regelmäßig zu trainieren – er trug ein enges, kurzärmeliges Baumwollhemd, das sich um seine behaarten Oberarme spannte.

»Bevor wir anfangen, gibt es ein paar Dinge, die ihr über meinen Unterricht wissen müsst«, sagte er und ging durch den Raum, sodass ihm alle mit ihren Augen folgen mussten.

»Der eine oder andere von euch ist vielleicht hierhergekommen, weil er der nächste Damien Hirst werden möchte, weil er gehört hat, dass es auf der ganzen Welt keine dynamischere Kunstszene gibt als in London. Dass man hier Geld machen kann. Wenn dem so ist, dann spart euch lieber die Zeit und Mühe: Da wird nichts draus. Oder besser gesagt: Für neunundneunzig Prozent von euch wird da nichts draus.«

Er musterte sie mit einem scharfen Blick, der vermutlich eine Kombination aus Autorität und Mystik ausstrahlen sollte, aber Eva fand, dass er damit eher wie ein Schwindler aussah.

»Und noch etwas: Es gibt bestimmte Begriffe, die ich in meinem Unterricht nicht hören möchte. ›Schönheit‹ ist einer davon. ›Erhaben‹ ein anderer. ›Meisterwerk‹ lautet der dritte. Diese Begriffe werden von Menschen verwendet, die sich mit Kunst in emotionalen Kategorien auseinandersetzen. Diese Begriffe stammen aus einer romantischen Tradition, die das einsame Genie bewundert und an essenzielle Werte glaubt. Als ich das letzte Mal in den Kalender geschaut habe, lebten wir im einundzwanzigsten Jahrhundert. Die Kunst soll die zentralen kulturellen und sozialen Ideen ihrer Zeit erforschen. Wenn ihr Gefühle und Wohlbehagen erzeugen wollt, dann könnt ihr nach Hollywood gehen. Ich erwarte nur von euch, dass ihr eure eigene Stimme findet.«

Eva spürte, wie sie rot wurde. In ihrem Aufsatz wimmelte es von Wörtern wie »erhaben« oder »Schönheit«.

Die Teilnehmer waren ganz unterschiedlichen Alters. Bevor sie anfingen, wollte Martin, dass jeder von ihnen sich vorstellte. Viele schienen schon beeindruckende Meriten gesammelt zu haben, einer hatte bereits in einer Galerie ausgestellt, ein anderer hatte einen Studienabschluss in Oxford vorzuweisen. Ein Mädchen erzählte, dass sie den Kurs als eine Möglichkeit betrachtete, ins Goldsmiths College aufgenommen zu werden. Eva wusste, dass viele der erfolgreichsten zeitgenössischen Künstler Englands dort studiert hatten, einige von ihnen waren mittlerweile Turner-Preisträger.

Als Eva an der Reihe war, erzählte sie, dass sie aus Finnland stamme und erst vor einem Monat nach London gezogen sei.

»Und was magst du?«, fragte Malik Martin und fuhr sich mit der Hand durch das schwarze Haar. Alle Augen waren auf sie gerichtet.

»Was ich mag?«, erwiderte sie.

Malik nickte.

»Ich weiß nicht … ich mag die Hochromantik.«

Ein paar Jungen in einer Ecke des Raums begannen zu lachen. Ein anderer, eher mickriger Typ mit einem Schnauzbart betrachtete sie interessiert. Ein paar Mädchen tippten auf ihren Mobiltelefonen herum.

»Sonst noch etwas?«

In Wahrheit interessierte sich Eva nicht besonders für zeitgenössische Kunst. Sie fand, dass sie häufig auf simplen Ideen beruhte und erst mithilfe der Galerien und Museen mit Sinn angefüllt wurde. Sie hatte keine Ahnung, was sie selbst schaffen wollte.

»Ja, eigentlich spielt es auch gar keine Rolle, was ihr denkt oder wisst. Ihr seid hier, um das alles zu vergessen«, sagte Malik Martin, ging ans Kopfende des Raums und baute sich vor ihnen auf.

»Ihr habt vielleicht gehört, dass ich eine ganz spezielle Unterrichtsmethode habe. Ich werde keine Prüfungen abnehmen, und wir werden auch nicht die Ideengeschichte nach irgendeiner vorgegebenen Chronologie durchnehmen. Stattdessen werden wir zehn Wochen lang jede Woche über eines eurer Werke diskutieren. Nach jeder Sitzung bekommt einer von euch die Aufgabe, eines seiner Werke vorzubereiten. Deshalb müssen wir gleich loslegen. Ich setze voraus, dass ihr schon in dieser Woche mit der Arbeit beginnt. Heute sprechen wir über ein ganz besonderes Kunstwerk, das ihr hoffentlich sehr spannend findet.«

Am Nachmittag, als einige der Kursteilnehmer in einen Pub in der Nähe gingen, erfuhr Eva alles über Malik Martin. Ihre Kommilitonen tauschten sich angeregt darüber aus, wie spannend dieser Kurs werden würde, und sie erwähnten mehr als einmal eine gewisse »Sarah«. Als Eva ein mageres Mädchen, das neben ihr saß, nach dieser »Sarah« fragte, bekam sie zur Antwort:

»Das ist Martins Frau. Sie ist beinahe genauso legendär wie Martin. Betreibt eine Kunstgalerie in Bethnal Green. Sie haben anscheinend eine offene Beziehung. Das behaupten zumindest die Leute. Malik jedenfalls ist ziemlich berüchtigt.«

»Ja, er schläft gerne mit jungen Künstlerinnen«, sagte ein anderes Mädchen.

»Und Künstlern«, warf das magere Mädchen noch ein.

»Aha«, antwortete Eva.

Sie spürte ein sanftes Kribbeln im Bauch, während sie sich gleichzeitig darüber wunderte, wie alltäglich das Ganze bereits war – hier mit anderen Studenten zusammenzusitzen und sagen zu können, dass man Kunst in London studierte. Mehr war nicht dabei? Sie begriff, dass es an ihr selbst war, diese Aussage mit Inhalt zu füllen. Die anderen Kursteilnehmer kamen ihr sehr selbstbewusst vor, und sie konnte sich nur schwer vorstellen, welches Bild sie sich von ihr machten. Sie hatte zwar nicht das Gefühl, eine eigene »Stimme« zu besitzen, aber das war vielleicht auch gar nicht wichtig. War sie nicht genau deshalb hier, um sie zu finden?

Den Rest der Stunde hatten sie damit verbracht, sich eine Videoinstallation anzusehen. Es war ein Film über ein Glas Wasser, das auf einem Regalbrett stand. Nichts passierte, und trotzdem schauten sie bestimmt mehr als zehn Minuten lang zu.

Anschließend verteilte Malik Martin ein Papier an die Studenten. Es war eine Art Fragebogen, der offenbar zu dem Video gehörte und auf dem der Künstler Fragen zu seinem Werk beantwortete. Er behauptete, dass das Wasserglas eigentlich eine Eiche darstelle.

F: Sie meinen, dass das Wasserglas als Symbol für eine Eiche steht?
A: Nein. Es ist kein Symbol. Ich habe das gegenständliche Glas Wasser in eine Eiche verwandelt.

Eva kam das Ganze eher wie eines dieser Gedankenexperimente vor, mit denen man im Philosophieunterricht in der Oberstufe konfrontiert werden konnte. Aber sie sagte nichts, sondern hoffte, dass jemand anders zuerst den Mund aufmachte.

»Wie deutet ihr das? Was kann man dazu sagen?«, fragte Martin. Er stand mitten im Raum und betrachtete sie mit einem kindlich eifrigen Blick, einem Blick, den Eva von ihren Freunden kannte, wenn sie ihr einen neuen Song vorspielten, mit dem sie sie beeindrucken wollten.

»Hat niemand eine Meinung dazu? Come on people, ihr seid doch nicht hergekommen, um stumm herumzusitzen?«

Ein magerer Junge mit rotbraunen Haaren und Sommersprossen hob vorsichtig den Arm.

»Ja, Mr. Parr?«

»Ich finde es brillant. Zuerst sieht man nur dieses Wasserglas, und man denkt, okay, das handelt irgendwie vom Leben, also diese tiefe Symbolik mit dem Wasser als Element. Aber dann kommt dieser Künstler, und auf einmal, fuck you, ist das gar kein Wasserglas mehr, kein Symbol, es ist ein Baum. Hier geht es genauso sehr um unsere vorgefassten

Ansichten darüber, wie man ein Kunstwerk zu deuten hat, wie um das Kunstwerk selbst.«

Malik Martin zog die Augenbrauen hoch.

»Aha. Aha. Und was heißt das?«

»Ich weiß nicht, aber ich nehme an, es ist so, wie es hier steht. ›Den Begriff Eiche als eine bestimmte Eiche zu verstehen ist nicht dasselbe, wie ein Wasserglas als eine Eiche zu verstehen und zu erleben.‹«

»Ja, und was noch? Jemand anders?«

Martin drehte sich um.

Als Eva Kunstgeschichte studiert hatte, hatten sie gelegentlich diese Art von Übungen durchexerziert – sie hatten sich über mehrere Sitzungen hinweg darüber unterhalten, was eigentlich Kunst war und wer darüber zu entscheiden hatte.

Sie hob die Hand.

»Ja?«, sagte Malik.

Sie schaute sich um.

»Ja, also, für mich ist die Intention des Kunstwerks, zu zeigen, wie sehr es bei Kunst um Vertrauen geht. Das Vertrauen des Betrachters in die Perspektive des Künstlers. Wenn der Künstler sagt, dass das Wasserglas eine Eiche ist, dann müssen wir ihm glauben.«

Malik Martins Miene war nicht anzusehen, was er von ihrer Antwort hielt, stattdessen begab er sich vornübergebeugt wieder in die Mitte des Raums.

»Interessant. Und was denkst du selbst? Vertraust du dem Künstler?«

Sie zögerte. Sie hatte gelernt, dass es in solchen Diskussionen keine richtigen oder falschen Antworten gab – mit geschmacklichen Präferenzen über Konzeptkunst zu urteilen war, wie eine Diskussion für sich entscheiden zu wollen, indem man Hitler erwähnt. Es ging nicht darum, ob ein Kunstwerk gut oder schlecht war, sondern darum, ob es interessant war.

»Ich muss an Descartes denken, weil ich finde, dass es hier um vergleichbare Fragen geht. ›Gibt es den Tisch – eigentlich?‹, und so weiter. Allerdings halte ich diesen Text nicht für besonders einleuchtend.«

»Das ist aber schade, dass er dir nicht gefällt«, erwiderte Malik Martin. »Die Kritiker waren nämlich ganz anderer Meinung, als dieses Kunstwerk 1973 das erste Mal gezeigt wurde. Später ist sogar ein Theaterstück daraus entstanden.«

»Nur aus diesem einen Werk?«, fragte Eva.

»Absolut. Ihr müsst die Sache so sehen: Was hier passiert, ist dasselbe wie im Theater. Eine Sache wird in eine andere verwandelt. Es ist genau, wie du es sagst. Auch das Theater beruht auf Vertrauen. Der Schauspieler verwandelt sich in eine Rolle, und wir glauben ihm, weil es zur Vereinbarung gehört. Descartes ist ein guter Vergleich. Er fragte sich, wie wir uns darauf verlassen können, dass es den Tisch wirklich gibt. Und was war seine Antwort? Wir können es nicht. Wir können uns nur auf das Subjekt verlassen. Dieses Kunstwerk zeigt uns, wie stark die Macht des Subjekts über die wahrnehmbare Wirklichkeit ist. Wenn wir uns entscheiden, dem Künstler zu glauben, ist alles möglich. Es geht um Hingabe, wie eine kluge Person es einmal ausgedrückt hat.«

Eva lief rot an. Ihre Antwort war knapp.

»Aber die Schauspieler stehen ja nicht einfach nur auf der Bühne herum. Sie handeln und geben Repliken. Es ist nicht dasselbe wie dieses Wasserglas, was regungslos dasteht.«

»Sei dir da nicht so sicher«, sagte Malik.

Jetzt ergriff eines der Mädchen das Wort. Sie hatte eine

Achtzigerjahrefrisur à la Cyndi Lauper, und ihre Arme waren von Tätowierungen bedeckt.

»Ist das nicht ein bisschen wie Duchamps Pissoir? Ich meine, dass man einen ganz alltäglichen Gegenstand nimmt und ihn Kunst nennt?«

Der Junge mit dem Lipstick-Lesbian-Pulli protestierte. »Wir können hier doch nicht allen Ernstes über Duchamps Pissoir diskutieren? Das ist verdammte neunzig Jahre her.«

Das Mädchen sah verdattert aus, aber Malik Martin antwortete nicht, sondern klatschte plötzlich sanft in die Hände und sagte, dass der Unterricht für heute beendet sei. Eva stand auf und spürte, wie steif ihre Beine geworden waren. Auch ihr Kopf fühlte sich betäubt an, als hätte sie den ganzen Tag nichts gegessen, sondern nur Kaffee getrunken; ein großes, hallendes Weiß.

5

Das Studium nahm allmählich Fahrt auf. Eva lernte es zu schätzen, jeden Tag an der Universität aufzutauchen und die Hälfte der Zeit einfach nur zu reden – Malik war ein starker Anhänger der Idee, dass solche Diskussionen zu den wichtigsten Erfahrungen der Studienjahre gehörten, man sollte sich organisch entfalten, ohne irgendwelche vorgefassten Meinungen darüber, wie Kunstkritik auszusehen hatte. Jeder bekam einen Platz in einem Atelier und konnte das Material der Hochschule verwenden, das in den Studiengebühren inbegriffen war.

Schon bald kristallisierten sich verschiedene Gruppen heraus – einige waren geschickt im Zeichnen und konnten in sehr kurzer Zeit beeindruckende Resultate vorweisen. Eva gehörte zu dieser Gruppe, sie war schon immer eine gute Zeichnerin gewesen und hatte einen eigenen Stil entwickelt, dem sie sehr treu blieb, vor allem zu Beginn des Herbstes, als sie die anderen beeindrucken wollte, ohne dabei zu viel zu riskieren.

Das Problem der guten Zeichner bestand darin, dass sie schon bald anfingen, sich zu wiederholen – Eva hatte zum Beispiel schnell begriffen, dass Laurie, in deren offenem, sommersprossigem Gesicht sich die unterschiedlichen Stimmungen innerhalb des Kurses stets widerspiegelten, gerne große und helle Bilder malte, die unheimlich großzügig Farbe und Leinwand verbrauchten. Aber fast alle ihre

Bilder sahen gleichartig aus, sie flirteten vorsichtig mit der frühen Moderne, aber alles war irgendwie fleckig und bewusst geschludert, sodass man irgendwo unter den Bildern eine ausgeklügelte Maltechnik erahnen konnte. Der genaue Gegensatz dazu war Ben, der auf dem Adobe Illustrator Vektorsysteme erstellte, sie anschließend ausdruckte und in kleine, extrem detaillierte Siebdrucke mit Titeln wie »Gründe Dafür, Warum Meine Freundin Nicht Mit Mir Ficken Will« oder »Erfahrungen Aus Meinen Vier Jahren Als Unfreiwillige Jugendliche Unschuld« verwandelte.

Es gab auch Bildhauer, Fotografen und angehende Performancekünstler. Ein schweigsamer, aber interessanter Student namens Russ unterschied sich dadurch von den anderen, dass er seine Kunst nicht in Kübeln von konzeptionellem Gerede ertränkte, sondern sich einzig und allein der Malerei widmete. Noch dazu der Ölmalerei, was mit sich brachte, dass ihn stets ein nicht ganz unangenehmer Duft von Öl und Terpentin umgab. Seine Bilder waren fast nie fertig, wenn er sie vorstellen sollte, und deshalb endeten die Diskussionen darüber meistens damit, dass er für das nächste Mal etwas mehr zu zeigen versprach.

Malik Martin versuchte, jedem von ihnen Feedback zu geben, ging von Kunstwerk zu Kunstwerk, spielte manchmal den Strengen – »Jetzt mal ehrlich, Russ, ist das dein eigener Haufen Exkremente, den du da abzubilden versuchst?« –, aber den Kern ihres Unterrichts bildeten die wöchentlichen gemeinsamen Sitzungen, in denen sie über ihre eigenen Werke diskutierten.

In den ersten Wochen herrschte in der Gruppe eine vorsichtige Stimmung. Niemand wagte den anderen zu kritisieren, stattdessen sagte man Dinge wie »interessant« oder »spannend«. Zu einer anderen Standardphrase wurde bald:

»Nachdem du von dem Entstehungsprozess erzählt hast, verstehe ich es sehr viel besser«, was für Eva so klang, als fände man die Idee hinter dem Kunstwerk interessanter als das Kunstwerk selbst.

Eva hatte das Gefühl, dass sie kaum Zeit hatte, etwas gründlich zu Ende zu bringen, immer mussten sie sich gleich aufs nächste Werk stürzen. Als sie Malik darauf aufmerksam machte, sagte er nur, dass sie nicht hier seien, um »irgendwelche blöden Renaissancegemälde zu malen«, sondern um sich ein erstes, grundlegendes Verständnis von sich selbst als Künstler zu bilden.

Auf einer der letzten Sitzungen hatten sie eines von Bens kleinen Triptychen besprochen. Er hatte das eigentliche Muster auf dem Computer hergestellt, es anschließend in ein Drucksieb verwandelt und dieses auf drei quadratischen Tüchern mit Neonrosa und Cyan geflutet. Wenn er von seinen Bildern erzählte, bekam man den Eindruck, dass ein verzwicktes numerologisches System hinter den geometrischen Figuren steckte, und dass er sein Kunstwerk »Afghanistan« nannte, machte seine Deutung nicht unbedingt einfacher.

»Ich finde das sehr spannend«, sagte Laurie, die immer großzügig mit ihren Kommentaren war und stets das Eis brach, wenn die anderen sich zurückhielten. Aber weil sie immer alles mochte, was die anderen produziert hatten, nahm niemand ihre Bemerkungen ernst.

Der Rest der Klasse saß still auf seinen Kissen und Teppichen. Die meisten nahmen sich einen Kaffee und etwas zu essen mit in die Feedbackstunden. Das Mädchen mit der Cyndi-Lauper-Frisur – sie hieß Margot – hatte eine Flasche Wein mitgebracht, und weil Malik nichts dazu sagte, als sie sie öffnete, hatten einige der Jungs sie um ein Glas gebeten.

Jetzt ging Malik durch den Raum und wartete darauf, dass jemand etwas sagte.

»Hat niemand von euch eine Meinung zu Bens Werk?«

Margot betrachtete die Bilder und begann zu sprechen.

»Ich finde es hübsch. Die Farben sind hübsch und auch die Komposition. Aber ich bin mir nicht sicher, ob ich mit dem Titel etwas anfangen kann. Was hat das Ganze mit Afghanistan zu tun?«

»Ben, möchtest du etwas dazu sagen?«, fragte Malik.

Ben schüttelte den Kopf.

»Lieber nicht. Ich möchte die Interpretationen nicht steuern. Ich muss ja auch nicht, oder?«

»Nein, du hast alles Recht, dich zu weigern. Aber wenn ich so frage: Würdest du dein Werk als politische Kunst beschreiben?«

Ben schüttelte erneut den Kopf.

»Ich finde, dass es keine Rolle spielt, was ich sage. Es ist nicht an mir, darüber zu entscheiden.«

Eva hatte das Gefühl, dass viele in ihrer Klasse Kunst machten, die wie Kunst aussah – das heißt, sie hatten eine ganz bestimmte Vorstellung davon, wie Kunst aussehen und funktionieren sollte, welche Ideen und Gegenstände als »wichtig« zu betrachten waren und wie eine kompetente Interpretation auszusehen hatte, und all das bildete die Grundlage ihrer Arbeit. Ben schien nicht das geringste Interesse daran zu haben, an dem erwarteten Diskurs teilzunehmen.

Niemand sagte etwas.

»Ich könnte jetzt sagen, was ich davon halte, aber das ist nicht interessant. Kommt schon, Leute!«, sagte Malik.

Eva wurde plötzlich bewusst, wie idiotisch das alles war – als wären sie alle gezwungen, zu einer Meinung zu gelangen, die mit dem Kunstwerk eine wirksame Synthese einging. So funktionierte die ganze Kunstwelt – alles strebte nach einem Konsens. Aber was kam danach? Oder war das Ganze nur ein eingeübtes Rollenspiel von derselben Art, wie wenn junge, politisch aktive Menschen so über Politik sprachen, wie ein Gespräch über Politik ihrer Vorstellung nach klingen sollte?

Schließlich machte Eva den Mund auf. Sie konnte sich genauso gut an der Diskussion beteiligen.

»Zuerst hab ich es nicht richtig kapiert. Ich meine, das ist genau das Gleiche wie das, was du bisher gemacht hast, Ben, nur diesmal hast du dir einen ganz anderen Titel dafür ausgedacht als sonst, wo es immer um Sex ging. Aber dann habe ich gedacht: Vielleicht ist es eine Allegorie? Vielleicht ist Afghanistan für dich ein Sinnbild deines Liebeslebens?«

Ben wand sich. Seine Bilder, einen halben Meter breit und genauso hoch, waren auf Staffeleien vor der Klasse aufgestellt. Er machte keine Anstalten, irgendetwas zu erklären. Es wurde wieder still, jemand trank ein Glas Wein, und schließlich klatschte Malik in die Hände.

»Okay, weiter scheinen wir heute nicht zu kommen. Wir machen am Montag weiter. Aber das war eine interessante Theorie, Eva«, sagte er, bevor er ans Ende des Raums ging und die Tür öffnete. Die Leute standen auf, jemand klopfte Ben auf die Schulter, und der Raum leerte sich.

Eine halbe Stunde später saß Eva etwas außerhalb des Universitätsgeländes in dem Café, in dem sie sich immer trafen, und wartete auf Malik.

Sie dachte darüber nach, dass sie sich nach klaren, gestochenen Einsichten sehnte – solchen, die man nicht erdachte, sondern die man entdeckte, so, als wären sie die ganze Zeit schon da gewesen und hätten auf einen gewartet.

Als sie im Auto saßen und in die Stadt fuhren, zündete

sich Malik eine Zigarette an und begann über die Arbeiten der anderen Schüler zu sprechen.

»Bens Problem ist, dass er emotional so gehemmt ist. Er ist nicht in der Lage, etwas anderes zu tun, als vor dem Computer zu sitzen und Formeln zu berechnen, von denen er sich anschließend einbildet, sie seien Kunst. Und dann – nur um dem Ganzen irgendeinen Rahmen zu verpassen – nennt er es ›Afghanistan‹, damit er tiefsinniger wirkt, als er in Wahrheit ist. Wo ist da das verdammte Risiko?«

Eva nickte, und Malik fuhr fort, während er aus dem Fenster aschte.

»Ehrlich gesagt, möchte man sich manchmal einfach die Kugel geben. Wenn etwa diese Burschen anfangen, über Bourdieu zu faseln und dieses verdammte kulturelle Kapital, und sich dann den Mädels zuwenden« – Malik wandte sich zu Eva – »und ihre Gesichter förmlich zu leuchten anfangen. Dann denke ich, was für eine verfluchte Verschwendung. Jungs, in diesem Augenblick sitzen überall auf der Welt Tausende wir ihr, die ebenfalls über Bourdieu sprechen und glauben, dass sie die Einzigen sind …«

Wenn Malik erst einmal in Fahrt kam, konnte ihn niemand mehr aufhalten. Er liebte es, seine eigene Stimme zu hören. Auch wenn Eva es sich nicht eingestand, aber im Grunde hörte sie gerne zu, wenn Malik die anderen Studenten disste. Wenn er über Laurie herzog, dann tat er dies mit einer so glühenden Leidenschaft, die – so war Evas Verdacht – eigentlich aus seinem Zorn darüber gespeist wurde, dass sie ihm gegenüber so abweisend war.

»Ihre ganzen Kunstwerke sind extrem narzisstisch, ist dir das schon mal aufgefallen? Als wäre sie nicht in der Lage, eine andere Perspektive einzunehmen als ihre eigene. Sie glaubt zwar immer, dass sie sich damit freikämpft, doch zeigen alle ihre Werke eigentlich nur, wie aufgeblasen sie ist. Aber das macht natürlich nichts, sie wird wunderbar zurechtkommen. Die Leute lieben diesen Scheiß. Komm her«, sagte Malik, und Eva lehnte sich an ihn.

Als sie in Evas Wohnung ankamen, wollte Malik noch etwas einwerfen. Er behauptete, dass er über einen unerschöpflichen Vorrat an Ritalintabletten verfüge, seit sein Arzt bei ihm ADHS diagnostiziert habe. Er hatte mehrere Male versucht, Eva zum Mitmachen zu überreden, aber Eva besaß eine mentale Grenze, und die schloss Drogen am helllichten Tag aus. Sie hatte auf Partys schon Kokain probiert, und beim ersten Mal war sie dermaßen energisch geworden, dass sie sich beinahe die Wangen durchgekaut hätte. Aber mit der Zeit hatte sie zu schätzen gelernt, was der Stoff mit ihr machte – sie fühlte sich clever und schlagfertig, unterhielt sich gerne mit Leuten, ohne sich deswegen in die Art von peinlichen Diskussionen zu stürzen, die der Suff gerne mit sich brachte.

Malik zerhackte eine Tablette und zog sie sich von einem von Evas Kunstbüchern rein, ein teurer Band über die Präraffaeliten, den sie in der National Gallery gekauft hatte. Es dauerte nicht lange, und er wollte Sex. Weil er high war, zog er es besonders in die Länge – die Drogen schienen seinen sexuellen Appetit zu steigern. Das machte ihr nichts aus. Eva fand, dass in diesem rein körperlichen Akt viel mehr Wahres und Begreifbares steckte als in der Kunst, die sie in den vergangenen zwei Monaten zu schaffen versucht hatte. Als er von hinten in sie eindrang, konnte sie sich nicht eines gewissen Gefühls der stolzen Entzückung darüber erwehren, dass sie es so weit gebracht hatte – keine ihrer Freundinnen zu Hause in Finnland war weiter gekommen als bis Stockholm.

6

Als Katriina Max kennenlernte, war sie schon zweiundzwanzig Jahre alt – sie fühlte sich damals sehr erwachsen –, und er hatte bereits begonnen, im Institut Karriere zu machen. Nachmittags pflegte Max in Studentencafés zu sitzen, wo er ein kleines Publikum um sich versammelte, das ihm zuhörte und mit ihm diskutierte. Dazu gehörten Leute wie Veronica Pimenoff, JP Roos, Anssi Sinnemäki, Kari Rydman und Matti Wuori. Katriina fand, dass Max zu viel redete. Er war hoffnungslos egozentrisch, aber er sah gut aus, und sie dachte, dass man bestimmt etwas gegen diese irritierende Facette seiner Persönlichkeit unternehmen könne. Er hatte vermutlich noch nie eine Frau getroffen, die es gewagt hatte, ihn zu kritisieren.

Genau das hatte er später, als sie zusammen waren, auch gesagt und noch viele Male während ihrer Ehe. »Du bist brutal«, konnte er mit stolzer Stimme behaupten. »Ich habe noch nie jemanden getroffen, der mich so gut zurechtstutzen konnte wie du. Mach weiter so.«

Es dauerte lange, bis sie seine Eltern kennenlernte. Sie wohnten in Österbotten, und Katriina merkte es Max an, dass ihn allein der Gedanke, sie seinem Vater vorzustellen, nervös machte. Dass Max ein Finnlandschwede war, war für sie kein Thema, aber für Max offensichtlich ein wichtiger Umstand. Sein Vater war im Lions Club und im Ortsverein der Schwedischen Volkspartei aktiv, und Max befürchtete, dass er eine finnischsprachige Schwiegertochter nur schwer akzeptieren würde. Als sie seine Eltern endlich treffen durfte, verstand sie sofort, warum Max so besorgt gewesen war: Ebba und Vidar waren ein typisches Nachkriegspaar, er alkoholkrank und dominant, sie stumm ihrem Schicksal ergeben.

»Merkst du nicht, wie gemein dein Vater zu deiner Mutter ist?«, hatte Katriina schon nach ihrem ersten Besuch gefragt, bei dem sie gesehen hatte, wie viel Vidar trank und wie er anschließend Ebba mit an den Haaren herbeigezogenen Anschuldigungen verbal terrorisierte. Aber Max hatte abweisend reagiert und wollte nicht darüber sprechen. Solange er lebte, hatte Vidar Katriina nie richtig akzeptiert, aber er war immer nett zu ihren Töchtern. Wenn sie zu Besuch waren, saß er oft mit seinem kräftigen Körper über die Bockbierdosen gebeugt im Sessel und schaute fern, und manchmal wollte er eines der Mädchen auf den Schoß nehmen. Katriina hatte Max' Vater immer als eine paradoxe Mischung aus kleinbürgerlichem finnlandschwedischem Elitismus und provinziellem Minderwertigkeitskomplex verstanden. In seinen Augen war Katriina nicht nur eine Finnin, sondern zu allem Überfluss noch eine blasierte Finnin aus der Großstadt.

Der ganze Herbst war eine trostlose Quälerei durch eine endlose Reihe von Meetings gewesen. Katriina fuhr mit dem Bus zur Arbeit, stand um acht Uhr morgens bei rauem Wetter an der Runeberginkatu, nachdem der Regen über Nacht zu Eis gefroren war und die Straßen in eine Gefahr für Leib und Leben verwandelt hatte.

Es waren in der Arbeit Wochen, wenn nicht gar Monate vergangen, in denen Katriina nicht die geringste Inspiration verspürt hatte. Sie wunderte sich, wie leicht es ihr die ganze

Zeit gefallen war, jeden Morgen dorthin zu gehen und zu tun, als wäre alles wie immer. Katriina erledigte exakt dieselben Arbeitsaufgaben wie in den fünf Jahren zuvor, der Unterschied bestand einfach nur darin, dass sie sie jetzt ganz mechanisch ausführte, ohne bei der Sache zu sein, als wäre sie ein Roboter, der eine strebsame leitende Angestellte in der Mitte ihrer Karriere imitierte.

Zuerst hatte sie erwartet, dass irgendjemand es bemerken würde, dass irgendeiner ihrer Kollegen – vielleicht Heikki, der im Büro nebenan saß und nie ein Geheimnis daraus gemacht hatte, dass er nach ihrer Stelle schielte, oder Petra, die ständig jede Menge Ermutigung brauchte, um auch nur die einfachsten Aufgaben zu erledigen – eines Tages auf sie zukommen und sie damit konfrontieren würde.

»Katriina, wir haben gemerkt, dass du in letzter Zeit gar nicht mehr du selbst bist. Wir brauchen Anleitung, Inspiration.« »Katriina, wie geht es dir eigentlich?« Irgendetwas in dem Stil.

Aber mit der Zeit stellte sich heraus, dass niemand irgendetwas fragte, dass niemand bemerkte, wie geistesabwesend Katriina war. Also machte sie weiter wie bisher, was erstaunlich gut ging, es ging sogar hervorragend, so zu tun, als hätte man alles unter Kontrolle, als widmete man der Arbeit tatsächlich seine volle Konzentration, als würde man sich sogar ganz bewusst weiterentwickeln.

Diese Situation führte dazu, dass sie ihre Kollegen in gewisser Weise zu verachten begann, weil sie nicht begabt genug waren, sie als eine miserable Vorgesetzte zu erkennen, dass sie geblendet und fehlgeleitet waren von dem Bild der Person, die sie einmal gewesen war, ein Bild, das einst, vor langer Zeit, vielleicht sogar eine Entsprechung in der Wirklichkeit gehabt hatte. In der Folge wurde sie an ihrem Arbeitsplatz immer unglücklicher, während sie sich gleichzeitig dafür schämte. Verhielt sie sich nicht schrecklich unverantwortlich, wenn sie nicht zu hundert Prozent für ihre Arbeit brannte? Diese Frage beschäftigte sie am Dienstag in einem Meeting, in dem diskutiert wurde, wie man eine größere »Interaktion« mit den Patienten zustande bringen könnte, oder mit den »Kunden«, wie einige sie mittlerweile nannten, weil der Begriff »Patient« ein »unnötig großes Gewicht auf den Faktor Krankheit« legte und damit »unnötig negativ aufgeladen« war (Wivans Worte).

Wivan war Katriinas engste Kollegin gewesen, solange sie sich erinnern konnte. Wivan ging auf die sechzig zu und liebte Wörter wie »spannend« oder »Herausforderung«, eine Chefin, die Veränderung als ein Ziel an sich verstand. Unlängst war sie durch eine große Lebenskrise gegangen, und seitdem hatte sie begonnen, im Garten zu arbeiten, und war dem schwedischen Buchclub »Lebensenergie« beigetreten, was alle ihre Kollegen wussten, weil in ihrem Büro überall Bücher wie *Gewicht verlieren mit Achtsamkeit* oder *Energiediebe entdecken und meiden* herumstanden.

Katriina hätte mittlerweile eine ganze Vorlesung über sogenannte Energiediebe halten können, da dieses Buch bei Wivan offensichtlich voll eingeschlagen hatte: Sie sprach mit allen Menschen, die sie kennenlernte, über dieses Phänomen. Seltsamerweise war man selbst nie der Energiedieb, sondern immer jemand, der gerade nicht im Raum war.

Die Interaktion mit den Patienten – beziehungsweise Kunden – sollte in erster Linie über eine aktualisierte Website stattfinden, über die man nicht nur einen Arzttermin vereinbaren und damit die Telefonwarteschleifen umgehen, sondern auch Fragen zu seinen Krankheiten stellen, Rückmeldung geben und zu bestimmten Zeiten sogar mit seinem Hausarzt chatten konnte.

Die Internetstrategie der HUS, die unter der Bezeichnung *HUS 2.0* lief, war im vergangenen Herbst das große Thema gewesen. Weil Finnland im Bereich IT international ganz vorn mitspielen wollte, gab es jede Menge Fördertöpfe, aus denen man sich für solche Zwecke bedienen konnte. Jetzt diskutierte man die Möglichkeit, auf der Homepage ein Quiz zu veranstalten. »Das ist im Augenblick unheimlich populär, man sieht es überall«, sagte Heikki, der in seiner Eigenschaft als Mann – allerdings nicht als IT-Spezialist, soweit Katriina wusste – zu fast allem eine Meinung hatte.

»Was denkst du, Katriina?«, fragte Paula, die eigentlich die Ärzteschaft vertreten sollte, aber trotzdem Teil des Innovationsteams war, das über die Internetstrategie diskutierte.

»Ja, ich finde das eine ausgezeichnete Idee«, sagte Katriina.

Allgemeines Nicken. Blicke wurden getauscht. Jemand notierte die Idee. Es war Nachmittag, und Katriinas Lebensenergie flackerte irgendwo zwischen Komapatient und totem Fisch.

»Oder vielleicht eine ›Frage des Tages‹?«, schob Heikki nach.

»Und was kostet das Ganze?«, fragte Katriina. Sie wandte sich an den Vertreter der IT-Abteilung in der Runde. Sie konnte sich nie an seinen Namen erinnern, Markku irgendwas, aber er schien einen fast übernatürlichen Stolz auf seinen Berufsstand zu besitzen, als wäre er der Auffassung, dass Informatiker ein ganz besonderes Ergebnis der menschlichen Evolution darstellten. Er arbeitete zwar erst seit zwei Monaten bei ihnen, war aber bereits allseits beliebt, weil er der Einzige war, der wusste, wie der Projektor im Besprechungsraum funktionierte.

»Ja, das dürfte wohl kein größeres Problem sein. Aber wir bräuchten dann ein neues CMS, denn mit dem aktuellen können wir kein Quiz realisieren.«

Katriina blickte in die Runde. Sie hatte nicht die Absicht, Markku das Vergnügen zu gönnen, ihnen den Begriff »CMS« zu erklären, aber Paula fragte sofort nach. Er faltete daraufhin die Hände, blickte sich im Raum um und sprach mit ihnen, als wären sie Kinder. Er hatte eine leicht aspergerhafte Art, Dinge zu erklären, als wäre er gezwungen, die eigenen mentalen Prozesse in eine Sprache zu übersetzen, die auch Normalsterbliche verstehen.

»Möchtet ihr die einfache Erklärung hören? Man könnte es als Internetveröffentlichungswerkzeug bezeichnen. Und wir müssen unseres auf den neuesten Stand bringen.«

»Ist das aufwendig?«, fragte Katriina.

»Kommt darauf an. Wir müssen die alte Homepage auf die neue Plattform migrieren. Das kann eine Weile dauern. Aber wenn wir darüber reden, die ganze Homepage neu zu gestalten – und so hört sich das ja an –, dann handelt es sich um eine größere Operation.«

»Ja, ja«, sagte sie. »Müssen wir das öffentlich ausschreiben?«

»Das müsst ihr entscheiden. Es gibt Gratisversionen. Das ist auch eine Möglichkeit, die wir uns anschauen können. Aber dann kann ich nicht garantieren, dass wir den Support bekommen, den wir brauchen. Wenn irgendetwas schiefläuft, könnte es schwierig werden, das Problem zu beheben.«

»Das klingt ja gar nicht gut«, sagte Katriina.

Heikki meldete sich zu Wort.

»Aber dieses Quiz, von dem wir sprechen, das ist doch keine Atomphysik. Müssen wir dafür das ganze System austauschen?«

Alle schauten auf Markku.

»Ich fürchte schon«, sagte er und sah beinahe zufrieden aus.

Katriina wusste, dass dieses Meeting noch ewig dauern würde, wenn sie nichts unternahm. Sie spürte schon, wie die ganze Kraft allmählich aus ihrem Körper wich, wie sich dunkle Wolken irgendwo ganz vorn in ihrem Kopf auftürmten, wie ihr Lebenslicht erlosch und sie schließlich von einem schwarzen, bodenlosen Loch namens INTERNET-STRATEGIE verschluckt wurde. Sie schaute auf die Uhr und sah, dass es kurz vor drei war.

»Okay, wir machen es so«, sagte sie und nickte Markku zu. »Du erstellst eine grobe Einschätzung des Arbeitsaufwands und der zu erwartenden Kosten und legst sie mir vor dem nächsten Meeting vor. Auf dieser Grundlage diskutieren wir dann weiter. Einverstanden?«

Sie schaute in die Runde. Alle nickten. Sie schaute noch einmal auf die Uhr, und damit schien die Besprechung offiziell beendet zu sein. Stuhlbeine scharrten über den Boden, Papiere wurden eingesammelt, Markku schaltete den Projektor aus, und alle verließen den Raum.

Sie rauchte die erste Zigarette des Tages, als sie von der Arbeit nach Hause ging – sie gestattete sich drei am Tag, aber in letzter Zeit waren es mehr geworden, bis zu acht Stück –, und dachte, dass es nur eine einzige Methode gab, nicht mit Haut und Haaren unterzugehen: sich einfach weiterschinden wie bisher, als wäre alles in Ordnung, immer weitergehen, sich auf das nächste Ziel konzentrieren. Dass es um vier Uhr nachmittags draußen bereits stockfinster war, machte die Sache auch nicht besser.

Als sie zu Hause war, rief sie Helen an.

»Hallo, Mama.«

Im Hintergrund waren die Enkelkinder zu hören.

»Ich wollte eigentlich nur ein bisschen reden. Das heißt, eigentlich geht es um Papas sechzigsten Geburtstag. Er hat gesagt, dass er nicht feiern möchte, aber ich dachte ... ich meine, irgendwas müssen wir uns doch einfallen lassen. Ich denke da nicht an ein großes Fest, aber vielleicht können wir ein paar Kollegen einladen ...«

Den Gedanken an ein großes Fest fand Katriina schon immer verführerisch. Menschen, Lärm, Bewegung.

Wenn sie etwas richtig gut konnte, dann war das, es anderen Menschen so angenehm wie möglich zu machen, gerne in behaglich-bürgerlicher Atmosphäre. Das beherrschte sie zu ihrer eigenen Freude bis zur Vollendung. Es war wie ein Schauspiel, das sie ihr ganzes Leben lang unbewusst immer wieder geprobt hatte. Jede Replik saß.

Tatsächlich hatte sie schon oft darüber nachgedacht, dass sie auch eine ausgezeichnete Bühnenbildnerin hätte werden können; im Leben ging es schließlich darum, den Menschen die richtigen Requisiten und das richtige Umfeld für ihre Handlungen zu geben.

Sie hörte, dass ihre Tochter mit einem der Kinder sprach – es musste Lukas sein –, und sie stellte sich vor, wie die Kinder und vielleicht auch die Enkelkinder auf Max' Geburtstagsfeier auftreten könnten.

»Weißt du, was schön wäre?«

»Was?«

»Wenn du und Eva – ja, ihr dürft ruhig Nein sagen, wenn ihr nicht wollt –, wenn ihr vielleicht etwas singen könntet?«

Helen antwortete nicht, aber Katriina wusste, dass sie mitmachen würde. Das tat sie immer.

»Oder vielleicht möchte Amanda etwas spielen?«

»Ja, das würde sie bestimmt gerne tun. Wir werden sehen. Aber Mama, wenn Papa gesagt hat, dass er nicht feiern möchte, dann können wir ihn doch nicht dazu zwingen?«

Es klang ein bisschen vorwurfsvoll, ein unterschwelliges »Warum musst du immer alles verkomplizieren?«, das ihr ständig von allen Familienmitgliedern entgegenschlug. Aber das hier war eine Angelegenheit, auf die sich nur Katriina verstand, denn sie hatte mit ihrer Spezialbegabung zu tun, und dieses Fest war eine der seltenen Gelegenheiten, von denen sie wusste, dass sie dabei strahlen würde. Sie sah schon vor sich, wie sie das Fest ein bisschen größer, ein bisschen kostspieliger – und vor allem auch unterhaltsamer – gestalten würde als die Feste, die Tuula in letzter Zeit gegeben hatte.

»Ach, so was sagen die Leute immer. Sie tun so, als sollte man ihretwegen bloß keinen Aufwand betreiben, aber im Grunde sind sie enttäuscht, wenn sich niemand etwas einfallen lässt«, sagte sie.

Katriina wusste, dass sie damit in Bezug auf die meisten Menschen recht hatte, für Max galt dies vielleicht ausgerechnet nicht. Seine sozialen Bedürfnisse waren mit zunehmendem Alter immer geringer geworden, und sie ahnte, dass ihm die Tatsache, dass er bald sechzig wurde, eine gewisse Angst bereitete. Max würde es niemals zugeben, aber er bewunderte die Jugend, er bewunderte sie grenzenlos, auf eine ganz andere Weise als Katriina, und sein Peter-Pan-Komplex schien mit den Jahren eher stärker geworden zu sein.

»Hast du etwas von Eva gehört?«, fragte Helen.

»Ich habe mit ihr noch nicht über das Fest gesprochen, aber ich werde ihr wohl anbieten müssen, die Fahrtkosten zu übernehmen.«

»Kommt Fammo auch?«

Katriina hatte noch nicht darüber nachgedacht, ob Max' Mutter kommen sollte oder nicht. Für Max' Schwester wäre es wahrscheinlich zu schwierig, sie allein im Auto mitzunehmen. Aber sie wusste auch, dass eigentlich sie selbst an der Reihe waren, sie aus Kristinestad abzuholen. Ebba hatte sie seit zwei Jahren nicht mehr in Helsinki besucht. Stattdessen war Max nach Österbotten gefahren, wenn er Zeit dafür hatte.

»Wir werden sehen. In dem Fall werde ich sie allerdings holen müssen.«

»Ich kann kommen und dir helfen.«

»Wie läuft es bei dir in der Arbeit?«, fragte Katriina.

»Ja, im Großen und Ganzen wie immer. Nach Weihnachten bekommen wir einen neuen Lehrer. Geschichte. Eine ziemlich schlimme Sache. Seine Frau ist bei einem Verkehrsunfall ums Leben gekommen, und jetzt ist er mit seiner Tochter nach Helsinki gezogen.«

»Aber das ist ja furchtbar!«

Helen schien die Geschichte nicht besonders schwerzunehmen. Sie erzählte einfach weiter, im selben Tonfall wie zuvor.

»Du weißt ja, unsere Rektorin, Gunvor … Sie hofft anscheinend, dass er so eine Art Genie ist. Sie läuft überall herum und erzählt, dass wir die Pädagogik erneuern müssen, ins digitale Zeitalter eintreten sollen, so etwas. Also ich weiß nicht«, sagte Helen.

»Um noch mal darauf zurückzukommen – ich glaube, für

Eva ist es im Augenblick am wichtigsten herauszufinden, was sie mit ihrem Leben anfangen möchte. Sie macht ja jetzt diese Kunstsache, und ich nehme an, dass London ein guter Ort ist, um das zu lernen und die richtigen Leute zu treffen …«

»Oder sie findet einen Mann und bekommt Kinder. Dann hat sie wenigstens irgendetwas zu tun.«

»Mhm«, erwiderte Katriina mit einem Nicken.

Sie ließ sich in ihren Sessel zurücksinken. Sie liebte ihren Artek-Sessel, nicht nur, weil er sie an ihre Jugend erinnerte, sondern auch, weil er so ein absolut vernünftiger Kauf gewesen war, eines der Dinge in ihrem Leben, die sie niemals bereuen würde.

»Ich glaube, ich muss jetzt Schluss machen, Mama.«

»Okay, gib den kleinen Zuckerschnütchen einen Kuss von mir.«

»Das werde ich tun.«

Nach dem Gespräch ging Katriina auf den Balkon und rauchte. Es hatte angefangen zu schneien, große, nasse Flocken, von denen die Zigarette feucht wurde. Von hier aus konnte man nicht mehr als den Innenhof erkennen. Jemand ging unten über den Hof und warf Müll in den Container. Ein nasses Klatschen. Sie musste an Blumen denken, dass sie viele Blumen bei Max' Fest aufstellen würde. Nicht nur hier und da ein bisschen, sondern überall in der Wohnung. Tuula steckte nie besonders viel Energie in den Blumenschmuck.

Sie zog ihr Zigarettenpaket aus der Tasche und bemerkte, dass nur noch eine übrig war.

7

Max hatte das Interview mit der *Helsingin Sanomat* schon längst wieder vergessen, als Laura Lampela ihn plötzlich anrief, einen Tag nachdem er eine Vorlesung vor seinen Erstsemesterstudenten gehalten hatte. Er war in seinem Büro und wollte sich gerade auf den Heimweg machen, und er nahm Lauras Vorschlag an, sich am Freitag zum Lunch im »Kosmos« zu treffen. Max begegnete in seinem Institut jeder Menge junger Frauen, aber er hatte ihnen gegenüber nie mehr als eine wohlwollend distanzierte Haltung entwickelt, und die meisten von ihnen wandten sich an eine seiner Kolleginnen, wenn sie Betreuung für eine Seminararbeit oder Ähnliches brauchten. Es war lange her, dass er diese Art von Aufmerksamkeit erfahren hatte. 1993 hatte ihn die Zeitschrift *City* zum »Nachwuchsintellektuellen des Jahres« gewählt. Damals hatte er sich viel zu alt für einen solchen Titel gefühlt, aber jetzt war ihm bewusst, wie jung er im Grunde noch gewesen war. Er wusste, dass es innerhalb des Instituts Kräfte gab, die ihn für einen Mann von gestern hielten und seine Ausrichtung auf die Evolutionstheorie lächerlich fanden, was ihn umso mehr isoliert hatte. Heute hatte sich die Soziologie entweder mit Genderforschung und Umweltproblemen zu befassen, oder sie sollte im Sinne Bourdieus forschen.

Max erzählte Katriina von dem Lunch-Interview.

»Du kommst also am Freitag zur selben Zeit nach Hause wie immer?«

»Wieso?«

»Ich meine, wenn ihr nur zu Mittag esst.«

»Ja, genau. Nehme ich jedenfalls an«, sagte er. »Obwohl ich am Abend noch Tennis spielen werde.«

Er wusste, dass dieses ganze Interview nur eine dämliche, überflüssige Sache war, aber wenn er etwas brauchte, dann war es so eine dämliche, überflüssige Sache, die ihn von dem Buch ablenkte, an dem er gerade arbeitete. Sein Lektor Matti hatte ihn angerufen und gefragt, wie er vorankomme. Max hatte sich vor dem Anruf geängstigt.

Edvard Westermarck war in vielerlei Hinsicht ein Mysterium und ein viel größeres Projekt, als Max geahnt hatte. Wie konnte es passieren, dass ein unverheirateter Sechsundzwanzigjähriger aus Finnland – mit ziemlich wenig wissenschaftlicher Erfahrung – im Jahre 1888 beschloss, ein Buch über die Geschichte der Ehe zu schreiben? Noch dazu auf Englisch?

Max stellte sich oft vor, wie Edvard Westermarck unter der großen Kuppel der Bibliothek des British Museum in London saß und den größten Teil des Werkes schrieb, das ihn zu einem international bekannten Wissenschaftler machte – einem der ersten, die Finnland hervorgebracht hatte.

Bei Westermarck schien es sich um einen Mann zu handeln, der die ungeheure Geduld aufbrachte, die nötig war, um Daten zu sammeln, der jede Hypothese überprüfte, der stets am Puls der neuesten Forschung war und sich nicht scheute, weite Reisen an Orte zu unternehmen, wo die primitivsten Bedingungen herrschten. Ein finnlandschwedischer Aristokrat aus einer behüteten Welt, der sich für ein kosmopolitisches Leben entschieden hatte.

Dass sich heute niemand mehr an Westermarck erinnerte,

war nur ein Grund mehr, ihn zu entstauben und erneut ins Licht der Öffentlichkeit zu rücken.

Zu Beginn des Projekts hatte Max den Ehrgeiz gehabt, zumindest ein paar der Orte zu bereisen, an denen Westermarck gelebt hatte – Sizilien, Marokko, England – aber für mehr als einen Kurztrip nach London hatte die Zeit nie gereicht, und der Versuch, telefonisch Westermarcks alte Villa in Tanger ausfindig zu machen, endete in einer Sackgasse. Die erste Zeit saß er in Turku und las Westermarcks Briefe, aber jetzt ging es nur noch darum, alles aufzuschreiben.

»Ich gehe davon aus, dass es verdammt gut wird«, hatte Matti am Telefon gesagt. Max hatte schon einige Male in Mattis Büro im Verlag gesessen und ihm von dem Buch vorgeschwärmt. Er hatte erklärt, dass es ein Bild des intellektuellen Klimas zu Beginn des zwanzigsten Jahrhunderts – Darwin, Freud, Durkheim – zeichnen und nachweisen würde, wie bahnbrechend Westermarck damals gewesen sei. Er hatte ausführlich die dramaturgischen Bogen des Buchs beschrieben: Westermarcks verborgene Homosexualität, seine Reisen nach Marokko, seine Schwester, die sich den Suffragetten angeschlossen hatte …

Mittlerweile hatte er so lange an dem Buch gearbeitet, dass er davon zu träumen begann. In diesen Träumen saß Max selbst in einem Beduinenzelt oben in den Bergen bei Marrakesch, unter Räubern und Kamelen, Szenen aus dem neunzehnten Jahrhundert, die Westermarck in seinen Memoiren beschrieb. Es war Nacht für Nacht derselbe Traum: Er saß oben auf einem Hügel und sah schöne Frauen, Männer und Kinder, die sich über staubige Wege in den Sonnenaufgang bewegten. Wenn er aufwachte, war er immer durstig.

Während ihres letzten Gesprächs hatte Matti nur mäßig beeindruckt geklungen.

»Verdammt, Max, fünfzig bis hundert Seiten würden reichen, dann können wir die Klappen- und Katalogtexte schreiben.«

Max versprach, so schnell wie möglich etwas zu liefern, aber jetzt waren schon wieder ein paar Tage vergangen, und gerade heute wollte er nicht an das Buch denken.

Stattdessen verbrachte er den ganzen Vormittag damit, sich das richtige Hemd auszusuchen. Er verwendete sogar ein Aftershave, was er praktisch nie tat. Er besaß eine Tube von Hugo Boss, die schon ewig in seinem Schrank stand. Soweit er es beurteilen konnte, war es immer noch okay, jedenfalls nicht spürbar anders als damals, als er sie das erste Mal geöffnet hatte.

Er hatte sie irgendwann kurz nach der Jahrtausendwende von Helen als Weihnachtsgeschenk bekommen; in dem Jahr, in dem sie ihre erste Stelle angetreten hatte.

Max selbst war durch Zufall zu seinem Beruf gekommen. Als er auf dem Gymnasium die Beschreibungen der verschiedenen Studienfächer in einer Informationsbroschüre durchlas, kam ihm die Soziologie am einfachsten vor. Er besorgte sich Erik Allardts und Yrjö Littunens *Einführung in die Soziologie*, die praktisch während der gesamten Siebzigerjahre als Eintrittskarte für das Studium galt, und zu seiner Verwunderung bestand er die Aufnahmeprüfung mit Bravour. Als das Studium begonnen hatte, wurde ihm bewusst, dass ihm diese Art der Wissenschaft, wie sie die Soziologie damals noch war, tatsächlich lag: marxistisch gefärbt, aber solide im Positivismus und dem Vertrauen in Korrelationen verankert – aus a und b folgt c und so weiter. Max' Vater hatte keine Ahnung, wie ein Universitätsstudium aussah, aber beide Eltern hatten die weiterführende Schule besucht, und deshalb entsprach es ihren Erwartungen, dass er nach Helsinki ging, obwohl sein Vater der Wahl des Faches misstrauisch gegenüberstand.

»Sind das nicht alles Kommunisten?«, hatte er gefragt, und Max hatte es abgestritten, obwohl es in der Soziologie von Kommunisten nur so wimmelte.

Derselbe Verteidigungsimpuls ergriff ihn auch, als Laura jetzt im »Kosmos« mit ihrem Notizblock vor ihm saß und fragte, ob die Soziologie nicht eine »typische Siebzigerjahre-Disziplin« sei.

»Nein, ganz im Gegenteil, die ganzen Neunzigerjahre waren unheimlich spannend für uns, gerade was die wirtschaftliche Entwicklung betrifft. Und dann gab es ja noch unsere Studie zu den sexuellen Gewohnheiten der Finnen. Und im Augenblick ist ja der nordische Wohlfahrtsstaat – und seine Abwicklung – ein aktuelles Thema. Heutzutage beschäftige ich mich allerdings mehr mit sozialpsychologischen Fragen ...«

Laura nickte und notierte. Bevor sie mit dem Interview begonnen hatten, war Max gezwungen gewesen, sich einem fünfzehn Minuten langen und unangenehmen Fototermin zu stellen. Der Fotograf hatte zusammen mit Laura vor dem Restaurant auf ihn gewartet. Es war ein junger Mann, kaum zwanzig, mit einer seltsamen Frisur, der offensichtlich keine Ahnung hatte, wer Max war, und auch nicht das geringste Interesse daran, es herauszufinden. Er wollte die Aufnahmen draußen machen, weil es schneite, und bat Max, »nachdenklich auszusehen« und in den Himmel zu gucken. Max kam sich wie ein Idiot vor, aber er tat, was ihm gesagt wurde.

Als er sich endlich mit Laura an den Tisch gesetzt hatte – Max befürchtete zunächst noch, dass der Fotograf ihnen ins

Restaurant folgen würde –, begannen sie höfliche Phrasen auszutauschen: Er erkundigte sich nach ihrer Arbeit, und sie erzählte ihm eine kurze Version ihrer Lebensgeschichte. Nachdem sie erst Soziologie und anschließend Journalistik studiert hatte, hatte sie ein Sabbatjahr eingelegt (Max dachte: typisch, die jungen Leute und ihre Sabbatjahre), in dem sie nach Australien und Neuseeland gereist war und einige Zeit in Schanghai gelebt hatte, wo sie Artikel für finnische Medien verfasste, meistens über das chinesische Wirtschaftsleben. Sobald sie wieder zu Hause war, hatte sie als freie Journalistin zu arbeiten begonnen. Sie teilte sich ein Büro mit ein paar Freunden in Kallio. Kein Freund? Max beschloss, sich die Frage für später aufzuheben.

»Aber eigentlich möchte ich fürs Feuilleton schreiben«, sagte sie, während der Kellner mit ihrer Vorspeise kam. Sie hatten beide einen Teller Borschtsch bestellt, was zu einem Tag wie diesem passte, an dem der kräftige Schneefall Helsinki wie eine Stadt auf einer alten, russischen Ansichtskarte aus dem neunzehnten Jahrhundert aussehen ließ.

Sie saßen an einem Ecktisch direkt am Fenster. Max hatte darauf bestanden, dass sie Wein zum Essen tranken (»Ist das okay? Ich habe heute Nachmittag keine Vorlesungen.«), und jetzt füllte er ihr Glas zum zweiten Mal auf.

»Wenn die Zeitung bezahlt, trinke ich gerne ein bisschen Wein«, hatte Laura geantwortet.

Für Max war das »Kosmos« ein Heimspiel, auch wenn er es mittlerweile fast nur aus nostalgischen Gründen besuchte. Das Publikum hatte sich verändert, die Bohème und die Journalisten waren von Geschäftsleuten und Touristen verdrängt worden.

Das Einzige, was ihn ein bisschen störte, war ein entfernter Bekannter, ein Geschichtsprofessor aus Tampere namens

Pekka Kantokorpi, der nicht weit von ihnen mit einer Frau an einem Tisch saß, die Max nicht kannte.

Es irritierte ihn, weil eine Gelegenheit wie diese nicht so schnell wiederkommen würde. Er spürte, wie er unter seinem Jackett schwitzte, während er gegenüber Laura so entspannt wie möglich auszusehen versuchte.

Sie stellte ihr Glas ab und zog ein Notizbuch aus der Tasche.

»Ich glaube, wir müssen mit so einem Infokasten anfangen. Stört es Sie, wenn ich zuerst ein paar Damenblatt-Fragen stelle? Sie wissen schon, Alter, Familienstand und so weiter?«

»Nein, nur zu.«

»Okay. Dass Sie sechzig werden, weiß ich ja schon. Sind Sie verheiratet?«

»Meine Frau heißt Katriina.«

»Okay. Was macht sie beruflich?«

»Sie ist bei der HUS für Personal- und Rekrutierungsfragen zuständig.«

»Ist sie Ärztin?«

»Nein, sie hat Politikwissenschaft studiert.«

»Und Ihre Kinder?«

»Helen und Eva. Helen ist … warten Sie, sie ist jetzt zweiunddreißig. Und Eva ist drei Jahre jünger … neunundzwanzig also.«

»Noch mehr Kinder?«

»Nein.«

»Was machen sie beruflich?«

»Helen arbeitet als Lehrerin. Eva studiert Kunst in London. An einer erstklassigen Universität, wie man so hört.«

»Kunst? Sie meinen Kunstgeschichte, oder?«

»Nein, nein, soweit ich weiß, malen und arbeiten sie die ganze Zeit.«

»Spannend.«

»Ja, das ist es wohl. Aber Eva wollte selbstständig sein, das war ihr immer schon sehr wichtig. Vielleicht, weil sie die kleinere Schwester ist. Ehrlich gesagt, weiß ich gar nicht, wie sie in London über die Runden kommt, von uns bekommt sie jedenfalls nicht besonders viel. Aber ... darüber schreiben Sie vielleicht lieber nichts?«

»Nein, es geht ja schließlich nicht um Ihre Kinder.«

Ihr Essen wurde serviert. Max hatte sich für ein Rinderfilet mit Entenlebersoße und Wurzelgemüse entschieden, und Laura aß eines der klassischen Gerichte des Restaurants, ein gratiniertes Silvestersandwich, das aus einem gerösteten Roggenbrot mit Rogen und Morchelsoße bestand. Sie stießen an und begannen zu essen.

»Wie sieht es heutzutage in der Soziologie aus? Als ich studiert habe, wurde viel über Bevölkerungsstatistik diskutiert.«

»Ja, heute auch noch«, sagte Max. »Aber mittlerweile spielen Feminismus und Genderforschung auch eine große Rolle. Sehr viel Postmoderne und überhaupt ganz viel Post-dies und Post-das.«

»Sind Sie Feminist?«

Über diese Frage hatte Max schon lange nicht mehr nachgedacht. Natürlich war er Feminist, oder er hatte es sich zumindest die ganzen Siebziger- und Achtzigerjahre lang eingebildet.

»Wissen Sie, ich bin so alt, ich erinnere mich sogar daran, dass wir draußen auf den Inseln Männerworkshops veranstaltet haben, bei denen wir über unsere Gefühle gesprochen und unsere femininen Seiten erforscht haben. Gruppenübungen, bei denen man sich gegenseitig umarmte oder nackt war und solche Dinge.«

»Und das hat Sie zu einem Feministen gemacht?«

»Na ja, im Grunde genommen meinte ja ein großer Teil der stalinistischen Fraktion, dass die Frauenbewegung kleinbürgerlicher Quatsch war. In einer sozialistischen Gesellschaft würde die Geschlechterdifferenz ganz automatisch ausgelöscht werden.«

»Und damit waren Sie nicht einverstanden?«

»Ich glaube, dass der Feminismus notwendig ist. Aber ... vielleicht sollte ich das nicht sagen, aber ich finde es schade, dass er einen derart starken Einfluss gewonnen hat. Ich glaube, dass das viele Studenten verschreckt.«

»Wie meinen Sie das?«

Max überlegte. Er war sich nicht sicher, ob er diese Diskussion hier und jetzt führen wollte.

»Ja, also diese Tendenz, jegliche zwischenmenschliche Beziehung durch die feministische Brille zu betrachten, sodass nichts dem Zufall überlassen bleibt, sondern jedes Verhalten aus der sogenannten Geschlechterordnung heraus erklärt wird. Ich verstehe die theoretische Bedeutung dieses Begriffs, und ich verstehe, dass normkritisches Denken wichtig ist, aber ich verstehe nicht, warum alles, was den Menschen widerfährt, alle Trauer, alles Sehnen und alles Missgeschick, aus feministischer Perspektive erklärt werden muss. Manchmal benehmen sich Männer wie Schweine, wohl wahr, aber das liegt nicht immer an der Geschlechterordnung: Manche Männer sind einfach Schweine. Und manchmal ist auch die übergeordnete Struktur größer: wie der Kapitalismus. Ich glaube einfach, dass wir komplexere Erklärungsmodelle brauchen.«

Laura nickte und notierte.

»Sie sprechen also von Intersektionalität?«

Diesem Wort war er auch im Institut häufig begegnet. Jedes Mal, wenn Max über den Feminismus diskutierte, landete er unfreiwillig in einer Art kulturkonservativem Schützengraben. Und je länger er darüber diskutierte, desto mehr sehnte er sich danach, von Edvard Westermarck und seinen Berbern und Beduinen zu lesen …

»Ja, genau, so heißt das wohl. Ich meine nur, dass es in einer Welt, in der alles erklärt wird, keinen Platz für Geheimnisse oder Spannung mehr gibt. Wer möchte schon in einer Gesellschaft leben, in der alles der Idee verpflichtet ist, dass sich niemals jemand unangemessen verhalten oder danebenbenehmen darf, dass niemand Grenzen überschreiten, seinen Gefühlen folgen und auch einmal gegen die Regeln verstoßen darf? Ich habe immer den Eindruck, dass der Normkritik etwas Normatives innewohnt, ein Wille zur Uniformität, dass alle in dasselbe Weltbild passen sollen.«

Es war gar nicht seine Absicht gewesen, darüber zu reden. Eigentlich wollte er sie nur beeindrucken.

»Aus welchem Blickwinkel werden Sie schreiben?«, fragte er.

»Was meinen Sie?«

»Ich meine, werden Sie einen alten Knacker aus mir machen, der sich über den Feminismus beschwert, oder stellen Sie mich als einen Forscher dar, der auf dem Höhepunkt seiner Karriere ist? Entschuldigen Sie, ich will Sie nicht beeinflussen, aber ich habe das Gefühl – ich meine, ich möchte nicht, dass das als eine Art Verteidigungsrede verstanden wird.«

Laura nickte. Max beobachtete, wie sie ihren Kopf leicht zur Seite neigte. Sie sprach weiter, und er dachte, dass sie ihre Haare hochnehmen sollte, er wollte gerne ihren Hals sehen.

»Nein, ich verstehe, aber ich finde, wir können hier eine ganze Menge abdecken. Denken Sie an die Neunzigerjahre zurück. Ich habe das Gefühl, dass den Intellektuellen damals deutlich mehr Platz in den Medien eingeräumt wurde. Sie kamen oft in *City* und anderen Zeitschriften zu Wort. Sie waren einer davon, ein anderer war Esa Saarinen. Und Sie haben viel über Sex gesprochen, oder irre ich mich?«

Max antwortete, so gut er konnte. Hin und wieder warf er einen Blick auf Pekka Kantokorpi und seine weibliche Begleitung ein paar Tische weiter, aber sie schienen Max nicht bemerkt zu haben.

»Ja, es gab einmal eine Zeit, in der die Universität von Helsinki und nicht zuletzt die geisteswissenschaftliche Fakultät ziemlich ... sexy waren. Heutzutage zieht es die Leute in die Medien und den Journalismus, sie wollen Fernsehmoderatoren werden. Aber man darf nicht vergessen, dass Finnland eine junge Nation ist. Die Siebzigerjahre waren eine sehr politische Zeit, bis Ende der Achtzigerjahre plötzlich alles unpolitisch wurde. Später fand man dann eine Art Kombination zwischen der neuen Oberflächlichkeit und dem alten Intellektualismus. Die Philosophie passte genau dazu. Vielleicht hatte es auch mit der wachsenden Mittelschicht zu tun. Man versammelte sich vor philosophischen Fernsehsendungen auf dem Sofa, weil man das nötige Bildungsniveau besaß, um ihnen zu folgen.«

Laura machte Notizen.

»Interessant. Und glauben Sie, dass das heute nicht mehr zutrifft? Dass die Soziologie nicht mehr sexy ist?«

Max hoffte, dass sie es immer noch war. Er hoffte vor allem, dass er es immer noch war.

»Im Laufe weniger Jahre haben die Leute eine andere Einstellung zum Studium entwickelt. Zum einen bietet es nicht mehr dieselbe Jobgarantie wie früher, heute werden andere Qualifikationen nachgefragt, Arbeitserfahrung.

Zum anderen ist das ganze Hochschulsystem reformiert worden. Die Studenten sollen immer schneller durchgeschleust werden.«

Aus den Augenwinkeln beobachtete Max, dass Kantokorpi aufstand und zur Toilette ging. Er beschloss, sich ihm anzuschließen. Er musste sich ein bisschen Abkühlung verschaffen.

»Entschuldigung, würden Sie mich bitte kurz entschuldigen, ich muss nur ...?«

»Selbstverständlich.«

Er ging an der Garderobe vorbei zu der kleinen Toilette. Kantokorpi stand vor dem Pissoir, und Max stellte sich neben ihn. Als er sich die Hände wusch, tat Max so, als hätte er ihn eben gerade erst entdeckt.

»Na, sieh mal an? Was machst du denn hier?«

»Max, das ist aber wirklich eine Weile her!«

Sie gaben einander die Hand. Beide Hände waren noch etwas feucht. Das »Kosmos« war ein altes Lokal, und es hatte etwas Antiquiertes an sich, wenn zwei ältere Herren gemeinsam in der »Kosmos«-Toilette standen. Max hatte das Gefühl, dass er Kantokorpi seine Anwesenheit irgendwie erklären müsse, selbst wenn dieser kaum bemerkt haben dürfte, dass er mit Laura an einem Tisch saß.

»Und ... was hat dich nach Helsinki verschlagen?« Pekka zuckte mit den Schultern.

»Nichts Besonderes, ich bin nur heute da und esse mit einer alten Kollegin gerade zu Mittag, du kennst sie vielleicht ... Und was ist mit dir?«

»Ach, nichts weiter. Ich werde gerade von der *Helsingin Sanomat* interviewt. Ich werde ja sechzig. Ja, ja, ich weiß, furchtbar. Aber was soll man machen, wenn man zum alten Knacker wird, nicht wahr?«

»Nein, da kann man nichts machen. Aber herzlichen Glückwunsch. Wollen wir ...?« Pekka hielt Max die Tür auf, und sie verabschiedeten sich voneinander, bevor jeder zu seinem Tisch zurückkehrte. Als Max sich setzte, konnte er beobachten, dass Kantokorpi erst in seine Richtung schaute und dann auf Laura. Er hielt den Daumen hoch, und Max senkte sofort die Augen.

»So, wo waren wir stehen geblieben?«

Sie unterhielten sich eine Stunde, und Max lief endlich zu besserer Form auf. Laura schrieb immer weniger mit und konzentrierte sich stattdessen immer mehr darauf, auf eine verheerend sinnliche Art ihre Finger um das Weinglas zu bewegen und zu lachen, wenn Max etwas Amüsantes sagte.

Seine eigene Laufbahn in großen, narrativen Bögen zu malen war immer einfach, Max griff auf Anekdoten zurück, die er schon viele Male vor einem deutlich größeren Publikum erzählt hatte. Aber gleichzeitig wurde er den Gedanken nicht los, wie einfach es war, ein bisschen zu einfach. Man konnte sich einbilden, dass die eigene Lebensgeschichte von großen, bestimmenden Themen geprägt war, dass man gewisse Punkte erreichte, in denen alles kulminierte, entscheidende Ereignisse – aber Max war schon immer der Ansicht gewesen, dass dies Zusammenhänge waren, die sich die Menschen in der Rückschau konstruierten. In Wirklichkeit bestand das Leben aus einer Reihe unzusammenhängender Peinlichkeiten und episodischen Abschnitten, die nicht notwendigerweise miteinander in Verbindung standen. Die Augenblicke, die die tiefsten Spuren in unserem Leben hinterließen, waren oft solche, über die wir niemals sprachen, weil es sich um Misserfolge handelte: Scheidungen, Kinder, zu denen man den Kontakt verloren hatte, peinliche Missverständnisse. Im Leben und Handeln der

Menschen herrschte weit weniger kontrollierte Rationalität, als sie nach außen zugeben wollten.

Gleichzeitig verstand Max den Wert einer guten Geschichte. Ein wichtiges Kriterium für gute Forschung bestand darin, dass sie so einfach wie möglich zu erklären sein sollte. Eine gute Doktorarbeit sollte man während eines Small Talks beim Mittagessen in begreifbarer Form zusammenfassen können. Oder wenn man es zugespitzt formulieren wollte: Ein guter Wissenschaftler sollte zu einer so leidenschaftlichen Rhetorik fähig sein, dass er damit jemanden aufreißen könnte.

Mittlerweile sprach er über die Atmosphäre, die in den Siebzigerjahren an der Universität herrschte.

»Die ganz enthusiastischen Marxisten zitierten Hegel, obwohl man ihn kaum begreifen konnte. Es gab einen Hype um die marxistische Literatur, der dafür sorgte, dass die klassische soziologische Forschung ins Hintertreffen geriet – und kein Aufsatz geschrieben werden konnte, ohne dass man zu Beginn ein paar grundlegende Zitate aus dem *Kapital* anführte. Wenn man nicht Marx als Grundlage verwendete, wurde man als bürgerlicher Soziologe abgestempelt«, erklärte er.

Laura hatte mehr über die mentalen Landschaften der Soziologie in diesen politischen Jahrzehnten erfahren wollen. Max fand es übertrieben, dass sie so ins Detail gehen wollte, aber vielleicht steckte dahinter ja noch ein anderes Interesse. Als der Kellner an ihren Tisch kam und fragte, ob sie noch mehr Wein wünschten, protestierte sie nicht.

»Und was passierte danach?«

Sie betrachtete ihn mittlerweile mit einer ganz anderen Neugier. Vielleicht war es der Alkohol, aber Max meinte, etwas Informelles und Intimes in ihrem Blick erkennen zu können.

Er fuhr fort.

»Als der Marxismus-Boom so langsam zu Ende ging, Anfang der Achtzigerjahre – allerspätestens mit dem Fall der Berliner Mauer –, gelangten wir an eine Weggabelung. Einige Soziologen richteten ihre Aufmerksamkeit auf Sitten und Gebräuche, die Etikette, mit anderen Worten darauf, wie man Messer und Gabel verwendet. Die Jüngeren, die in den Achtzigerjahren an die Uni gekommen waren, begannen Bourdieu zu lesen und Aufsätze über die ›Soziologie der Mode‹ oder Ähnliches zu schreiben.«

»Und Sie?«

»Ich bin irgendwo zwischen den Stühlen gelandet. Ich begann mich für Evolutionspsychologie zu interessieren, und, ja, Bourdieu lese ich natürlich auch gerne. Ja, damit wären wir in der Gegenwart angekommen. Ich halte Einführungsseminare zur Geschichte der Soziologie und versuche, mein kleines Buch über Westermarck zu schreiben.«

Es war lange her, seit er das letzte Mal so viel über etwas erzählen durfte, was ihn tatsächlich interessierte.

»Faszinierend«, sagte Laura. Ihre Augen verengten sich, dann drehte sie sich um und ließ den Blick durchs Lokal schweifen. Für einen kurzen Augenblick sah sie verwirrt aus, als wüsste sie nicht, wo sie sich gerade befand. Aber dann klappte sie ihren Notizblock zu und steckte ihn in die Handtasche. Sie stand auf, um auf die Toilette zu gehen.

»Anscheinend bin ich ein bisschen betrunken«, sagte sie. »Ich bin gleich wieder da.«

Sie ließ sich jede Menge Zeit, und als sie in den Speisesaal zurückkehrte, hatte sie ihren Lippenstift neu aufgetragen. Max betrachtete das als Kompliment.

»So, sind wir fertig?«

»Ich denke, ja.«

»Und Sie sind sicher, dass die Zeitung die Rechnung übernimmt?«, fragte Max.

»Absolut.«

Sie standen draußen im Schnee und zögerten den Abschied hinaus. Laura schien es auch nicht eiliger zu haben als Max. Sie trug denselben schwarzen Mantel wie damals in dem Café, als er sie zum ersten Mal gesehen hatte, und ein lila Halstuch. Sie betrachteten die Menschen, die an ihnen vorübergingen, und Max zündete sich eine Zigarre an.

»Wohin gehen Sie jetzt?«, fragte er.

»Nach Hause, nehme ich an. Ich muss das Interview bis Montag fertig schreiben. Es soll ja in einer Woche erscheinen. Möchten Sie es vorher lesen?«

»Ja, das würde ich gerne tun, es sei denn, es gibt einen anderen, der das sonst immer übernimmt.«

»Einen anderen?«

»Einen Freund?«

Laura lachte.

»Nein, ich habe keinen Freund. Und selbst wenn ich einen hätte, würde ich meine Artikel immer noch selbst schreiben. Ich meinte nur, dass Sie ihn gerne durchlesen und kontrollieren können, ob alle Fakten stimmen.«

»Ach so, natürlich, das kann ich tun.«

Sie lächelte ihn an. Max verstand ihr Lächeln als Zeichen dafür, dass sie ihn nicht für einen kompletten Idioten hielt. Er wollte gerne stehen bleiben.

»Da fällt mir ein: Meine Frau wollte so eine Art Fest für mich veranstalten, wahrscheinlich eine furchtbar langweilige Angelegenheit, aber anscheinend wird von mir erwartet, dass ich irgendwie feiere. Sie sind herzlich eingeladen. Ich habe zwar gesagt, dass es kein großes Fest werden soll, aber wie ich meine Frau kenne, wird sie trotzdem die halbe Stadt einladen. Es macht also nichts, wenn Sie die meisten der Gäste nicht kennen.«

»Gut möglich. Vielen Dank für die Einladung jedenfalls.«

»Es wäre ein echter Gewinn, wenn Sie kämen. Ich würde mich sehr darüber freuen. Ehrlich gesagt, ich hasse solche Veranstaltungen. Sie könnten mir als moralische Unterstützung zur Seite stehen.«

»Schön, dass Sie ein solches Vertrauen in mich setzen.«

Sie lächelte erneut. Ihre Zähne waren schön, das hatte er schon während des Essens bemerkt. Wenn sie nicht auf der Straße gestanden hätten, hätte er sich jetzt zu ihr hinuntergebeugt und sie geküsst.

»Ja, seltsamerweise empfinde ich es so. Also, dass ich Ihnen vertraue.«

Sie zuckte mit den Schultern.

»Sie sind sehr liebenswürdig. Aber ich glaube, ich muss jetzt gehen.«

Sie streckte ihm die Hand entgegen, und Max ergriff sie, beugte sich aber gleichzeitig hinunter, um ihre Wange zu küssen.

»Ja, dann auf Wiedersehen«, sagte sie und entglitt seinem Griff. Er hatte gerade noch ihren Duft wahrnehmen können.

Sie ging. Max blieb noch eine Weile dort stehen, bemerkte kaum, wie um ihn herum der Schnee fiel. Plötzlich stand Pekka Kantokorpi einen halben Meter vor ihm, zusammen mit der Frau, mit der er gegessen hatte. Max begrüßte sie widerwillig.

»Aha, das war also die Journalistin von der *Helsingin Sanomat*?«, fragte Kantokorpi. »Hübsches Ding.«

8

Eva hätte in London bleiben und sagen können, dass sie weder die Zeit noch das Geld habe, vor Weihnachten noch einmal nach Hause zu fliegen (was auch stimmte), aber dann hätten sich ihre Eltern Sorgen um ihre finanzielle Situation gemacht, und das wollte sie vermeiden. Als ihre Mutter anrief – Eva konnte Helens Kinder im Hintergrund hören –, versprach sie, zum Geburtstag ihres Vaters einen Flug mit der Norwegian zu buchen.

»Nur zwei Tage? Kannst du nicht länger bleiben?«

»Ich weiß nicht, Mama. Ich habe jede Menge zu tun.«

»Aber du fühlst dich wohl da drüben? Ganz ehrlich?«

»Ja, ganz ehrlich.«

»Okay, okay. Es ist dein Leben. Ach, da fällt mir noch etwas anderes ein – über ein Geschenk brauchst du dir keine Gedanken zu machen. Wir kaufen ein gemeinsames Geschenk für ihn. Ich habe mir gedacht, dass wir bei uns zu Hause ein Fest feiern, nichts Großes, nur ein paar Kollegen, ihr Kinder natürlich und vielleicht noch ein paar Freunde …«

Wenn Katriina auf diese Weise loszuplaudern begann, nahm Eva manchmal den Hörer vom Ohr, legte ihn auf den Tisch und nahm ihn erst wieder auf, wenn es am anderen Ende der Leitung still geworden war. Sie malte sich aus, dass ihre Mutter auf dem Sofa lag, dass sie ihre Lesebrille aufgesetzt hatte und wahrscheinlich in einer Frauenzeitschrift blätterte, während ihre Gedanken von einer Sache zur anderen sprangen. Wenn man sich mit Katriina unterhielt, entstand selten ein beredtes Schweigen, weil sie auf solche Signale einfach nicht reagierte. Die Synapsen in ihrem Gehirn schienen dermaßen aktiv zu sein, dass sie subtile Gefühlsschwankungen nicht registrierte.

Eva drückte den Hörer an ihr Ohr und sagte, dass sie vielleicht trotzdem ein Geschenk kaufen würde.

»Deine Schwester ist übrigens auch hier. Möchtest du mit ihr sprechen? Warte, ich reiche ihr den Hörer weiter.«

Bevor Eva etwas sagen konnte, hatte Katriina das Telefon an Helen weitergegeben.

»Hallo, Eva.«

»Hallo, Helen. Wie geht's?«

»Ja, wie du hörst, plant Mama gerade Papas Geburtstagsfeier. Sie meint, dass du und ich auf der Feier ein Lied singen sollten.«

»Du lieber Gott!«

»Ja, ich weiß. Ich habe ihr gesagt, dass wir zum letzten Mal als Teenager ein Ständchen gesungen haben.«

Als sie jünger waren, hatten sie auf den Festen der Eltern immer gesungen. Es war Katriinas Idee gewesen, weil Eva von allen Seiten gesagt bekam, was für eine fantastische Gesangsstimme sie hatte. Jetzt, als Erwachsene, fragte sich Eva, ob ihre Stimme tatsächlich so fantastisch gewesen war, denn später war sie von niemandem mehr dafür gelobt worden.

»Wie läuft es denn in London?«, fragte Helen. »Geht es spannend zu in der Kunstwelt?«

»Ja, und ziemlich hektisch. Ich glaube, ich werde eine Weile brauchen, mich an alles zu gewöhnen. Und wie geht es euch?«

»Vollkommen okay, abgesehen davon, dass wir den ganzen Herbst krank gewesen sind. Wir hatten auch Läuse. Hättest du gedacht, dass man heute noch Läuse bekommen kann? Als wir klein waren, hatten wir doch nie welche, oder?«

»Nicht, soweit ich mich erinnern kann.«

»Oder wir hatten welche, aber Mama und Papa hatten nie Zeit, es zu kontrollieren. Ich musste dreimal behandelt werden, bevor ich sie los war. Aber Lukas ist davongekommen. Sie scheinen seine Haare nicht zu mögen, vermutlich, weil er so ein Schmutzfink ist. Man kann ihn nicht dazu bewegen, sich die Haare zu waschen.«

Eva konnte hören, dass ihre Mutter im Hintergrund etwas zu sagen versuchte.

»Helen, ich muss jetzt aufhören. Ich bin mitten in der Stadt und treffe mich gleich mit einer Freundin. Gib Amanda und Lukas ein Küsschen von mir. Glaubst du, dass sie ein Geschenk aus London möchten?«

»Ja, das möchten sie bestimmt. Willst du noch einmal mit Mama sprechen?«

»Lieber nicht. Grüß sie noch einmal von mir.«

Eva brauchte eine Weile, um sich daran zu erinnern, wo sie sich gerade befand und wohin sie auf dem Weg war. Sie stand an einer Kreuzung in der Nähe der Liverpool Street. Es war Samstag, es regnete, schon die ganze Woche hing ein grauer und deprimierender Himmel über London. Eva blieb auf der Treppe stehen, die zur U-Bahn hinunterführte, und wartete ab, bis eine große, schwarze Frau ihren Kinderwagen auf den Bahnsteig hinunterbugsiert hatte. Der Duft eines süßen Parfüms vermischte sich mit den Gerüchen der Großstadt: Urin und fettiges Essen.

Ein Anzugträger mit Aktentasche rannte an ihnen vorbei und stieß die Frau mit dem Kinderwagen beinahe um. Als sie ihm hinterherschimpfte, verschwand der Mann einfach in dem schwarzen Loch, durch das man zur U-Bahn gelangte. Eva wechselte einen Blick mit der Frau, als wollten sie einander bestätigen, was für ein Vollidiot dieser Mann doch war, bevor sie weiter die Treppe hinunterging.

Es war Mittagszeit, und die Stadt war voller Samstagseinkäufer. London war chaotisch, riesig, mit breiten und schmalen Straßen, die kreuz und quer verliefen, mit durcheinandergewürfelten neuen und alten Gebäuden, Geschäftsbezirken und Touristenvierteln und Hipsterquartieren ohne logische Ordnung. In einer Stadt wie Paris gewann man schnell einen Überblick über die einzelnen Viertel, weil die ganze Stadt in einem Zug geplant worden war. Für London hatte ein entsprechender Plan gefehlt, und deshalb hatte es sich in einer Art organischen Struktur entwickelt, die angeblich so kompliziert war, dass die Gehirne der Taxifahrer größer wurden als die der anderen Leute.

Die Stadt war voller Galerien. Zu Anfang hatte Eva versucht, so viele davon wie möglich zu besuchen, doch das meiste von dem, was sie sah, war langweilig und nichtssagend. Aber sie mochte die Architektur der großen Museen, nicht zuletzt die der Tate Modern, die so riesig war wie ein Flugzeughangar.

In den vergangenen Wochen war die Zeltdemonstration von Occupy an der St.-Paul's-Kathedrale das große Gesprächsthema gewesen. Die antikapitalistische Bewegung hatte sich bis nach London ausgebreitet, und jetzt war die Umgebung der Kirche von Zelten belagert, die auf Holzpaletten aufgeschlagen worden waren. Eva war manchmal spät am Abend vorbeigegangen und hatte sich gefragt, ob die Menschen tatsächlich in den Zelten schliefen oder nur tagsüber da waren. Offensichtlich übernachteten dort tatsächlich Leute, denn wenn sie ganz leise ging, konnte sie hören, wie sie sich in den Zelten bewegten oder dass irgendjemand ein Radio eingeschaltet hatte. Oder sie sah ein schwaches Licht unter den Planen. Tagsüber bot der Platz eine merkwürdige Mischung aus Graswurzelbewegung und Touristenfalle. Ausländische Besucher schienen von den Demonstranten ebenso begeistert wie von der alten Kathedrale.

Eva war auf dem Weg zur Apotheke. Sie hatte sich zu der Erkenntnis durchgerungen, dass sie um einen Schwangerschaftstest nicht mehr herumkam. Es war ein Umstand, den sie gerne vermieden hätte, aber jetzt war die Situation da, und sie musste damit umgehen.

Sie hatte mit niemandem darüber geredet, nicht mit ihrer Schwester, nicht mit Natalija. Außer Malik und Natalija kannte sie nur eine weitere Person in London, und das war ihr Mitstudent Russ. Er war eines Tages während der Arbeit im Atelier auf sie zugekommen und hatte sich mit ihr unterhalten. Es war schwer für sie herauszufinden, was er eigentlich sagen wollte, denn er nuschelte irgendwie in seinen Bart hinein und äußerte ein paar Sätze, die so klangen, als würde er ihre Beiträge während des Unterrichts »wertvoll« finden.

Russ war sehr scheu mit seiner Malerei. Er reagierte befangen, wenn sie sich seiner Staffelei näherte. Er sprach leise und zurückhaltend, aber mit einem mitfühlenden und selbstironischen – ja, geradezu selbstvernichtenden – Unterton, der sein beinahe comichaftes Aussehen unterstrich. Er trug einen lustigen Schnurrbart, von der gewachsten Sorte, die man auf Bildern von alten Handwerkern, Schlachtern oder Schuhmachern Ende des neunzehnten Jahrhunderts sehen konnte. Der einzige Unterschied bestand darin, dass

Russ dunkel war, mit einer Hautfarbe, die verriet, dass er aus dem Nahen Osten kam (sie sollte bald erfahren, dass seine Familie aus Algerien stammte).

Sie hatte ihm nichts von Malik erzählt. Er wirkte so vorsichtig und prüde, dass er bestimmt einen Schock erlitten hätte, wenn sie gesagt hätte, dass sie mit ihrem Professor schlief. Es fühlte sich auch nicht so an, als würde sie etwas direkt Verbotenes tun – Malik war letztendlich nicht mehr als zwölf Jahre älter als sie, und sie war erwachsen. Malik verhielt sich diskret, wenn sie an der Universität waren. Er behauptete, dass er gefeuert werden könnte, wenn die Geschichte herauskam, und Eva zweifelte nicht daran, dass er die Wahrheit sagte, und sie fühlte sich dadurch in einer reizvollen Machtposition.

Jetzt stand sie an einer Kreuzung in Covent Garden. Sie versuchte, nicht darüber nachzudenken, aber falls sie schwanger war, dann würde sie in Finnland abtreiben, das hatte sie bereits beschlossen. Es gab keinen anderen Ausweg.

Die Apotheken in London waren groß und hell und klimatisiert nach amerikanischem Vorbild. Sie fragte eine der Verkäuferinnen, wo das Regal mit den Schwangerschaftstests zu finden war, und entschied sich für einen in der mittleren Preisklasse. Die Schachtel war gelb und klein und kostete zwei Pfund. Sie hatte beschlossen, die Angelegenheit mit so viel Gelassenheit anzugehen, wie sie aufbringen konnte. Aber die Packung brannte in ihrer Hand, als sie zur Kasse ging.

Als Eva die Tür zu ihrer Wohnung öffnete, stand Natalija in der Küche. Sie warf Eva einen Blick zu und deutete auf ihre Tür. Sie ging in ihr Zimmer und fand Malik auf ihrem Bett.

»Hey, Babe, deine Freundin hat mich hereingelassen«, sagte er. Er blätterte in ihrem Skizzenblock. »Du, die sind gar nicht so schlecht. Ich meine, es ist kein verdammter Turner, aber es ist … nicht übel. Was hast du in der Tüte?«

9

Du verdammte Fotze«, sage Malik. »Du hast mich reingelegt.«

Rastlos tigerte er durch Evas kleines Zimmer. Malik sprach immer so, wenn er sauer war, also nahm Eva es nicht so ernst. Sie hatte einmal gehört, wie er einen seiner besten Freunde direkt ins Gesicht einen »verdammten Schwanzlutscher« genannt hatte.

Eva hatte den Schwangerschaftstest, den sie in der Apotheke gekauft hatte, aus der Tüte gezogen und ihm gezeigt. Er hatte sie mit einem leeren Blick angestarrt und schließlich mit der Faust gegen die Wand geschlagen, kräftig, und Eva dachte, dass das ziemlich wehgetan haben musste. Warum tat man so etwas? Sie fragte sich, ob Malik sich das in einem Film abgeschaut hatte. Es war so ziemlich das Dämlichste, was man sich vorstellen konnte. Eva musste lachen.

Aber Malik war außer sich.

»Was ist daran so verdammt lustig?«

Natalija kam ins Zimmer und wollte wissen, was los war. Ihr sonst so munteres Wesen ließ nun Besorgnis erkennen.

»Schon okay«, sagte Eva, ohne zu wissen, ob es stimmte oder nicht. Sie schien immer in solche Situationen zu geraten. Anscheinend brachte sie es ständig fertig, die innere Verzweiflung der Männer heraufzubeschwören.

»Ich war überfällig, also habe ich den hier gekauft …«

»Und wenn du wirklich schwanger bist? Willst du abtreiben? End of Story?«

Eva nickte.

»Ich nehme an, dass ich das tun werde.«

»Du nimmst an, dass du das tun wirst?«

»Nein, ich meine, dass ich das tun werde.«

Er beruhigte sich allmählich. Sein ganzer Körper, der ebenso angespannt gewesen war wie seine Faust, lockerte sich.

»Okay, mach es auf. Wir testen.«

Und Eva testete. Sie ging in die Toilette, nahm den Test aus dem Paket und las die Gebrauchsanweisung. Sie hatte früher schon zwei Schwangerschaftstests gemacht, aber beide Male war es falscher Alarm gewesen. Sie stand allein in der Toilette, während Malik vor der Tür herumschlich. Nach zehn Minuten ging sie zu ihm hinaus.

»Ich bin nicht schwanger.«

»Okay«, sagte Malik. Er ging auf sie zu und umarmte sie. »Entschuldige, Babe, ich hätte nicht so wütend werden sollen. Du weißt, ich habe nicht gedacht, dass dieses … dieses Verhältnis zwischen uns mehr ist als eine kleine, unschuldige Geschichte. Ich bin irgendwie nicht bereit, Vater zu werden.«

»Nein, ich weiß«, sagte sie und ging zu ihrem Bett.

Eine unschuldige Geschichte, genau das war es gewesen. Dass sie angefangen hatte, mit Malik zu schlafen, hatte lediglich damit zu tun, dass sie sich in London einsam fühlte und sich danach sehnte, beschäftigt zu sein – eine Person zu haben, mit der man reden konnte. Er hatte sie direkt nach einer Vorlesung fast schamlos angemacht (»Eva, kannst du noch einen Augenblick bleiben? Ich muss mit dir reden.«). Es hatte mit einem Drink angefangen, und bereits während des zweiten Drinks war er über sie hergefallen. Sie mochte dieses Gefühl, seinen aggressiven Eifer, der ein bisschen peinlich war, gleichzeitig aber auch spannend, wie in einem Liebesroman – definitiv unglaubwürdig, aber auch ein bisschen unwiderstehlich.

Später begann sie die Stunden danach ebenso zu mögen wie den eigentlichen Sex. Malik erzählte gerne – prahlen war vielleicht das bessere Wort – vom Kunstboom der Achtzigerjahre, von allen Festen und Ausstellungen, »Scheiß Saatchi«, »Scheiß Venedig«, »Scheiß Basel« und so weiter. Sie hatte bald durchschaut, dass Maliks Underdog-Attitüde nur eine Pose war. Er stammte aus einer wohlhabenden Familie, die ein halbes Haus im Diplomatenviertel in Belgravia besaß. Er war auf die besten Schulen gegangen und hatte seine Ferien in französischen Skiorten verbracht – sie hatte sogar ein Bild von ihm als vierzehnjährigem Schuljungen mit Lacoste-Pullover gesehen, aber er selbst betrachtete sich natürlich als das schwarze Schaf der Familie.

Dass er Lehrer geworden war, war ein großes Zugeständnis gewesen, da sein Vater verlangt hatte, dass er sich ab seinem dreißigsten Lebensjahr selbst versorgen sollte. Aber in den ersten Jahren nach der Jahrtausendwende hatte er auch die Lust verloren, Kunst zu machen, behauptete er; die Szene war zu dieser Zeit bereits zu individualistisch.

»Künstler müssen Gleichgesinnte finden, mit denen sie ihre Ideen austauschen können. Wenn man sich die Kunstgeschichte anschaut, dann ist sie voller Bewegungen. Alle Impressionisten kannten sich untereinander, trafen sich, betranken sich zusammen, fickten die Frauen der anderen und heirateten ihre Cousinen.«

Malik und Sarah ließen sich gerade scheiden, aber weil er Miteigentümer von Sarahs Galerie war, hatten sie die Papiere noch nicht unterschrieben. Sie waren kinderlos, und Malik behauptete, dass er niemals Kinder haben wolle (»Diese Welt ist viel zu abgefuckt für Kinder.«).

Eva kam plötzlich der Gedanke, dass Malik diesen Schwangerschaftsschocker vielleicht als eine Art Erpressung verstanden haben könnte, als den Versuch, an das Geld seiner Familie heranzukommen.

»Entschuldige, ich hätte nichts sagen sollen, weil ich mir nicht sicher war«, sagte Eva.

»Nein, nein, ich bin froh, dass du es gesagt hast. Das Ganze ist ja trotzdem nicht nur … deine Sache.«

Später am Abend, als Malik nach Hause gegangen war, lag sie in ihrem Bett und bemerkte, dass sie über Alexander nachdachte. Mit ihm war sie am längsten zusammen gewesen. Nach vier Jahren hatten sie sich verlobt, waren zusammengezogen und hatten zwei Monate später Schluss gemacht. Sie hatten sich ernsthaft darüber unterhalten, Kinder zu bekommen, hatten die Entscheidung aber verschoben, mehr als einmal, weil Alexander zuerst sein Studium abschließen und einen Job finden wollte. Anschließend würden sie in ein Reihenhaus in Espoo oder Viikki ziehen, behauptete er, und drei Kinder bekommen (ein Mädchen und zwei Jungen, wenn es nach Alexander gegangen wäre).

Aber dann befiel sie eines Tages eine unbeschreibliche Angst wegen dieser Beziehung, vor seinen Plänen, vor diesem abgesteckten Leben – ein Gefühl, als würde sie gar nicht wissen, was von ihrer Beziehung eigentlich noch übrig blieb, wenn man die Vorstellungen abzog, die sie sich davon machten. Ihr wurde bewusst, dass sie sich eigentlich am besten fühlte, wenn sie allein zu Hause war, dann dachte sie nicht mehr an Alexander, vergaß, dass es ihn gab, und sie kam zu der Einsicht, dass sie im Grunde gar nicht mit ihm zusammen sein wollte. Ein Leben in Espoo kam ihr nicht wie ein Versprechen für die Zukunft vor.

Ihre Mutter geriet außer sich, als sie Schluss gemacht hatte. Sie hatte Alexander tief in ihr Herz geschlossen, und Katriina schien noch viele Monate lang zu hoffen, dass sie wieder zusammenkommen würden.

Als die Hochzeitseinladung kam, ein Jahr später, sahen alle ein, dass es endgültig zu spät war. Sie nahm die Einladung zur Hochzeit an, vor allem deshalb, weil viele ihrer Freunde ebenfalls kommen würden.

Es war ein Fehler.

Alexander und Marika heirateten auf einem Gutshof in der Nähe von Porvoo. Es war keine schlechte Feier, Marikas Nichten waren Brautjungfern, und Alexanders Trauzeuge hatte eine Art spontanen Flashmob in der Kirche organisiert. Mehrere Gäste standen auf und sangen, als das Brautpaar die Kirche verließ, eine minutiös geplante Spontaneität, die, so viel war Eva klar, von einem Menschen ihrer Generation als der Gipfel der Romantik verstanden werden sollte.

Irgendwann, kurz nach der Hochzeitstorte, aber vor der Disco, also bevor das Fest schließlich in ein finnlandschwedisches Inferno aus kitschiger kultureller Selbstbehauptung und Wangenküsschen mündete (zwei junge Männer, die noch an der Schwedischen Handelshochschule studierten, hatten eine DJ-Anlage gemietet, waren in glitzernde Anzüge geschlüpft und spielten grässliche schwedische Achtzigerjahre-Musik, zu der sie die Arme in die Höhe rissen), beschloss Eva, dass sie genug hatte. Sie ging zu einem Tisch, auf dem eine offene Flasche Weißwein stand, setzte sich und begann zu trinken.

Sie saß am Tisch und beobachtete all die plappernden Münder, das Meer aus aschblondem, toupiertem Haar, die Seidenhandschuhe, die glatt rasierten Wangen und die angemalten Lippen, atmete den Duft von schwerem Parfüm und sah irgendwo da draußen die Sonne, die sich weigerte unterzugehen. Plötzlich wurde ihr bewusst, dass es zu spät war, den Bus nach Hause zu nehmen.

Pulps *Common People* dröhnte aus den Lautsprechern, und Eva stand auf und ging an Alexanders Eltern vorbei, quer über die Tanzfläche und hinaus in den Sommer.

Auf der Treppe standen Leute und rauchten, und sie fragte jemanden, den sie nicht kannte – wahrscheinlich einer von Marikas Verwandten –, ob er eine Zigarette für sie habe. Er war ein paar Jahre jünger als sie und beinahe zwei Meter lang, mit einer schiefen, platten Nase, als hätte ihm jemand ein paarmal ins Gesicht geschlagen und er hätte sich nie wieder richtig davon erholt. Er grub in seiner Jackentasche und fischte eine Zigarette heraus.

Eva bedankte sich, und er gab ihr Feuer mit einer großen, bleichen Hand mit langen, knochigen Fingern.

»Eva«, sagte sie und streckte die Hand aus.

»Izzy«, sagte er und schüttelte sie.

»Wen kennst du …?«, fragte sie.

»Marika. Und du?«, sagte er.

»Alexander. Ich war früher mit ihm zusammen.«

Sie schaute in den Festsaal hinein. Sie waren jetzt allein auf der Treppe.

»Sie sehen glücklich aus«, sagte sie.

»Ja, scheint so. Bist du allein hier?«, fragte er.

»Ja.«

»Amüsierst du dich?«

»Das kann ich nicht behaupten.«

Eva stand auf einer der Steinstufen der kleinen Treppe und wippte auf den Fußballen vor und zurück, als wollte sie jeden Augenblick abheben und davonfliegen. Sie stieß eine Rauchwolke aus und schaute ihm ins Gesicht. Er war süß, auch wenn er etwas jünger war. Sie überlegte, ob sie ihn nicht zum Tanzen auffordern sollte, aber plötzlich erklang das Intro zu einem Lied, das Eva sofort erkannte. Sie traute ihren Ohren nicht.

Er musste es bemerkt haben, denn er fragte vorsichtig:

»Alles okay bei dir?«

Eva fühlte sich verwirrt.

»Es ist nur … dieses Lied. Es war das Lied von Alexander und mir.«

Er nahm einen Zug von seiner Zigarette.

»Hanlons Rasiermesser.«

Sie verstand nicht, was er gesagt hatte. Er wiederholte:

»Hanlons Rasiermesser. Es ist ein Prinzip, oder ein Gesetz, so ähnlich wie Ockhams Rasiermesser, du weißt schon. Schreib einer Handlung nie eine böswillige Absicht zu, wenn man sie mit Dummheit hinreichend erklären kann.«

Eva begann zu lachen. Ihr wurde bewusst, dass es das erste Mal an diesem Abend war.

»Wo hast du das denn her?«

»Ich weiß nicht. Ich bin wohl ein Nerd.«

»Du siehst aber gar nicht aus wie ein Nerd.«

»Glaub mir, ich bin einer.«

Sie schaute ihm erneut ins Gesicht.

»Weißt du was: Nerd oder nicht, ich glaube, die einzige Möglichkeit für uns, das Ganze hier zu überleben, ist hineinzugehen, zu tanzen und so zu tun, als hätten wir Spaß. Was meinst du? Ich glaube, die Bar ist geöffnet.«

Er nickte, und sie nahm seine Hand und ging mit ihm

zurück in den Festsaal. Sie stellten sich an die provisorische Bar und mixten sich starke Drinks aus Wodka. Die Tanzfläche war eine Explosion aus Glitzer und Haut, wunden Füßen, Schweiß und Euphorie.

Als sie am nächsten Morgen mit einem üblen Geschmack im Mund und heftigen Kopfschmerzen aufwachte, musste sie sich erst einmal erinnern, wo sie sich überhaupt befand. Es dauerte eine Weile, bis der Groschen fiel; die glänzende Zeltwand, das Licht, das durch die Ritzen eindrang, der Lärm lachender Menschen von draußen, die stickige Luft, und dann, als sie sich umdrehte – der lange, dunkle Mann, der dort lag, die Wange auf die grüne Isomatte gepresst, deren Muster einen Abdruck hinterlassen hatte, sodass er aussah, als hätte jemand sein Gesicht in ein Waffeleisen gesteckt, seine schiefe Nase – doch, jetzt erinnerte sie sich, sie war immer noch in Porvoo, Tag zwei, sie sollten aufstehen, frühstücken, einen Kaffee trinken und munter werden.

Sie blieb noch eine Weile still im Zelt liegen, versuchte wieder einzuschlafen, aber sie war zu klar im Kopf und gleichzeitig viel zu müde, um zu schlafen, und vor allem war es viel zu warm. Sie hatte ihren Pulli übergezogen, weil sie zwischendurch aufgewacht war und gefroren hatte; jetzt stand die Sonne über dem Zelt, und sie schwitzte. Als sie sich in ihrem Schlafsack zu bewegen begann, drehte er sich um und drückte sein Gesicht an die Zeltwand. Sie tippte ihm sanft auf die Schulter.

»Schläfst du?«

Er murmelte etwas, als würde er im Tiefschlaf sprechen, aus einer fremden Welt:

»Wie spät ist es?«

»Ich weiß nicht.«

Sie streckte einen Arm aus und tastete neben ihren Füßen nach etwas zu trinken, vielleicht einer Flasche Wasser. Nichts.

Sie schlüpfte aus ihrem Schlafsack und zog den Reißverschluss des Zelts auf. Die Sonne strahlte herein, und sie konnte draußen den blauen Himmel sehen. Sie hörte, wie er sich in seinem Schlafsack bewegte.

»Ich habe versprochen, meine Schwester und Alexander heute zum Flughafen zu fahren. Ich hoffe, es ist noch nicht elf.«

Eva starrte ihn an.

»Deine Schwester? Marika ist deine Schwester?«

Er schaute sie schlaftrunken an und kratzte sich am Kopf.

»Ich dachte, das wusstest du?«

An jenem Morgen rief sie ihre Mutter an und bat sie zu kommen und sie abzuholen. Sie hätte lieber Max angerufen, aber der hatte keinen Führerschein. Als Katriina auftauchte, stand Eva auf einem Kiesweg vor dem Festlokal und wartete, in einem Kleid, das aussah, als hätte jemand darin geschlafen, was tatsächlich auch der Fall war. Sie versuchte fröhlich und munter auszusehen, als sie ihre Mutter umarmte, aber sie wusste, dass ihr das nicht gelang.

»Ist es gestern spät geworden?«

Sie lächelte, wich Katriinas Blick aber aus.

»Ja, ziemlich spät.«

»War es eine schöne Hochzeit?«

»Ja … doch, war es«, sagte sie und starrte geradeaus.

»Du weißt, du hättest nicht hingehen müssen.«

Eva war stumm, dann begann sie plötzlich zu weinen, nur ein bisschen, aber trotzdem laut genug, dass Katriina es hören konnte. Sie hielt ihren Blick auf die Autobahn gerichtet.

»Eva, so etwas braucht Zeit. Es macht doch nichts, wenn du immer noch Gefühle für Alexander hast.«

Eva konnte ihren Ohren nicht trauen. Sie lehnte sich an die Scheibe, ohne ein Wort zu sagen. Die Sonne strahlte durch die Fenster herein, aber sie verspürte Todesangst.

»Wie heißt denn seine neue Freundin? Oder seine Frau, vielmehr?«

»Marika.«

»Kanntest du sie?«

»Sie gehörte zur selben Clique.«

Katriina schaute zu ihr hinüber.

»Du wirst auch noch jemanden finden.«

Eva richtete sich auf.

»Aber darum geht es doch nicht! Begreifst du denn gar nichts?«

»Nein, nein, ich weiß. Entschuldigung.«

Zum Teil hatte es auch mit Alexanders Hochzeit zu tun gehabt, dass Eva nach London gegangen war. Als der Annahmebescheid aus London eintraf, musste sie nicht einmal darüber nachdenken. Eine bessere Lösung konnte sie sich gar nicht vorstellen – die ganze um sich selbst kreisende finnlandschwedische Gemeinschaft hinter sich zu lassen und ein neues Leben anzufangen.

10

Katriina hatte direkt vom Blumenhändler ein Taxi genommen und Max angerufen, als sie unten auf der Straße im Matsch stand, woraufhin sie gemeinsam alle Blumen nach oben in die Wohnung getragen hatten.

Jetzt stand sie im Wohnzimmer, wickelte die Pakete aus und füllte Vasen mit Tulpen, Narzissen und Amaryllen. Amanda half ihr.

»Wann kommt Eva?«, fragte Max und ging zu dem Tisch mit den Flaschen hinüber. Er schenkte sich einen Whisky ein.

Er freute sich darauf, alle Kinder und Enkelkinder an einem Ort versammelt zu sehen. Alles andere interessierte ihn nicht. Am Institut hatte man eine Festschrift veröffentlicht, die er peinlich berührt entgegengenommen, bislang aber noch nicht zu lesen gewagt hatte. Auch eine Festschrift war eine Art Schlussbilanz.

Und jetzt hatte Katriina ein großes Fest organisiert, auf dem er der Ehrengast sein sollte. Am liebsten wäre er geflohen, aber eines hielt ihn zurück: der Gedanke, dass er Laura treffen würde. Max hatte sie angerufen, um sich für das Interview zu bedanken, und dabei hatte sie ihm gesagt, dass sie zu seiner Geburtstagsfeier kommen würde.

»Das Flugzeug landet um fünf, sie dürfte also in zwei Stunden hier sein. Übrigens finde ich, dass du heute Abend das graue Sakko anziehen solltest. Und darunter dieses dunkelblaue Baumwollhemd, ich habe es am Montag gewaschen und gebügelt. Kannst du mir gerade helfen?«

Er stellte sein Glas ab und ging zu ihr.

Katriina hatte sich die Nägel rot lackiert und war dabei, Blüten und Blätter in symmetrischen Sträußen zu arrangieren. Er war sich nicht sicher, ob es ihr Parfüm oder die Blumen waren, die so stark dufteten. Er legte den Arm um sie, beugte sich zu ihrem Nacken hinunter und hob eine Hand zu ihrer Brust. Die physische Wahrnehmung von Katriinas Pullover und der weichen Rundung überwältigte ihn und ließ ihn beinahe zur Ruhe kommen. In einer perfekten Welt könnte er Laura und Katriina gleichzeitig lieben, oder nicht? Was war das für eine idiotische Regel, die sagte, dass so etwas nicht möglich war? Es war so leicht zu lieben. Es war das Leichteste auf der ganzen Welt.

»Okay, Max … hör jetzt auf. Im Ernst, wenn du bitte in die Küche gehen und die Vase holen würdest, die auf der Fensterbank steht. Die wollte ich auf den Wohnzimmertisch neben das Essen stellen. Füll sie zur Hälfte mit Wasser. Helen, kannst du mir helfen und diese Tulpen ein bisschen zurechtmachen? Und dann möchte ich, dass du aus diesen übrig gebliebenen Amaryllen noch etwas Hübsches zauberst.«

Helen, Christian und die Kinder waren bereits am Vormittag gekommen. Max' Schwester war ebenfalls da, und Max wusste, dass Elisabeth von ihm erwartet hatte, sich darum zu kümmern, dass ihre Mutter an der Feier teilnehmen konnte. Aber was hätte er tun sollen? Dass seine Mutter allein mit dem Zug kommen könnte, war unvorstellbar. Wenn überhaupt, dann hätte Elisabeth sie mitbringen können. Sie hatten am Telefon darüber gestritten.

»Aber was ist, wenn Mama hinfällt? Oder wenn sie während der Fahrt auf die Toilette muss? Ich kann sie nicht aus dem Auto tragen.«

Max' Mutter hatte am Morgen angerufen und klang beleidigt. Sie wollte den ganzen Weg nach Helsinki mit dem Taxi fahren, aber er hatte ihr versprochen, dass sie stattdessen im Frühjahr eine Familienfeier machen würden, zu der alle kommen würden.

Auf dem Weg in die Küche blieb Max im Flur stehen. Die Wand war voller Fotografien von Familienmitgliedern. Auf einem seiner Lieblingsbilder sah man Katriina in einem Tierpark in San Francisco. Sie küsste einen Schimpansen. Sie war braun gebrannt und blond und sah glücklich aus, als hätte sie für einen Augenblick die Kamera vollkommen vergessen. In dieser Hinsicht hatte Katriina überhaupt keine Angst, sie wäre nie davor zurückgeschreckt, irgendein Tier zu küssen.

Auf den anderen Bildern waren vor allem die Mädchen zu sehen. Eva als kleines, neugeborenes Würmchen neben Katriina, Kindergartenfotos, Schulfotos, Eva und Helen, die auf Pferden ritten, viele Bilder von Katriina, Eva und Helen in Berkeley. Es gab auch eine Urkunde, die Max von der Finnischen Akademie erhalten hatte, und eine eingerahmte Kopie des Hochzeitsfotos seiner Eltern.

Es gab keine Bilder von Max.

»Ist das Hemd im Schlafzimmer?«, rief er.

»Ja, es müsste eigentlich im Schrank hängen«, antwortete Katriina.

Er ging in die Küche und stellte die Vasen ab. Auf dem Küchentisch lag der aufgeschlagene Kulturteil der *Helsingin Sanomat* mit dem großen Artikel über Max. Mittlerweile dachte er, dass er zu viel geplappert hatte. Er wusste, wie herablassend einige seiner Akademikerfreunde seine soziologischen Oneliner betrachteten.

Als Überschrift hatte man ein Zitat von Max ausgewählt: »Totale Freiheit ist kein Idealzustand«. Max hatte über das gesprochen, worüber er immer sprach, dass unsere Wahlmöglichkeiten uns deprimierten. Auf dem Bild – es war mindestens sieben Spalten breit und reichte über die ganze Seite – zeigte er eine bekümmerte Miene, als hätte ihn jemand in demselben Augenblick, als das Foto geschossen wurde, an etwas Trauriges erinnert. In Wirklichkeit hatte er nur nicht richtig verstanden, was der Fotograf eigentlich von ihm wollte. Er schaute erneut auf das Bild und zog die Nase kraus. Plötzlich meinte er etwas von seiner eigenen Mutter in dem bekümmerten Gesichtsausdruck wiederzuerkennen – sahen im Grunde nicht alle in seiner Familie so aus, als könnten sie jederzeit in Tränen ausbrechen?

Katriina hatte die Zeitung auf den Tisch gelegt, damit alle Gäste sie sehen konnten. Er spielte mit dem Gedanken, sie zusammenzufalten und ins Altpapier zu werfen. Der Text selbst war gar nicht dumm, er hatte ihn gelesen, bevor er in Druck gegangen war, und Laura eine Mail mit Verbesserungs- und Änderungsvorschlägen geschickt. Im Laufe des Tages war er auf die Internetseiten der Zeitung gegangen und hatte die Forenbeiträge unter dem Interview gelesen. Die Tonlage in den Kommentaren hatte ihn überrascht – anscheinend gab es immer noch Menschen, die der Meinung waren, dass er vernünftige Ansichten hatte.

Als es auf sechs Uhr zuging, war die Wohnung bereits voller Menschen: Helen und ihre Familie, Max' Schwester Elisabeth, sein Kollege Antti, der besonders früh gekommen war, und eine jüngere Kollegin aus dem Institut, eine unerhört ehrgeizige Doktorandin namens Sara. Max hatte seinen Lektor Matti nicht einladen wollen, weil er keine Lust hatte, über das Westermarck-Buch zu reden, aber Katriina hatte die Verantwortung für die Gästeliste übernommen und natürlich nicht gestattet, dass irgendjemand unberücksichtigt gelassen wurde.

Das Geräuschniveau war bereits zu einem behaglichen Brummen angestiegen, und Edvard lief umher, wedelte mit dem Schwanz und beschnupperte jeden. Auch Max konversierte kompetent, zeigte sein Arbeitszimmer und den Schreibtisch, an dem er zu sitzen pflegte, während gleichzeitig seine Augen umherwanderten und nach Laura Ausschau hielten. Jedes Mal, wenn er hörte, wie die Tür geöffnet wurde, hoffte er, dass sie es war.

Um sieben Uhr waren die meisten Gäste eingetroffen. Katriina hatte an der Tür gestanden und sie gemeinsam mit Max begrüßt, der zwischendurch bereits zweimal auf den Balkon geschlichen war, um eine Zigarre zu rauchen.

Jetzt bewegte sich Max durch das Menschengewimmel und bemühte sich, jedem mit einem Lächeln zu begegnen. Er nahm gar nicht bewusst wahr, mit wem er gerade redete, aber im Nachhinein konnte er sich an Details erinnern, Katriinas Ohrringe, der Ausschnitt der Frau eines Kollegen, ein rotes Taschentuch, ein Paar weiße Joggingschuhe. Um acht Uhr kam endlich Laura, in einem kurzen, lila Kleid und mit schwarzen, glänzenden Haaren, und begegnete Katriina im gedämpften Licht des Flurs mit einem vorsichtigen, betörenden Lächeln und vollkommener Selbstbeherrschung. Max stand im Hintergrund und versuchte sich so neutral wie möglich zu verhalten, aber es war schwierig, weil er schon ein paar Gläser getrunken hatte – er war sich nicht sicher, wie viele. Seine Mundwinkel bogen sich nach oben, und er hoffte, dass es niemand bemerkte. Er wartete, während sich Laura mit Katriina in die Wohnung begab und andere Gäste begrüßte, hielt eine Weile Abstand und beobachtete die beiden Frauen, wartete, bis Laura allein war – es waren höchstens fünf Minuten, die sich wie eine Ewigkeit anfühlten –, bevor er sich ihr näherte.

Sie schien niemanden zu kennen, wie Max mit Erleichterung feststellte. Damit hatte er die Pflicht, für ihre Unterhaltung zu sorgen.

»Hallo, Sie sind also gekommen.«

»Ja.«

»Ich muss schon sagen, der Artikel ist sehr gelungen.«

»Finden Sie?«

»Wirklich. Sie haben genau verstanden, was ich sagen wollte. Das passiert mir nicht so oft. Und alle haben ihn gelobt.«

»Das war doch nichts Besonderes, aber vielen Dank.«

»Sie sollten sich unbedingt ganz dem Kulturjournalismus widmen«, sagte er.

Laura antwortete nur mit einem Nicken, also redete er weiter, weil ihm nichts anderes einfiel, was er tun könnte. Ihm fiel auf, dass er tief in ihren Ausschnitt hineinsehen konnte, und er musste sich enorm anstrengen, um es zu unterlassen. Er betrachtete die anderen Gäste und sah, dass Matti Kurs auf sie genommen hatte. Er kam vom anderen Ende des Zimmers auf sie zu, und sein Blick war direkt auf Laura gerichtet. Max versuchte sich hastig ein Ausweichmanöver auszudenken. Er hatte den ganzen Abend versucht, Matti aus dem Weg zu gehen, weil er genau wusste, dass er unweigerlich nach dem Buch fragen und vielleicht sogar darum bitten würde, einen Blick hineinwerfen zu dürfen.

»Eigentlich müsste ich Sie ja auch allen anderen vorstellen.«

»Nein, das ist doch nicht nötig.«

Sie sah etwas peinlich berührt aus und betrachtete die anderen Gäste. Matti hatte sie schon fast erreicht.

»Doch, das sollte ich auf jeden Fall tun«, sagte Max.

Er hob sein Glas und begann mit dem Feuerzeug dagegenzuschlagen, aber es war nichts zu hören, und keiner der Gäste drehte sich zu ihm um. Also ging er zum Tisch, auf dem gerade der Kaffee serviert wurde, nahm ein Messer und schlug kräftiger gegen das Glas. Das Geräusch gellte durch den ganzen Raum, Wein schwappte aus dem Glas und kleckerte auf den Boden. Jetzt hatte er die allgemeine Aufmerksamkeit.

»Ja, hallo zusammen, ich wollte nur eine Kleinigkeit sagen. Wie ihr mittlerweile sicher schon alle gesehen habt – dank meiner Frau, die stets dafür sorgt, dass so etwas nicht unbemerkt bleibt –, hat die *Helsingin Sanomat* heute ein Interview mit mir veröffentlicht, passend zu dem großen Tag. Ihr wisst ja, dass ich Journalisten normalerweise verabscheue …«

Vereinzeltes Lachen im Raum. Max nahm es gerne in Kauf.

»… aber in diesem Fall habe ich eine Ausnahme gemacht, weil die Journalistin eine frühere Studentin von mir ist, und zwar eine der begabtesten. Und tatsächlich ist sie heute Abend auch hier. Laura, wo sind Sie?«

Er tat so, als würde er nach ihr suchen. Laura stand immer noch in ihrer Ecke und winkte allen zurückhaltend zu.

»Da sind Sie ja! Laura ist nicht nur eine großartige Kulturjournalistin, sie ist auch Wirtschaftsjournalistin mit Asien als Spezialgebiet …«

Laura schien sich zu genieren, die Gäste schauten erst zum Gastgeber, dann wieder zu ihr, wussten nicht, auf wen sie ihre Aufmerksamkeit richten sollten.

»… ja, das war ungefähr das, was ich sagen wollte. Ich

hoffe, dass ihr alle genug zu essen bekommen habt, denn gleich gibt es schon Kaffee und Kuchen.«

Alle stießen an. Für einen kurzen Augenblick war Max zufrieden. Aber dann sah er, dass Matti Laura erreicht hatte und ihr gerade die Hand schüttelte. Jetzt winkte er Max zu, dem keine andere Wahl blieb, als zu ihnen hinüberzugehen.

Matti hatte eine leichte Macho-Attitüde, die Max zwar nervte, aber von der er ahnte, dass sie auf bestimmte Frauen anziehend wirkte. Er war um die fünfzig, gut aussehend und selbstgefällig, aber auch sehr belesen – und ein eiskalter Geschäftsmann. Max hatte das Gefühl, dass er selbst langsam Gefahr lief, unrentabel zu werden. Matti hatte inzwischen schon eine Hand auf Lauras nackte Schulter gelegt.

»Ich habe Laura gerade gesagt, dass sie ein verdammt gutes Interview geführt hat. Heutzutage bekommt man so etwas nur noch selten in der *Helsingin Sanomat* zu lesen.«

Max nickte. Laura schien die Aufmerksamkeit zu genießen.

»Weißt du, Max, heute ist dein Geburtstag, da werde ich dich nicht mit irgendwelchen Fragen nach deinem vermaledeiten Buch quälen. Aber ich habe mir gedacht, dass ich einen Vorschlag machen werde, und zum Glück seid ihr beide jetzt hier, weil er nämlich euch beide betrifft. Als ich heute die Zeitung gelesen habe, ist mir eine Idee gekommen, eine verdammt gute Idee, wie ich finde. Wie wäre es denn, wenn Laura dir ein bisschen helfen würde? Sie scheint ja ganz offensichtlich etwas von dem Projekt zu verstehen, an dem du gerade arbeitest. Könnte sie nicht mal über deinen Text schauen? Dann muss ich es nämlich nicht tun.«

Max warf einen verwunderten Blick auf Laura. Gestern hatte er noch darüber fantasiert, sein Manuskript zu nehmen und es von der Brücke zu werfen.

»Ich weiß nicht … ich bin ja bald schon fertig …«

Matti betrachtete ihn beinahe amüsiert.

»Du lieber Himmel, Max. Jetzt sei mal ehrlich. Wie sieht es denn wirklich aus mit deinem Buch? Ich habe bis jetzt noch nicht eine einzige Zeile gesehen.«

Jetzt wandte er sich Laura zu.

»Ich zweifle gar nicht daran, dass Max etwas geschrieben hat, aber solange er es mir nicht zeigt, kann ich es auch nicht sicher wissen, oder?«

Max versuchte sich zu verteidigen. Er ärgerte sich über die Situation, darüber, dass Matti ihn vor Laura blamierte, dass er gerade jetzt darüber sprechen musste.

»Wenn du willst, kann ich es dir gleich zeigen. Ich habe es hier im Arbeitszimmer.«

»Okay, okay«, sagte Matti. »Vielleicht war es eine dumme Idee. Ich dachte nur, dass du vielleicht jemanden brauchst, der dir zur Hand geht. Das kann ja nicht schaden.«

Max fiel auf, dass Laura bislang noch nichts dazu gesagt hatte. Es war ziemlich laut im Zimmer, und Max musste sich zu ihr hinunterbeugen, um zu verstehen, was sie sagte.

»Natürlich kann ich es mir anschauen. Wenn Sie es wollen, Max?«

Er schaute ihr in die Augen und verspürte eine Art Dankbarkeit – sie konnte ja nicht wissen, wie viel es für ihn bedeutete, dass er wieder ein bisschen Aufmerksamkeit bekam. Er schämte sich dafür, dass er so leicht um den Finger zu wickeln war.

Er wollte gerade etwas sagen, als es an der Tür klingelte. Helen rief über den Lärm hinweg.

»Ich mache auf!«

Max schoss es in den Sinn, dass das Eva sein musste, aber nachdem die Tür geöffnet worden war, hörte er eine Männerstimme aus dem Flur. Max entschuldigte sich bei Laura und Matti und ging hinaus, um zu sehen, wer es war. Er kannte den Mann nicht. Er war bärtig, dunkelhäutig und sah ausländisch aus, vielleicht ein Inder? Wegen des großen Lärms konnte Max nicht hören, worüber Helen und er sich unterhielten.

»Kann ich Ihnen helfen?«, fragte Max.

Jetzt kam auch Katriina in den Flur.

»Sind Sie Max Paul?«, fragte der Mann auf Englisch. Er war seltsam gekleidet – wie ein altmodischer Landstreicher, der sich in Schale geworfen hatte. Aus einer Tasche des fadenscheinigen Jacketts schaute ein Seidentaschentuch.

»Ja, das stimmt. Sind wir zu laut? Ich kann meine Gäste bitten, etwas leiser zu sein. Es ist mein sechzigster Geburtstag, wissen Sie.«

»Nein, darum geht es nicht. Ich bin auf der Suche nach Ihrer Tochter. Eva. Soweit ich weiß, soll sie heute Abend hier sein.«

»Und wer sind Sie?«

»Ich bin ihr … Freund. Russ.«

11

Maliks Interesse an Eva kühlte noch an demselben Abend ab, an dem sie ihn mit dem Schwangerschaftstest erschreckt hatte. Er demonstrierte sein Desinteresse dadurch, dass er sich in den folgenden Tagen immer öfter über Lauries Rücken beugte, mit einem ganz neugeborenen Eifer, die technischen Aspekte ihrer Bilder zu diskutieren. Eva konnte beobachten, wie sein Arm die ganze Zeit nach einer Position suchte – er schien sich Lauries hervorblitzendem BH-Träger immer weiter anzunähern. Plötzlich waren das Einzige, was an Maliks Rolle in Evas Leben erinnerte, die Ritalinstreifen in ihren Kunstbüchern. Während des Unterrichts verfiel er in einen herrischen Ton, und man konnte ihm nichts mehr recht machen. Besonders Ben bekam zu hören, dass er ein Versager sei und »Kunst nicht von seinem beschissenen Ellenbogen unterscheiden« könne.

Sie hatte einen schnellen Entschluss gefasst, als sie zu Hause über dem Toilettensitz hockte, während Malik vor der Tür wartete. Sie entschied, ihm nicht zu erzählen, dass der Test positiv war. Sie hatte schlicht und ergreifend Angst vor ihm.

Sie überlegte, ob sie ihn nicht bei der Universitätsleitung wegen sexueller Belästigung anzeigen sollte. Doch sah sie selbst ein, wie heuchlerisch das wäre, schließlich hatte sie freiwillig mit ihm eine Affäre angefangen. Sie hatte sie sogar genossen und sich gut dabei gefühlt.

Stattdessen unternahm sie jeden Tag nach dem Unterricht einen Spaziergang, bis sie eines Tages bemerkte, dass sie vor der Galerie von Maliks Frau stand, ohne zu wissen, wie sie eigentlich dorthin gekommen war. Es war Donnerstagabend und schon sieben Uhr, aber dem Schild nach zu urteilen, das draußen auf der Straße stand, war die Galerie noch geöffnet.

Der Ausstellungsraum sah aus wie ein verlassenes Geschäft, das jemand in eine »Kunsthalle« verwandelt hatte, und ganz und gar nicht wie die geräumigen und minimalistischen Kunstgalerien, die sich im gesamten East End ausgebreitet hatten.

Eva hatte sich Maliks und Sarahs Galerie stets wie ein teures und elitäres Etablissement vorgestellt. Als etwas Exklusives, weiß und groß, angsteinflößend. Jedenfalls nicht wie diese berlinartig improvisierte Ausstellungshalle, die aussah wie ein dichtgemachter Rockklub.

Die Außenwand war von Graffiti überzogen und die Fenster waren so stark getönt, dass man kaum hineinschauen konnte. Eine dunkle, etwas hagere Frau um die vierzig saß auf einem Hocker hinter einer Art Empfangstisch. Ihre Arme waren voller Tätowierungen, was ihre ganz alltägliche Erscheinung noch unterstrich.

Sie nickte zur Begrüßung.

»Wenden Sie sich ruhig an mich, wenn Sie Fragen haben. Ich heiße übrigens Sarah.«

Eva lächelte zaghaft und ging weiter in die Galerie hinein. Die ganze Woche schon lag ein grauer Himmel über London, und das feuchte Licht kroch mühsam durch die Fenster ins Innere. Der Ausstellungsraum war nicht vollkommen in Weiß gehalten, wie die meisten Galerien der Stadt, sondern hatte eher den Charme einer umgemodelten

Industriehalle, mit grauem Betonboden und an manchen Stellen entblößtem Mauerwerk.

Irgendwo weit hinten in der Galerie konnte Eva ein winselndes Geräusch vernehmen, das von einem der Kunstwerke zu stammen schien. Die Frau hatte ihre Aufmerksamkeit wieder dem Buch zugewandt, das sie in den Händen hielt.

Konnte das wirklich Maliks Frau sein? Eva hatte sie sich vollkommen anders vorgestellt – eine schicke Londonerin mit starker Aura und kühlen Augen, eine überhebliche, magere Frau, die die richtigen Leute kannte und imstande war, jede Widersacherin mit links zu erledigen. So wie Malik über Sarah gesprochen hatte, hatte sie den Eindruck gewonnen, dass sie eine furchterregende Person war, mit der man sich besser nicht anlegen sollte. Diese Frau kam ihr dagegen … richtig mütterlich vor. Und sie sah alles andere als schick aus, eher wie ein alterndes Goth-Girl mit abgewetzten, schwarz lackierten Nägeln und struppigem, schwarzem Haar.

Eva ging in die Galerie und schaute sich die Kunstwerke an.

Sie schienen um Genderfragen zu kreisen. Die ersten, die direkt hinter dem Eingang an der Wand hingen, waren nichtssagende Pop-Art-Gemälde in grellen Farben – Anspielungen auf Warhol, aber die Figuren waren lange nicht so überzeugend. Als Konzept war das nicht besonders spannend, aber technisch hervorragend umgesetzt. An der Wand konnte Eva lesen, dass die Bilder von einer lokalen Künstlerin stammten.

»Diese Wand wird jede Woche geändert. Am Montag kommt ein neuer Künstler. Dann müssen Sie unbedingt wiederkommen, es lohnt sich«, sagte Sarah, die bemerkt hatte, dass Eva sich die Bilder anschaute.

Eva nickte.

»Wir wollen einen Teil der Galerie möglichst niedrigschwellig gestalten, damit junge Künstler, die vielleicht noch nicht so viel Erfahrung haben, eine Chance bekommen, sich zu präsentieren.«

Die Hauptausstellung war einer Künstlerin namens Claire Kelly gewidmet – es gab ein Bild von ihr in dem Ausstellungskatalog, der auf einem Tisch ausgelegt war: eine Londonerin, geboren 1972, die in »Bergen und Istanbul« Kunst studiert hatte und heute »mit ihrem Mann und ihrer Katze in Paris« lebte.

Die Ausstellung bestand aus kleinen Skulpturen, Rosa war der dominierende Farbton. Eva fand, dass sie wie eine kitschige Albtraumvariante dessen aussahen, was man in den Achtzigerjahren in seinem Mädchenzimmer hatte: Ponys und Puppen, kleine Kuscheltiere aus Kunststoff, aus denen kleine Haarsträhnen herausschauten. Kelly hatte die Skulpturen in mit Stoff ausgekleideten Kästen platziert und diese in ein dämmriges, pornomäßiges Licht getaucht, schmierig und schlüpfrig, als sollten sie ein finsteres Hinterzimmer darstellen, eine Gasse, oder ganz einfach den Anschein von Armut vermitteln. Sie waren wie eine Miniaturwelt, in der alles Süße durch einen sozialrealistischen Filter gemangelt worden war, wie Tatortbilder aus einem Mädchenzimmer.

Die Monumente einer verlorenen Unschuld hatten eine unaussprechlich traurige Aura, aber gleichzeitig auch einen gewissen Witz – sie stellten Mädchenträume dar, die auf die bittere Wirklichkeit stießen, aber auf eine eigenwillige Weise auch den Spieltrieb weckten. Eva erinnerten sie an ihre eigene Kindheit, ihre endlosen Spiele mit Helen, wie sie Kleider für ihre Barbiepuppen nähten oder manchmal zu ihren Freundinnen hinübergingen, um Puppen mit ihnen zu tauschen. Der ungewohnte Duft der Spielsachen anderer Kinder. Die harte Glätte der Barbiepuppen.

Ein anderes Kunstwerk war eine Videoinstallation, bei der Claire Kelly selbst einen Ganzkörperanzug aus hautfarbenem Gummi trug, in der sie wie ein aufblasbares, schwangeres Sexspielzeug aussah. Von hier stammten auch die winselnden Geräusche.

Ungefähr in der Mitte des etwa vierminütigen Films wickelte sie einen Gummipenis zwischen ihren Beinen aus, den sie mit einer Handpumpe aufblies, während ihr Becken zum Publikum vor ihr zuckte.

In einem anderen Film hatte sich die Künstlerin ein Brautkleid angezogen und einen künstlichen Bauch umgeschnallt, als wäre sie schwanger, und stand an der Autobahn und trampte.

Eva musste an die letzte Szene in Mike Nichols' Film *Die Reifeprüfung* denken – die Szene, in der sie aus der Kirche fliehen, nur hier war es eine einsame Frau, die floh, mit ihrem kleinen Kind im Bauch.

Am Ende des Films saß Claire Kelly ganz hinten in einem Bus und sprach direkt in die Kamera, erzählte von den Männern, die sie gehabt hatte, und deren Geschichten. Sie zählte sie auf, einen nach dem anderen, Exfreunde und One-Night-Stands, aber sie nannte niemals Namen, sondern leierte nur, mal ausführlicher, mal weniger ausführlich, die Erlebnisse mit ihnen herunter wie das Alphabet. Ein Mann, mit dem sie zusammen gewesen war, stammte aus einem der Vororte und hatte von seiner Kindheit erzählt. Als Teenager hatte er seinen Bruder umgebracht, seinen älteren Bruder, und die ganze Geschichte nahm biblische Ausmaße an. Eva vergaß die Zeit, während sie dasaß und zuhörte, die ganze Geschichte hatte etwas Hypnotisches, und gleichzeitig hatte die Tatsache, dass eine Frau sie erzählte, etwas ungeheuer Modernes; wie ein Gefängniswärter, der von seinen Gefangenen erzählt.

Eva musste an das Glas Wasser denken, das sie während der ersten Unterrichtsstunde betrachtet hatten. Jetzt wurde ihr klar, was sie daran nicht gemocht hatte. Es gab keine Geschichte. Nichts, an dem man sich festhalten konnte, keine Erzählung. Wenn man den illusionistischen Tricks des Künstlers Glauben schenken soll, dann muss er zuerst Vertrauen aufbauen.

Als sie fertig war und wieder nach draußen gehen wollte, schaute Sarah von ihrem Buch auf und schenkte ihr ein Lächeln.

»Ich hoffe, es hat Ihnen gefallen.«

»Ja, absolut«, sagte Eva und dachte, dass es schon ein bisschen seltsam war. Malik hatte ihnen den ganzen Herbst lang gepredigt, dass der Sinn von Kunst nicht darin liege, dass die Leute Gefallen daran finden.

Als sie nach Hause kam, dachte sie daran, gleich mit dem Packen zu beginnen. Ihr Flug ging am nächsten Morgen, über Frankfurt. Natalija saß mit ihrem Computer in der Küche und zeigte auf ihr Zimmer.

»Du hast Besuch. Er schien ein bisschen Angst vor mir zu haben, deshalb habe ich ihn in dein Zimmer gelassen.«

Natalija lächelte. Eva schaute sie verwundert an. Im Augenblick hatte sie überhaupt keine Lust, mit Malik zu sprechen.

Aber es war nicht Malik. Es war Russ. Er saß auf dem Bett, tief versunken in ein Buch über niederländische Malerei, und begann zu sprechen, ohne den Blick zu heben.

»Ich habe nie begriffen, wie sie es gemacht haben«, sagte er. »Ich meine, schau dir das mal an.«

Er hielt ihr eine Abbildung in dem Buch entgegen. Eva erkannte sie wieder. Es war ein Vermeer.

»Das ist in gewisser Weise der einzige Fall in der Menschheitsgeschichte, dass die Evolution nachweislich zu einer Rückentwicklung geführt hat. Glaubst du, dass Julian Schnabel so malen kann? Glaubst du, dass das irgendjemand heute noch kann?«

Eva war in der Türöffnung stehen geblieben.

»Hallo«, sagte sie.

Jetzt legte er das Buch zur Seite. Beim ersten und einzigen Mal, dass sie sich außerhalb des Unterrichts gesehen hatten, hatte er sie in einen düsteren Pub nahe der Liverpool Street Station geschleppt, ein Lokal, in dem es am helllichten Tag finster war und in dem es keinen Sauerstoff zu geben schien.

Eva mochte ihn; er schien integer zu sein, scherte sich nicht um Malik. Aber sie hatte Schwierigkeiten mit seiner negativen Haltung. Während ihrer ganzen ersten Verabredung hatte er nur davon geredet, dass die Kunstszene in London ein einziger Kreislauf sei, in dem sich alles nur um Geld und Status drehte. Er hatte sich kaum für irgendetwas aus ihrem Leben interessiert.

Jetzt saß er mit verschränkten Beinen auf ihrem Bett, und Eva bemerkte, dass er die Schuhe nicht ausgezogen hatte.

»Möchtest du etwas zu trinken haben?«, fragte sie.

»Ja, danke. Hast du ein Bier?«

»Ich schaue mal, was ich finde.«

Eva ging in die Küche, wo Natalija immer noch saß und arbeitete.

»Seltsamer Bursche. Ist er ein Freund von dir?«

»Ja, das kann man wohl sagen. Aber eigentlich kenne ich ihn nicht so gut.«

»Er macht trotzdem einen netteren Eindruck als Malik. Er sieht nicht wie jemand aus, der jeden Morgen für zwei Stunden die Dusche besetzt.«

Natalija war Malik gegenüber äußerst skeptisch gewesen. Sie behauptete, dass er im Badezimmer ihre Sachen durchwühlt und manchmal seine schmutzigen Unterhosen neben der Dusche auf dem Boden liegen gelassen habe.

Eva ging zum Kühlschrank und holte ein Bier heraus. Dann kehrte sie in ihr Zimmer zurück und gab es Russ.

»Danke«, sagte er.

»Also«, sagte sie. »Was führt dich hierher?«

»Nichts Besonderes. Ich war nur zufällig in der Nähe.«

Der Schnurrbart ließ ihn noch mehr aussehen wie einen Schuljungen.

»Und dann bist du vorbeigekommen?«

»Genau.«

Anschließend schien keiner von beiden etwas zu sagen zu haben, und Eva dachte, dass das vielleicht ganz gut war, dass es vielleicht auch so schön sein konnte. Sie hatte keine Ahnung, warum Russ bei ihr zu Hause aufgetaucht war – aber wenn er das tun wollte, dann konnte sie ihn offensichtlich nicht daran hindern.

»Also, was hältst du von dem Kurs?«, fragte sie schließlich.

Russ war für eine Weile still, er schien nachzudenken. Dann sagte er:

»Diese Sache, dass wir dasitzen und über unsere Kunstwerke diskutieren. Daran glaube ich nicht. Immer dieses ›Kritisch‹-Sein, ich glaube nicht, dass das irgendeinen Sinn hat, verstehst du? Wir sollten arbeiten, statt zu reden. Wie diese Occupy-Leute. Sie beschäftigen sich zumindest mit etwas Sinnvollem, das in der Welt Spuren hinterlässt. Nicht mit irgendeiner verdammten Kunst, die in einer Galerie ausgestellt und anschließend zu Hause bei irgendeiner verwöhnten Familie aus der oberen Mittelschicht an die Wand gehängt wird.«

Eva setzte sich neben ihn auf das Bett.

»Ich bin mir sicher, dass mein Vater die Occupy-Bewegung lieben würde. Er sagt ständig, dass die heutige Jugend nicht mehr an Veränderung glaubt.«

»Aber genau das ist es doch, wir glauben vielleicht nicht daran – aber diese Leute, ich weiß gar nicht, wer sie sind, aber sie scheinen tatsächlich an etwas zu glauben.«

»Zumindest glauben sie, es gebe eine Möglichkeit, keine Miete bezahlen zu müssen.«

Sie bereute ihre Antwort sofort. Sie bereute, dass sie so sarkastisch geklungen hatte, dass sie von diesem Sarkasmus Gebrauch gemacht hatte, der so typisch war für ihre Generation, außer – warum auch immer – für Russ.

»Ich habe es so satt, dass die Leute immer nur an sich selbst denken. Ich will irgendwo dazugehören. Die Kunstszene ist total auf Individualismus ausgerichtet. Das war aber nicht immer so.«

»Jetzt klingst du wie Malik«, sagte Eva und bereute es schon wieder.

»Machst du Witze? Der größte Idiot von allen! Es gibt keinen Menschen in England, der sich mehr für sich selbst interessiert. Sein Ego ist so groß, dass man in einer Umlaufbahn darum kreisen kann. Und das Kranke – und Ironische – daran ist, dass er seit fünfzehn Jahren keine Ausstellung mehr gemacht hat.«

Eva sah ein, dass er recht hatte, verriet es ihm aber nicht. Stattdessen versuchte sie, etwas Nettes zu sagen.

»Wenigstens du hast eine klare Vorstellung davon, was du malen willst. Ich weiß immer noch nicht, was ich in sechs Wochen zeigen soll.«

Eva schaute ihn an, und vielleicht hatte sie unabsichtlich eine Art Zärtlichkeit in ihren Blick gelegt, denn Russ reagierte darauf, indem er seinen Kopf zu ihr neigte und sie zu küssen versuchte. Sie spürte seinen Schnurrbart auf ihren Lippen, und es kitzelte so stark, dass sie zurückzuckte, und ihre Hände stießen ihn in einer Reflexbewegung gegen die Wand. Sie hörte einen kräftigen Rums, als sein Kopf gegen die Betonmauer stieß, genau an derselben Stelle, gegen die Malik vor einer Woche seine Faust gerammt hatte.

»Entschuldige! Das war nicht so gemeint! Ich war nur so überrascht!«

Russ hielt sich den Hinterkopf, und sein Gesicht lief rot an.

»Hat es wehgetan?«

Er antwortete nicht, sondern sah sie nur unglücklich an.

Eva wollte gerade etwas sagen – vielleicht eine Erklärung, einfach nur irgendetwas –, als er von ihrem Bett aufstand und seine Tasche aufhob.

»Kommst du morgen in die Uni?«

Sie schaute ihn an. Er hielt sich immer noch den Hinterkopf.

»Leider nicht. Ich verreise für ein paar Tage. Ich fliege nach Finnland. Mein Vater feiert Geburtstag.«

12

Nichts konnte Katriina mit einer solchen Ruhe erfüllen wie das intensive Stimmengewirr eines gelungenen Fests, die Gewissheit, dass sie diese Menschen an einem Ort versammelt hatte, dass sie selbst die Atmosphäre geschaffen hatte, in der das ganze Fest gedeihen konnte. Aber nicht einmal im Laufe des ganzen Tages hatte sich Max die Zeit genommen, um sich bei ihr für alles zu bedanken. Stattdessen nölte er herum wie ein kleines Kind, dass er nie ein Fest gewollt habe, und fing schon am Vormittag an zu trinken. Die Rede, die er dann auf Laura hielt, war seltsam und peinlich. Für alle Gäste wurde deutlich, dass er offen mit ihr flirtete.

Und jetzt war zu allem Überfluss noch ein fremder Mann aufgetaucht, den niemand kannte.

Katriina lief zwischen der Küche und dem Wohnzimmer hin und her und sorgte dafür, dass genug Kaffeetassen und Gläser da waren und die Gäste sich wohlfühlten. Sie trug Pumps und ein Kleid in Schwarz und Neonpink, das sie unter großem Stress am Tag zuvor bei Stockmann gekauft hatte. Elisabeth war mit dem Zug gekommen und hatte bei den Vorbereitungen geholfen.

Max' große Schwester war verheiratet, hatte drei Kinder und wohnte in Närpes. Sie verdiente ihre Brötchen, indem sie so eine Art Naturheilmittel verkaufte, und sprach von ihren Katzen, als wären sie Menschen. Aber sie hatte drei Söhne großgezogen, von denen einer Arzt in Uppsala geworden war. Die beiden anderen übten in Österbotten respektable Berufe aus. Und sie besaß Humor – jedes Mal, wenn sie zu Besuch kam, stellte sie sich ins Wohnzimmer, schaute sich um und sagte, dass sie noch nie »reiche Leute kennengelernt habe, die so armselig wohnten«. Das war natürlich ein Scherz, denn Katriina und Max lebten in einer hundertvierzig Quadratmeter großen Wohnung. Laut Elisabeth bedeutete das aber gar nichts, weil sie weder einen eigenen Hof noch ein Auto besaßen und sich außerdem beruflich mit derart abstrakten Dingen beschäftigten, dass es direkt lachhaft war. Jedes Mal, wenn Max mediale Aufmerksamkeit bekam, zog sie ihn damit auf, und in den Neunzigerjahren – nachdem er die Sexstudie veröffentlicht hatte – behauptete sie, dass ihr Vater sich im Grabe umgedreht hätte, wenn er davon gehört hätte (»Wer hätte gedacht, dass man berühmt werden kann, wenn man darüber spricht, wie fremde Leute vögeln?«).

Katriina warf einen Blick ins Wohnzimmer. Der fremde Mann hatte sich in ein Sofa gesetzt, um auf Eva zu warten. Seine hageren Finger hatte er fast preziös auf seinen Knien platziert, während er sich im Zimmer umschaute. Sein Blick blieb an einem großen Gemälde von Heikki Marila hängen, das Katriina nach einer Ausstellung in der Galerie Korjaamo gekauft hatte. Sie kaufte nie etwas so Teures, nur weil sie es schön fand, aber in diesem Fall war ihr gleich klar gewesen, dass sie es nicht bereuen würde.

Katriina hatte versucht, Eva anzurufen, aber ihr Handy war abgeschaltet. Helen hatte im Internet nachgeschaut und festgestellt, dass der Flug von Frankfurt zwei Stunden verspätet war.

Als Katriina es noch einmal versuchte, kam sie plötzlich durch.

»Hallo Mama. Ich bin in einer Viertelstunde zu Hause. Ich sitze schon im Bus.«

»Sehr gut, sehr gut. Du solltest dich beeilen, denn du hast Besuch bekommen.«

»Tatsächlich?«

»Ja, … hier sitzt ein junger Mann, der sagt, dass er dich kennt. Russ ist sein Name. Papa unterhält sich gerade im Wohnzimmer mit ihm.«

Für eine Weile war es still am anderen Ende der Leitung.

»Russ? Du meinst, so ein kleiner, dunkler Typ mit Schnurrbart?«

»Ja, genau so einer.«

»Was macht der denn da? Wie kann er denn bei euch sein?«

»Woher soll ich das wissen? Ist er dein Freund?«

»Nein, er ist nicht mein Freund.«

»Was ist er denn dann?«

»Er ist eine Person, die definitiv nicht nach Finnland fliegen sollte, ohne es mir vorher zu erzählen.«

»Aber er sagt, dass er die ganze Woche schon versucht hätte, dich anzurufen, und dass du nie geantwortet hast.«

»Ich habe gerade gestern noch mit ihm gesprochen! Hat er wirklich gesagt, dass er versucht hat, mich anzurufen?«

»Ja, das waren seine Worte. Diese Sache könnt ihr dann hier unter euch klären, wenn ihr wollt. Aber dieser Schnurrbart, also ich weiß nicht …«

Katriina legte auf und überließ es Max, sich um Evas Gast zu kümmern. Max deutete ihr mit einem Blick an, dass er Besseres zu tun habe, aber darauf reagierte sie nicht.

Sie ging in die Küche, wo Helen und Christian standen.

»Ich habe Eva erreicht. Sie ist jetzt auf dem Weg hierher.«

»Hat sie etwas über diesen jungen Mann gesagt?«, fragte Helen.

»Sie meinte, es sei ein Freund von ihr, aber nicht ihr Freund.«

»Er sieht ganz lustig aus.«

»Ja, das stimmt wohl.«

Er sah wirklich lustig aus – der exakte Gegenentwurf zu Katriinas Schwiegersohn. Christian war lang und kräftig, besaß den Körper eines tüchtigen Handwerkers, hatte sehnige, aber auch kräftige und zupackende Arme. Es schien nichts zu geben, was Christian nicht bewältigen konnte; als er seine Festanstellung als Architekt aufgab und stattdessen Tischler und Polsterer wurde, hielten ihn zuerst alle für wahnsinnig – fünf Jahre später besaß er eine eigene Firma und erstellte professionelle Gutachten für das Museums- und Denkmalamt. Jetzt verdiente er mehr Geld als jemals als Architekt, und darüber hinaus hatte er für die Familie ein hübsches Anwesen in Kirkkonummi saniert, genau dort, wo die Gegend hinter Espoo allmählich ländlich wird.

Katriina beugte sich über die Spüle, die voll Wasser war. Rund um das Becken hatte sich eine Pfütze gebildet, und sie begann sie aufzuwischen, aber es lief ständig wieder über. Sie gab auf und warf den Lappen ins Becken.

»Helen, schau dir das an«, sagte sie.

Sie ging zur Arbeitsplatte und zeigte ihr die Schublade, die schon seit Ewigkeiten nicht mehr richtig rollte.

»Ja, Mama, wissen wir. Das hast du uns schon einmal gezeigt.«

»Was glaubt ihr? Bekomme ich jemals eine neue Küche?«

»Jedenfalls hilft es nichts, wenn du die ganze Zeit darüber redest.«

»Papa weigert sich einfach. Und wir haben keine Zeit. Nach Weihnachten muss ich auf die Philippinen fliegen.«

Katriina knallte die Schublade wieder zu.

»Christian, was denkst du?«

»Worüber?«

Christian sah aus, als hätte man ihn gerade aus dem Schlaf gerissen. Er war der diplomatischste Mensch, den Katriina jemals kennengelernt hatte – was ihn fast schon wieder undiplomatisch machte, denn man konnte ja nicht die ganze Zeit auf jedermanns Seite stehen. Er versuchte sich aus den inneren Angelegenheiten der Familie Paul herauszuhalten.

»Ja, was hältst du von dieser Küche? Sollten wir nicht eine neue bestellen?«

»Ein bisschen abgenutzt sieht sie ja schon aus.«

»Glaubst du, man kann sie reparieren? Max meint, dass man alles reparieren lassen kann, was daran kaputt ist.«

»Vielleicht. Allerdings ist es oft billiger, sich gleich etwas Neues zu bestellen, heutzutage ist das leider so. Handwerker sind so furchtbar teuer geworden. Ich glaube schon, dass man einen Teil dieser Schränke eventuell noch einmal abschleifen kann. Aber wenn ihr neue Regale braucht, dann ... ja, ist halt die Frage, was billiger kommt.«

Max kam in die Küche, mit dem jungen Mann im Schlepptau.

»Tja, haben wir mittlerweile etwas von Eva gehört?«

Er sprach Englisch, damit der Mann verstand, worum es ging. Katriina antwortete ebenfalls auf Englisch.

»Ja, ich habe gerade mit ihr gesprochen. Sie müsste jeden Augenblick hier eintreffen.«

»Sie haben ein schönes Zuhause«, sagte der Mann. Katriina fragte sich, wie er das meinte. War es nur Schmeichelei, oder war er wirklich beeindruckt? Es war unmöglich einzuschätzen, ob er wirklich aus einer ärmeren Schicht stammte oder ob er nur gerne in abgewetzten Jacken herumlief.

»Danke, aber unsere Küche ist schon sehr alt. Glauben Sie nicht, dass wir eine neue bestellen sollten?«

Max schaute Helen an und zog die Augenbrauen hoch, als wollte er sie in ein kleines Manöver gegen ihre Mutter einbeziehen, aber Katriina beobachtete, dass Helen seinen Blick ignorierte.

»Vielleicht könnten wir sie neu streichen?«, sagte Max.

»Papa ist so romantisch«, sagte Katriina und hoffte, dass sie so kühl ironisch klang, wie sie es beabsichtigt hatte.

Eine Haarsträhne hatte sich aus ihrem Pferdeschwanz gelöst und hing ihr in die Stirn.

»Natürlich bin ich romantisch«, sagte Max und lachte, ein Lachen, das Katriina verabscheute, weil es der Versuch war, auch noch den letzten Ernst aus dieser Situation zu vertreiben. Im Augenblick hatte sie Max einfach nur satt.

Sie konnte sich nicht helfen, aber sie spürte, wie der ganze Stress des Tages sich in ihr verdichtete, wie ihr beinahe schwarz vor Augen wurde. Sie wusste, dass sie besser schweigen sollte, aber stattdessen kroch ihre Stimme in immer höhere Register.

»Aber warum zum Teufel zeigst du es mir dann nicht, Max? Warum zeigst du es allen anderen, in deinen Büchern, in deinen Texten, warum deinen Kollegen und Gott weiß welchen dahergelaufenen Frauen, aber niemals mir?«

Es wurde still in der Küche.

»Mama. Papa. Ich weiß nicht, ob wir … ob ihr nicht ein anderes Mal darüber sprechen solltet …«

Helen warf Russ einen entschuldigenden Blick zu. Sie sah peinlich berührt aus und versuchte das Gesprächsthema zu wechseln.

»Ist euch schon aufgefallen, dass es hier ziemlich kalt ist? Ist eure Heizung nicht an?«

»Papa weigert sich, die Heizkörper aufzudrehen. Er findet, dass wir Strom sparen und stattdessen lieber wärmere Kleidung anziehen sollten«, sagte Katriina.

»Oder wir können uns gegenseitig wärmen. Das wäre doch wohl romantisch, oder?«, versuchte es Max noch einmal.

Katriina seufzte und strich sich die Haarsträhne hinter das Ohr.

»Ich habe nicht die Absicht, mich jetzt mit dir zu streiten. Es ist dein Fest, und du darfst es so feiern, wie du es für dich am passendsten findest. Aber wenn du die Absicht hast, dich volllaufen zu lassen, dann kannst du zumindest so viel Vernunft aufbringen, nicht noch mehr Reden zu halten.«

Helen hielt sich die Ohren zu.

»Mama, Papa, ich möchte mir das nicht anhören. Und ich glaube auch nicht, dass unser Gast es sich anhören möchte.«

Sie wandte sich an Russ.

»Tut mir leid, meine Mutter und mein Vater können einander nicht ausstehen, und sie glauben, dass das auch den Rest der Welt interessiert.«

Alle schauten jetzt Russ an, der nach besten Kräften zu lächeln versuchte.

Max versuchte sich zu verteidigen. Er wandte sich an Russ.

»Alles halb so schlimm. Wir sind seit dreißig Jahren verheiratet. Da passiert so etwas. Wenn man sechzig Jahre alt wird, kann man froh sein, wenn man morgens noch seine Strümpfe findet.«

Max hob sein Glas, wobei es ein bisschen überschwappte.

»Ja, dann noch herzlichen Glückwunsch, übrigens«, sagte Russ.

»Vielen Dank.«

Helsingin Sanomat

»Totale Freiheit ist kein Idealzustand«

Professor Max Paul feiert heute
seinen sechzigsten Geburtstag,
aber er denkt noch nicht an den Ruhestand.
»Arbeit ist der direkte Weg zum Glück«, sagt er.

Von Laura Lampela

Er beginnt mit einem Zitat von Tolstoi.

»Ich finde, Tolstoi hat es damals sehr treffend formuliert. Man ›soll für diejenigen arbeiten, die man liebt, und seine Arbeit lieben‹«, sagt Paul.

Wir treffen uns im Restaurant »Kosmos«, ein Ort, der Paul ganz besonders am Herzen liegt. Hierher ist er schon als Student gekommen, wenn er eine bestandene Prüfung zu feiern hatte.

»Wir sind aber auch gekommen, wenn wir nicht bestanden hatten. Oft konnten wir es uns nicht leisten, ein Essen zu bestellen, aber sie ließen uns dann auch einfach nur dasitzen und trinken. Als meine Eltern mich Anfang der Siebzigerjahre besuchen kamen, aßen wir dort zu Abend, nachdem wir vorher im Lilla Teatern gewesen waren«, sagt er.

Man kennt ihn noch aus dem Fernsehen. Er hat immer noch denselben besorgten Blick und denselben beweglichen Verstand, der ihn in den Neunzigerjahren zu einem beliebten Gast auf Talk-Sofas gemacht hat. *City-lehti* erklärte ihn 1993 in einem Artikel zum »Nachwuchsintellektuellen des Jahrzehnts«, und damit begann Max Pauls Höhenflug als großer Star der finnischen Intelligenzija.

In letzter Zeit hat man Sie nicht mehr so oft gesehen, was ist passiert?

»Zum einen fällt es mir mittlerweile leichter, Nein zu sagen, zum anderen glaube ich, dass sich das intellektuelle Klima verändert hat. Auch die Philosophie war in den Neunzigern in Mode, während heute erheblich weniger über sie berichtet wird. Leider macht sich das auch an der Universität bemerkbar. Ganz andere Themen stehen mittlerweile im Zentrum der Aufmerksamkeit, und die wirklich begabten Leute – vor allem unter den Männern – entscheiden sich für Studiengänge mit klareren Berufsaussichten«, sagt er.

Aber Max Paul hat noch lange nicht genug von der Soziologie.

»Ganz im Gegenteil. Die Soziologie ist eine sehr großzügige Disziplin. Sie lässt zu, dass man auch andere Geliebte hat. Sie ist von Natur aus polygam. Ich interessiere mich sehr für Sozialpsychologie und Ideengeschichte. Im Augenblick arbeite ich an einem Buch über den großen, alten Mann der finnischen Soziologie, Edvard Westermarck«, sagt er.

Es ist schon eine Weile her, dass Max Paul etwas veröffentlicht hat. Sein Durchbruch gelang ihm mit dem Buch *Die Kinder des Polarsterns,* einem interdisziplinären Werk über die Nachkriegsgeneration, in dem Paul Interviews mit Kriegsteilnehmern und ihren Familien mit einer Diskussion über die Frage verknüpfte, wie sich der Begriff des Glücks in der westlichen Moderne ausgeformt hatte. Das Buch wurde für den Finlandia-Preis nominiert und etablierte ihn als einen der führenden Interpreten der Spuren, die die Kriegsjahre in der finnischen Volksseele hinterlassen haben.

»Ich bekomme immer noch Einladungen, Vorträge über das Buch zu halten, obwohl es schon vor beinahe fünfundzwanzig Jahren erschienen ist. In Finnland haben uns die Kriege auf eine so fundamentale Weise geprägt, dass jeder zuerst bei ihnen die Antworten auf die eigenen Probleme sucht. Das kann manchmal ein bisschen absurd werden. Letztes Jahr hat mich ein Journalist angerufen und gefragt, ob Nokias Niedergang in den vergangenen Jahren irgendwas mit dem Krieg zu tun haben könnte.«

Paul antwortete: Natürlich könnte er.

»Ich persönlich glaube allerdings, dass die richtige Antwort der globale Markt liefert, und in Nokias Fall geht es ganz einfach darum, dass man sich als Unternehmen ständig neu erfinden muss. Aber gleichzeitig glaube ich, dass die Tatsache, dass Finnland eine junge Nation ist, die Berichterstattung über Nokia in den Medien beeinflusst hat – von Kritik war keine Rede. Solange es Nokia gut ging, hat niemand genau hingeschaut, was das Unternehmen eigentlich machte, und das zeigt, welche starke, identitätsstiftende Funktion der Konzern übernommen hatte. Vielleicht war er nicht wachsam genug? Die Finnen hatten schon immer ein Narrativ gebraucht, an dem sie sich festklammern konnten, wie alle kleinen Nationen. Als wir Mitglied der EU wurden, haben wir uns ungefähr so benommen wie eine Bauernfamilie in einem Roman vom Ende des neunzehnten Jahrhunderts: Wir haben vor nichts zurückgeschreckt, nur um in die feine Gutsherrenfamilie einheiraten zu können. Das kann ein Gewinn sein, aber man verliert so auch einen Teil seiner Integrität und erzeugt eine ziemlich große Fallhöhe«, sagt er.

Paul ist der Ansicht, dass Finnlands Minderwertigkeitskomplex auf paradoxe Weise in der Politik zum Ausdruck kommt.

»Wirtschaftlich gesehen, gehören wir zu den gesündesten Nationen in Europa, aber trotzdem hat uns lange das Selbstvertrauen gefehlt, weil wir uns selber als arm betrachtet haben, vielleicht nicht in finanzieller, aber zumindest in kultureller

Hinsicht. Darum war ich persönlich sehr glücklich darüber, dass sich die Sozialdemokraten in der Griechenland-Frage auch ein paar eigene Gedanken gemacht haben«, sagt er.

In den Neunzigerjahren hat Max Paul einige Schlagzeilen gemacht – dank seiner Studie zu den sexuellen Gewohnheiten der Finnen, die im Herbst 1994 zu einem großen Diskussionsthema wurde. Heute kommentiert er die ganze Studie mit einem Achselzucken.

»Es gab einen unheimlichen Aufstand, obwohl das Ergebnis kaum revolutionär war«, sagt er.

Die Frage nach dem Glück lässt Max Paul allerdings nach wie vor keine Ruhe.

Warum ausgerechnet dieses ausgelutschte Thema?

»Das ist eigentlich gar nicht so seltsam. Alle Menschen interessieren sich dafür, wie man glücklich wird, und ich bin da keine Ausnahme. Ich verbinde die Frage mit den Wahlmöglichkeiten der Menschen, also, warum wir welche Entscheidungen treffen.«

Max Paul gibt zu, dass das ein bisschen vage klingt. Aber er betont, dass es sich dabei um Fragen handle, über die schon Sokrates nachgegrübelt habe.

»Ich glaube, dass wir immer noch sehr viel von Sokrates lernen können, aber auch von Aristoteles, der das Glück als eine Art anhaltende Aktivität betrachtete. Man kann also nicht glücklich ›werden‹, sondern man muss die ganze Zeit am Glück arbeiten, ungefähr so wie an der Demokratie. Es ist auch spannend, sich die neuesten Erkenntnisse der Psychiatrie und nicht zuletzt der Neurowissenschaften anzuschauen, die allein während der vergangenen zehn Jahre ungeheure Fortschritte dabei gemacht haben, unsere Verhaltensmuster zu erklären.«

Pauls Ansicht nach stoßen Menschen, die über das Glück

sprechen, oft auf eine gewisse Skepsis – man stellt sie gern in dieselbe Ecke wie Ratgeber zur Lebenshilfe.

»Ich glaube, dass viele Leute das Gefühl haben, dass wir zu aufgeklärt, zu kultiviert, zu ironisch – zu postmodern – sind, um heute noch so einen alten Begriff wie Glück benutzen zu können. Aber leider glaube ich auch, dass wir kein anderes Wort dafür haben und dass wir nicht darum herumkommen, uns damit zu beschäftigen.«

Eine Ursache für das Unglücklichsein, meint Paul, ist die Tatsache, dass wir ständig mit einer unendlichen Anzahl von Wahlmöglichkeiten konfrontiert werden.

»Wir stellen uns vor, dass unser Glück von den richtigen Entscheidungen abhängt. Und das betrifft alle Bereiche des Lebens, wie zum Beispiel jetzt gerade: Welchen Wein soll ich zum Mittagessen wählen? Aber wenn es um die wirklich wichtigen Fragen geht – nämlich diejenigen, die unser aller Zukunft betreffen –, haben wir im Grunde genommen keine wirkliche Wahl. Die Entscheidungen werden auf einem so hohen Niveau getroffen, dass wir keinen Einfluss darauf nehmen können. Niemand hat uns zum Beispiel gefragt, ob wir die Kernkraft in Finnland ausbauen sollten.«

Sie selbst sagen, dass die Arbeit ein Weg zum Glück ist. Kann man seines eigenen Glückes Schmied sein?

»Rousseau meinte, dass es unmöglich sei, bewusst glücklich zu ein. Man wird sich seines Glückes nur in der Rückschau bewusst, nachdem man es schon verloren hat. Wenn man es erlebt, kann man es nicht erkennen, wenn man sich seiner bewusst ist, kann man es nicht empfinden. Auch Hannah Arendt hat etwas Ähnliches gesagt: Um nach oben zu kommen, muss man vorher ganz unten gewesen sein. Das Leben ist im Grunde ein ewiger Kreislauf von Glück und Unglück, das eine setzt das andere voraus.«

Sind Sie selbst glücklich?

»Ich habe ein glückliches Los. Ich bin gesund, ich habe gesunde Kinder und Enkelkinder. Und ich habe eine Arbeit, die mich beschäftigt hält. Totale Freiheit ist kein Idealzustand. Und das sage ich als jemand, der die Sechzigerjahre erlebt hat. Freiheit war das Einzige, was für uns zählte. Aber heute muss ich einsehen, dass die Generation meines Vaters, die die Kriege erlebte, in gewisser Weise eine weniger komplizierte Vorstellung von Glück hat als meine Generation. Für sie war Veränderung ein notwendiges Mittel, um Stabilität zu erreichen. Für die jungen Menschen von heute ist Veränderung das eigentliche Ziel.«

13

»Und das ist, kurz gesagt, der Grund, warum ich gekommen bin.«

Russ drehte sich auf der Matratze um, die sie auf den Boden gelegt hatten. Er erzählte mittlerweile schon seit beinahe einer Stunde davon, wie er nach ihrem Gespräch beschlossen hatte, einen Flug nach Helsinki zu buchen, weil er sie unbedingt wiedersehen musste, weil er ihr nicht gesagt hatte, was er ihr eigentlich hatte sagen wollen, als er sie zu Hause besucht hatte. Anschließend folgte eine lange Einleitung, in der es darum ging, wie Eva zur ersten Vorlesung gekommen war, ein Prolog, der davon handelte, wie Russ schon damals den Entschluss gefasst hatte, sie besser kennenzulernen, und im Laufe der Erzählung hörte Eva Wörter wie »verliebt« oder »besessen«, aber es fiel ihr schwer, alle Informationen auf einmal aufzunehmen, weil Russ ziemlich unzusammenhängend redete, ungefähr so wie der Zeuge eines Unfalls, der immer noch versucht, alle Eindrücke in seinem Gehirn zu sortieren. Jetzt war er fertig und wartete stumm auf ihre Reaktion.

»Du musst etwas sagen. Irgendwas. Ich sterbe gleich, wenn dieses Schweigen noch länger dauert.«

Aber Eva wusste nicht, was sie sagen sollte.

Irgendwie war sie traurig darüber, dass es so gekommen war – sie hatte geglaubt, dass sie und Russ vielleicht gute Freunde werden könnten, aber nachdem er ihr erklärt hatte, dass sie die Liebe seines Lebens war, war das natürlich nicht mehr möglich.

Was sollte sie tun? Sie war verzweifelt.

Sie hatte eigentlich mit Helen reden wollen. Über alles. Aber sie hatte im Laufe des Abends keine Chance dazu gehabt, weil Russ da war und sie sich für ihn verantwortlich fühlte. Was hätte sie sonst machen sollen?

Eva konnte einen Anflug von Eifersucht nicht unterdrücken, als sie sah, wie sich ihr Vater später am Abend mit der jungen Journalistin, Laura, unterhielt – er beugte sich über sie, und sie lachte fröhlich. Eva wünschte sich, auch einfach nur fröhlich sein zu können, aber sie saß neben Russ und hatte das albtraumhafte Gefühl, dass die Welt um sie herum zusammenbrach, aber niemand außer ihr es sah.

Katriina hatte ihnen in Evas altem Zimmer Betten bezogen. Es sah immer noch so aus wie zu der Zeit, als sie darin gewohnt hatte. Die Wände waren in demselben altmodischen Grün gestrichen, das sie sich als Jugendliche ausgesucht hatte, neben dem Fenster hing ein Nick-Cave-Plakat, und auf der Fensterbank stand eine hässliche Keramikskulptur, die sie im Kunstunterricht der achten Klasse angefertigt hatte. Da stand immer noch dasselbe Bett, und in einem alten Schrank – er stammte aus dem Haus ihrer Großmutter in Kristinestad – waren ihre alten LPs. Als Teenager hatte Eva Vinyl gesammelt und sehr viel bei Black & White in Hakaniemi oder bei Keltainen Jäänsärkijä an der Urho Kekkosen katu gekauft. In dem Schrank standen auch ein Gipsmodell ihrer Zähne, aus der Zeit, bevor sie eine Zahnspange bekommen hatte, eine Kiste mit Kassetten, in denen sie in den letzten Sommerferien vor dem Abitur Cannabis versteckt hatte, ein paar alte Schulbücher und ein Schuhkarton mit alten Briefen aus der Schulzeit, von denen die meisten von ihren Cousins aus Österbotten stammten.

»Danke. Und das meine ich ehrlich. Ich bin dir dankbar, dass du es mir erzählt hast, ich fühle mich … geschmeichelt. Was soll ich sagen?«

»Du kannst mir sagen, was du fühlst. Fühlst du überhaupt dasselbe wie ich?«

»Doch, ich mag dich, total. Aber du bist mehr wie ein …«

Eva wollte »wie ein Bruder« sagen, aber sie biss sich rechtzeitig auf die Zunge.

»Also, ich meine nur, dass ich nicht weiß, ob ich im Augenblick für eine Beziehung bereit bin. Es … es gibt gerade viele andere Dinge, über die ich mir klar werden muss.«

»Ich kann sehr hartnäckig sein.«

»Ganz offensichtlich. Du bist schließlich hierhergeflogen.«

»Ja, das bin ich.«

»Entschuldige, Russ, aber können wir nicht über etwas anderes sprechen?«

Russ drehte sich auf der Matratze um.

»Natürlich. Worüber möchtest du reden?«

»Ich weiß nicht.«

»Okay. Was möchtest du wissen?«

»Erzähl mir irgendwas.«

»Ja, ich habe ja gerade erzählt, dass du das Einzige bist, woran ich denke.«

»Etwas anderes. Über dich selbst. Ich weiß ja gar nichts über dich.«

Eva war eigentlich zu müde zum Reden, aber sie konnte nicht einschlafen, solange noch diese Spannung in der Luft lag, dass von ihr eine Antwort auf das erwartet wurde, was Russ gerade erzählt hatte. Sie wollte noch nicht einmal mehr nachdenken. In den letzten Tagen hatte sie schlecht geschlafen, und dass Russ mit im Zimmer lag, kam ihr nicht wie die beste aller denkbaren Situationen vor, aber Eva hatte nicht mehr die Kraft gehabt, ihrer Mutter zu erklären, dass sie allein in ihrem Zimmer schlafen wollte. Ganz offensichtlich hatte ihre Mutter nicht verstanden, dass sie tatsächlich nicht mit Russ zusammen war.

»Eva, mir ist schon klar, dass das alles ziemlich plötzlich kommt. Du kennst mich ja nicht einmal.«

»Nein, da hast du recht. Ich kenne dich nicht. Erzähl mir von dir. Hast du Geschwister?«, sagte sie, obwohl sie eigentlich gar nicht wusste, ob es sie interessierte. Sie hatte ein paar Gläser getrunken und spürte schon, wie das weiche Bett sie einsog und in den Schlaf zog. Es waren zu viele Leute auf dem Fest gewesen, um sich darüber klar zu werden, dass sie zurück in Finnland war. Die Wohnung sah anders aus, wenn sie voller gut gekleideter Leute war, beinahe wie ein Traum.

»Ja, eine Schwester. Sie wohnt in Brighton. Arbeitet in einem Gasthaus. Verheiratet, hat drei Kinder, obwohl sie erst sechsundzwanzig ist. Hat ihr erstes Kind mit neunzehn bekommen.«

»Hast du dich schon immer mit Kunst beschäftigt? Ich meine, auch schon, als du klein warst?«

»Als Kind war ich ziemlich ängstlich. Ich habe geweint, wenn ich in den Kindergarten musste. Ich erinnere mich, dass meine Mutter mich mit der U-Bahn dorthin gefahren hat und dass ich mich weigerte, ihre Hand zu nehmen, ich wollte überhaupt nicht gehen. Eines Tages versuchte ich wohl wegzulaufen, und da hat sie mich einfach auf dem Bahnsteig stehen gelassen. Ich bin total panisch geworden, glaubte, dass ich jetzt bestimmt sterben müsse, aber sie stand die ganze Zeit hinter einer Säule. ›Das passiert, wenn du nicht an meiner Hand gehen möchtest‹, sagte sie. So viel zum Thema Erziehung.«

»Wo bist du aufgewachsen?«

»Im Osten von London, aber der sah damals ganz anders aus. Das war vor dieser ganzen Gentrifizierungsscheiße. Meine Eltern haben sich scheiden lassen, als ich elf war. Ich bin also eines dieser Scheidungskinder, die das Loch in ihrem Herzen stopfen wollen, indem sie Künstler werden.«

Russ lachte. Er lag auf dem Bauch und schaute sie an. Seine Augen glänzten in der Dunkelheit. Eva erwiderte seinen Blick.

»Willst du wirklich aus dem Kurs aussteigen?«

»Ach, ich weiß nicht.«

»Hast du irgendwelche anderen Pläne?«

»Wenn ich ganz ehrlich sein soll, dann war mein ursprünglicher Plan, Rockstar zu werden. Ich weiß, das hört sich lächerlich an. Ich habe zwar noch nie ein Instrument spielen können, aber ich wollte Mädchen beeindrucken. Kunst ist nicht ganz so sexy, aber dafür ist auch die Konkurrenz kleiner. Hast du jemals erlebt, wie es auf einer Vernissage zugeht? Dort sind heutzutage mindestens achtzig Prozent der Gäste Frauen. Es kommen also vier Frauen auf einen Mann. Eigentlich sollte man Schauspieler sein. Ins Theater gehen nur noch Frauen. Die einzigen Männer, die ins Theater gehen, werden entweder von ihren Frauen dorthin geschleppt, oder sie sind schwul.«

Eva lag auf dem Rücken und schaute an die Decke. Sie hörte, wie irgendjemand irgendwo durch die Wohnung ging. Wahrscheinlich war es ihre Mutter, die gerade sauber machte. Sie fragte sich, wie lange sie ihr Zimmer noch so lassen würden, bevor sie es renovierten. Es sah mittlerweile seit über fünf Jahren so aus.

»Mama und Papa hassen einander«, sagte sie. »Seit ich mich erinnern kann, haben sie in getrennten Betten geschlafen. Ich frage mich, warum sie immer noch verheiratet sind. Ich meine, Helen und ich wohnen nicht mehr zu Hause. Und sie verbringen kaum Zeit miteinander. Ich glaube nicht, dass Papa besonders viel Zeit zu Hause verbringt, und wenn er zu Hause ist, dann läuft er nur in seinem Arbeitszimmer herum und tut so, als würde er arbeiten. Und Mama arbeitet sich tot, obwohl sie ihren Job hasst. Ich hoffe, dass ich nie so werde wie sie.«

»Auf mich wirken sie sympathisch. Deine Mutter hat dieses Fest doch für ihn organisiert, so etwas macht man nicht, wenn man jemanden hasst. Ich hätte mich sehr gefreut. Dein Vater ist cool, er hat mir seine Bibliothek gezeigt und alle Bücher, die er geschrieben hat.«

»Heute Abend?«

»Ja, während du irgendwo anders warst.«

»Typisch Papa. Sobald eine neue Person auftaucht, die seine ganzen alten Geschichten noch nicht kennt, nimmt er sie in Beschlag. Du musst dir nicht alles anhören, was er sagt. Wenn er anfängt, nur noch Unsinn zu erzählen, dann solltest du ihn einfach ignorieren. Außerdem war er heute Abend betrunken.«

»Ich höre gerne zu. Leute faszinieren mich. Deine Mutter hat sich auch mit mir unterhalten, bevor du gekommen bist. Ich habe immer in einer schweigsamen Familie gelebt. Mama hat mich und meine Schwester praktisch allein aufgezogen. Obwohl Papa bis zur Scheidung zu Hause gewohnt hat, war er fast nie da. Jedes Mal, wenn er nach Hause kam, wurde er wütend und behauptete, dass wir an seinen Sachen gewesen seien. Aber er war ja auch Alkoholiker. Meine Mutter war ziemlich geknickt, als sie hörte, dass ich Künstler werden will. Ich glaube, sie war der Meinung, dass mein Vater genau deswegen zum Alkoholiker geworden war. Er wollte etwas Großes werden, konnte sich aber nicht entscheiden, womit. Er hat einfach nur das ganze Leben diesen unmöglichen Traum mit sich herumgetragen. Mama wäre es am liebsten gewesen, wenn ich Arzt geworden wäre.«

Eva lag eine Weile schweigend da.

»Meine Eltern haben mich immer ermutigt, solange ich denken kann. Papa hat mir schon in der achten Klasse eine komplette Malausrüstung gekauft. Ich hatte eine Staffelei und alles, was dazugehört.«

»Genau das meine ich ja. Deine Eltern wirken ja auch sympathisch.«

»Ja, dann ist das wohl so.«

Eva dachte, dass Russ vielleicht recht hatte. Vielleicht sollte sie mit ihrer Mutter oder ihrem Vater über ihre Situation reden. Es stand schließlich nirgendwo geschrieben, dass sie allein damit fertig werden musste.

Sie setzte sich auf und schaute zu Russ hinüber.

»Woher hattest du das Geld, um hierherzufliegen? Ist das nicht unheimlich teuer, wenn man so kurzfristig bucht?«

»Ich habe es von meinem Mitbewohner geliehen. So viel war es auch nicht. Und er hat genug Geld.«

»Was arbeitet er denn?«

»Er verkauft Drogen«, sagte Russ, als wäre das eine ganz alltägliche Angelegenheit.

»Welche Art von Drogen?«

»Ehrlich gesagt, ich weiß es nicht. Partydrogen, so etwas. Aber es läuft gut, meine Miete ist günstig.«

Eva spürte, wie müde sie war.

»Russ, können wir jetzt das Licht ausmachen? Ich glaube, ich muss jetzt schlafen.«

»Okay, ich schalte es aus«, sagte er, stand auf und schaltete die Schreibtischlampe aus.

Eva war bewusst, dass er, solange sie noch nicht eingeschlafen war, unter seiner Decke liegen und hoffen würde, dass sie zu ihm hinüberkroch. Aber den Gefallen würde sie ihm nicht tun. Sie spürte keine Anziehungskraft, und selbst wenn sie sie gespürt hätte – seit sie entdeckt hatte, dass sie schwanger war, konnte sie nicht einmal mehr an Sex denken. Plötzlich fiel ihr ein Buch ein, das im Sommerhaus in Kristinestad gestanden hatte, als sie ein Teenager war. Sie und Helen hatten abwechselnd darin gelesen. Es hieß *The Evolution of Human Sexuality*, und die Kapitel trugen Überschriften wie »The Female Orgasm: Adaption or Artifact?« oder »Copulation as a Female Service«. Sie hatte eine Vorstellung davon, wie sich ein Orgasmus anfühlen sollte, lange bevor sie selbst einen erlebte. In diesem Buch klang das alles so, als würde er die Menschen in eine Art animalischen Zustand zurückversetzen. Der Autor behauptete, dass das erste Kriterium, das Männer für Frauen attraktiv machte, die Gesundheit war – reine Haut, gesundes Haar, gerade Zähne, ein symmetrisches Gesicht.

Eva hatte den Eindruck, dass die Kultur die menschliche Evolution an diesem Punkt überholt hatte. Sie konnte sich nicht erinnern, dass sie jemals einen Mann attraktiv gefunden hatte, dessen Aussehen man als »gesund« hätte bezeichnen können, sie hatte stets eine Schwäche für ungehobelt wirkende Männer gehabt, solche, die aussahen wie Kleinkriminelle. Genau deshalb war sie vielleicht auch an Malik geraten. Er hatte einen unzuverlässigen Eindruck auf sie gemacht, und deshalb brauchte auch sie keine eigenen Gefühle in die Beziehung zu investieren. Mit Russ war das anders. Er war wie ein kleiner Hundewelpe, sie würde nie mit ihm schlafen können, ohne dass er es als großen Liebesakt deuten würde, als ein Versprechen, das Leben gemeinsam zu verbringen.

Zu ihrer Verwunderung hörte Eva ihn jetzt schon schnarchen. Sie stellte sich Russ als Kind vor, auf dem U-Bahnsteig, sah einen ängstlichen kleinen Jungen mit dunklen Haaren vor sich. Sie bekam Lust, ihm über die Stirn zu streicheln, aber stattdessen legte sie die Hand auf den eigenen Bauch. Sie wusste, dass es unmöglich war, auch nur die leiseste Regung dort drinnen zu spüren, aber sie konnte es trotzdem nicht lassen, mit der Hand auf den Bauch zu drücken, als ob auch nur das geringste Lebenszeichen sie dazu bringen könnte, sich anders zu entscheiden.

14

Als Eva am nächsten Morgen aufwachte, war Russ nicht mehr im Zimmer. Sie fand ihn zusammen mit Max und Katriina in der Küche – sie schienen sich dermaßen gut miteinander zu amüsieren, dass sie den Verdacht bekam, einer Verschwörung zum Opfer zu fallen, einem Scherz in der Art der *Truman Show*. Eva war übel, wie an jedem anderen Morgen der vergangenen zwei Wochen, aber sie wusste, dass es vorüberging, wenn sie erst einmal etwas gegessen hatte, so war es immer.

Also setzte sie sich an den Frühstückstisch und tat, als befände sie sich in der natürlichsten Situation der Welt. In gewisser Weise war sie es ja auch – vor ein paar Monaten nur hatte sie noch zu Hause gewohnt. Damals hatte sie mit ihrem Vater gefrühstückt, bevor er gegen halb zehn zur Arbeit gegangen war. Sie hatten immer allein gefrühstückt, weil Katriina bereits um sieben Uhr aufzustehen pflegte.

»Ich denke darüber nach, nach London zu fahren«, sagte ihr Vater jetzt. Er trug ein T-Shirt, Pyjamahosen und hatte zerzauste Haare. Wirkte zufrieden mit dem Leben, obwohl er seinen Geburtstag angeblich verabscheute. Wann wird man zufrieden mit seinem Leben? Mit fünfzig? Wenn es so war, dann sehnte Eva sich danach, sie sehnte sich danach, irgendwann einmal keine Sorgen mehr zu haben, nicht ständig diese furchtbare Scham mit sich herumzutragen, dass man nicht genug leistete, dass man jemandem etwas schuldig war. Als ihr Vater in ihrem Alter war, hatte er bereits seine Doktorarbeit geschrieben.

»Was willst du in London machen?«, fragte Eva.

»Ich werde gegen den Kapitalismus und die Banker protestieren. Auf genau dieselbe Art, wie wir gegen den Vietnamkrieg protestiert haben.«

»Du hast doch noch nie gegen den Vietnamkrieg demonstriert, oder?«, fragte Eva.

Katriina schaute beide an und schüttelte den Kopf.

»Dein Vater hat lieber Mädchen nachgestellt als zu demonstrieren.«

»Also, mit ›wir‹ meinte ich nicht mich, sondern meine Generation.«

Eva nahm ein Stück Knäckebrot und schenkte sich einen Saft ein.

»Woher kommt es, dass ihr, die ihr in den Siebzigerjahren jung gewesen seid, immer so lang und breit davon erzählt, aber euch an die Details nie erinnert? Es hört sich immer so an, als hättet ihr ein Buch über eure Jugend gelesen.«

»Das hat er wahrscheinlich auch getan«, meinte Katriina. »Alles, was dein Vater weiß, hat er in Büchern gelesen.«

»Die Kernkraft!«, rief Max plötzlich. »Gegen die Kernkraft haben wir demonstriert! Erinnerst du dich nicht, Katriina? Wir sind nach Stockholm gefahren und im Demonstrationszug mitgelaufen. Nicht, dass es einen Unterschied gemacht hätte. Inzwischen bauen sie ja wie nie zuvor. Vielleicht sollte man sich an einem Baum festketten.«

»Ich bin mir nicht sicher, ob man Zigarren rauchen kann, wenn man festgekettet ist«, sagte Eva.

Katriina begann zu lachen.

»Das Einzige, an das ich mich im Zusammenhang mit diesem Marsch in Stockholm erinnere, ist, dass ich ein Jackett bei NK gekauft habe. Ich glaube, ich habe es immer noch irgendwo hängen. Vielleicht ist es ja wertvoll. Russ, möchten Sie noch einen Kaffee?«

»Ja, danke«, sagte Russ.

Eva hatte nicht daran gedacht, dass in Helsinki tiefster Winter war. Als sie aus dem Küchenfenster schaute, konnte sie sehen, wie weiß alles war. Jahreszeiten waren eigentlich etwas Schönes – in London herrschte seit über zwei Monaten immer das gleiche Wetter.

»Mama, haben wir für heute schon irgendwelche Pläne?«

»Ich habe deiner Schwester gesagt, dass wir um sechs zu Abend essen. Ich weiß nicht, ob sie auftaucht, aber ich werde auf jeden Fall kochen, und wer essen möchte, der darf essen. Wie lange werden Sie bleiben, Russ?«

»Ja, wie lange bleibst du, Russ?«, fragte Eva.

»Ich habe es eigentlich nicht eilig. Das hängt wohl von dir ab.«

Katriina und Max schauten jetzt Eva an, als würden sie ebenfalls auf ihre Antwort warten. Aber sie kaute weiter an ihrem Knäckebrot, und nach einer Weile – als das peinliche Schweigen in eine eher gemütliche Stille übergegangen war – schenkte sie sich eine Tasse Kaffee ein.

Nach dem Frühstück unternahmen Russ und Eva einen Spaziergang. Sie gingen zur Taivallahti-Bucht hinunter und folgten dem Ufer bis zum Sibeliuspark. Es war windstill, und Russ hatte seinen Arm auf eine nicht unangenehme Weise um Eva gelegt. Er trug einen dicken, blauen Dufflecoat und hatte sich ein Paar Handschuhe von Max geliehen. Sie wusste, dass sie nicht darum herumkam, ihn nach Hause zu schicken.

»Hier bist du also aufgewachsen? Es ist sehr schön hier.«

»Im Grunde, ja. Aber wir haben in einer kleineren Wohnung gewohnt, als ich jünger war. Als mein Vater eine bessere Position bekam, sind wir dorthin gezogen, wo wir jetzt wohnen.«

»Deine Eltern scheinen also ziemlich wohlhabend zu sein?«

»So würde ich das nicht sagen. Oder doch, es geht ihnen ganz gut. Aber mein Vater hat immer gesagt, dass niemand davon reich wird, Wissenschaftler zu sein. Er meint, dass er als Statistiker mehr hätte verdienen können. Und es geht wohl ein bisschen auf und ab. In den Neunzigern hatte er viel zu tun. Jetzt scheint er die meiste Zeit im Morgenrock zu Hause herumzulaufen. Als ich noch zu Hause wohnte, hat er jeden Tag Tennis gespielt, aber wenn meine Mutter fragte, was er die ganze Zeit gemacht hat, antwortete er immer, dass er gearbeitet habe.«

Sie gingen am Café Regatta vorbei und bogen hinauf zum Park ab. Das große Sibeliusdenkmal aus Stahlrohren türmte sich vor ihnen auf. Eva spürte einen kalten Windhauch unter ihrer Jacke.

»Russ, es gibt da etwas, was ich dir sagen muss.«

»Okay«, sagte er und wartete auf die Fortsetzung, als wäre er ein Kind, dem ein Erwachsener gerade ein Geheimnis anvertraute.

»Ich bin schwanger.«

Für ein paar Sekunden war es still, ein furchtbares Schweigen, und Eva wurde bewusst, dass Russ es genauso am Abend zuvor empfunden haben musste. Sie waren weitergegangen, doch jetzt blieben sie direkt vor dem Denkmal stehen.

»Aber wie kannst du denn schwanger sein?«, fragte Russ. Sein Gesicht sah dunkler aus als sonst, vielleicht war es der Kontrast zu dem weißen Schnee, aber Eva beschlich ein unwirkliches Gefühl, als sie ihn betrachtete. Anders als gewohnt, fühlte sie sich ihm gegenüber plötzlich unterlegen. Gleichzeitig reagierte sie verärgert.

»Muss ich dir etwa erklären, wie das geht?«

»Nein … ich meine nur, wie kannst du … von wem?«

»Malik.«

Sie konnte beinahe hören, wie Russ verzweifelt versuchte, sich das alles zusammenzureimen, wie er mehrere Sekunden brauchte, um diese Information zu verarbeiten.

»Ich weiß, dass es seltsam klingt. Aber es ist passiert, okay? Es war verdammt dumm von mir, und manchmal würde ich mich am liebsten erschießen, aber jetzt kann ich nichts mehr daran ändern.«

Eva hörte, wie ihre Stimme zitterte, und sie spürte, wie ihr die Tränen in die Augen stiegen. Russ legte seine Arme um sie, zögerlich, und sie weinte. Sie hasste sich selbst dafür. So weit hätte es nicht kommen sollen, aber wenn sie einmal angefangen hatte, konnte sie nicht mehr aufhören.

»Russ, hasst du mich jetzt?«

Er antwortete nicht, sondern hielt sie nur fest. Und er schwieg weiter, während sie nach Hause gingen, während er seine Sachen packte und während sie eine Stunde später im Flur standen und auf sein Taxi warteten. Katriina versuchte vergeblich, mit Russ zu plaudern, der ihre Fragen nur einsilbig beantwortete, bis auch sie den Wink verstand, begriff, dass ganz offensichtlich irgendetwas schiefgelaufen war.

Als Eva sich in ihrem Zimmer einsperrte, nachdem Russ aufgebrochen war, stand Katriina noch eine Weile vor der Tür und klopfte.

»Liebling? Möchtest du reden? Wir können darüber reden, wenn du möchtest.«

Eva antwortete nicht, und sie hörte, dass Katriina in die Küche ging. Ein paar Minuten später kam sie zurück.

»Eva, du musst ja nicht nach London zurückfliegen. Du kannst hierbleiben, wenn du magst. Bis Weihnachten sind es nur noch drei Wochen.«

Eva lag auf dem Bett und starrte an die Decke. Das Letzte, was sie wollte, war, länger zu Hause zu bleiben als unbedingt nötig. Sie würde bis Mittwoch bleiben. Dann ging ihr Rückflug. Aber zuerst musste sie zu einem Arzt gehen.

Januar – März

15

In der ersten Januarwoche ist es tagsüber nur wenige Stunden hell, bevor die Sonne sich wieder von der Welt zurückzieht und Helsinki in seiner trostlosen Winterdunkelheit zurücklässt. Wenn die Nachmittagsfähren vom Südhafen auslaufen, ist es praktisch schon Nacht, auch wenn es erst wenige Minuten nach fünf ist, und die erleuchteten Schiffe bewegen sich langsam vom Kai fort – wie urzeitliche Tiere passieren sie Suomenlinna und folgen der Fahrrinne nach Schweden.

Helen und ihre Familie gingen durch die Korridore der »Silja Symphony« Richtung Deck fünf, wo ihre Kabine lag. Helen hatte sich eine Broschüre mit dem Programm der Überfahrt mitgenommen. Für Familien mit Kindern war die ganze Reise Minute für Minute durchgeplant, vom Kinderschminken im Kidz Club um fünf über das Piratenquiz um halb sechs bis zum Abendbuffet, dem Kinderbingo und schließlich dem »Tanzspaß im Mumintal« um acht. In gewisser Weise war es eine Erleichterung, dass sie sich nichts ausdenken mussten. Die Kinder mochten es. Lukas lief durch die Korridore voraus und suchte nach dem richtigen Zimmer. Er hatte eine eigene Schlüsselkarte bekommen und drückte sie in das Schloss, bekam die Tür aber zunächst nicht auf.

»Mama, es leuchtet nicht grün. Es soll doch grün leuchten, oder? Das soll es doch?«

»Ja, versuch es noch einmal«, sagte Christian ruhig.

Er versuchte es noch einmal, und das Schloss sprang auf. Amanda stand daneben und wartete. Sie ging nach ihm hinein.

Sie warfen nur kurz ihre Sachen in die Kabine – die Kinder zankten sich um die Süßigkeiten, die auf dem Nachttisch lagen, Christian löste das Problem, indem er sie einsammelte und bis nach dem Essen weglegte –, und Helen schminkte sich in dem winzigen Badezimmer. Es roch, wie es in solchen Kabinen immer roch, eine satte Mischung aus Teppichboden und Reinigungsmittel und irgendwo darunter eine vage Erinnerung an abgestandenen Tabakgeruch aus der Zeit vor dem Rauchverbot. Als sie fertig waren, nahmen sie den Aufzug zu Deck sieben, um nach dem Kinderschminken Ausschau zu halten. Es gab eine lange Schlange. Familien mit Kleinkindern. Großmütter mit ihren Enkeln, alle eifrig dabei, die Unterhaltungsangebote der Fähre zu erforschen, und in Erwartung großartiger Erlebnisse. Helen und ihre Familie gingen weiter, erst zum Spielraum und dann zum Tax-Free-Shop.

Seit Helen Kinder hatte, hatte sie sich von der Idee verabschiedet, dass Reisen etwas mit Entspannung zu tun haben könnten. Reisen waren auch nichts anderes als eine Arbeit, mit dem Ziel, gemeinsam möglichst viel Spaß zu haben. Man musste Kompromisse eingehen, unerwartete Hindernisse und Herausforderungen überwinden. Die Kunst bestand darin, sich auf den Rhythmus der anderen einzustellen, Stimmungen wahrzunehmen; sollte man noch eine Stunde länger spazieren gehen, oder war es an der Zeit, ins Hotel zurückzukehren und sich auszuruhen? Brauchte man etwas, um den Blutzuckerspiegel aufzupäppeln? Sollte man einen Museumsbesuch mit den Kindern wagen?

Und entschied man sich für das Museum, dann schleppte man sich doch nur hindurch, ohne sich etwas richtig anzuschauen, und sobald man wieder draußen war, hatte man schon alles vergessen, so, als wäre nichts geschehen. Am nächsten Tag erinnerte man sich kaum, dass man überhaupt dort gewesen war. Schließlich kehrte man auf schmerzenden Füßen zurück ins Hotel und ruhte sich eine Weile aus, bevor man wieder ausging, um zu Abend zu essen.

Und wenn man auswärts aß, dann konnte man sich keine Fehlentscheidung leisten. Man musste ein gutes Restaurant finden, damit man schon während des Essens konstatieren konnte, dass es wirklich schmeckte, dass man eine glückliche Wahl getroffen hatte und dass es dazu noch preiswert war. Man überlegte sich schon, wie man davon erzählen würde, wenn man wieder zu Hause war, wie man mit seinen Freunden darüber sprechen würde, ja, wir haben in einem fantastischen Restaurant gegessen, ja, es war nicht einmal teuer, eine unglaublich tolle Atmosphäre und außerordentlich freundliches Personal noch dazu; und wenn das so ganz und gar nicht der Fall war, dann musste man das Erlebnis ins Gegenteil übertreiben, wie unvergleichlich miserabel der Service doch war, denn langweilige Erlebnisse zu haben konnte man sich keinesfalls leisten. Urlaub war »Urlaub« in Anführungszeichen, denn im Grunde hatte man gar nicht frei, weil es Hunderte von Dingen gab, die man die ganze Zeit beachten musste.

Wie an so vielen anderen Orten auf der Welt auch, hatten die Familien mit Kindern das Kommando auf der Fähre übernommen. Es war augenscheinlich, dass das Spielzimmer ein umgebauter Konferenzraum war. Hier hatten leitende Angestellte auf Fortbildungstagen gesessen und die

Zielvorgaben ihrer Unternehmen auf kleine Post-it-Zettel geschrieben, bis man sich endlich auf das Buffet stürzen durfte und anschließend in die Bar mit der blank polierten Tanzfläche. Auf die Verwandlung vom Konferenzraum zum Spielzimmer hatte man keine größere Energie oder Fantasie verwendet – ein paar Muminposter an den Wänden, ein paar Säcke mit Bällen, ein paar Flachbildschirme mit Playstation-Konsolen, Stühle für die Erwachsenen, damit sie sich hinsetzen konnten, während die Kinder spielten. Es gab auch eine Bar, weiter hinten im Raum, an der Bier und Longdrinks an diejenigen Eltern verkauft wurden, deren Überlebensstrategie darin bestand, ihre Sinne gerade genug zu betäuben, um zu vergessen, dass das Bällebad nichts anderes war als ein buntes, lauwarmes Buffet winterlicher Noroviren.

»Übrigens, ich liebe dich«, sagte Helen, ging zu Christian hinüber und legte eine Hand auf seine Schulter. Er stand vor einem Regal mit Rotweinflaschen, die aufgrund der Bewegungen des Schiffes leicht gegeneinanderklirrten. Er zog sie an sich und küsste ihre Hand.

Lukas stand ein paar Meter von ihnen entfernt; er hielt sie die ganze Zeit unter Aufsicht, weil er Angst davor hatte, sie zu verlieren, während Amanda sich weiter fortgewagt hatte, zu den Süßigkeiten. Als sie zur Kabine zurückkamen, wollten die Kinder ihre Süßigkeiten essen, und Helen erlaubte ihnen, ihre Packungen zu öffnen. Amanda hatte sich mehrere kleine Tüten ausgesucht, während Lukas sich für eine große, rosa Tüte mit Schaumgummis entschieden hatte.

Helen war ausgeruht. Es war ein hektischer Herbst gewesen, wie immer in der Schule, in der sie arbeitete. Dieses

Jahr hatte sie Amandas Weihnachtsfest verpasst, aber zu Lukas' Weihnachtsfeier im Kindergarten konnte sie kommen. Er war im Krippenspiel einer der Heiligen Drei Könige. Er hatte nur eine Replik – »Heute Nacht haben wir Engel gesehen, die sangen und verkündeten, dass der Messias geboren sei« –, die er mehrere Wochen lang jeden Tag geübt hatte, bis sie zu einer monotonen Phrase geworden war, von der man kaum noch ein Wort erkennen konnte. Als er auf der Bühne stand, leierte er seine Replik dermaßen schnell herunter, dass sie wie ein eintöniges Murmeln mit einem Fragezeichen am Schluss klang: »HeutenachthamwirengelgesehnsangenundverkündetendassmessiasgebornSEI?«

Als sie wieder zu Hause waren, lobte sie ihn und sagte, dass er »supergut« sei, worauf Lukas feststellte, offensichtlich ganz ohne Ironie, dass er »für die Bühne geboren« sei. Lukas besaß ein Selbstvertrauen, das seinen eigenen Gesetzen folgte. Einerseits war er schüchtern, andererseits aber außerordentlich daran interessiert, gesehen zu werden.

Helen hörte mit halbem Ohr zu, als Lukas und Amanda oben im Bett ihre Süßigkeiteneinkäufe verglichen. Als sie nach einer Weile hinaufschaute, bemerkte sie, dass Lukas schon die Hälfte seiner Tüte gegessen hatte. Er hatte einen wilden Blick. Helen schnappte sich schnell den Rest und machte »pssst«. Lukas verstand genau, worum es ging. Helen und die Kinder machten oft Dinge hinter Christians Rücken.

»Nein, jetzt gehen wir essen!«, sagte sie laut.

»Bekommen wir Hamburger?«, fragte Amanda. Sie hatte alle ihre Tüten ordentlich aufgereiht und lutschte im Augenblick an einem Bonbon.

»Im Café haben sie bestimmt auch Köttbullar mit Kartoffelbrei«, sagte Christian.

»Ich will aber keine Scheiß-Köttbullar!«, sagte Lukas, der in diesem Winter auch das Fluchen gelernt hatte, »Scheiß« war sein Lieblingswort. Christian ging jedes Mal an die Decke, und oft fochten sie einen langen und bitteren Streit aus, nach dem sie beide total erschöpft waren. Als würde man dabei zusehen, wie sich zwei Figuren in einem Western duellieren. Die einzige Taktik, die beide beherrschten, war die Zermürbungstaktik.

»Hamburger!«, rief Lukas jetzt, während er auf dem Bett herumhüpfte, als hätte er den Blutzuckerspiegel eines Diabetikers, der kein Insulin bekommen hatte. »Hamburger! HAMBURGER!!!«

Wenn es etwas gab, was Christian noch weniger mochte als Süßigkeiten vor dem Essen, dann war es Junkfood: Pommes frites, Hamburger, fettige Soße, Pizza – und nicht zuletzt jene finnische Spezialität, die unter dem Namen »Chicken-Korb« firmierte und zufällig Amandas und Lukas' Lieblingsgericht war (ein Korb mit frittierten Hähnchenstücken und Pommes, der überall dort serviert wurde, wo Familien mit Kindern häufiger aufzutauchen pflegten). Helen hatte bemerkt, dass ausgerechnet dieses Gericht bei Christian eine fast unerklärliche Hilflosigkeit auslöste. Seiner Meinung nach gab es kaum etwas Verwerflicheres, als etwas Ungesundes zu tun, wenn es nicht unbedingt sein musste – Auto fahren, wenn man zu Fuß gehen konnte, Saft zu trinken, wenn es Wasser gab, drinnen zu sitzen, wenn draußen schönes Wetter war – oder etwas Teures zu kaufen, wenn es eine billige Alternative gab. Das Allerschlimmste, etwas, was ihn in eine beinahe katatonische Starre zu versetzen schien, war, etwas Ungesundes zu kaufen, das dazu auch noch teuer war.

Sie gingen zu der sogenannten Promenade hinauf. Von allen Seiten strömten Menschen an ihnen vorüber, aus den

Aufzügen, aus den Restaurants, aus den Läden. Nirgendwo war eine Familie so sehr eine Familie wie auf einer Urlaubsreise – man bewegte sich als Einheit, eher wie ein einziger Körper und nicht wie vier. Helen beobachtete sich selbst von außen, sie sah sich neben Lukas und Amanda und Christian herlaufen, aber sie wirkten austauschbar, genauso gut hätte sie zu einer der anderen Familien gehören können, die ihr gerade begegneten. Persönlichkeiten wurden ausradiert, Familien begannen sich bis zur Verwechselbarkeit zu gleichen, als wären sie Figuren in einem Computerspiel, und die einzelnen Decks der Fähre entsprachen den einzelnen Levels. Zwei Erwachsene, zwei Kinder, Tax Free, Essen, Bällebad, Süßigkeiten, Kinderschminken. Helen wurde bewusst, dass die Kinder dies natürlich nicht so sahen. Für sie war die Fähre immer noch ein neues Erlebnis, eine neue Erfahrung, die für sie alles andere als anonym war, sondern wichtig, weil sie zwischen anderen, ähnlichen Erfahrungen eingeordnet wurde, die sie schließlich zu Persönlichkeiten formten.

Es war tiefster Winter, und trotzdem liefen einige der Passagiere wie im Hochsommer in Crocs und T-Shirts herum, als würde ein Kurzurlaub mit der Schwedenfähre alle normalen Regeln auf den Kopf stellen, sogar den Verlauf der Jahreszeiten. Zwei Männer, offensichtlich aus Stockholm, standen vor dem Café und schauten sich die Speisekarte an. Es gab Hamburger, Pizza und ein Buffet, das aus Köttbullar, Kartoffelbrei und Schweinemedaillons bestand. Letztere badeten in einer Soße, die aussah, als wäre sie schon seit dem Stapellauf der Fähre Anfang der Neunzigerjahre nicht mehr ausgetauscht worden. Einer der Stockholmer sah enttäuscht aus. Helen hörte, wie er resigniert zu seinem Freund hinübergrummelte:

»So krasse Lust auf Sushi, Mann.«

Nach dem Essen gingen sie zum Atlantis Palace, wo der Rest des Kinderprogramms stattfinden sollte. Als Erstes bekamen sie eine Art Tanznummer unter dem Motto »Piraten« zu sehen. Die Tänzer waren keine Finnen und auch keine Schweden – die Gruppe schien aus einer Mischung von Russen und Esten zu bestehen, und sie schien nur halbherzig bei der Sache zu sein. Amanda betrachtete die Show ohne wahrnehmbare Begeisterung, während Lukas jeden Schritt der Tänzer fasziniert verfolgte.

»Mama, können wir auch so einen haben?«, sagte Amanda rastlos und zeigte auf einen Drink, den ein Kind am Nebentisch in der Hand hielt, irgendetwas Alkoholfreies mit einem leuchtenden Neon-Trinkhalm.

»Kannst du so einen holen gehen?«, wandte sich Helen an Christian. Helen wusste inzwischen genau, wie sie eine Frage an Christian richten musste, damit er verstand, dass es sich dabei um eine besonders wichtige Bitte handelte.

Sie verwendete eine Variante desselben Tonfalls, den sie in einer verneinenden Version auch gebrauchte, wenn er Sex wollte und sie dazu überhaupt nicht in Stimmung war. Wenn sie nicht so dankbar gewesen wäre, dass das so gut funktionierte, hätte sie sich vielleicht dafür geschämt.

Christian schien einen Augenblick zu zögern, stand dann aber widerwillig auf und holte jedem der Kinder einen Drink.

Die Tänzer waren mittlerweile bei ihrer letzten Nummer angekommen. Die Musik war intensiver geworden, die Lichter blinkten immer hektischer, die Tänzer liefen im Kreis herum, und die Tänzerin der Gruppe hatte ihren Rock abgeworfen und zwei kurze, aber unerhört durchtrainierte Beine entblößt. Zwei der Tänzer, die mit den meisten Muskeln, fassten ihre Beine und hoben sie hoch, sodass sie auf ihren Händen balancierte. Ein Feuerwerk gespannter Muskeln. Die Männer streckten sich so lang sie konnten, und ihre piratenähnlichen Caprihosen saßen so stramm, dass ihre Penisse wie kleine Beulen davon abstanden. Das Ganze hatte etwas Feminines, dachte Helen, während die augenfällige Absicht zu sein schien, dass die Männer eine archaische Piratenmaskulinität ausstrahlten.

Sie schaute auf die Uhr. Es war halb neun, damit war es ohne Weiteres möglich, sich in die Kabine zu verabschieden und den Abend zu beenden.

Die Tänzer liefen einer nach dem anderen von der Tanzfläche, und bevor jemand aufstehen konnte, bevor überhaupt die Musik verstummt war, trat eine Frau aus dem Personal auf die Bühne und gab bekannt, dass der Abend mit einer Mumindisco mitsamt der ganzen Muminfamilie ausklingen würde.

»Wollen wir gehen?«, fragte Helen, und Christian nickte. Aber beide Kinder protestierten.

»Nur noch ein bisschen«, sagte Lukas, dessen Augen vor lauter Erwartung glänzten. Amanda schaute unbeteiligt drein und saugte an ihrem Drink, aber in einem Anfall von schwesterlicher Solidarität bat auch sie darum, noch bleiben zu dürfen.

»Ich kann mit Lukas tanzen, dann könnt ihr hier sitzen bleiben«, sagte sie, als wäre sie die dritte Erwachsene in dieser Runde.

Die Musik hatte schon begonnen. Lukas schien noch zu überlegen, ob er auf die Tanzfläche gehen sollte oder nicht, es war ihm anzusehen, dass sein Körper voller widersprüchlicher Gefühle steckte. Irgendetwas schien ihm zu sagen, dass das Ganze eine dumme Idee war, dass er nun gezwungen war, etwas zu tun, was für ihn auch erniedrigend sein konnte, während es aber durchaus lustig werden, bestenfalls sogar zur Entwicklung seiner Persönlichkeit beitragen konnte. Schließlich ließ er sich von Amanda mitreißen, und plötzlich standen sie auf der Tanzfläche und warteten gemeinsam mit den anderen Kindern auf die Anweisungen, während eine behaarte, etwas tapsige Muminfamilie die Bühne betrat.

Der Tanz wurde von einem Mädchen angeführt, das als Kleine My verkleidet war. Muminpapa, Muminmama und der Mumin – ob es Männer oder Frauen waren, die in den vermutlich furchtbar schweißtreibenden weißen Kostümen steckten, war unmöglich festzustellen – standen daneben. Soweit Helen es beurteilen konnte, hatten diese Mumindarsteller nur einen schwarzen, netzartigen Schleier in Höhe der Muminschnauze, durch den sie hindurchschauen konnten, was ihnen nur ein extrem begrenztes Sichtfeld erlaubte.

Die Musik begann.

Die Trolle beugten die Knie und tanzten im schnellen Humppa-Takt der Technoversion eines Kinderlieds, dessen Melodie aus gepitchten Stimmen bestand, die die Worte MUUMIHUMPPA SOI NYT KUULET MITEN MUUMIHUMPPA SOI wiederholten.

Helen und Christian saßen auf ihren Stühlen und schauten auf die Tanzfläche hinunter. Helen beobachtete, wie Lukas sich hielt. Er starrte mit großen Augen den Muminpapa an, der den einen Fuß nach vorn bewegte und dann wieder zurück, und er machte es so gut er konnte nach – Amanda tat dasselbe, aber selbstbewusster. Sie war einen Kopf größer als die anderen Kinder, und man merkte ihr an, dass sie in Lukas' Nähe blieb, um sich auf das Große-Schwester-Alibi berufen zu können, falls es ihr zu peinlich wurde. Ihre ganze Körpersprache signalisierte, dass sie allein in ihrer Eigenschaft als große Schwester mitmachte und aus keinem anderen Grund.

Die Kleine My stand weiter hinten und klatschte mit erhobenen Händen, und jetzt schüttelten Muminpapa und der Mumin ihre Schwänze, und die Kinder tanzten mit, bis das Lied zu Ende war.

Helen hoffte, dass sie jetzt zur Kabine zurückkehren, die Zähne putzen und ins Bett gehen konnten. Sie war müde und freute sich darauf, ihre verschwitzten Kleider auszuziehen. Aber die Conférencière wollte sie noch nicht in die Nachtruhe entlassen, sondern teilte mit übereifriger Stimme mit: JETZT SIND DIE ELTERN AN DER REIHE! BITTE JETZT ALLE ELTERN AUF DIE BÜHNE!, und Helen und Christian warfen einander erschrockene Blicke zu.

Amanda kam zu ihrem Tisch gelaufen, setzte sich hin und begann mit roten Wangen an ihrem Trinkhalm zu saugen.

Lukas stand einsam auf der Tanzfläche, er sah verwirrt aus, sein Blick suchte Amanda, und jetzt winkte die Conférencière alle Eltern herunter, und Helen sah, wie einer nach dem anderen auf die Bühne stieg, finnische Mütter mit kurz geschnittenen Haaren und praktischer Kleidung, schwedische Väter, deren Körper nach dem großzügigen Neujahrsbuffet der »Silja Symphony« steif und unbeweglich geworden waren.

Helen sah ein, dass sie keine andere Wahl hatte, als zu Lukas zu gehen und eine Weile mit ihm zu tanzen.

Ich liebe meine Familie, dachte sie. Ich liebe sie ganz schrecklich.

Helen tanzte den Muminhumppa. Helen setzte sich jeder vorstellbaren Erniedrigung aus, denn das stand im Kleingedruckten, wenn man in den Eltern-Kind-Vertrag eingewilligt hatte.

Lukas beobachtete sie fasziniert, als sie auf der Tanzfläche stand, als wäre sie nicht seine Mutter, sondern eine fremde Person, die die Gestalt seiner Mutter angenommen hatte. Er nickte ihr zu, als wollte er ihr Vertrauen einflößen.

Die Musik begann.

Es war dieselbe Art von Humppatechno wie bei dem vorhergehenden Lied, aber dieses Mal gab es offensichtlich keine feste Choreografie. Der Mumin tanzte in völlig unkontrolliert wirkenden Bewegungen um alle Kinder herum, während sich die Intensität der Musik steigerte und die Leuchten immer heftiger blinkten. Lukas klammerte sich an Helens Hand, als der Muminpapa – der offensichtlich Probleme mit der Motorik hatte – mit dem Schwanz in der Hand auf sie zugetaumelt kam. Helen bewegte hölzern ihre Arme, sie merkte, dass sie zu lächeln versuchte, aber es war ein angestrengtes Lächeln. Ihre Gedanken kreisten nur noch um die Hoffnung, dass die Musik so schnell wie möglich aufhören würde.

Der Muminpapa machte jetzt eine Art Pirouette, wobei er das Gleichgewicht verlor. Zunächst glitt er ein paar Schritte auf den rechten Rand der Tanzfläche zu, sodass ein paar Kinder das Feld räumen mussten, anschließend rutschte er – als sei das Schiff in heftigen Seegang geraten – nach links, bis er abrupt zum Stehen kam und mit der Schnauze nach vorn auf den Boden fiel. Die Musik hämmerte nach wie vor laut aus den Boxen, und zunächst schien der Muminpapa nicht allein auf die Beine zu kommen, die Schnauze war zur Seite gebogen, sodass sein Kopf aussah, als hätte er sich um neunzig Grad verdreht – er sah grotesk aus, wie ein Tier, das mit einem Auto zusammengestoßen war. Schließlich konnte er sich mit dem einen Arm hochdrücken und kam wieder auf die Beine.

Helen beobachtete, wie anstrengend das für ihn war, weil die Schnauze so schwer war, dass sie den ganzen Körper aus dem Gleichgewicht brachte. Nachdem er schließlich wieder auf den Beinen war, machte er ein paar wackelige Schritte, bis die Kleine My auftauchte und ihn mit ihrem Arm stützte. Aber er schüttelte sie ab, wollte keine Hilfe annehmen, wie ein Säufer, der glaubt, er könne allein nach Hause gehen, obwohl alle sehen, dass er sich kaum auf den Beinen halten kann. Die anderen Mumins hatten jetzt aufgehört zu tanzen, standen aber weiter auf der Tanzfläche herum und verfolgten das Schauspiel.

»Mama, was ist mit dem Muminpapa passiert?«, rief Lukas über die Musik hinweg.

Inzwischen war die Conférencière auf die Tanzfläche zurückgekehrt und griff nach dem Muminpapa und zog ihn von der Bühne.

Erst jetzt schaute sich Helen um und bemerkte, dass alle anderen Eltern und Kinder aufgehört hatten zu tanzen und das Geschehen beobachteten.

»Ich glaube, jetzt ist es Zeit für uns, ins Bett zu gehen«, sagte Helen und ging mit Lukas zurück zu den anderen, die am Tisch saßen.

Sie warf einen Blick zurück und sah, wie die Conférencière den Muminpapa in einen Raum rechts von der Bühne zog, wo er seine Mütze und seinen Kopf absetzte, unter denen ein kleiner, kahler Menschenkopf zum Vorschein kam. Sie konnte erkennen, dass es ein Mann um die fünfzig war, so verschwitzt, dass die wenigen Haare in nassen Strähnen auf dem Schädel klebten, aber dann sah sie nichts mehr, weil die Conférencière den Vorhang des Hinterzimmers zuzog.

16

Helen hatte den Entschluss gefasst, in diesem Frühjahr mit ihren Elftklässlern Väinö Linnas *Kreuze in Karelien* zu lesen.

»Das Buch handelt also vom Fortsetzungskrieg«, sagte Helen, als sie vor der Klasse stand. »Zu Beginn des Romans ist der Winterkrieg gerade zu Ende gegangen. Wie hat Väinö Linna noch geschrieben? Dass der Winterkrieg ›der beste aller bisherigen Kriege war, denn es gingen beide Gegner als Sieger vom Feld‹.«

Die Schüler waren unruhig, und keiner antwortete.

»Eure Hausaufgabe war, das erste Kapitel zu lesen. Ihr könnt doch nicht alles vergessen haben? Wie werden die Figuren eingeführt? Darüber müsst ihr euch doch Gedanken gemacht haben? Was haben sie für eine Einstellung zum Krieg?«

»Ich hab gar nichts gecheckt«, sagte Mårten, einer der größten Jungen der Klasse. Er war so durchtrainiert, dass es ihm schwerzufallen schien, an seinem Tisch zu sitzen, jede seiner Bewegungen war steif und langsam, er musste ständig mit zur Seite gedrehtem Oberkörper dasitzen, weil seine Arme so breit waren.

»Was hast du nicht verstanden?«

»Gar nichts«, sagte er, und einige andere murmelten beifällig.

»Bis wann müssen wir das durchgelesen haben?«, fragte

Alex, ein kurz gewachsener Junge, der zu den schwächeren Schülern der Klasse gehörte.

»Ich dachte, dass wir den Roman bis zum Ende des Halbjahres fertig lesen? Klingt das gut? Ich möchte, dass ihr drei Seiten über das Buch schreibt, ich werde sie nicht korrigieren, aber wir können sie als Diskussionsgrundlage nehmen. Ich gebe euch ein paar vorbereitete Fragestellungen, von denen ihr ausgehen könnt.«

Der eine oder andere seufzte.

»Okay, wir werden sehen, was dabei herauskommt. Aber wir fangen heute an. Ihr habt zwanzig Minuten Zeit, dann könnt ihr zuerst noch ein paar Seiten lesen.«

Nach der Stunde beklagten sich ein paar Schüler darüber, dass das Buch aufgrund der altertümlichen Sprache schwer zu verstehen sei. Helen hatte sich einen Klassensatz in der Übersetzung von Nils-Börje Stormbom besorgt. Das Einzige, was ein bisschen altertümlich klang, waren die dialektgefärbten Dialoge, aber selbst beim besten Willen konnte man diese nicht als schwer verständlich bezeichnen.

Doch war sie nur wenig überrascht. Im Herbst hatte sie ihre Klassen gebeten, einen Aufsatz zu dem Thema zu schreiben, warum Jungen weniger lesen als Mädchen. Sie mochte die Fragestellung eigentlich nicht, weil sie die Antworten so offensichtlich in eine bestimmte Richtung lenkte, dass die Jungen von vornherein in eine Rechtfertigungsposition gebracht wurden, aber das Aufsatzthema stammte aus einer früheren Abiturprüfung, und sie waren angehalten, das Material zur Vorbereitung auf die Abschlussprüfungen zu verwenden.

Sie wusste nicht, ob sie lachen oder weinen sollte, nachdem die Schüler ihre Aufsätze abgegeben hatten.

Einer von ihnen, ein ganz normal begabter Junge, hatte seinen Aufsatz so begonnen:

»Schon in der Vorzeit haben Frauen mehr gelesen als Männer. Das geht auf die Tatsache zurück, dass die Männer auf der Jagd waren, während die Frauen mehr Zeit zum Lesen hatten.«

Helen verfluchte die Eltern, die für die Erziehung dieser armen Jungen verantwortlich waren. Waren sie überhaupt schon in diesem Jahrhundert angekommen? Es war nicht das erste Mal, dass Helen bewusst wurde, wie sich das häusliche Klima in ihren Aufsätzen widerspiegelte. Mittlerweile versuchte sie zum Beispiel, möglichst alle Aufsatzthemen zu vermeiden, die von Einwanderung und Integration handelten, die Ergebnisse schlugen ihr einfach zu sehr auf den Magen.

Als sie nach der Stunde ins Lehrerzimmer kam, saß dort schon Michael, der Geschichtslehrer, und ging die Bewerbungen zur sogenannten »Vernichtungsreise« durch, die eine Anzahl von Schülern jedes Jahr unternehmen durfte. Jeder interessierte Schüler musste auf einer halben DIN-A4-Seite begründen, warum er mitfahren wollte, da nur zehn Plätze zur Verfügung standen.

»Hör dir das mal an«, sagte Michael. Er griff eine Bewerbung heraus und las laut daraus vor:

»Ich habe mich schon immer für Geschichte interessiert und fände es wirklich *superlustig*, nach Auschwitz zu fahren.«

Helen lachte.

»Haben sich viele beworben?«

»Um die zwanzig. Nur Mädchen.«

Helen wusste genau, dass das große Interesse unter den Schülerinnen allein darauf zurückzuführen war, dass sie mit dem gut aussehenden Geschichtslehrer verreisen wollten. Die Möglichkeit, an einer Führung durch das ehemalige Konzentrationslager teilzunehmen, die von einem Überlebenden übernommen wurde, war nur eine Nebensache.

Die Schule war in einem niedrigen Gebäude untergebracht, das in den Siebzigerjahren errichtet worden war, als die Gemeinde sich nach Norden ausgedehnt und ein neues Hallenbad, ein Kino und eine Bibliothek gebaut hatte. Im Herbst schien die Sonne durch die großen Siebzigerjahrefenster in Helens Klassenzimmer hinein, aber jetzt, im Winter, verwandelten sich die Fensterscheiben in gähnende, ausdruckslose Spiegel.

Alle Klassenzimmer und Nutzräume befanden sich im Erdgeschoss, abgesehen vom veralteten Computerraum, der im Keller eingerichtet worden war. Neben dem Computerraum lag ein sogenannter Ruheraum, der dazu gedacht war, den Lehrern die Möglichkeit zu einem verdienten Mittagsschlaf zu bieten. Helen verstand nicht, wie irgendjemand für so etwas Zeit finden konnte. Sie selbst hatte nur selten die Gelegenheit, sich kurz hinzusetzen und die Zeitung zu lesen, von einer Ruhepause ganz zu schweigen. Außerdem war der Raum vollgestopft mit Material, das für den jährlichen Schulbasar verwendet wurde; Tennisbälle, Lose, Kränze, Plastikblumen und eine riesige Kartonkonstruktion, die die Kinder mit Tennisbällen bewerfen sollten.

Wenn Helen Amanda und Lukas von der Ganztagsschule abholte, war es meistens schon fast sechs Uhr. Dieser Tag war keine Ausnahme.

»Mama, wann holen wir Blixten und Skorpan?«, fragte Amanda vom Rücksitz aus.

Jedes Kind hatte einen Hamster bekommen, als das Haus fertig renoviert war, aber genau, wie Helen es vorausgesagt hatte, waren Christian und sie inzwischen die Einzigen, die noch einen Gedanken an die Tiere verschwendeten, wenn sie gefüttert oder die Käfige gereinigt werden mussten. Die Hamsterkäfige zu reinigen dauerte fast eine Stunde und war ein hirntötender Job, eine Sisyphusarbeit für Kleinkindeltern. Katriina und Max hatten sich um die Tiere gekümmert, während die Familie auf der Fährenkreuzfahrt war.

»Ich weiß nicht. Bald. Vielleicht am Wochenende?«

»Können sie in meinem Zimmer wohnen?«, fragte Amanda.

»Kannst du denn dabei schlafen? Du weißt doch, dass sie nachts ganz schön viel Lärm machen.«

»Aber ich schlafe doch ein, bevor sie aufwachen.«

»Okay, wir können es ja mal versuchen.«

»Aber ich will die Hamster haben!«, rief plötzlich Lukas. Bisher hatte er sie so gut wie gar nicht beachtet.

»Wir sprechen mit Papa darüber, sobald er heute Abend zu Hause ist. Im Augenblick sind sie ja noch bei Mommo und Moffa.«

Als Helen alle Einkäufe aus dem Auto geladen hatte, klingelte ihr Telefon. Es war Katriina. Helen ging in die Küche und legte das Telefon mit angeschaltetem Lautsprecher auf den Tisch, damit sie beginnen konnte, das Essen vorzubereiten.

»Hallo, ich rufe nur an, um zu hören, wie es euch geht. Wie geht es denn meinen kleinen Goldschätzchen?«, fragte Katriina.

»Denen geht es gut. Was machen die Hamster?«

»Ich weiß nicht, ich habe sie mir nicht so genau angeschaut. Sie schlafen ja die meiste Zeit.«

»Und der Hund lässt sie in Ruhe?«

»Zu Anfang war er ein bisschen neugierig, aber jetzt ignoriert er sie einfach.«

Christian und Helen hatten darüber diskutiert, ob sie es wagen sollten, die Hamster Katriina und Max zu überlassen. Sie hatten das Gefühl, dass Helens Eltern vielleicht zu beschäftigt waren, um auch noch daran zu denken, sie regelmäßig zu füttern. Wie ihre Eltern so viel schafften, überstieg ohnehin ihren Horizont – sie selbst war kaum in der Lage, ihr eigenes Leben auf die Reihe zu kriegen. Wenn sie ihre Mutter anrief, war Katriina immer gerade auf dem Weg zu einem Treffen einer Frauenorganisation oder brach in Kürze zu irgendeiner weiten Reise auf, so wie jetzt, als sie auf die Philippinen fliegen sollte.

»Das klingt ja unheimlich spannend«, sagte Helen.

»Mal sehen. Du weißt ja, wie es ist, wenn man mit Asiaten zusammenarbeiten muss.«

Helen hatte nicht die leiseste Ahnung, wie es war, mit Asiaten zusammenzuarbeiten.

»Ich meine, zu Anfang sieht alles gut aus, und alle lächeln und versprechen dir alles Mögliche, aber wenn es darauf ankommt, passiert gar nichts.«

»Okay«, sagte Helen, während sie Zwiebeln zu schneiden begann.

Sie hatten eine große, weiße Küche. Christian hatte das alte Haus renoviert und dabei im Prinzip alles selbst gemacht, abgesehen vom Wasser und den elektrischen Leitungen.

Amanda war draußen im Hof. Lukas saß in seinem Zimmer und spielte sein Lieblingscomputerspiel, ein internetbasiertes Programm namens Moviestarz, bei dem man digitale Ausschneidepuppen anziehen konnte. Helen hatte gesehen, dass sich das Programm als »größte Spielecommunity für MÄDCHEN« bezeichnete. Dass es ein Mädchenspiel war, war auch Amanda nicht entgangen – sie hatte Lukas darauf hingewiesen, der etwas verunsichert reagierte, bis Helen konterte, dass es so etwas wie Mädchen- oder Jungsspiele nicht gebe. Mittlerweile bettelte er seit zwei Wochen darum, dass Helen vier Euro bezahlte, damit er eine besondere Mitgliedschaft erwerben konnte. Dann bekäme er mehr Puppen, die er anziehen konnte, auch Jungspuppen, und sogenannte »Starcoins«, mit denen man die Puppenhäuser ausstatten konnte. Christian, der das Ganze von Anfang an verfolgt hatte, war strikt dagegen – er betrachtete es als herausgeworfenes Geld, und außerdem könnte das Programm bewirken, dass ihr Computer von Viren befallen würde. Helen reagierte darauf wie immer: Sie zahlte zehn Euro auf Lukas' Benutzerkonto ein. Außerdem suchte sie die Mailadresse des Anbieters heraus und schrieb eine lange Mail, in der sie kritisierte, wie sehr das Spiel Geschlechterrollen manifestierte.

Katriina war immer noch am Telefon.

»Mama, ich muss jetzt aufhören, ich koche gerade das Abendessen. Ich wünsche dir eine gute Reise.«

»Es wird der reinste Stress.«

»Okay, ruf mich an, wenn du wieder zu Hause bist.«

»Gib Amanda und Lukas ein Küsschen von mir.«

»Das werde ich machen. Tschüs, Mama!«

»Helen?«

»Ja?«

»Hast du etwas von Eva gehört?«

»Nein, leider nicht, Mama.«

»Okay. Tschüs.«

Helen ging in Lukas' Zimmer. Er suchte sich gerade Kleidung für seine virtuellen Ausschneidepuppen aus. Helen stand eine Weile über ihn gebeugt, während er mit voller Konzentration ein Kleidungsstück nach dem anderen auswählte.

Er war groß für sein Alter und hatte die dunklen Haare seiner Eltern geerbt. Er klickte sich durch das Spiel, als hätte er nie etwas anderes getan – die plastischen Teile seines Gehirns hatten sich vermutlich schon an ein Leben vor dem Bildschirm angepasst.

»Mama, was bedeutet das hier?«

Helen las.

Starmingel. Lerne neue Freunde kennen!

»Das ist anscheinend eine Seite, auf der man mit Leuten chatten kann. Aber da musst du erst einmal schreiben können.«

»Aha«, sagte Lukas, der noch nicht die Geduld aufgebracht hatte, die Buchstaben zu lernen.

»Wir essen gleich. Kannst du das jetzt ausschalten?«

»Nur noch ein bisschen.«

»Okay, zehn Minuten. Dann kommst du an den Tisch.«

Amanda war immer noch im Hof; sie war ganz eindeutig ein Kind, das über genügend Fantasie und das Selbstbewusstsein verfügte, um mitten im Nirgendwo wohnen zu können. Helen hörte, wie Christians Auto in die Einfahrt einbog und wie er mit Amanda sprach und beide in die Diele kamen.

Nach dem Essen setzte sich Helen in das Sofa im Wohnzimmer und korrigierte weiter ihre Aufsätze. Sie verabscheute dieses Sofa, aber sie war gezwungen, damit zu leben, weil es ein Geschenk von Christians Eltern war. Es war ein Familienerbstück in abgewetztem, braunem Leder, das von Christians Großmutter gekauft worden war und das nach ihrem Tod seine Eltern hatten – Helen hegte den Verdacht, dass sie es bekommen hatten, weil Christians Eltern es ebenfalls nicht ausstehen konnten.

Die Federung war dermaßen ausgeleiert, dass man jedes Mal einen halben Meter tief hineinsank, wenn man sich setzte. Außerdem war es viel zu klein für die ganze Familie. Christian pflegte das Leder hin und wieder einzureiben, sorgfältig und mit großer Konzentration, und er ließ die Kinder niemals auf dem Sofa essen, weil er Angst hatte, dass das Leder darunter leiden könnte. Wenn es nach Helen gegangen wäre, hätten sie das Leder gerne verwittern lassen können.

»Es ist noch nicht einmal etwas wert«, argumentierte Helen beharrlich. »Nur weil ein Möbel seit zwei Generationen in Familienbesitz ist, wird es nicht automatisch zu einer wertvollen Antiquität.«

»Es hat seit Anfang der Dreißigerjahre in unserem Sommerhaus gestanden. Das war damals sehr ungewöhnlich«, sagte Christian, mit einer Überzeugung, die für all das reserviert war, was mit den Besonderheiten seiner Familie zu tun hatte.

Helen hatte Christian kurz nach der Jahrtausendwende auf einem Fest der Literaturstudenten kennengelernt. Sie waren im Alten Studentenhaus, und Christian tauchte mit einem befreundeten Geschichtsstudenten auf. Er selbst studierte gerade Architektur in Otaniemi.

Als sie das erste Mal Sex hatten, in seiner kleinen Studentenbude, benutzten sie kein Kondom, weil sie glaubte, dass sie in einer sicheren Phase war. Bei Kondomen musste sie immer daran zurückdenken, wie sie als Sechzehnjährige mit ihrer Freundin Anne zum Roskildefestival wollte. Bevor sie losfuhren, waren sie von ihren Müttern genötigt worden, am Küchentisch Platz zu nehmen und sich eine Liste aller Verhaltensregeln vorlesen zu lassen.

»Wir sind froh, dass ihr fahrt. Ihr werdet sicher sehr viel Spaß haben. Und ihr werdet bestimmt auch ein paar Jungs kennenlernen.«

Katriina sah fröhlich aus, als würde sie so etwas sehr begrüßen.

»Mama, wir wollen uns einfach nur ein paar Bands …«

»Okay, okay, ihr werdet euch ein paar Bands anhören, verstehe, aber trotzdem, FALLS ihr irgendwelche Jungs kennenlernt, was ja nicht ganz unwahrscheinlich ist, dann benutzt – in Gottes Namen – bitte, bitte, bitte, ein Kondom.«

Erst als Jugendliche hatte Helen mitbekommen, dass sich nicht alle Mütter so verhielten wie ihre eigene, dass nicht alle Frauen mit dieser ausgeflippten Hemdsärmeligkeit geboren wurden, dass manche ihr ganzes Leben vergeblich darum kämpfen mussten und ihr noch nicht einmal nahekamen. Aber für Katriina war es eine Selbstverständlichkeit, sie eroberte jeden Raum, ihre Stimme schallte durch eine ganze Wohnung, durch ein ganzes Wohngebiet, wenn es sein musste, und es gab keinen Menschen, mit dem sie nicht umzugehen wusste. Sie hatte vor niemandem Angst.

Aber sie konnte auch zu aufdringlich sein, peinlich werden, weil sie eine natürliche Neugierde besaß und kein richtiges Gespür dafür hatte, wann die Leute lieber in Ruhe gelassen werden wollten.

Katriina sprach also alles aus, nichts war für sie tabu, denn man konnte sein Leben ja nicht damit verschwenden, zu schweigen, wenn man auch reden konnte, und das konnte sehr anstrengend sein. Nicht zuletzt, als Helen noch klein war und Katriina ihre Freundinnen alles Mögliche fragte, oder ihnen alles Mögliche erzählte – zum Beispiel, als Helen ihre erste Menstruation bekommen hatte und ihre Freundin Frida am selben Tag bei ihnen zu Besuch war, und Katriina Frida fragte, ob sie auch schon ihre Tage habe. Es war peinlich. Helen war in der Schule gewesen und hatte gemerkt, dass sie blutete, woraufhin sie an der Topeliuksenkatu entlang nach Hause lief. Katriinas unmittelbare Reaktion bestand darin, das Ereignis feiern zu wollen. Sie schlug vor, mit der ganzen Familie essen zu gehen, aber dem hatte

Helen sich standhaft verweigert. Eva, die drei Jahre jünger war, wusste kaum, was eine Menstruation war. Es gab kein Ereignis im Leben, das Katriina nicht ein Fest wert gewesen wäre.

Auf dieselbe Art fragte Katriina einmal Helens österbottnischen Cousin Jonas, der drei Jahre jünger war, ob er Helen sexy finde.

»Sie sieht doch aus wie eine Granate, oder?«, fragte sie. Helens Brüste waren in dem Frühjahr schnell gewachsen, und sie trug einen engen Pulli. Jonas genierte sich und stammelte nur irgendetwas, doch, schon, aber er müsse jetzt auch nach Hause gehen.

Es war gefährlich, eine Mutter zu haben, die das Recht für sich in Anspruch nahm, im Mittelpunkt des Universums zu stehen, sich in jede Situation einmischen zu dürfen und sich nie für etwas entschuldigen zu müssen. Man begann zu glauben, dass man sich seine Privilegien tatsächlich verdient hatte und dass die Welt einem etwas schuldig war.

Aber das begriff Katriina natürlich nicht. Ihr war nicht klar, dass sie diejenige war, die durch ihre ständigen Ermutigungen, ihr ständiges Gerede, man sollte das eine oder das andere werden, dafür sorgte, dass man sich in einen Menschen verwandelte, der sich nicht mehr mit dem zufriedengeben konnte, was das Leben tatsächlich bot.

So ungefähr dachte Helen. Und sie dachte dabei eher noch an Eva als an sich selbst. Sie dachte, dass Eva nur schwer damit würde umgehen können, wenn sie nicht erfolgreich würde.

Eva war mutiger als Helen, obwohl sie die Jüngere war. Als sie klein waren, ging Eva allein zum Geschäft am Töölömarkt und kaufte ein, was Helen erst wagte, als sie elf geworden war.

Als Helen Lehrerin am Gymnasium wurde, fürchtete sie sich zunächst davor, allein vor der Klasse zu stehen oder mitten im Satz nicht mehr weiterzuwissen. Sie war nie eine Person gewesen, die besonders viel Platz für sich in Anspruch nahm. Aber sie merkte bald, dass sie sich in der Unterrichtssituation entspannen konnte, dass sich die Schüler tatsächlich anhörten, was sie ihnen zu sagen hatte, dass sie ihr sogar glaubten. Es war wie eine Art Zauber. Natürlich konnte es im Unterricht auch chaotisch zugehen, aber das war nichts, womit sie nicht klargekommen wäre. Allerdings drückte die Last der Arbeitswoche jeden Freitag gegen ihre Schläfen. Alle Stimmen, alle Geräusche, scharrende Stühle und hormonbesoffene Jugendliche hallten in ihren Trommelfellen noch lange nach, nachdem sie nach Hause gekommen war.

Helen hatte die Diskussion um die Kondome als peinlich empfunden. Nicht nur, weil sie wusste, dass Annes Mutter sich niemals so ungeniert ausgedrückt hätte, sondern weil sie nie auf den Gedanken gekommen war, dass sie Sex haben könnte.

Bei Christian hatte sie eigentlich auch nicht daran gedacht. Sie war einfach unglaublich betrunken. Zwei Monate später merkte sie, dass sie schwanger war. Aber das war keine Katastrophe – sie hatten schnell festgestellt, dass sie sich miteinander wohlfühlten, und geheiratet, bevor Amanda auf die Welt kam.

Christians Eltern wohnten in Kirkkonummi und kamen manchmal zu Besuch, aber meistens fuhren sie nach einer guten Stunde auch wieder nach Hause. Sie aßen immer artig das Essen, das auf den Tisch kam, und beäugten misstrauisch das Haus, als ob sie nicht glauben konnten, dass ihr

Sohn so leben wollte – modern, weiß, mit Kindern, die redegewandt und extrovertiert waren. Sie wirkten erleichtert, wenn der Nachtisch und der Kaffee auf den Tisch kamen. Christians Mutter brachte jedes Mal Gebäck oder Schokolade zum Kaffee mit. Es schien immer eine Ewigkeit zu dauern, bis das Gespräch in Gang kam. Sie nahmen gern die Kinder, aber lieber nicht über Nacht, weil Christians Vater sich beklagte, dass er dann nicht schlafen könne.

Jetzt versuchte sie, *Kreuze in Karelien* zu lesen, aber sie spürte, dass ihr immer wieder die Augen zufielen. Sie schaute auf die Uhr. Es war schon halb neun, und sie konnte den Kindern genauso gut schon die Zähne putzen.

Als sie fertig war und Lukas und Amanda in ihren Zimmern lagen, las sie weiter in ihrem Buch. Sie musste eingeschlafen sein, denn nach einer Weile – es konnten fünf Minuten gewesen sein, aber auch eine Stunde – spürte sie, wie Christians schwerer Körper neben ihr ins Bett sank. Er roch nach draußen, nach Sägespänen und Winter, und versuchte, eine bequeme Lage zu finden. Er legte den Arm um sie, suchte mit der Hand nach ihrer Brust, und seine Hände waren kalt. Sie lag eine Weile unentschlossen da und überlegte, wie sie reagieren sollte.

Ganz offensichtlich wollte er Sex, aber sie war bereits eingeschlafen, befand sich schon tief in einer Traumwelt, und es hätte einer großen Willensanstrengung bedurft, hätte sie jetzt in die richtige Stimmung dafür kommen sollen – aber er hielt die Arme um sie geschlungen, sanft, sie wusste, dass sie mit ihrer Körpersprache signalisieren musste, was sie haben wollte, und es fühlte sich an, als wären beide Alternativen möglich. Sie hatten seit – ja, es mussten zwei Wochen sein – keinen Sex mehr gehabt, also lag vielleicht eine gewisse Logik darin, das jetzt nachzuholen, aber hätte er nicht kommen können, bevor sie eingeschlafen war?

»Ich glaube nicht, dass ich heute Abend in Stimmung bin«, sagte sie.

Er seufzte, zog die Arme weg und drehte sich um.

Helen wurde bewusst, dass sie jetzt nicht so schnell wieder einschlafen konnte. Sie fragte sich, ob sie ihre Aussage vielleicht doch bereute. Während sie regungslos dalag und die Vor- und Nachteile abwog, öffnete sich die Tür, und Lukas kam herein. Er kroch zwischen sie, leise, wie ein kleines Tier, und legte sich unter ihre Decke, ohne ein Wort zu sagen, suchte nur mit den Fingern nach ihrem Ohrläppchen und schlief mit einem Ohr in der Hand wieder ein.

17

Katriina flog auf die Philippinen, um ihrem Kollegen Heikki zu zeigen, wer das Sagen hatte. Als klar wurde, dass sie ein Rekrutierungsprojekt für Krankenschwestern in Manila starten würden, hatte er sich angeboten, die ganze Operation zu leiten, obwohl die Verantwortung ganz offensichtlich bei Katriina lag. Sie wusste außerdem, dass sie die besseren Kontakte hatte und besser verhandeln konnte als er. Sie tat also, was sie immer tat: Sie beschloss, alles selber zu machen.

Am Tag vor der Reise fand ein Fortbildungsseminar im Scandic Hotel Continental in Helsinki statt, an dem viele Kollegen aus unterschiedlichen Abteilungen der HUS teilnahmen. Der Tag begann mit dem Vortrag eines Beraters, der eine Eisscholle als Metapher verwendete. Alle sollten sich vorstellen, dass sie Pinguine seien, die einander halfen, von einer Eisscholle auf die andere zu kommen – am Ende sollten sie im Saal herumgehen und sich vorstellen, wie es war, von der Kolonie abhängig zu sein; wenn einer von ihnen über eine markierte Linie trat, fiel das ganze Kollektiv.

Um drei Uhr am Nachmittag waren sie fertig. Draußen hatte es bereits zu dämmern begonnen. Das Hotel lag direkt an der Töölöbucht, nur einen Steinwurf von Max' und Katriinas Wohnung entfernt, und Katriina schaute durch das Fenster auf den Park. Jogger umkreisten den gefrorenen See, wie sie es immer taten, trotz des schneidenden Winds und zehn Minusgraden. Eine Gruppe von Menschen stand auf der anderen Seite des Mannerheimintie und wartete auf den Flughafenbus.

Die Stimmung des Fortbildungstags überzog alles wie ein grauer Schleier und wurde noch verstärkt von den Teppichböden des Hotels, den jungen Frauen in Dienstkleidung, die emsig herumliefen, der Menschentraube, die rauchend und plaudernd auf dem Parkplatz stand, und allen anderen Kollegen, die über ihre Kaffeetassen gebeugt auf den nächsten Programmpunkt warteten.

»Zwei Wochen in Manila. Du besuchst die größten Zentralkrankenhäuser und verschaffst dir einen Eindruck, wie groß das Interesse ist. Dann besorgst du Namen und Kontaktdaten. Sie kommen für die Reise auf, und wir bieten einen Intensivkurs in Finnisch und helfen bei der Wohnungssuche. Es müsste einfach sein. Diese ganzen Mädchen träumen ja davon, im Ausland zu arbeiten«, sagte Wivan.

Der Zweck der Reise war, dass Katriina Kontakt zu den Behörden und den Krankenhäusern herstellen und versuchen sollte, interessierte Krankenschwestern zu finden, die nach Finnland kommen und dort arbeiten wollten.

Wivan hatte die Aufsicht über das Projekt, und sie war nicht die Art von Chef, die besonders viel Geduld hatte. Sie wollte, dass alles so schnell wie möglich über die Bühne ging.

Katriina protestierte vorsichtig. Sie hatte das Gefühl, dass Wivan sich nicht einmal ansatzweise vorstellen konnte, welcher logistische Aufwand betrieben werden musste, um das Projekt erfolgreich abzuschließen.

»In Manila wohnen dreizehn Millionen Menschen«, erwiderte sie. »Wir können nicht einfach dorthin fahren und Krankenschwestern einsammeln, als wären sie Katalogbräute.

Ich muss zumindest erst den Kontakt zu den dortigen Behörden herstellen.«

Ein Jahr zuvor hatten sie ein Pilotprojekt durchgeführt, das erfolgreich verlaufen war. Sechzehn philippinische Krankenschwestern absolvierten an einer Berufsfachschule in Helsinki eine Abschlussprüfung, und die Medien sahen darin sofort eine Lösung für die demografische Katastrophe, die Finnland blühte, wenn die geburtenstarken Jahrgänge in den Ruhestand gingen. In Zukunft würden auf einen arbeitsfähigen Finnen etwa zehn Pensionäre kommen. Aber es waren sechzehn Krankenschwestern. Jetzt sprach Wivan von hundert (»vielleicht noch mehr, wenn Schwung in die Sache kommt«).

»Es gibt doch schon Firmen, die sich mit so etwas befassen. Warum beauftragen wir sie nicht mit der Rekrutierung?«

»Das können wir uns nicht leisten. Sie legen sich mit den Gewerkschaften an, und dann dauert es eine Ewigkeit, bis alles unter Dach und Fach ist. Es ist besser, wenn wir selbst Know-how in Sachen Philippinen aufbauen, dann sind wir auf keine Vermittler angewiesen.«

Katriina versuchte zu erklären, dass man sich um viele Details kümmern müsse, bevor alles funktionierte. Wo sollten sie zum Beispiel wohnen, wenn sie nach Finnland kamen?

»Das werden wir schon lösen. Ich glaube, dass dies der Weg in die Zukunft ist. Du und ich, wir brauchen doch jemanden, der sich in fünfzehn Jahren um uns kümmert. Und das werden nicht unsere Kinder sein, darauf kannst du dich verlassen. Glaubst du etwa, deine Töchter werden dann im mobilen Pflegedienst arbeiten wollen?«, fragte Wivan rhetorisch.

Als sie schließlich gegen fünf Uhr nach Hause ging, fand sie Max im Arbeitszimmer vor dem Computer.

»So, du hast dich also entschieden?«, fragte sie.

Max hatte Katriina erzählt, dass sein Verleger Laura Lampela engagieren wollte, um sein Manuskript zu lesen, und Katriina fand es beinahe rührend, wie Max mit sich rang, um zu einer Entscheidung zu kommen. Für sein sechzigjähriges Ego war es offensichtlich schwer zu akzeptieren, dass eine jüngere Frau ihm beim Schreiben helfen sollte. Katriina hatte allerdings auch verstanden, dass Max die Idee gleichzeitig verlockend fand. Er gehörte zu der Sorte von Männern – vielleicht gehörten alle Männer zu dieser Sorte von Männern –, die große Anstrengungen allein für die Möglichkeit unternehmen würden, von einer jüngeren Frau bewundert zu werden. Sein Buch war in diesem Zusammenhang wahrscheinlich nur ein kleineres Detail.

»Ja, was meinst du? Vielleicht ist es ja keine dumme Idee«, sagte er. Ein großer Stapel Manuskriptseiten lag neben ihm.

»Sie macht ja einen aufgeweckten Eindruck«, sagte Katriina.

»Ja, sie ist jedenfalls nicht dumm. Aber ich habe so viel Material«, sagte er und schaute auf den Stapel.

»Aber mach keinen Blödsinn. Wenn du mit jemand anders zusammenarbeiten willst, dann musst du ihm auch Entscheidungen zugestehen. Und ich hoffe, dass du clever genug bist, es nicht persönlich zu nehmen, wenn sie mit dir flirtet. Sie ist jung und hat nichts zu verlieren.«

»Ja, ja«, sagte Max.

Katriina ging zu ihm und legte einen Arm um seine Schulter. Er nahm ihre Hand und hielt sie fest. Sie beugte sich hinunter und lehnte eine Wange gegen Max' Bartstoppeln.

»Hast du immer noch viel zu tun?«, fragte sie.

»Wieso?«

»Hast du Lust, mit mir ins Bett zu gehen?«

Max schaute zu ihr auf, dann wieder auf sein Manuskript, und schließlich wieder zu ihr auf. Er nahm ihre Hand und küsste sie.

»Ich komme gleich.«

Auf dem Weg ins Schlafzimmer kam Katriina an Evas altem Zimmer vorbei, wo sie den Hamsterkäfig abgestellt hatten. Er stand auf dem Schreibtisch. Katriina hatte die Hamster seit den Weihnachtsferien fast an jedem Morgen und an jedem Abend gefüttert und ihnen neues Wasser gegeben. Wenn sie es an irgendeinem Tag vergessen hatte, gab sie ihnen am nächsten einfach ein bisschen mehr. Sie schienen nicht besonders viel zu fressen – den Großteil der Nahrung versteckten sie offensichtlich in den verschiedenen Ecken des Käfigs.

Blixten und Skorpan wachten jeden Abend gegen neun Uhr auf und verbrachten die gesamte Nacht damit, in ihren Laufrädern zu laufen, bis sie sich ungefähr zu derselben Zeit schlafen legten, zu der Katriina und Max aufwachten. Der Käfig hatte zuerst im Flur gestanden, aber Katriina konnte wegen der Geräusche nicht einschlafen, und so hatten sie ihn in Evas altes Zimmer gestellt.

Als Katriina sich bückte, um die Luke zu öffnen, merkte sie, dass sie nicht ordentlich geschlossen, sondern nur lose angelehnt war.

Sie schaute hinein und wühlte in den Sägespänen, während sie die kleinen Häuser hochhob, in denen sie schliefen. Max ging an der Tür vorbei und sah sie dort stehen.

»Kommst du jetzt?«, fragte er.

»Ich kann sie nicht finden«, sagte Katriina.

»Sie verstecken sich bestimmt nur in einer Ecke.«

Katriina warf Max einen bekümmerten Blick zu.

»Sie sind nicht hier. Sie sind nicht in ihren Häusern und nicht unter der Brücke. Ich habe den Käfig geschüttelt, aber sie kommen nicht raus. Hast du den Käfig offen gelassen?«

»Darf ich mal sehen?«

Max kam ins Zimmer und versuchte durch das Gitter zu schauen. Es war vollkommen still im Käfig, und er streckte die Hand hinein, um die kleinen Plastikhäuser umzudrehen. Er schob das heuartige Nistmaterial, das auf den Sägespänen lag, zur Seite, um zu sehen, ob die Tiere darunterlagen. Es waren durchschnittlich große Goldhamster, die sich nicht so leicht verstecken konnten. Und jetzt waren sie wirklich verschwunden.

»Max, der Käfig war geöffnet, als ich hereinkam. Hast du heute etwas mit ihnen gemacht?«

»Warum sollte ich etwas mit den Hamstern machen?«

»Ich habe nicht gesagt, dass du es warst. Ich habe nur gefragt.«

»Nein, ich habe den Hamsterkäfig nicht angefasst. Ich habe ihn überhaupt niemals angefasst, seit er hier ist.«

Katriina dachte, dass so etwas wirklich das Letzte war, was sie jetzt noch gebrauchen konnte. Könnte es Edvard gewesen sein? Aber wie hätte er den Käfig öffnen sollen? Und warum hätte er ihn öffnen wollen? Er war schließlich kein Raubtier, keine Katze.

»Und wenn sie abgehauen sind?«

Katriina schaute sich im Zimmer um.

»Sei ganz still.«

Sie standen stumm herum und kamen sich lächerlich vor. Katriina versuchte konzentriert nachzuhorchen, ob die

Hamster möglicherweise noch irgendwo im Zimmer waren. Die Flucht konnte nicht leicht für sie gewesen sein. Die Käfigtür lag etwa fünfzehn Zentimeter über dem Boden, sie mussten also erst einmal dort hinaufgeklettert sein. Außerdem hätten sie vom Schreibtisch, auf dem der Käfig stand, hinunterklettern müssen. Sie wären einen Meter tief gefallen, vielleicht sogar ein bisschen mehr, wenn sie nicht so vernünftig gewesen waren, über das Bett hinabzuhüpfen.

»Können wir jetzt ins Schlafzimmer gehen?«, fragte Max.

Katriina schaute ihn an.

»Das meinst du doch nicht ernst? Wir müssen die Hamster finden, bevor Helen und die Kinder sie abholen. Und ich fliege morgen nach Manila. Wenn wir sie heute Abend nicht finden, musst du das Problem irgendwie lösen.«

»Können wir nicht neue kaufen?«

»Wir können doch keine neuen kaufen. Das merken sie doch!«

»Da bin ich mir nicht so sicher. Sagt Helen nicht immer, dass sich die Kinder kaum mit den Hamstern beschäftigt haben, seit sie sie bekommen haben? Die sehen doch alle gleich aus, oder?«

»Ich weiß nicht, aber irgendwie musst du das Problem lösen.«

Max seufzte. Katriina wusste, dass er sich darauf eingestellt hatte, an seinem Buch zu arbeiten, während sie auf Reisen war. Außerdem hatte er versprochen, den Bus zu nehmen und seine Mutter in Österbotten zu besuchen, weil er sie seit dem Herbst nicht mehr getroffen hatte.

Katriina gab ihm einen Kuss auf die Stirn.

»Ich bin mir sicher, dass dir etwas einfallen wird«, sagte sie.

Den Rest des Abends verbrachte sie damit, ihre Koffer zu packen. Max ging in sein Arbeitszimmer und blieb dort. Nur manchmal kam er heraus, um zur Toilette zu gehen oder sich etwas aus der Küche zu holen. Katriina saß am Küchentisch und arbeitete, und als Max hereinkam, betrachtete sie nicht ohne eine gewisse Zärtlichkeit, wie er ganz fokussiert zur Arbeitsfläche ging, sich ein Glas Wasser einschenkte und es wortlos austrank. Sie wusste, dass er sich so verhielt, wenn er an seinem Manuskript arbeitete. Sie konnte sehen, dass er über etwas nachdachte, und sie wusste, dass es sinnlos war, ein Gespräch mit ihm anfangen zu wollen.

Sie würde versuchen, freundlicher zu ihm zu sein, wenn sie aus Manila zurück war. Vielleicht könnten sie zusammen etwas unternehmen, eine Reise machen. Wenn er nur endlich sein Buch auf die Reihe bekommen würde, dachte sie, würde sich Max vielleicht auch für etwas anderes interessieren als für sich selbst.

18

Nach Weihnachten zog Russ in ein grünes Occupy-London-Zweipersonenzelt vor der St.-Paul's-Kathedrale. Er hatte ein Telefon dabei, eine kleine Matratze, einen Schlafsack und einen kompletten Satz Winterkleidung. Eva erfuhr erst davon, als sie nach dem Jahreswechsel wieder an der Uni auftauchte. Sie hatte Russ mit einem billigen Ryanair-Flug über Riga nach Hause geschickt und war danach zwei Tage lang durch Helsinki gelaufen, mit nassen Füßen, weil sie nur die guten Schuhe für das Fest mitgebracht hatte. Sie vermied es so weit wie möglich, zu Hause zu sein, weil ihre Mutter ständig nur darüber klagte, wie gestresst sie sei und wie schade sie es finde, dass niemand mit ihnen Weihnachten feiern wolle. Eva besuchte Helen und Christian in Espoo und dachte bloß, wie sehr sie sich danach sehnte, endlich wieder in die Anonymität in London zurückzukehren.

Sie fasste den Entschluss, eine Klinik in Helsinki aufzusuchen. Sie wunderte sich, wie leicht es war, einen Termin zu bekommen, und wie schnell alles ging. Eine Krankenschwester machte eine Ultraschalluntersuchung und erklärte, dass sie in der neunten Woche sei. Eva schluckte ein paar Pillen und bekam anschließend eine Art Hormonlösung. Ihr wurde schlecht. Sie bekam Bauchschmerzen. Sie begann zu bluten. Das ganze Erlebnis hatte etwas Außerirdisches an sich, etwas, was sie an Science-Fiction-Filme erinnerte,

Horror und Splatter, selbst wenn das Baby bislang nur ein kleiner Klumpen war, selbst wenn von einem Bewusstsein, von einem Individuum vielleicht noch keine Rede sein konnte – oder vielleicht auch gerade deswegen. Das Schlimmste daran war, dass sie auch sich selbst so unerhört leidtat. Wäre es nicht das Kind von Malik gewesen, hätte sie es vielleicht behalten. Aber sie konnte jetzt nicht schwanger sein, sie konnte den Kurs nicht zu Ende besuchen, wenn ihr Bauch immer größer wurde, sie konnte nicht mit einem wachsenden Kind unter dem Pulli im Unterricht auftauchen – ja, hallo, Herr Lehrer, das ist dein Kind –, also tat sie das Einzige, was ihr möglich war. Sie ging in die Klinik in Töölö und verließ sie mit einem derartigen Gefühl von Unwirklichkeit wieder, dass sie sich genötigt sah, sich erst einmal auf die verglaste Außenterrasse des »Tin Tin Tango« zu setzen, bevor sie in die Wohnung ihrer Eltern zurückkehrte. Draußen vor den Fenstern tobte das Schneetreiben, während sie unter einer Decke saß und einen Glühwein trank. Am nächsten Tag flog sie zurück nach London, während ihre Eltern in der Arbeit waren. Sie nahm den Bus vom Hesperiapark und trank ein Glas Wein vor dem Gate, um ihre neu gewonnene Freiheit als freiwillig Kinderlose zu feiern – oder zu betrauern?

Ein paar Tage nach dem Jahreswechsel ging sie abends an der Themse entlang und fühlte sich unendlich einsam. Am Heiligen Abend hatte sie sich von ihrem letzten Geld Essen aus einem nepalesischen Restaurant geholt und den Rest des Abends vor dem Fernseher gesessen. Sie war mit Natalija zu Harrod's gegangen, um ein bisschen Weihnachtsstimmung einzufangen, aber es hatte sie nur deprimiert, weil Natalija die ganze Zeit teure Geschenke für all ihre Verwandten kaufte, während Eva nur zuschaute. In einem schwachen Augenblick spielte sie mit dem Gedanken, in den kalten Strom zu springen – er war so hypnotisierend, schön und traurig zur selben Zeit, wie ein Gemälde aus dicken, dunkelgrünen Pinselstrichen.

Unter all dem Selbstmitleid verbarg sich aber auch ein Teil von Eva, der dies alles zu schätzen wusste, ja, der beinahe hingerissen war von all diesem Unglück, der irgendwo schon eine Zukunft sah, in der es aufgeschrieben, verewigt und zu einem Teil der *Geschichte von Eva* wurde. Sie sah sich selbst als einen dieser modernen Großstadtmenschen, die ganz gewöhnlich aussehen, die aber – wenn man sie fragte – an einer ganz eigenen, faszinierenden Geschichte trugen.

Eva vernahm mit Erstaunen, dass Russ in ein Zelt gezogen war. Sie hatte nicht geglaubt, dass er politisch genug war, um sich der Occupy-Bewegung anzuschließen. Sie erfuhr es von Ben am ersten Tag nach den Ferien. Die Morgenzeitungen waren voll davon, dass die Stadt die Demonstranten entfernen wollte, da sie sich zum Teil auf Privatgrund befanden. Eva saß in der U-Bahn, las von den Demonstrationen und fragte sich, wie lange sie wohl durchhalten würden, wie lange sie es ertragen könnten, zu frieren, auf das Duschen zu verzichten, sich von Passanten beschimpfen zu lassen und dabei nichts Konkretes zustande zu bringen. Am Ende würden die Medien das Interesse verlieren, über sie zu berichten, und dann würde die Motivation der Demonstranten wirklich auf die Probe gestellt werden. Es war die Rede von einem Theologiestudenten, der sein Studium geschmissen hatte und eine Art Wortführer der Bewegung geworden war. Der radikale Priester Giles Fraser solidarisierte sich mit den Demonstranten und sagte, dass er sich »sehr gut vorstellen kann, dass Jesus in einem Zeltlager wie dem geboren worden war, das vor der Kathedrale stand«. In einem anderen Artikel wies einer der Demonstranten darauf hin, dass der Apostel Paulus, dem die Kirche ihren Namen verdankte, Zeltmacher gewesen sei. Vielleicht war es sogar logisch, dass es für Russ verlockend war, sich einem Ziel hinzugeben, auf dieselbe Art, wie er sich offenbar auch Eva hingegeben hatte.

»Anscheinend hängt er schon seit Ende Dezember dort herum. Muss verdammt kalt sein«, sagte Ben. »Mal sehen, wie lange er durchhält. Ich meine, Russ ist ja nicht gerade ein Outdoor-Typ. Es kann ziemlich kalt werden mit dieser Stofftüte als einziger Decke.«

Ben saß im Atelier und entwarf ein Karomuster mit dem Adobe Illustrator. Eva war vor allem deshalb zur Uni gekommen, weil ihr Gesellschaft fehlte. Sie kochte Kaffee, während sie beobachtete, was die anderen so machten.

Eva hatte seit Max' sechzigstem Geburtstag nichts mehr von Russ gehört. Sie hatte ihn nicht anrufen wollen, weil sie Zeit zum Nachdenken brauchte. Malik war auch von der Bildfläche verschwunden: Im neuen Jahr sollten sie selbstständig arbeiten. Eva wusste, dass Malik und seine Frau ein Haus im Norden Englands besaßen und Malik überall auf der Welt Verwandte hatte, also vermutete sie, dass er Weihnachten an einem exotischen Ort verbracht hatte, an dem man sich nicht vor nassen Füßen zu fürchten brauchte. Aber es stellte sich heraus, dass sie sich irrte.

»Malik sagt, dass wir uns nächste Woche hier treffen. Er möchte, dass alle darauf vorbereitet sind, über die Fortschritte in ihrer Arbeit zu berichten«, sagte Laurie.

»Hast du mit ihm gesprochen?«, fragte Eva verwundert aus der Ecke, in die sie sich gesetzt hatte.

»Ja«, sagte Laurie und schaute geheimnistuerisch, und Eva

merkte, dass sie eine Mischung aus Verachtung und Eifersucht verspürte. Schlief Malik jetzt mit Laurie? Und was hieß das für Eva? Sprachen sie über Evas Kunst, wie Eva und Malik – vor allem Malik – über die Kunst der anderen gesprochen hatten?

»Er möchte, dass wir Ende März eine Ausstellung machen. Wir bekommen das ganze Erdgeschoss von Sarahs Galerie«, sagte Laurie.

»Du meinst diese Feministengalerie? Das ist doch Scheiße«, sagte Ben. »Es gibt tausend bessere Orte, wo man ausstellen könnte.«

»Aha. Und die wären?«

Ben klickte weiter auf seinem Computer herum.

»Also … weiß ich doch nicht. Alle möglichen eben. In dieser Galerie laufen doch nur jede Menge lesbischer Künstlerinnen rum, die Bilder von ihren Hängebrüsten malen.«

Der Winter hatte London erreicht, aber es war ein rauer und feuchter Winter, der der Stadt nicht gut stand – die Parks verwandelten sich in düstere Steppen mit nackten Bäumen und Flecken von erfrorenem Gras, die Sonne zog sich zurück und hinterließ einen Himmel, der genauso uninspiriert war wie die Kunst, die Eva zu schaffen versuchte. In den Nächten sank die Temperatur einige Grade unter den Nullpunkt.

Sie malte immer noch, aber die Kompositionen schienen ihr zu verrutschen, und sie bekam kein Gefühl für das Licht, für die Tiefe.

Im Verlauf einiger Monate hatte sich vor der St.-Paul's-Kathedrale eine permanente kleine Zeltstadt ausgebreitet. Als die Proteste im Oktober begannen, nahmen viele ganz normale Londoner Bürger daran teil, an den Wochenenden und nach der Arbeit demonstrierten sie oder spendeten Geld und Essen. Aber nach ein paar Wochen halbierte sich die Anzahl der Zelte auf etwa einhundert. Die Occupy-Bewegung hatte einen Keil in die Kirche getrieben – einige waren der Ansicht, dass die Bewegung unterstützt werden sollte, andere wollten die Zelte aus dem Umkreis der Kirche entfernen lassen, weil sie sie für ein Gesundheits- und Sicherheitsrisiko hielten. Außerdem befürchtete man, dass die Demonstranten Besucher der Kirche abschrecken könnten, was für Eva besonders idiotisch klang, weil sich die Touristen selbst bei stürmischstem Wetter um die Kathedrale scharten.

Sie las in der Zeitung von dem langwierigen Streit darüber, wer eigentlich das Hausrecht auf dem Grundstück besaß – die Kirche besaß einen Teil, und das in Privatbesitz befindliche Unternehmen Corporation of London einen anderen. Dass die Demonstranten sich entschieden hatten, ausgerechnet vor der Kirche zu zelten, hing damit zusammen, dass dies einer der wenigen Plätze in London war, die kein Privateigentum waren. Die Zelte vor der Londoner Börse aufzuschlagen, was die ursprüngliche Idee war, hatte sich als undurchführbar erwiesen, weil der Grund und Boden von einer Firma verwaltet wurde.

Russ ging nicht ans Telefon, wenn Eva anrief. Sie versuchte es zwei Tage lang, und am Ende war sie gezwungen, zu St. Paul's zu gehen und nach ihm zu suchen. Sie ging an einem Mittwoch und hatte keine Schwierigkeiten, ihn zu finden. Er stand in einem der Gemeinschaftszelte und bereitete Sandwiches zu.

»Hallo«, sagte er, ohne die Arbeit zu unterbrechen.

»Wie lange bist du schon hier?«, fragte Eva. Sie wunderte sich, wie froh sie darüber war, ihn wiederzusehen.

»Ich weiß nicht, ein paar Wochen.«

»Wie kommst du zurecht? Ist es nachts nicht kalt?«

Russ zuckte mit den Schultern.

Eva beschlich das Gefühl, dass sie ihn verletzt hatte und dass er ihr jetzt seinen Stolz demonstrierte, indem er sich von ihrer Anwesenheit unberührt zeigte. Er schnitt Tomaten, Gurken, Salami mit großer Sorgfalt in Scheiben, als wäre auch das kleinste Detail wichtig, wenn die Revolution wirklich kommen sollte, als bereitete er die eigentliche Grundlage vor, ohne die die ganze Revolution nicht stattfinden konnte. Oder er versuchte einfach nur beschäftigt auszusehen, damit er nicht reden musste.

Die ganze Umgebung war voller kapitalismuskritischer Banderolen, Pamphlete und Reklameflyer von Mobiltelefonfirmen. Sie waren vom Wind verstreut worden und klebten überall auf dem Boden.

Ein A4-Blatt im Zelt kündigte einen Capoeirakurs an, der auf dem Gelände stattfinden sollte. Auf einem Flugblatt, das Eva aufgehoben hatte, stand: »DIE LOBBYTÄTIGKEIT DER GROSSKONZERNE, DIE GIER DER SPEKULANTEN UND DIE TOTALE AUSBEUTUNG UNSERES PLANETEN«.

Menschen kamen und gingen, die meisten schienen einander zu kennen, Leute standen in kleinen Gruppen herum und unterhielten sich, manche saßen mit einem Computer auf den Knien da, aber das ganze Lager war von einer zurückhaltenden Aktivität geprägt. Insgesamt hatte Eva das Gefühl, dass alles sehr sauber und organisiert ablief – zumindest mehr, als sie erwartet hatte. Eine Frau kam herein und fragte Russ, ob es okay sei, wenn sie ihr Handy auflade.

»Ja, aber zieh das Kabel raus, wenn es fertig geladen ist. Ansonsten verschwendest du unnötig Strom«, sagte er.

Eva fand, dass Russ magerer geworden war, obwohl erst ein paar Wochen vergangen waren, seit sie sich das letzte Mal gesehen hatten. Er nahm sich einen Apfel von dem großen Haufen, der auf der langen Tafel lag, auf der alles Essen aufgetischt war.

»Möchtest du einen?«, fragte er.

»Woher kommt das alles?«, fragte sie.

»Spenden. Jeden Tag kommen Leute und bringen Essen vorbei. Ganz normale Menschen, die der Bewegung nahestehen und uns auf unterschiedliche Weise unterstützen wollen.«

»Und was machst du? Ich meine, was treibt ihr denn so den ganzen Tag?«

Er seufzte.

»Willst du das wirklich wissen? Oder fragst du nur, um höflich zu sein? Du musst nicht so tun, als wärst du interessiert.«

Eva fühlte sich verletzt. Was hatte sie Falsches gesagt?

»Natürlich bin ich interessiert. Bist du sehr beschäftigt, oder können wir irgendwo anders hingehen? Ich würde gern eine Tasse Kaffee trinken.«

Die Glocke im Kirchturm schlug halb eins. Obwohl sie in einem Zelt standen, konnte sie spüren, wie der Januarwind unter den Zeltwänden hindurchpfiff, er rüttelte und zerrte an den Planen, aber Russ schien davon unberührt. Er hatte seinen Bart wachsen lassen, was ihn nur noch magerer aussehen ließ, und er trug eine schwarze Cordjacke und darunter einen grauen Kapuzenpulli. Er hatte Handschuhe an, und seine Füße schienen in mindestens drei Paar Socken zu stecken. Er strahlte eine buddhistische Ruhe aus, eine Selbstsicherheit, die ihm vorher nicht eigen gewesen war.

»Die Sache ist die«, sagte sie. »Ich habe abgetrieben.«

Sie erahnte etwas in seinem Blick, ein Zögern, aber es war so kurz, dass sie es kaum wahrnahm, denn er fing direkt wieder an, ein neues Sandwich zu belegen. Er drehte seinen Kopf weg, sodass sie sein Gesicht nicht sehen konnte. Nach einer Weile ging er ans andere Ende des Zelts und holte eine Wasserflasche. Er kam zu ihr.

»Tut mir leid, aber ich muss jetzt ein bisschen arbeiten. Die Stadt möchte uns von hier weghaben, wie du bestimmt gehört hast, und ich muss heute noch zweihundertfünfzig Unterschriften für diese Liste sammeln. Wenn du mir helfen willst, dann kannst du hier unterschreiben«, sagte er und reichte ihr einen Stapel Papier, der neben ihm auf dem Tisch lag. Er gab ihr einen Stift, und Eva schrieb ihren Namen.

Als sie nach Hause kam, legte sie sich ins Bett und lauschte, während Natalija durch die Wohnung ging und Kleider anprobierte, weil wieder eines dieser Abendessen mit ihren Kunden bevorstand. Zwischen Weihnachten und Neujahr war sie verreist, und seit sie wiedergekommen war, hatte Eva sie kaum zu Gesicht bekommen. Eva überlegte, ob sie Natalija erzählen sollte, dass Russ sich der Occupy-Bewegung angeschlossen hatte. Als die Proteste im Oktober begannen, reagierte Natalija sehr heftig darauf und warf den Demonstranten vor, ihre Energie gegen die falschen Personen zu richten. Sie schien ein unstillbares Bedürfnis zu haben, ihre eigene Karriereentscheidung zu verteidigen.

»Ich habe doch nie geplant, an der Börse zu arbeiten. Aber irgendwo muss ich doch arbeiten, und wir sind hier in London! Es ist teuer, hier zu wohnen! Und es liegt ja nicht an mir, dass die Welt so ist, wie sie ist, ich mache einfach nur meine Arbeit«, sagte sie eines Tages, als sie von der Arbeit nach Hause ging und von einem Demonstranten angehalten wurde, der sie umarmen wollte. Unter den Demonstranten war diese Methode offensichtlich nicht unüblich – statt sie mit Beschimpfungen zu überhäufen, versuchten sie die Finanzleute zu demütigen, indem sie ihnen Liebe schenkten. Natalija hatte sich widerstrebend umarmen lassen, um zu zeigen, dass sie keine Vorurteile hatte, obwohl der Demonstrant »seit drei Wochen nicht geduscht zu haben schien«.

Jetzt stand sie offensichtlich vor Evas Tür, denn es klopfte.

»Ja«, antwortete Eva, ohne sich vom Bett zu erheben. Ihr fiel auf, dass sich exakt dieselbe Szene zu Hause in Helsinki abgespielt hatte – nur dass ihre Mutter damals in der Rolle steckte, die Natalija jetzt spielte.

»Darf ich mir einen Lippenstift von dir leihen? Ich habe keinen passenden gefunden.«

»Na klar«, sagte Eva und schluckte den Klumpen, den sie im Hals hatte.

Natalija öffnete die Tür und kam ins Zimmer. Sie trug ein Kleid und duftete nach Parfüm. Sie war groß, hübsch und fröhlich: Eva dachte, dass sie vielleicht der am wenigsten neurotische Mensch war, den sie jemals kennengelernt hatte. Sie wirkte ganz zu Hause in ihrem eigenen Körper, als ob sie jeden Tag dankbar wäre für die Freude, die er ihr bescherte.

Eva hatte versucht, Natalija zu erklären, dass es bei den Protesten vor allem um die Symbolik ging. Selbst wenn man politische Beschlüsse brauchte, um den Markt zu regulieren, waren die Börsenmakler das Gesicht des Kapitalismus.

»Aber sie sprechen über das eine Prozent«, erwiderte sie. »Das sind doch nicht wir! Ich verdiene nicht besonders gut.

Wenn ich gut verdienen würde, hätte ich mir längst eine Eigentumswohnung gekauft und würde nicht mehr in einer WG wohnen – nicht böse gemeint. Der reichste Teil der Bevölkerung sitzt ja nicht in einem Büro in der City und arbeitet. Er arbeitet wahrscheinlich überhaupt nicht.«

Eva gab ihr recht, und danach kamen sie darin überein, dass die Proteste wahrscheinlich von selbst aufhören würden, weil die Demonstranten keine substanzielle Liste mit realistischen Forderungen vorlegen konnten. Eva hatte nach wie vor keine Ahnung, was Natalija an der Londoner Börse eigentlich machte, aber sie schien häufiger mit Menschen auszugehen, die sie ihre Kunden nannte. Jetzt hatte sie sich in Schale geworfen, um ein weiteres Mal in diese Welt einzutreten.

»Eva, stimmt irgendetwas nicht?«

»Alles in Ordnung. Warum?«

Die Frage war nicht ganz unberechtigt. Evas Haar war strähnig – wann hatte sie es eigentlich zuletzt gewaschen? –, und sie trug seit mindestens zwei Wochen dieselben Kleider. Das Zimmer war ein einziges Durcheinander.

»Ich wollte eigentlich nichts sagen, aber du hast Weihnachten allein in der Wohnung gefeiert, anstatt mit deiner Familie zusammen zu sein. Als ich nach Hause kam, hattest du den Müll nicht rausgebracht, und der Kühlschrank war leer. Und bei Harrod's hast du die ganze Zeit nur traurig aus der Wäsche geschaut. Das Einzige, was ich nach Weihnachten in der Küche gefunden habe, waren vier leere Weinflaschen.«

Eva wollte gerne etwas sagen, wollte erklären, wie schwierig es war, zu irgendeiner Einsicht zu kommen, wie unmöglich es war, wenn man sein ganzes Leben lang von den Eltern zu hören bekam, dass man etwas leisten müsse, aber den Grund dafür nie verstanden hatte, wie unsicher sie sich bei dem war, was sie gerade tat, wie deprimiert das Leben sie machte.

Sie versuchte, so munter zu klingen wie möglich.

»Ich bin nur ein bisschen gestresst, ich muss so viel tun für die Uni.«

»Aber du tust doch gar nichts.«

»Woher weißt du denn, was ich tue?«

»Wir wohnen unter demselben Dach. Natürlich weiß ich, was du tust. Ich sehe doch, dass du den ganzen Tag in deinem Zimmer liegst. Und ich weiß, dass es mich nichts angeht, aber du solltest auch mal etwas anderes essen als Pistazien.«

Sie seufzte. Sie hätte so gerne einen ganzen Monat lang geschlafen, aber vielleicht lag es ja an Natalijas treuem Hundeblick, dass sie sich genötigt fühlte, ihr eine Antwort zu geben.

»Was meinst du, was soll ich tun?«, fragte sie.

Natalija wackelte ein bisschen mit ihrem runden und entzückenden Kopf.

»Komm mit mir mit.«

»Mit dir? Wohin?«

»Geh mit mir zu dem Abendessen. Wasch dir die Haare, zieh dir was Hübsches an. Ich gehe auf eine Cocktailparty, es werden jede Menge Menschen dort sein, bestimmt auch einige appetitliche Singles. Es würde dir guttun.«

»Ich soll mit einem Haufen von Finanzleuten zu einem Abendessen gehen? Nein, danke.«

»Ach, dort werden alle möglichen Menschen sein. Unterhaltsame Menschen. Es sind nicht alle Idioten, die an der Börse arbeiten, weißt du. Ganz im Gegenteil.«

Also kam sie mit. Sie ließ Natalija ein Kleid für sie aussuchen, ließ sie das Taxi zu dem Fest bezahlen, ließ sich jeder Menge Menschen vorstellen, an deren Namen sie sich unmöglich erinnern konnte, ging weiter in die Wohnung hinein, in der die Party veranstaltet wurde – die Wohnung erwies sich als riesig, und Eva meinte, dass sie ein paar der Leute aus dem Fernsehen kannte –, sie probierte ein paar Gläser von der Bowle, die in der Mitte des Wohnzimmers aufgestellt war, bis sie spürte, dass sie langsam wieder zum Leben erwachte. Kurz nach elf wurde sie zu einer Line Kokain in der Küche eingeladen, und sie dachte, dass es eigentlich keinen Grund gab abzulehnen, und anschließend unterhielt sie sich mit einem interessanten Amerikaner über die Occupy-Bewegung und konnte sich selbst dabei beobachten, wie sie Ansichten äußerte, von denen sie gar nicht ahnte, dass sie sie hegte (»England ist eine Klassengesellschaft, aber wenigstens wagt man darüber zu sprechen, im Gegensatz zu den USA«, »Ich glaube nicht, dass ich mir jemals Kinder zulegen werde, findest du es nicht auch unverantwortlich, dass alle möglichen Leute einfach Kinder in die Welt setzen?«).

Ihr Körper fühlte sich wunderbar an. Manchmal war der Rausch schöner als alles andere, man war vollkommen *in character*, fokussiert, man war die Person, die den Erwartungen der Leute entsprach, sozial und offen, ein Mensch mit einer interessanten Lebenshaltung. Alles war so leicht, wenn man in diesem Zustand war.

Als es auf ein Uhr zuging, wollte Natalija nach Hause gehen, aber Eva hatte jetzt noch keine Lust, wo sie ausnahmsweise gerade so fröhlich war. Sie dachte an die Wohnung und konnte den Gedanken nicht ertragen, dorthin zurückzukehren, sie wollte weiter, wohin auch immer, aber Natalija sagte, dass sie am nächsten Morgen früh aufstehen und arbeiten müsse. Und als einige Leute in der Küche vorschlugen, dass sie noch in einen Nachtklub um die Ecke ziehen könnten, entschied sich Eva, ihnen zu folgen, statt mit Natalija im Taxi nach Hause zu fahren.

Zwei Stunden später hing sie im gnädigen Schummerlicht an der Theke eines Nachtklubs, kurz vor der letzten Runde, dankbar, dass sie nicht denken musste, sondern nur einer langen Geschichte zuhören durfte, die in der Beschreibung der fantastischen Konsistenz des Schnees in den japanischen Bergen gipfelte – es war ein australischer Extremsportler, der sprach –, und wenige Minuten später bemerkte sie, dass sie immer näher an den Mann heranglitt, bis sie sich praktisch an ihn lehnte, getrieben von dem Wunsch, den Bart des Mannes an ihrer Wange zu spüren.

Als sie am nächsten Morgen erwachte, durch die Fenster des hübsch verglasten Balkons schaute – zum ersten Mal seit drei Wochen schien die Sonne, eine vollkommen zerstörerische, ekelhafte Sonne –, stellte sie fest, dass sie am anderen Ende der Stadt gelandet war, wahrscheinlich weiter als eine Stunde U-Bahn-Fahrt weg von zu Hause. Sie hatte zu viel getrunken, sie hatten ein Taxi zu seiner Wohnung genommen, und sie erinnerte sich, dass sie ihn wegen seiner Snowboardposter an den Wänden aufgezogen hatte. Sie fühlte sich immer noch betrunken, und als sie die Poster jetzt wiedersah, brach ihr der kalte Schweiß aus. Warum war sie so gemein gewesen?

Sie erhob sich vom Bett und betrachtete den Mann, der darin lag. Er schlief immer noch – wie hieß er gleich? Brandon? Brendon? Irgendetwas mit r? –, und sie entdeckte, wie er bei Tageslicht aussah, haarig, kürzer, als sie in Erinnerung hatte. Er schnarchte laut, das Geräusch einer Person, die in ihrem Leben schon viele Frauen mit nach Hause genommen und dabei gelernt hatte, dass es sich nicht lohnte, als Erster aufzuwachen. Eva versuchte ihre Kleider ausfindig zu machen und fand das meiste, außer ihrem Schlüpfer – der lag auf der Toilette. Sie erinnerte sich mit kaltschweißiger Dankbarkeit, dass Brandon/Brendon in der Nacht mit einem Kondom hantiert hatte. Sie überlegte, ob sie einen Zettel hinterlassen sollte, aber wozu sollte das gut sein? Was sollte sie schreiben?

Als sie in der U-Bahn saß, dachte sie an Russ.

19

Max war Realist, wenn es um Seitensprünge ging. Er bildete sich nicht ein, dass es dort draußen eine neue Frau gab, die ihn glücklicher machen würde. Stattdessen dachte er immer an andere Dinge, wenn er Frauen begegnete: Dieses Lachen würde mich bald wahnsinnig machen, diese Eigenheit würde ich nicht lange ertragen können, dieses Kinn jeden Tag sehen zu müssen wäre eine Qual.

Rein neurologisch betrachtet, hatte die Verliebtheit eine Länge von zwölf Monaten. Wenn man das Gehirn von Menschen in unterschiedlichen Stadien der Verliebtheit scannte, kam man zu ganz unterschiedlichen Resultaten. Eine frisch verliebte Person zeigte erhöhte Werte von Dopamin und niedrigere Serotoninwerte. Zuneigung – also das, was sich nach längerem Zusammensein entwickelt – wird bei Frauen mit Oxytocin und bei Männern mit Vasopressin in Verbindung gebracht.

Den Dopamingehalt frisch verliebter Menschen pflegte man mit dem zu vergleichen, der von Drogen hervorgerufen wird, beispielsweise von Kokain. Die Liebe erinnerte auch insofern an die Drogensucht, als der Abhängige immer höhere Dosen braucht. Am Ende ist das Bedürfnis nicht mehr zu befriedigen. Einem Jahr brennender Leidenschaft folgen dreißig Jahre Asche, wie es jemand einmal ausgedrückt hat. Aber war ein Jahr im Grunde nicht eine lange Zeit? Konnte es das nicht wert sein?

Max begann allmählich zu verstehen, warum die Leute sich mit Extremsport beschäftigten. Er versprach Adrenalinkicks, und trotzdem blieb man ein guter, anständiger Mensch. Es war schon seltsam, wenn man darüber nachdachte. Sein Leben zu riskieren, indem man von einem Felsen sprang, wurde als den sozialen Normen entsprechend empfunden, aber einer Frau zu verfallen, die nicht die eigene war, galt als Todsünde. Doch die Loyalität war schließlich auch eine jener Eigenschaften, die am tiefsten in die menschliche DNS eingeschrieben waren.

Er war einverstanden gewesen, seinen Text an Laura Lampela zu schicken, auch wenn er sich nicht sicher war, ob es etwas nützen würde. Nur einen Tag später hatte sie ihm eine Mail geschickt und gefragt, ob er sie nicht zu Hause besuchen wollte, damit sie den Text miteinander diskutieren konnten. Max war erstaunt, dass sie keinen neutraleren Ort vorgeschlagen hatte, aber er protestierte nicht. Stattdessen spielte er während der zwei Tage, die er bis zu ihrem Treffen warten musste, besser Tennis als jemals zuvor.

Er hatte ihr bereits Teile seines Manuskripts geschickt, ohne Katriina davon zu erzählen. Es waren ungefähr dreihundert Seiten vom Anfang des Buchs, über Westermarcks erste Reisen nach England, wo er mit den intellektuellen Kreisen in London in Kontakt kam, unter anderem mit dem Ehepaar Coupland – sie waren Goetheforscher – und dem zwanzig Jahre älteren James Sully, der sich in denselben Kreisen bewegte wie Darwin, Huxley, R. L. Stevenson und George Eliot. Es war das Jahr, in dem die Weltausstellung in Paris stattfand. Westermarck war knapp dreißig Jahre alt, und er befand sich im Zentrum der Ereignisse. Es musste der Gipfel der Gesellschaftskultur gewesen sein, und gleichzeitig war England schmutzig, grau und düster. Wie sollte man so etwas beschreiben, wie konnte man Menschen ermöglichen, sich in eine solche Situation einzuleben?

»Ich hoffe, Sie mögen Miesmuscheln«, sagte Laura, nachdem sie ihm die Tür geöffnet hatte.

»Oh«, sagte Max. »Laden Sie mich zum Essen ein?«

»Ja, wenn Sie hungrig sind.«

Sie hatte sich feiner gekleidet, als für ein inoffizielles, erstes Arbeitstreffen möglicherweise üblich war. Max war froh, dass er sich für ein Sakko entschieden hatte.

»Ist die Soße mit Safran?«, fragte er jetzt. Er hatte den honigartigen, würzigen Duft schon wahrgenommen, als er in das Treppenhaus gekommen war.

»Ein bisschen Safran, ein bisschen Weißwein, ein paar Schalotten, Petersilie … Ich habe das Rezept von meiner Mutter«, sagte Laura.

Er stand für eine Weile in der Türöffnung zu Lauras kleiner Küche – im Grunde genommen hatte sie nur eine Kochnische – und überlegte, ob er sich setzen sollte.

»Mögen Sie Knoblauch?«, fragte sie.

»Wer tut das nicht?«, entgegnete Max, während er sich im Rest des Zimmers umschaute und diskret seine Waden massierte, die nach den Tennismatches der letzten Tage ein wenig schmerzten. Es war eine kleine Wohnung in Punavuori, dunkel und ein bisschen trostlos, mit schlampig gestrichenen Wänden. Max hatte angesichts ihres Alters nicht erwartet, dass Laura so einfach wohnen würde. Es sah eher wie eine Studentenbude aus und nicht wie eine Wohnung, in die man Männer zum Essen einlud.

Ein Telefon, das auf dem Esstisch lag, begann zu klingeln.

Laura schien es nicht zu hören, sondern rührte weiter in dem Topf herum.

»Ihr Telefon klingelt.«

Sie schaute erstaunt auf.

Max deutete mit einem Nicken auf ihr Handy. Sie ließ den Löffel los und ging zum Telefon, schaute auf das Display, anscheinend nur, um herauszufinden, wer anrief, und drückte das Gespräch weg.

»So, jetzt sind wir ungestört.«

Laura trug eine weiße Bluse, dünn, fast durchsichtig, und Max konnte ihren weißen BH erahnen. Ihr Haar war locker mit einer Art Haarspange hochgesteckt, sodass es aussah, als könnte es jederzeit wieder herunterfallen. Sie hatte roten Lippenstift aufgetragen. Es war fast zu viel. Sah sie an einem Freitagabend immer so aus, wenn sie Essen kochte?

Max war bewusst, dass der gesellschaftliche Code vorsah, sie nicht danach zu fragen. In gewisser Weise gab sie die Rahmenbedingungen vor. Er konnte nichts verlangen, sondern musste Lauras Rhythmus folgen und versuchen, ihre Signale zu deuten. Im Augenblick signalisierte sie Selbstsicherheit und Sinnlichkeit, sie hatte das Kommando, und sie schien sich in der Rolle wohlzufühlen.

»So, Sie haben den Text also gelesen?«

»Ja, komplett. Aber können wir nicht nach dem Essen darüber reden? Ich wusste nicht, ob Sie hungrig sind, also habe ich einfach so viel gemacht, dass es für uns beide reicht. Ich habe das Manuskript ausgedruckt und ein paar Anmerkungen gemacht. Wir können später darüber diskutieren.«

»Wie Sie wollen.«

Jedenfalls schien sie nicht zu glauben, dass der Text ein dringender Notfall war. Aber bedeutete das jetzt, dass sie ihn gut fand, oder doch eher schlecht, fragte sich Max. Vielleicht hatte sie ihn zum Essen eingeladen, um den Schmerz zu lindern, wenn sie ihn anschließend in Grund und Boden kritisierte, ihn verriss? Und warum beschäftigte ihn das so? Er ging in das kleine Wohnzimmer, das gleichzeitig als Schlafzimmer diente. Es war sauber und aufgeräumt, aber auch einfach und minimalistisch, als hätte Laura nicht das Geld oder den Platz, sich Dinge anzuschaffen, die für mehr Gemütlichkeit sorgten, oder als würde sie in Kürze umziehen.

»Und was macht Ihre Frau heute Abend?«, fragte Laura aus der Küche.

»Sie ist gestern auf die Philippinen geflogen.«

»Aha, bleibt sie länger dort?«

»Zwei Wochen.«

Zwei Wochen, dachte Max. Zwei Wochen, in denen er jeden Tag mit Laura arbeiten konnte. Zwei Wochen, in denen er ihr vielleicht näherkommen könnte. Vorausgesetzt, dass sie es zuließ. War das ein so abwegiger Gedanke?

»So. Das Essen ist jetzt fertig«, sagte Laura und bat ihn, am Tisch Platz zu nehmen.

Im Verlauf des Abends gab es einen kurzen, ungemütlichen Augenblick, als Laura auf die Toilette ging und Max am Esstisch sitzen blieb und überlegte, ob es langsam Zeit wurde aufzubrechen oder eher noch nicht – war er vielleicht schon zu lange geblieben? Sie hatte nichts gesagt, was ihm irgendeinen Anhaltspunkt im Hinblick darauf gegeben hätte, wohin der Abend noch führen würde, und seinen Text hatte sie nicht ein einziges Mal erwähnt. Stattdessen hatten sie über andere Dinge gesprochen. Es war angenehm, es war leicht, sich mit Laura zu unterhalten.

Als sie in die Küche zurückkam, schaltete sie eine Lampe in der Ecke an und schlug vor, dass sie sich auf ihr Bett setzten. Sie besaß kein Sofa. Vor dem Bett standen ein Fernseher und ein kleiner Tisch.

Sie hatte ihren Lippenstift nachgezogen.

»So«, sagte er und zog die Augenbrauen hoch.

»So«, sagte sie und lächelte. Sie hatte Grübchen. »Ich habe so etwas noch nie gemacht. Wollen wir vielleicht etwas arbeiten?«

Für ein paar Sekunden war es still. Max suchte fieberhaft nach einer passenden Replik, aber seine Wangen liefen rot an – es musste der Wein gewesen sein, er fühlte sich wie ein linkischer Siebzehnjähriger –, und ihm fiel absolut nicht ein, wovon sein Text eigentlich handelte. Hatte er überhaupt einen Text geschrieben?

»Ich ... also ich denke ... was ich da geschickt habe, das ist ja noch nicht fertig, aber Sie haben vielleicht einen Eindruck bekommen, wohin die Reise gehen soll ...«

»Ja«, sagte Laura jetzt. »Es ist beeindruckend. Ich finde, Sie schreiben besonders gut, wenn es um Westermarcks Persönlichkeit geht, wenn Sie verstehen, was ich meine. Er macht einen unterhaltsamen Eindruck. Verwöhnt und vielleicht ein bisschen strebsam und langweilig, aber unterhaltsam. Besonders lustig fand ich die Stelle, wo er seinen Klavierunterricht abbrechen musste, weil er zu viel Krocket gespielt hatte.«

Max versuchte sich nicht anmerken zu lassen, wie erleichtert er war.

»Schön, dass Ihnen gerade diese Sache aufgefallen ist. Ich fand sie auch besonders unterhaltsam. Heute sind Mütter ganz verzweifelt darüber, dass ihre Söhne so viel Zeit mit Computerspielen verbringen. Im Helsinki des späten neunzehnten Jahrhunderts befürchtete man, dass Jungen in eine Krocketabhängigkeit geraten könnten.«

Sie lachte und berührte ihn gleichzeitig am Arm. Max wusste nicht, was er mit seinen Händen anfangen sollte.

Laura hatte das Manuskript auf den Tisch gelegt. Er betrachtete seine Wörter, und plötzlich sahen sie gar nicht mehr so armselig aus, wie er in den vergangenen Wochen gedacht hatte. Die Formulierungen, über denen er so lange gebrütet hatte, waren plötzlich ganz lebendig geworden.

»Das freut mich wirklich zu hören, Laura.«

Er verwendete ihren Vornamen, ohne darüber nachzudenken, aber er blieb in der Luft hängen, als wäre er mit einer besonderen Bedeutung aufgeladen.

»Sollen wir uns nicht duzen? Ich bin Max.«

»Ehrlich gesagt, Max, ich weiß gar nicht, wobei ich dir helfen soll. Du hast hier ja im Grunde ein fertiges Buch. Manchmal braucht es vielleicht noch ein bisschen mehr Stringenz, aber ich finde, es ist schon jetzt gut genug. Es soll ja keine wissenschaftliche Abhandlung sein, oder?«

Laura fuhr sich mit den Fingern durchs Haar. Sie beugte sich über das Manuskript, sodass ihre Halskette wie ein Lot über dem Papierstapel hing.

»Ich habe hier ein paar Anmerkungen an den Rand geschrieben, die dich vielleicht interessieren. Es ist nicht viel, aber sie könnten ja von Nutzen sein. Wollen wir sie durchgehen?«

Max nickte und empfand ein widersprüchliches Gefühl von Erleichterung und Desinteresse. Jetzt, wo sie seinen Text abgesegnet hatte, brauchte er eigentlich keine Hilfe mehr. Er hätte sich viel lieber über sie gebeugt und sie geküsst.

Zwei Stunden später wanderte Max am Mannerheimintie entlang nach Hause. Die Straße war leer, und der Schnee fegte über den schwarzen Asphalt und sammelte sich in kleinen Verwehungen an den Laternenmasten und Verkehrsschildern. Die ganze Landschaft wirkte wie eine Tundra.

Er hatte kein Taxi nehmen wollen, weil er lieber zu Fuß gehen und dabei seine Gedanken sortieren wollte. Er schlurfte. Er hatte den Mantel eng um den Körper geschlungen, die Schultern zu den Ohren hochgezogen, spürte die Kälte wie einen Strahl auf seiner Kopfhaut, weil er keine Mütze trug. Als er zu Laura aufgebrochen war, hatte er nicht gedacht, dass er eine brauchen würde.

Das Wetter hatte eine ernüchternde Wirkung. Er spürte, wie seine Zähne knirschten, und er biss sie zusammen und dachte über eine Entscheidung nach, verstand aber nicht, worum es ging, sie entglitt ihm, sobald er sie zu formulieren versuchte. Vielleicht wollte er sie nicht formulieren. Er hätte genauso gut zwanzig oder neunzehn Jahre alt sein können. Siebzehn. Nicht sechzig. Wieder empfand er dieses Gefühl, die Beharrlichkeit in seinen Gedanken, er verschanzte sich gleichsam in seinem Bewusstsein, weil er einerseits an sie denken wollte – ja, er wollte an Laura denken –, aber auch, weil er fror, weil es leichter war, die Kälte zu ertragen, wenn er seine Gedanken zusammenhielt, wie es ein Marathonläufer vielleicht tat, wenn er sich der Ziellinie näherte, wenn er seinen Blick so weit geradeaus richtete, wie er konnte.

In der Entfernung sah er die Oper mit der riesigen Kreuzung davor, in die es aus allen Richtungen hineinwehte. Ein Taxi fuhr an ihm vorbei, eine Straßenbahn knirschte. Er musste nur nach links abbiegen, dann wäre er zu Hause, und es gelang ihm, sein Gehirn so einzustellen, dass es sich auf eine einzige Sache konzentrierte: Laura.

Was würde es mit sich bringen, wohin würde es führen? Er versuchte, seine Gedanken nicht allzu weit abschweifen zu lassen, sonst weichte sein Gehirn auf und er würde wieder frieren, wenn er sich des stürmischen Winters um ihn herum wieder bewusst würde. Also vernichtete er alle anderen Gedanken und dachte nur an das Bild von ihr, wie sie aussah, ihr Bild vor ihm, ihre Brüste und ihr Hintern, ihr lieblicher Hintern, und mit diesem Bild in seinem Kopf – ihrem Hintern, jetzt nackt – kämpfte er sich durch die nächtliche Tundra von Helsinki, bis er vor der Haustür stand und ins Treppenhaus trat. Es war still in der Wohnung, Katriina war weit weg. Edvard lag in seiner Ecke und schlief. Er zog sich die Jacke aus, ging in die Küche und trank ein Glas Wasser, weiter ins Schlafzimmer, ließ sich schwer aufs Bett sinken, zog die Socken aus, spürte, wie die Wärme des Zimmers seine eiskalten Hände verbrannte, seine Wangen, und dann kroch er unter die Decke, zerfloss praktisch auf der ganzen Matratze und schlief ein, immer noch mit Lauras nacktem Hintern im Kopf. In der Nacht träumte er von Edvard Westermarck und Marrakesch. Aber diesmal war Laura dort.

20

Am Dienstag landete Katriina auf dem Flughafen von Manila. Das Nachmittagslicht war diesig, und sie war groggy vom Jetlag und der kleinen Flasche Wein, die sie während des Fluges von Hongkong nach Ninoy Aquino getrunken hatte. Sie trug seit beinahe achtundvierzig Stunden dieselben Kleider, und während sie von einem Chauffeur am Flughafen abgeholt und zu einem Auto geführt wurde, in dem sie ein Mann begrüßte, der ihr offensichtlich das Gästezimmer der Universität zeigen sollte – er sprach ein elegantes, aber gebrochenes Englisch –, konnte sie nur an eines denken: eine Dusche zu nehmen und ein paar Stunden zu schlafen.

Katriina schwitzte. Sie fühlte sich groß, als überragte sie jeden, dem sie begegnete, um Haupteslänge, und sie wünschte, sie hätte ein anderes Paar Schuhe angezogen als die hochhackigen, die sie gerade trug. Die Flugreise hatte zweiundzwanzig Stunden gedauert, mit zwei Zwischenlandungen, erst in Amsterdam und dann in Hongkong. Sie überlegte, ob sie nicht bei der ersten Gelegenheit in den nächsten Laden gehen und flache Schuhe kaufen sollte, vielleicht direkt, nachdem sie geduscht und ausgepackt hatte.

Sie fuhren eine gefühlte Ewigkeit. Als es so aussah, als würden sie sich allmählich dem Zentrum nähern, musste der Wagen an jeder Ampel anhalten. Katriina schaute aus dem Fenster, konnte die vielen Eindrücke aber gar nicht verarbeiten. Es war schwül, und es roch nach Essen und Abgasen, und das Auto, in dem sie saß, war wie eine Kapsel, ein fremdartiges Fahrzeug, das sie vor der Wirklichkeit dort draußen abschirmte.

Sie hielten schließlich vor einer enormen Mauer mit einem hübschen, schwarzen Eisentor, das in einen Garten führte, in dem Sprinkler einen gepflegten Rasen wässerten, und fuhren dann vor ein viereckiges Betongebäude, bei dem es sich um das Internat handeln musste, in dem sie wohnen sollte. Der Mann, der ihr das Zimmer zeigen sollte, stieg aus und öffnete ihr die Tür.

»Mrs. Paul, wir hoffen, dass Sie sich in Ihrem Zimmer wohlfühlen werden. Wir haben Sie in einem der Universitätsgebäude untergebracht, in dem auch unsere Gastprofessoren wohnen.«

»Danke, es ist bestimmt sehr schön«, antwortete Katriina.

Ein langer, schmaler Flur mit Terrakottaboden führte zu einer Treppe. Sie gingen hinauf und betraten einen Außenflur, an dem eine Reihe von Wohnungstüren lag. Der Mann ging zur dritten Tür, zog einen Schüssel aus der Tasche und öffnete sie. Er blieb stehen und wartete, bis Katriina eingetreten war.

Es gab ein Bett, einen Fernseher, einen kleinen Schreibtisch und eine Toilette mit Dusche.

»Und wenn Sie eine Internetverbindung brauchen, haben wir hier ein drahtloses Netz. Sie finden das Passwort auf dem Schreibtisch. Sind Sie hungrig?«

»Nein, ich glaube, dass ich mich erst einmal ein bisschen ausruhen sollte.«

»Das klingt gut. Ich muss jetzt zu meiner Arbeit. Unser Chauffeur wird Sie in drei Stunden abholen, und anschließend werden wir mit dem Rektor der Universität und einem der Personalchefs des Universitätskrankenhauses essen. Dann lasse ich Sie jetzt allein. Ich hoffe, Sie werden sich bei uns wohlfühlen.«

Der Mann ließ die Tür hinter sich offen, als er ging. Katriina machte sie zu und schaute dabei nach draußen. Der Hof war menschenleer, und der Duft des Blumenparks schlug ihr entgegen – es mussten Tausende von Blüten sein. Als sie die Tür geschlossen hatte, legte sie sich auf das Bett. Das Laken war frisch gewaschen und rau, das ganze Zimmer sah sauber und gepflegt aus. Sie zog ihre Schuhe aus, legte die Beine auf das Bett und spürte, wie sich die Füße erholten – sie wagte nicht hinzuschauen, aber sie vermutete, dass sie sich Blasen gelaufen hatte. Sollte sie eine Weile schlafen? Kurze Erholungspausen waren nie etwas für sie gewesen, es gelang ihr nur selten, einen Mittagsschlaf zu halten, dafür war sie viel zu rastlos.

Die tropische Luft drückte auf die Schläfen, obwohl das Zimmer offenbar klimatisiert war. Sie würde wenigstens fünf Krankenhäuser und drei Schulen besuchen, aber es war eine Erleichterung, allein zu reisen. Sie brauchte keine Fassade aufrechtzuerhalten. Sie lag im Bett und lauschte der Stille des Zimmers, ihrem eigenen Atem. Die Sonne und die Wärme legten sich auf ihre geschlossenen Augenlider, und sie entspannte sich. Das Rot, das sie jetzt vor sich sah, führte sie weit fort, zurück in ihre Kindheit, in das Zimmer oben in der Korkeavuorenkatu an einem Morgen zu Beginn der Sommerferien. Ihre Mutter war zu Hause, und Katriina war zehn Jahre alt, lag in ihrem Bett und versuchte, in ihrem Traum zu bleiben, während sie hörte, wie ihre Mutter im Flur mit jemandem sprach.

Es dauerte nur wenige Sekunden, vielleicht nur zwei

oder drei, bis die Düfte die Erinnerung vertrieben und sie sich wieder bewusst wurde, dass sie auf einer Dienstreise war.

Nach dem Abendessen hatte sie keine Kraft mehr, irgendetwas zu tun. Sie zog alle Kleider aus und schlief nackt in den weißen, reinen Laken und versuchte nicht daran zu denken, was die kommende Woche bringen würde. Sie wachte um fünf Uhr auf und verbrachte die frühen Morgenstunden mit einem Spaziergang durch die Umgebung. Es gab einen Park direkt in der Nachbarschaft, und sie setzte sich eine Weile auf eine Bank und betrachtete die philippinischen Mütter mit ihren Kindern und die Pensionäre, die Gymnastik betrieben.

Der Arbeitstag begann mit einem üppigen Lunch. Als Katriina nach draußen kam, stand der Chauffeur bereits im Hof und wartete auf sie. Dieses Mal aßen sie Hummer, er lag auf dem Tisch und bewegte langsam seine Fühler, während sich alle an ihm zu schaffen machten. Das muss wohl eine Art Reflex sein, dachte Katriina. Sie lauschte interessiert einem Gedanken, den eine Wissenschaftlerin des Universitätskrankenhauses formulierte – es ging darum, was der Export von Arbeitskräften für die Philippinen bedeutete, wie er zu einem Ärztemangel geführt hatte, weil selbst Mediziner das Land verließen, um als Krankenpfleger im Ausland zu arbeiten.

»Es ist eine zweischneidige Angelegenheit«, sagte sie. »Auf der einen Seite bekommen junge Menschen eine neue Lebensperspektive und kommen später vielleicht nach Hause zurück, um die medizinische Versorgung in unserem Land voranzubringen. Auf der anderen Seite sind viele dieser jungen Mädchen viel zu optimistisch. Sie verlassen ihre Familien, vielleicht auch ihre Kinder, für eine unsichere Existenz im Ausland. Sie schicken Geld nach Hause, können es sich aber nicht einmal leisten, zu Besuch zu kommen. Es gibt viele Kinder, die bei ihren Großeltern aufwachsen.«

Die Frau hieß Maria, sie war klein und ernst und beäugte Katriina misstrauisch, was vermutlich ihrer Skepsis gegenüber dem westlichen Import der philippinischen Arbeitskräfte entsprang. Als sie mehr über sich selbst erzählte, kam heraus, dass sie nicht nur Ärztin war, sondern auch eine ehemalige politische Gefangene. Sie hatte im Gefängnis gesessen, weil sie mutmaßliche Terroristen und Rebellen behandelt hatte. Katriina wunderte sich, dass sie davon erzählte. Ihrer Erfahrung nach schwieg man in asiatischen Ländern in der Regel über alles, was politisch verstanden werden konnte.

Am selben Nachmittag fuhren sie zu einem Krankenhaus. Sie waren fast eine Stunde unterwegs. Die Straßen waren verstopft, die Autos hupten unablässig, und überall herrschte dieselbe abgasgeschwängerte Luftfeuchtigkeit. Auf den Straßen ein Gewimmel von Menschen, Kindern, Erwachsenen, Alten. Sie fuhren an einem slumähnlichen Gebiet vorbei, in dem Katriina Menschen beim Gebet beobachten konnte, Kinder, die in Banden herumliefen, und Fahrräder, die unter Tüten und Gerümpel fast zusammenbrachen.

Schließlich hielten sie vor einem riesigen Gebäude, das von einer Mauer umgeben war. Als sie das Krankenhaus betraten, bemerkte Katriina, wie alle Augen ihr folgten, sie war vermutlich die einzige Weiße hier. Besonders die Patienten schauten ihr nach, als sie durch die Korridore gingen.

Es war eine heruntergekommene Klinik. Katriina blickte

in eines der Zimmer und sah einen Tropf, der wie eine Kokosnuss aussah. Überall waren Krankenschwestern, in manchen Räumen war man ins Gebet vertieft, überall war es gleich warm und feucht. Es roch stark im Krankenhaus – nach Putzmitteln und Medikamenten, nach Krankheit und Körperflüssigkeiten.

Sie blieben zwei Stunden und konnten sich mit Personal und Patienten bekannt machen. Es wurde wie üblich sehr wenig über den Grund gesprochen, warum sie hier waren – stattdessen unterhielt man sich in allgemeinen Floskeln über die Unterschiede zwischen Europa und den Philippinen, die verschiedenen Standards und Praktiken, Ausbildungen und Verfahrensweisen. Es war frustrierend, weil Katriina wusste, dass es vor allem darum ging, mit den Rekrutierungsstellen und Ausbildungsanbietern in Kontakt zu kommen, denen die Krankenschwestern bereitwillig zuliefen, aber gleichzeitig sah sie ein, dass sie einen Teil dieser Arbeit vermutlich von Finnland aus erledigen musste, sobald sie wieder zu Hause war. Es reichte schon, wenn sie einige Menschen kennenlernte, die sich später an sie erinnern würden.

Als sie fertig waren, wurde sie zu ihrer Unterkunft zurückgefahren. Am Abend ging sie hinaus, um einen Spaziergang zu machen. Außerhalb des Eisentors stand Danilo, der Chauffeur, der sie den ganzen Tag gefahren hatte. Er war kleiner als sie, um die vierzig Jahre alt, und hatte ein etwas kindliches Aussehen, was bewirkte, dass sie ständig darauf achtete, wie sie mit ihm sprach, langsam und deutlich, als hätte er Schwierigkeiten, sie zu verstehen.

Als er sie entdeckte, lief er zum Auto und öffnete die Tür.

»Nein, nein, ich möchte nur spazieren gehen. Sie brauchen mich nicht zu fahren«, sagte sie. In ihrem blauen Kleid, in dem sie sich nach einem ganzen Tag im Auto und nach dem schweißtreibenden Krankenhausbesuch erfrischt fühlte, stand sie auf dem Gehweg.

Danilo schloss die Tür. Sie sprachen miteinander Englisch, was er ganz ordentlich beherrschte, er sprach stoßweise, in kurzen Sätzen.

»Mrs. Paul, ich kann Sie fahren, wenn Sie …«

»Nein, nein, nicht nötig. Ich werde nur ein bisschen durch die Gegend laufen. Stehen Sie jeden Tag hier?«

»Nicht jeden Tag, Mrs. Paul. Manchmal fahre ich auch andere. Aber sie haben mir gesagt, dass ich mich bereithalten soll, falls Sie irgendwohin fahren möchten.«

»Aber Sie können doch nicht den lieben, langen Tag dasitzen und auf mich warten? Hat man Ihnen denn keine Übersicht mit meinem Programm gegeben?«

»Tut mir leid, ich weiß nicht mehr, als dass ich Sie fahren soll, wenn Sie fahren möchten.«

»Ich muss Sie um Entschuldigung bitten. Ich muss heute Abend nirgendwo mehr hin. Sie brauchen mich also nicht zu fahren. Wenn Sie lieber irgend woandershin wollen, dann machen Sie sich ruhig auf den Weg.«

Danilo stand noch eine Weile da und schaute sie an, als müsste er erst darüber nachdenken, ob er ihr glauben konnte oder nicht. Dann verabschiedete er sich, setzte sich in den Wagen und fuhr los.

Während der ganzen folgenden Woche war er ihr Chauffeur. Am Ende hatte Katriina das Gefühl, dass er die einzige Person war, mit der sie sich wirklich beschäftigte, die einzige Person, mit der sie nicht nur Small Talk betrieb, obwohl er sehr schweigsam war und im Grunde nicht mehr sagte, als unbedingt nötig war. Sie erfuhr, dass er ein Stück außerhalb der Stadt wohnte, dass er verheiratet war, ein Kind hatte und seit fünf Jahren als Fahrer arbeitete. Davor hatte er in der Gastronomie gearbeitet, aber er zog es vor, Auto zu fahren, oder er stellte lediglich fest, dass er jetzt Auto fuhr – Katriina verstand sein Englisch manchmal nicht so richtig. Er fuhr Katriina zu Krankenhäusern, zu Abendessen, zu Universitäten. An jedem Abend war sie so müde von der besonders anstrengenden Höflichkeit, die während all dieser Treffen mit fremden Menschen vonnöten war, dass sie geradewegs in ihr Zimmer ging und sich schlafen legte.

Als Katriina am Freitag in den Hof ging, sah sie Danilo neben dem Auto stehen. Er rauchte und starrte zu Boden. Als er sie kommen sah, warf er schnell seine Zigarette weg und öffnete ihr die Tür. Sie hatte ihn nicht noch einmal gefragt, warum er abends nicht nach Hause fuhr. Das fühlte sich irgendwie falsch an. Vielleicht wurde er nach Stunden bezahlt, sodass er deshalb den ganzen Tag hier stand und auf sie wartete?

Auch an diesem Abend gab es ein Essen. Ein Gang nach dem anderen wurde aufgetragen, es schien gar kein Ende nehmen zu wollen. Katriina trank nur Wasser und versuchte so konkret wie möglich über die Aufgaben der kommenden Monate zu sprechen. Es herrschte eine ausgelassene Stimmung am Tisch, die sie von Arbeitsessen in Finnland her kannte – im Grunde wollte niemand über die Arbeit reden, sondern lieber das Essen und den Alkohol genießen, den jemand anders bezahlte. Am Tisch saßen lokale Gewerkschaftsvertreter, Universitätsbedienstete, Beamte, und Katriina hatte immer mehr das Gefühl, dass sie auf der Stelle trat. Wie sollte sie irgendetwas erreichen, wenn sie nichts Konkretes mit den Leuten besprechen konnte? Sie litt immer noch unter dem Jetlag, oder vielleicht bekam sie auch gerade eine Erkältung. Es fiel ihr schwer zu atmen, und sie bemerkte, dass sie darüber zu fantasieren begann, was passieren würde, wenn sie plötzlich ohnmächtig wurde. Als das Essen endlich beendet war und sie wieder im Auto saß, fragte Danilo, ob er sie nach Hause fahren solle.

Es dämmerte, unter einem unvergleichlichen Himmel voller Wolken, die sich in fantastischen Kombinationen wanden.

»Können Sie so fahren, dass man ein bisschen mehr von Manila sieht? Einen kleinen Umweg? Es muss nicht weit sein, Sie möchten sicher nach Hause zu Ihrer Familie.«

»Ich habe es nicht eilig, Mrs. Paul.«

»Gibt es eine Gegend, die nicht so touristisch ist? Einen Ort, den Sie selbst aufsuchen, wenn Sie gerade nicht arbeiten?«

Danilo schien einen Augenblick nachzudenken. Sie wollte gerade sagen, dass sie es sich anders überlegt habe und doch lieber nach Hause fahren wolle.

»Es ist ein Stückchen entfernt, aber ich glaube, es ist ungefähr das, was Sie meinen«, sagte er.

»Danke«, sagte Katriina und ließ sich in ihren Sitz sinken. Es spielte keine große Rolle, wohin sie fuhren – sie wollte einfach nur nicht direkt zurück in die Einsamkeit ihres Zimmers. Sie merkte, dass sie Max vermisste, aber es war zu teuer, ihn anzurufen, und außerdem hatte sie keine Ahnung, wie spät es in Finnland gerade war.

Sie waren zehn Minuten, vielleicht fünfzehn unterwegs, zuerst durch die breiten, neonbeleuchteten Straßen der Stadt, dann auf einer Autobahn, bis der Verkehr langsam nachließ und sie direkt an der Küste entlangfuhren und das Meer betrachten konnten. Es war dunkelblau, lila, glitzernd. Draußen wurde es immer dunkler, und Katriina hatte keine

Ahnung, in welche Richtung sie fuhren, aber sie beschloss, es einfach zu genießen.

Nach einer halben Stunde gelangten sie in eine Gegend, die jenen Slums glich, an denen sie vorher schon vorbeigefahren waren, mit ein bisschen mehr Infrastruktur vielleicht, ein paar Läden, die abends geöffnet hatten, Menschen an den Straßenecken, Musik, die aus Autofenstern drang. Eine kleine Stadt. Sie fuhren weiter, in ein Viertel mit sehr schmalen Gassen. Danilo sagte nichts, und Katriina begann sich langsam Sorgen zu machen. So etwas hatte sie sich eigentlich nicht vorgestellt, nicht diese totale Isolierung, diesen fremdartigen Ort im Nirgendwo. Sie hatte an einen kurzen Umweg gedacht, der sie schließlich wieder zu ihrer Unterkunft geführt hätte. Hier gab es nicht einmal eine nennenswerte Straßenbeleuchtung.

Danilo hielt den Wagen an und stellte den Motor ab.

»Das hier ist mein Viertel, Mrs. Paul. Hier bin ich aufgewachsen, und ich wohne immer noch in der Nähe. Meine Schwester hat hier ein Restaurant. Wenn Sie wollen, können wir eine Weile hineinschauen, dann lernen Sie ein paar Leute von hier kennen.«

Das Restaurant glich keinem anderen Lokal, das Katriina jemals besucht hatte, aber es kam ihr vor, als hätte sie es schon auf einem Foto in einer Reisereportage gesehen oder vielleicht auch in einem Traum. Es war klein, aber voll besetzt mit Menschen jeden Alters, Frauen in eng anliegenden Kleidern, alten Männern, die tranken, und jungen Männern, die schon gut dabei waren, wie die alten Männer zu werden. Eine Kellnerin lief zwischen den Tischen umher, und die Leute riefen laut ihre Bestellungen. Es roch nach Bier, Essen, Schweiß und Zigaretten. In einer Ecke stand eine kleine Band und spielte eine Art Salsamusik. Die

Leute schauten zu Danilo und Katriina herüber, als sie nach einem Tisch Ausschau hielten.

Danilo ging zum Tresen und gab dem Barkeeper die Hand. Sie wechselten ein paar Worte, und er nickte zu Katriina herüber. Nach einer Weile kam er mit zwei Bier in der Hand zu ihr und sagte, dass es »auf Kosten des Hauses« ging. Er wirkte fröhlicher als im Auto, selbstbewusster, zu Hause in seinem eigenen Milieu.

Sie setzten sich an einen Tisch, ohne noch mehr zu sagen. Danilos Blick wanderte durch das Lokal und blieb an zwei üppigen Frauen in neonfarbenen Tops hängen. Sie standen neben der Musicbox in einer Ecke, ihr Blick war auf die Band gerichtet. Als er bemerkte, dass Katriina ihn beim Starren beobachtete, wirkte er überhaupt nicht verlegen, sondern betrachtete die Frauen ungeniert weiter.

»Dieses Lokal gehört also Ihrer Schwester?«

»Ja«, sagte er. »Sie arbeitet gerade in der Küche. Vielleicht schaut sie später mal vorbei.«

Sie tranken von ihrem Bier und warteten auf das Essen.

»Haben Sie viele Geschwister?«

»Fünf.«

Er beugte sich über den Tisch, damit sie ihn bei dem Lärm verstehen konnte.

Eine Frau, bei der es sich um Danilos Schwester handeln musste, stellte Teller und das Essen auf ihren Tisch. Sie ähnelte ihrem Bruder, war ungefähr von derselben Größe, aber fast doppelt so stämmig. Bei ihr waren die kindlichen Züge in ein rundes Gesicht eingebettet, wodurch sie erwachsener aussah. Sie musste in Helens Alter sein, etwas über dreißig, vielleicht schon näher an vierzig. Katriina aß ein Hühnergericht, das kräftig nach Knoblauch schmeckte, und eine Suppe mit Ingwer. Dabei war sie schon vollkommen satt.

Danilo aß, als hätte er schon lange nichts mehr bekommen – als er bemerkte, dass Katriina ihre Portion nicht aufessen konnte, verzehrte er sie ebenfalls. Anschließend entschuldigte er sich und ging in die Küche.

Katriina schaute sich im Saal um, aber niemand schien großartig Notiz von ihr zu nehmen. Die Frauen in der Ecke tanzten, und zwei Männer am Tresen hatten ihre Stühle herumgedreht und feuerten sie an. Die Stimmung war schweißtreibend, von überall klangen Stimmen herüber, ein steigender und sinkender Lärmteppich.

Als Danilo schließlich wieder aus dem Hinterzimmer kam, konnte Katriina hören, wie er etwas rief, kurz und stoßweise, wie es seine Art war zu reden, aber aufgeregter. Ohne zu wissen, was er sagte, begriff sie, dass es Beschimpfungen waren. Er schlug mit der flachen Hand auf die Theke, als er daran vorbeiging. Dann machte er wieder kehrt und rief noch etwas in die Küche hinein.

»Ich werde Sie jetzt nach Hause fahren, Mrs. Paul. Jetzt haben Sie ein Stück vom echten Manila gesehen«, sagte er, beinahe aggressiv.

Katriina nickte, und sie gingen zum Auto hinaus. Es hatte leicht zu regnen begonnen. Als sie das Viertel verließen, spürte sie, dass sie sich anstrengen musste, wenn sie auf dem Weg nach Hause nicht einschlafen wollte.

Sie fuhren aus der Stadt hinaus, und Danilo hielt die ganze Zeit den Blick fest auf die Straße gerichtet, ohne ein Wort zu sagen. Katriina wollte nur noch nach Hause, sie sehnte sich nach den weißen Laken ihres Betts und brauchte ein bisschen Ruhe nach dem schweren Essen und der lauten Musik.

Sie näherten sich dem Meer. Danilo fuhr schnell. Katriina wagte nicht, sich vorzubeugen und auf den Tachometer zu schauen, aber sie ahnte, dass sie bestimmt schneller als einhundertzwanzig Kilometer pro Stunde fuhren.

Als sie gerade eine kleine Anhebung hinaufgefahren waren, in einer Kurve mit schlechter Sicht, spürte sie den Aufprall. Er war nicht kräftig genug, um den Wagen zu stoppen, aber er zwang Danilo zu einer Reaktion. Nach wenigen Sekunden trat er kräftig auf die Bremse, bis er den Wagen zum Stillstand brachte.

Ein kompaktes Schweigen legte sich über sie.

»Was war das?«

Danilo antwortete nicht, sondern öffnete die Fahrertür und schaute nach hinten. Das Einzige, was Katriina vor sich sah, war das Stück Straße, das vom Fernlicht des Wagens erleuchtet wurde. Auf der einen Seite das Meer, auf der anderen Seite eine Dunkelheit, die Wald oder ein Feld sein konnte, unmöglich zu erkennen. Danilo sagte nichts, sondern versuchte das Auto wieder zu starten. Es hustete kläglich, sprang schließlich aber an, und er setzte ein paar Meter zurück.

»Was, glauben Sie, war das? Ein Tier?«

»Ich weiß nicht, Mrs. Paul. Wir haben etwas angefahren.«

Er setzte noch weiter zurück, zwanzig, fünfzig Meter, und parkte den Wagen am Straßenrand.

»Ich werde aussteigen und nachschauen, was es war. Warten Sie hier?«

Katriina wurde nervös. Im Auto warten? Das wollte sie nicht. Sie war mitten im Nirgendwo in einer fremden Millionenstadt, wo sie niemanden kannte. Es war dunkel, und sie wollte sich gar nicht vorstellen, wer alles vorbeigefahren kommen konnte.

»Ich komme lieber mit, wenn es Ihnen nichts ausmacht.«

»Okay«, sagte er. Sie stieg aus dem Wagen und folgte ihm durch das Scheinwerferlicht, das den Regen reflektierte.

Katriina überlegte, wie sie Tuula davon erzählen würde, wenn sie wieder zu Hause war (»Und dann landeten wir mitten im Nirgendwo, ich meine, da war wirklich nichts, er hätte ein Vergewaltiger oder Psychopath sein können …«), aber dann bremste sie sich, denn Danilo war jetzt stehen geblieben. Er schaute zu Boden und zündete sich eine Zigarette an.

»Was ist dort?«, fragte sie.

Als sie ihn erreichte, erkannte sie, was es war. Es war ein überfahrener Hund, mittelgroß, mit grauem Fell, so sah es zumindest in der Dunkelheit aus. Der Körper sah intakt aus, aber die halbe Schnauze war zerschmettert, und er war auf die andere Straßenseite geschleudert worden. Die Zunge, das Ohr, die Schnauze des Hunds, alles war von Blut bedeckt, ein toter Klumpen aus Fleisch und Fell.

»Was für ein Unglück«, sagte Katriina, und Danilo schaute auf. »Aber es ist bestimmt schnell gegangen, oder? Glauben Sie, dass er jemandem gehört?«

Danilo schüttelte den Kopf. Er zog weiter an seiner Zigarette.

Sie standen noch eine Weile da, und Katriina dachte an etwas, was sie über die Funktion des Bewusstseins gelesen hatte. Wenn man die Lampe ausschaltete und alles still und dunkel wurde, arbeitete das Gehirn genauso intensiv weiter wie tagsüber. Das Bewusstsein war ununterbrochen aktiv, auch in totaler Dunkelheit. Einem ausgeschalteten Bewusstsein kam man während einer Anästhesie am nächsten. Es war ein Zustand, der dem Tod am meisten ähnelte.

»Ich habe auch einen Hund«, sagte Katriina jetzt. Die ganze Situation kam ihr so absurd vor, dass es ihr der natürlichste Ausweg erschien, ein ungezwungeneres Gespräch anzustoßen.

»Hunde sind verrückte Tiere«, antwortete Danilo. »Laufen direkt auf die Straße. Sind zu vertrauensselig.«

Sie spürte ein vages Unbehagen, spürte, wie ihr allmählich schlecht wurde. Das ganze Essen, das sie zu sich genommen hatte, machte sich bemerkbar. Ihr wurde schlagartig klar, dass niemand wusste, wo sie im Augenblick war. Sie hatte niemandem erzählt, wo sie sich aufhielt, sie hatte die ganze Woche nicht mit ihrer Familie telefoniert. Es kam ihr absurd vor, dass sie sich vor wenigen Tagen noch im winterlichen Finnland aufgehalten hatte. Sie bückte sich und zog sich die Schuhe aus, weil ihre Füße wehtaten. Der Asphalt war immer noch warm, aber kleine Bäche aus Wasser rannen die Straße entlang in den Graben.

»Sollten wir ihn wegbringen?«, fragte sie.

»Da kann man nicht viel machen«, sagte er.

Als sie ihn jetzt aus der Nähe sah, wirkte der Hund nicht mehr ganz so abstoßend. Plötzlich bekam sie Lust, sich über ihn zu beugen und ihn genauer zu betrachten. Sie kniete sich hin und strich mit der Hand über den feuchten Bauch. Er war immer noch warm. Irgendwo spürte sie eine Bewegung, als ob er noch atmete.

»Ich glaube, dass er noch lebt«, sagte sie. Ihr lief ein Schauer durch den ganzen Körper.

Danilo bückte sich und fühlte nach.

»Was sollen wir tun?«, fragte Katriina und schaute ihn an.

Als sie sich wieder ins Auto gesetzt hatten, sprach keiner von ihnen mehr ein Wort. Danilo fuhr geradeaus weiter, und für eine Weile dachte Katriina, dass er auf dem Weg zurück in die Stadt war, doch plötzlich machte er eine Kehrtwendung, beschleunigte und zielte direkt auf den Kopf des Hundes. Katriina schrie, aber Danilo sagte nichts.

Eine halbe Stunde später setzte er sie vor dem Tor zu ihrer Unterkunft ab.

»Es ist schon sehr spät«, sagte sie.

»Ja, schlafen Sie gut, Mrs. Paul. Ich werde jetzt nach Hause zu meinem Sohn fahren.«

»Wie alt ist Ihr Sohn?«, fragte sie.

»Fünf.«

»Da hat er sich bestimmt schon schlafen gelegt, oder?«

»Nein, er wartet bestimmt noch auf mich. Seine Mutter arbeitet heute Abend im Restaurant.«

»Ist er allein zu Hause?«

»Ja.«

Sie wollte etwas sagen, aber er schien ihre Gedanken gelesen zu haben.

»Er kommt gut zurecht. Er ist öfter allein zu Hause, wenn wir arbeiten.«

Sie versuchte, eine abschließende Bemerkung zu finden.

»Ich habe zwei Enkelkinder. Amanda, sie ist fantastisch. Ich vermisse sie tatsächlich. Ich wünsche mir, dass ich viel häufiger mit meinen Enkelkindern zusammen sein kann. Ich habe auch einen Enkel, der Lukas heißt. Eines Tages werde ich sie auf eine Reise mitnehmen. Vielleicht hierher, auf die Philippinen?«

»Das klingt gut, Mrs. Paul. Gute Nacht.«

21

Am Morgen nach dem Abendessen bei Laura kaufte Max ein neues Hemd, ein neues Sakko, spielte Tennis und rief Stefan an, um sich mit ihm über die Atemtechniken zu unterhalten, die er während des Abendessens bei den Keskinens kurz vor Weihnachten erwähnt hatte. In Max' Brust hatte sich eine Angst eingenistet: Falls er diesen Sprung wagte – was wäre, wenn er sich dabei blamierte? Wenn er die aktuellen Herausforderungen nicht bewältigen konnte? Er fühlte sich wie ein rostiges, altes Auto vom Ende des zwanzigsten Jahrhunderts, ein Modell, das die Leute nur noch aus nostalgischen Gründen fuhren oder weil sie nicht gemerkt hatten, dass es auf dem Markt mittlerweile bedeutend schönere, einfachere und elegantere Autos gab.

»Schön, dass du anrufst«, sagte Stefan mit einer weichen, beinahe femininen Stimme, woraufhin Max sofort bereute, überhaupt angerufen zu haben.

Max wusste nicht, ob er in der Lage war, mit einer jüngeren Frau zusammen zu sein, rein körperlich, der Gedanke allein paralysierte ihn. Möglicherweise würde ihn der Druck schon impotent machen? Vielleicht hatte er ohnehin keine Chance, aber er konnte sich Wonnen vorstellen, größer als die intellektuellen Triumphe, die er im Laufe seiner Karriere erlebt hatte – und die im Übrigen, wenn er ehrlich war –, in den letzten Jahren bedeutend seltener vorgekommen waren.

»Ich verspreche es dir, Katriina wird dir dankbar sein. Komm einfach an irgendeinem Tag zu mir, dann gehen wir die Basisübungen durch. Dann kannst du anschließend zu Hause üben.«

»Okay. Aber Stefan, kannst du so nett sein und Katriina nichts davon erzählen? Ich möchte nicht, dass sie davon erfährt.«

»Ah, du möchtest sie im Bett überraschen? Schön.«

»Ja, so in der Art. Was meinst du, wann kann man … ich meine, wie lange muss man dafür üben?«

»Das ist unmöglich zu sagen. Zwei Wochen, zwei Monate. Es hängt von dir und deiner Einstellung ab. Letzten Endes ist es ja vor allem eine mentale Frage und keine körperliche. Es geht darum, dass du lernst, deinen Kreislauf zu kontrollieren, zu entspannen, deine sexuelle Energie und deine Aura zum Fließen zu bekommen.«

»Ist das schwer?«

»Nein, gar nicht, das ist ja der Trick. Es soll leicht sein.«

Max nahm den Bus nach Käpylä, wo Stefan und Gun-Maj wohnten. Glücklicherweise war Gun-Maj nicht zu Hause. Max zog seine Jacke im Flur aus und hängte sie an einen Haken, der wie eine Art Souvenir aus Afrika aussah – er war sich nicht sicher, ob es tatsächlich ein Kleiderhaken war oder doch eher ein Wandschmuck, aber Stefan wirkte zufrieden.

»Willst du in diesen Klamotten Yoga machen?«, sagte er, als sie in die Küche gingen.

»Geht das so nicht?«

Max trug ein Hemd und braune Cordhosen, und ihm dämmerte, dass das vielleicht nicht die bestmögliche Yogabekleidung war.

»No worries. Ich kann dir welche leihen.«

Max sah keinen anderen Ausweg, als sein Angebot dankend anzunehmen, er konnte es sich jetzt nicht leisten, eitel zu sein, und Stefan bat ihn um einen Augenblick Geduld, während er die Kleider holen ging.

»Möchtest du vielleicht einen Tee? Dann schalte einfach den Wasserkocher an«, rief er aus dem Schlafzimmer, während Max in der Küche saß und sich umschaute. Überall standen Grünpflanzen, aber ansonsten war sie sehr minimalistisch eingerichtet. Max hatte eine Hippiewohnung voller indischem Nippes erwartet, aber stattdessen war die Wohnung hell und schlicht, mit Lampen, die ein weißes, neonröhrenartiges Licht ausströmten. Max fror. Im Laufe der Woche war es kälter geworden.

Stefan kam mit den Kleidern in die Küche.

»Das müsste gehen. Du kannst dich im Badezimmer umziehen.«

Er gab Max die Kleider und zeigte ihm den Weg.

Max ging ins Badezimmer und begegnete einem Ganzkörperspiegel und einem Waschbecken aus einem holzähnlichen Material. Er zog seine Hosen und sein Hemd aus und legte sie ordentlich gefaltet über die Badewannenkante.

Was machst du hier bloß, dachte er, als er sich in voller Lebensgröße im Spiegel sah. Max war im Großen und Ganzen immer zufrieden mit seinem Körper gewesen, aber jetzt betrachtete er ihn, wie ihn eine dreißigjährige Frau vielleicht betrachten würde, den hängenden Bauch, die schlotternden Unterhosen, hinter denen sich der haarige Sack und der schrumpfende Penis versteckten. Seine Brüste hingen, der ganze Körper war eher birnenförmig, besonders, wenn man ihn von der Seite betrachtete. Er stellte sich vor den Spiegel, spannte die Armmuskulatur an und zog den Bauch ein, was ihn sofort kräftiger und durchtrainierter erscheinen ließ. Er wünschte sich, dass er etwas gegen den Bauch getan hätte, als er in den Dreißigern gewesen war oder auch in den Vierzigern, aber jetzt war es zu spät. Beim Tennis hatte er Männer gesehen, die einen Waschbrettbauch zeigten, die athletische Körper besaßen, obwohl sie älter waren als Max, und für ihn war es ein Mysterium, wie ihnen so etwas gelingen konnte.

Er nahm die Kleider, die Stefan ihm gegeben hatte. Ein graues T-Shirt, das zum Glück groß genug war und einigermaßen brauchbar aussah. Das Problem waren die Hosen. Es waren weiche, weiße, allerdings zu kurze Leinenhosen. Als er sie ganz hochzog, endeten sie direkt unter den Waden, und sie fühlten sich eng an, vor allem an den Oberschenkeln.

»Stefan?«, rief er. »Diese Hosen sind ein bisschen klein.«

»Darf ich mal sehen?«

Max erschrak, denn es stellte sich heraus, dass Stefan direkt vor der Tür zum Badezimmer gestanden hatte. Die Tür war nur angelehnt. Hatte er die ganze Zeit dort gestanden? Max öffnete die Tür.

»Sie sind gut genug. Nächstes Mal bringst du deine eigenen Kleider mit.«

Max seufzte. Warum um alles in der Welt war er hierhergekommen? Sie gingen ins Wohnzimmer, wo Stefan ein paar Sessel zur Seite geschoben und zwei Yogamatten ausgebreitet hatte.

»Normalerweise würde ich einen ordentlichen Yogasaal empfehlen. Aber das dürfte für heute reichen. Du sollst diese Übungen ja überall machen können.«

Stefan setzte sich auf den Boden, und Max tat es ihm nach.

»Okay, zuerst machen wir ein paar einfache Grundübungen, damit du ein Gefühl für das Ganze bekommst.«

Sie übten ungefähr fünfzehn Minuten; es war schwieriger und anstrengender, als Max erwartet hatte.

»Der Sinn des Ganzen ist also, dass du lernst, deinen Kreislauf zu kontrollieren. Beim Sex ist es außerordentlich wichtig, dass man entspannt ist. Stress sorgt beispielsweise dafür, dass man den Sex nicht so genießen kann. Wenn der Körper entspannt genug ist, sammelt sich das Blut in der Mitte des Körpers statt in den Armen und Beinen. Die Entspannung sorgt automatisch dafür, dass du erregt wirst, weil die Arterien, die das Blut zu den Geschlechtsteilen leiten, sich öffnen, und das Blut direkt in den Penis gepumpt wird.«

Max hatte es schon immer lustig gefunden, wenn die Leute »Penis« sagten, in diesem gewollt sachlichen Tonfall. Er versuchte, nicht zu lachen, sondern alles genauso ernst zu nehmen wie Stefan.

»Bei Frauen wird die Klitoris sensibler, und sie werden auch feuchter.«

Max ging davon aus, dass Stefan diese Dinge schon viele Male gesagt hatte und sie deshalb mit dieser ruhigen Autorität aussprechen konnte. Er versuchte sich zu entspannen, konnte den Gedanken aber nicht abschütteln, dass er sehr indiskret gewesen war – was wäre, wenn Stefan jemandem von diesem Besuch erzählen würde?

»Wo ist Gun-Maj?«, fragte Max.

»Sie ist nach Schweden gereist, zu einer Konferenz in Östersund. Sie kommt erst am Sonntag wieder nach Hause.«

Max sagte nichts, sondern versuchte dasselbe zu tun wie Stefan. Es war schwer, nicht nur, weil sein Körper taub zu werden drohte, sondern auch, weil die Leinenhosen unangenehm im Schritt drückten.

»Jetzt probieren wir eine Stellung, die Stuhlstellung heißt. Die Arme zur Seite, so« – er zeigte Max, wie er die

Arme halten sollte –, »und das Brustbein zieht nach oben, die Oberschenkel drückst du aneinander, und die Arme hältst du gerade und führst sie über deinen Kopf, bis deine Finger ausgestreckt nach oben zeigen.«

Max ahmte ihn nach, so gut er konnte. Es fühlte sich überraschend gut an, obwohl es so schwer war, dass er die Position nicht länger als eine halbe Minute halten konnte.

»Denk daran, es muss sich gut anfühlen. Wenn es sich unbequem anfühlt, dann machst du es nicht richtig«, sagte Stefan. »Fühlt es sich gut an?«

»Absolut okay«, sagte Max.

Sie wiederholten es ein paarmal, dann zeigte Stefan einige andere Stellungen – »die Kobra«, »die Katze«, »das Kamel«, »der Standventilator« –, es waren so viele, dass Max sie sich unmöglich alle merken konnte.

Nach einer Weile ging Stefan in die Küche, um Wasser für sie zu holen. Max lag ausgestreckt auf dem Boden und spürte überall im Körper einen nicht ganz unangenehmen Schmerz.

Stefan kam ins Wohnzimmer zurück und gab Max ein Glas Wasser.

»Was den Sex angeht«, sagte er und trank einen Schluck aus seinem Glas, »so gibt es ein paar Körperfunktionen, die vor allem Männer in unserem Alter ganz besonders trainieren sollten. An erster Stelle steht dabei die Atmung. Wenn du spürst, dass du deinen Mojo verlierst, dann kannst du mit der richtigen Atemtechnik sehr viel dagegen unternehmen.«

»Mojo?«

»Ja, du weißt schon, wenn er schlappmacht. Wenn du merkst, dass das passiert, dann kannst du versuchen, im gleichen Rhythmus wie deine Partnerin zu atmen. Es kann auch helfen, den Blutzufluss zum Penis zu erhöhen, indem man das Zwerchfell zusammenkneift und wieder lockert.«

»Verstanden.«

»Ein anderes Problem, das Männer haben, insbesondere jüngere Männer, ist die vorzeitige Ejakulation. Das ist eines der zentralen Dinge, bei denen Yoga helfen kann. Es gibt Leute, die sagen, dass man beim Sex nur ungefähr jedes hundertste Mal einen Orgasmus haben soll. Die Berührung reicht eigentlich, sie kann genauso intensiv sein wie eine gewöhnliche Ejakulation.«

Max sagte nichts. Was hätte er auch sagen sollen?

»Aber wenn du mich fragst, dann glaube ich nicht so richtig daran. Hast du mal versucht, mehrere Wochen ohne Samenerguss herumzulaufen? Ich habe es versucht, und es funktioniert nicht. Am Ende kommt es doch, nämlich wenn du schläfst. Aber an dieser Theorie ist natürlich trotzdem einiges dran. Wenn man spürt, dass man gleich kommt, kann man versuchen, die Kraft zurück in den Körper zu pressen. Das kann dir im besten Fall einen körperlichen Orgasmus verschaffen, der demjenigen ähnelt, den Frauen haben – du kommst sozusagen mit dem ganzen Körper. Das ist es wirklich wert, das kann ich dir sagen. Ich wünschte, ich hätte das schon gewusst, als ich jung war. Auf der anderen Seite ist es allerdings ein Glück, dass dieses Geheimnis uns alten Knaben vorbehalten ist. Wir brauchen ja auch etwas, was wir in die Waagschale werfen können, oder? Und das ist unsere Ausdauer.«

Max nickte.

»Und wie macht man das jetzt ganz konkret?«

Er konnte es gar nicht fassen, dass er diese Frage tatsächlich gestellt hatte. Stimmte es denn überhaupt? Oder war es nur eine Einbildung, die durch zu viel Yoga hervorgerufen wurde?

»Dafür braucht man eine gewisse Übung. Und die kann

ich dir nicht beibringen. Ich meine, das musst du zu Hause üben. Am besten mit Katriina, aber du kannst auch allein üben. Wenn du magst, kannst du onanieren, und kurz bevor du kommst, versuchst du langsamer zu machen und dich darauf zu konzentrieren, die Kraft im Körper zu bündeln.«

Max nickte.

»Ich muss es ausprobieren.«

Er konnte sich nicht vorstellen, es wirklich zu tun. Der ganze Besuch war ein Irrtum, aber jetzt war es immerhin vorbei, und er konnte nach Hause fahren.

»Sind wir fertig für heute?«

»Ja, das sind wir wohl. Wenn du unsicher bist und dich nicht richtig an diese Stellungen erinnern kannst, dann gibt es Instruktionsfilme auf Youtube. Du kannst zum Beispiel nach ›ustrasansa yoga‹ googeln, dann findest du viele der gebräuchlichsten Stellungen.«

»Kannst du mir das aufschreiben?«

»Klar.«

In der Sexstudie, die Max in den Neunzigerjahren durchgeführt hatte, war die Missionarsstellung immer noch die mit Abstand gebräuchlichste bei finnischen Paaren. Anscheinend war seitdem eine Menge passiert, und vielleicht war es an der Zeit für eine neue Studie.

Stefan stand auf und schrieb alles auf einen kleinen Zettel, den er Max gab. Max ging ins Badezimmer und zog sich um. Er legte die Kleider zusammen, die er bekommen hatte, und gab sie Stefan zurück, der ihn mit seinem braun gebrannten, lederhäutigen Gesicht so anlächelte, wie nur ein Mann lächeln konnte, der sehr regelmäßigen und befriedigenden Sex hatte.

»Ich freue mich, dass du gekommen bist. Ich muss zugeben, dass ich es nicht von dir erwartet hätte.«

»Man muss alles mal ausprobieren, nicht wahr?«

»Das muss man, in der Tat.«

»Bin ich dir etwas schuldig?«

»Absolut nicht. Betrachte es als einen Freundschaftsdienst. Und richte Katriina viele Grüße aus.«

Max bedankte sich und ging in den dunklen Winter hinaus. Er zog sein Telefon aus der Tasche und rief Laura an.

»Hallo, Max. Ich habe gerade an dich gedacht.«

Das war mehr, als er gehofft hatte. Sie hatte an ihn gedacht. Max spürte eine neue Sicherheit, ein Gefühl, dass er die Sache durchziehen konnte.

»Hallo, … weißt du, ich habe mir etwas überlegt. Du kannst Nein sagen, wenn du keine Lust hast. Möchtest du mit mir nach Österbotten fahren? Wir können dort ein bisschen arbeiten.«

»Wann denn?«

»Ja … ich dachte, dass wir vielleicht morgen den Bus nehmen könnten. Ich weiß, ich falle jetzt ein bisschen mit der Tür ins Haus, aber ich muss meine Mutter besuchen. Und wir haben dort ein Sommerhaus, in dem wir anschließend vielleicht ein bisschen arbeiten könnten.«

»Ja, das klingt doch spannend? Wenn du willst, dann können wir auch das Auto meines Vaters nehmen. Ich kann es mir ausleihen.«

»Ich habe keinen Führerschein.«

»Hast du nicht?«

»Nein, du weißt schon … die Umwelt und so.«

»Kein Problem, dann fahre ich eben.«

22

Amanda hatte die Unerschrockenheit der Familie Paul geerbt, das unerschütterliche Bewusstsein, dass ihr die Welt gehörte. Sie hatte keine Angst vor unbekannten Situationen, sondern betrachtete sie als Herausforderungen, die es zu bewältigen galt. Als sie vier Jahre alt war, konnte sie schon schwimmen, und mit sechs sprang sie im Schwimmstadion vom Dreimeterbrett. Im nächsten Sommer sprang sie vom Fünfmeterturm im Freibad von Kumpula.

Helen ließ sie allein hinaufklettern und springen. Obwohl es gefährlich war, obwohl sie wusste, dass Amanda auf dem Bauch landen, keine Luft mehr bekommen und nicht mehr aus dem Wasser auftauchen könnte, erlaubte sie es ihr, weil sie die Tatsache, dass Amanda sich das wirklich zutraute, genauso aufregend fand wie ihre Tochter selbst. Helen hatte sich so etwas niemals getraut, als sie klein war. Amanda, nur halb so groß wie die anderen Kinder, stieg also auf den Turm hinauf, wartete, bis sie an der Reihe war, stellte sich vorn an die Kante und ließ sich hinabfallen. Ohne zu zögern.

Bei Lukas war es anders. Er zögerte, überlegte lange, bevor er etwas tat, wollte kein Risiko eingehen, wollte nicht in unerwarteten Situationen landen.

Helen dachte, dass das Leben wie dieses Spiel war, das sie als Kinder gespielt hatten – »Zehn Stöcke auf einem Brett«. Man legte zehn Stöcke auf ein Brett, und jemand trat das Brett, sodass die Stöcke in alle Richtungen flogen. Alle liefen weg und versteckten sich, nur einem fiel das Los zu, die Stöcke aufzusammeln und wieder auf das Brett zu legen, um anschließend nach den anderen zu suchen. Der Clou des Spiels bestand darin, dass man aus seinem Versteck kommen und das Brett treten musste, bevor alle gefunden waren. Wenn man feige war, versteckte man sich, bis ein anderer trat. Helen dachte, dass Amanda und Eva zu denen gehörten, die aus dem Versteck herausliefen und traten.

Sich selbst sah sie eher als diejenige, die die Stöcke aufhob und nach den anderen suchte. Das Leben war ein endloses Aufheben von Stöcken. Es gab immer etwas, was getan werden musste, was aufgeräumt werden musste, und sobald man das Gefühl hatte, dass der größte Teil der Arbeit erledigt war, sobald man die Küche oder den Flur halbwegs auf Vordermann gebracht hatte, kam eines der Kinder hereingelaufen und warf seine dreckigen Schuhe durch die Gegend, und man konnte wieder von vorn anfangen.

Wenn die Woche zu Ende ging, hatte man das Gefühl, nach einer langen Schicht auch noch Überstunden machen zu müssen, man zählte die Minuten, bis man sich endlich schlafen legen konnte, man musste nur noch die letzten Schritte bis zum Gipfel schaffen, Kleider vom Fußboden aufheben, Wäsche in die Waschmaschine stecken, alle Legoteile einsammeln, die Hausaufgaben kontrollieren, Essen kochen und aufräumen, alle anderen Gedanken zur Seite schieben, abgesehen von den Aufgaben, die noch vor einem lagen, und versuchen, alle Bälle in der Luft zu halten während der vier, fünf Stunden, die bleiben, bis alle ins Bett gehen konnten, erschöpft von der Wintermüdigkeit und der Dunkelheit und den kleinen, aber grässlichen Streitereien der Kinder um vollkommen unbedeutende Dinge.

Jetzt war Freitag, und sie saß im Lehrerzimmer und hörte, wie alle ihr Wochenende planten. Freitagsstimmung lag in der Luft, das Gefühl, die Krawatte lockern zu können – obwohl lediglich Niklas, der Mathematiklehrer, tatsächlich eine Krawatte trug –, das Gefühl, dass man bald freihatte.

»Was machst du am Wochenende?«

Es war Marit, Helens engste Kollegin, die die Frage stellte. Sie teilten sich einen Tisch und saßen einander gegenüber. Sie arbeiteten häufiger zusammen und halfen einander beim Korrigieren der Aufsätze.

»Ich weiß nicht. Nichts Besonderes.«

»Habt ihr Lust, morgen Abend zum Essen zu mir zu kommen? Meinst du, dass du einen Babysitter organisieren kannst?«

»Nur wir beide?«

»Ich hatte vor, auch Michael einzuladen.«

Michael war der neue Geschichtslehrer, und Helen wusste, dass Marit schon lange nach einem Vorwand gesucht hatte, sich außerhalb der Schule mit ihm zu treffen. Das Problem war der Babysitter. Katriina war verreist, und Max würde sie kaum davon überzeugen können, über Nacht zu ihnen nach Espoo hinauszukommen. Möglicherweise könnten sie die Kinder nach Helsinki bringen.

»Ich muss meinen Vater fragen. Vielleicht.«

»Versuch es. Ich wollte Bœuf bourguignon machen.«

»Lecker.«

»Es lohnt sich, versprochen.«

Helen überlegte, dass sie vielleicht ohne Christian zu dem Abendessen gehen könnte, aber es wäre bestimmt wenig unterhaltsam, das fünfte Rad am Wagen zu sein. Sie beschloss, nach der nächsten Stunde ihren Vater anzurufen.

Die Arbeitswoche war länger als üblich, weil an einem

Abend ein Kurs stattgefunden hatte. Ihre Rektorin Gunvor war irgendwo in Schweden auf Fortbildung gewesen und hatte jetzt neue Ideen mitgebracht, die an der Schule umgesetzt werden sollten.

Helen ahnte, dass Gunvor die Hälfte dessen, was sie in dem Kurs gelernt hatte, der die Gleichstellung in der Schule zum Thema machte, falsch verstanden hatte.

Statt darüber zu berichten, wie sie die Geschlechtertrennung an ihrer Schule abbauen könnten, gelang es Gunvor, vier Stunden lang auf die Unterschiede zwischen Jungen und Mädchen abzuheben – auf eine verquere und seltsame Weise, die vermutlich überhaupt nicht beabsichtigt war. Ihr Versuch, politisch korrekt vorzugehen und sich dem Zeitgeist anzupassen, brachte sie dazu, Dinge zu sagen wie: »Jungen haben mehr Energie, und deshalb muss man sensibel auf ihre Bedürfnisse reagieren«, oder: »Mädchen sollten zur Zusammenarbeit ermutigt werden, denn dabei können sie sich besser konzentrieren.«

Gunvor bat sie, konkrete Zielsetzungen zu formulieren, wie die Atmosphäre in den Unterrichtsstunden zu verbessern wäre.

Niklas, der Mathematiklehrer, sagte, dass man damit beginnen könnte, »Erik Hulkkonen dazu zu bringen, vor dem Unterricht seine Mütze abzunehmen«, was für allgemeines Gelächter sorgte.

Erik Hulkkonen ging in die zwölfte Klasse, und Helen konnte nachvollziehen, warum Niklas ihn so verachtete – er kam aus einer reichen Familie, hatte blondes Haar und einen durchtrainierten Körper und schien die Lehrer der Schule als eine Art Pöbel zu betrachten. Aber weil Niklas erwachsen war und seine Autorität gegenüber Erik Hulkkonen einsetzen konnte, tat er dies, sooft er konnte.

Gunvor war erst knapp über vierzig, und es war offensichtlich, dass sie jede neue Mode als eine Möglichkeit betrachtete, das Profil der Schule zu schärfen. Sie fuhr einen großen Volvo, groß genug für eine mehrköpfige Familie, aber sie war kinderlos. Ihr Leben drehte sich um ihre Hunde, und tatsächlich verbreitete sie irgendwie einen zwingerartigen Duft. Gunvor selbst war ein bisschen wie ein Hund, dachte Helen: immer eifrig, wenn es um neue Dinge ging, aber gleichzeitig misstrauisch gegenüber Menschen, die sie als Bedrohung empfand. Sie übte ihre Gunvorheit mit großem Enthusiasmus aus, und Marit und Helen pflegten manchmal von ihrem »Psycholächeln« zu sprechen, so wie sie den Habitus des Deutschlehrers Bengt als »Muff-Shui« bezeichneten. Er trug jeden Tag dasselbe Sakko und roch nach Tabak. Wenn Helen gelegentlich einen Computer benutzte, an dem er zuvor gesessen hatte, dann hielt sich sein starker Geruch noch für mehrere Minuten.

Helen rief ihren Vater nach der letzten Stunde an. Marit hatte ihr zu verstehen gegeben, dass es äußerst wichtig war, einen Babysitter zu besorgen, weil Michael sein Kommen bereits zugesagt hatte.

Max klang bekümmert. Helen hasste es, jemanden anzurufen und um Hilfe zu bitten, wenn sie vorher schon wusste, dass sie eine Absage bekommen würde. Es war erniedrigend, sich die Entschuldigungen anhören zu müssen.

»Ich würde ja gerne kommen, aber leider kann ich nicht. Morgen werde ich nach Österbotten fahren und Fammo besuchen. Wenn es ein anderer Tag gewesen wäre …«, versuchte Max zu erklären.

»Ist nicht schlimm, Papa.«

»Wie wäre es denn mit dem nächsten Wochenende?«

»Tut mir leid, aber wir sind schon morgen mit Freunden

verabredet. Aber mach dir keine Gedanken, wir können es ausfallen lassen. Liebe Grüße an Fammo.«

»Wie ist es denn mit Christians Eltern?«

Helen hatte auch schon daran gedacht, aber sie wusste, dass sie nicht den ganzen Abend bei ihnen zu Hause sitzen und warten wollten. Sie wären also gezwungen, die Kinder zu ihnen nach Kirkkonummi zu fahren. Christians Mutter kümmerte sich gerne um die Kinder, vermittelte einem unterschwellig aber immer das Gefühl, dass man viel verlangte, dass sie zwar gerne einsprangen, aber lieber nicht über Nacht. Außerdem fiel es Lukas bei ihnen aus irgendwelchen Gründen schwer, einzuschlafen, und Christians Mutter rief sofort an, sobald es nur das geringste Anzeichen dafür gab, dass er lieber nach Hause fahren wollte. Sie würden also während des ganzen Abendessens das Telefon auf dem Tisch liegen haben.

Als sie nach Hause kam, wunderte sich Helen, dass Christian eine dritte Möglichkeit vorschlug.

»Kannst du nicht Marit und diesen Michael anrufen und sagen, dass sie zum Essen zu uns kommen sollen? Dann müssen wir uns keinen Babysitter suchen.«

Es war keine dumme Idee. Helen wunderte sich, weil Christian selten vorschlug, Gäste zu ihnen nach Hause einzuladen. Aber vielleicht war es ein guter Kompromiss.

»Aber kochst du dann das Essen? Oder soll ich kommen und dir helfen?«

Marit klang skeptisch. Helen konnte nachvollziehen, dass die Verlegung des Abendessens in Marits Augen eine Verschlechterung war. Wenn sie Michael verführen wollte, dann würde dies leichter in ihrer Wohnung gelingen als in einem Haus mit kleinen Kindern in Espoo.

»Du weißt doch, dass man ein Bœuf bourguignon am besten am Tag zuvor vorbereitet? Ich wollte gerade die Zutaten dafür einkaufen.«

»Ich werde es schon hinbekommen. Oder ich mache eben etwas anderes.«

»Okay, okay. Aber sag Bescheid, wenn du Hilfe brauchst. Ich kann morgen früher kommen und ein bisschen Salat und die Nachspeise mitbringen.«

Als sie den Hörer aufgelegt hatte, ging sie in die Küche und begann nach dem Rezept zu googeln. Es stellte sich heraus, dass sie noch Champignons, Speck, Fleisch und Rotwein brauchte. Christian kam in die Küche.

»Na, kommen sie?«

»Ja. Aber leider musst du jetzt noch zum Supermarkt fahren und einkaufen.«

23

Edvard hatte offensichtlich die Witterung der durch die Wohnung stromernden Hamster aufgenommen, denn plötzlich stand er im Flur und bellte. Max versuchte ihn dazu zu bewegen, ihm zu zeigen, wo sie steckten, aber Edvard blieb einfach stehen und sah aufgeregt aus.

Für so etwas hatte Max jetzt keine Zeit. Er musste packen, wenn er am nächsten Tag mit Laura verreisen wollte. Er beschloss, dass das Hamsterproblem warten konnte, bis er aus Kristinestad zurück war. Zwei Hamster würden wohl einen Tag ohne Futter überleben können.

Er ließ Edvard im Arbeitszimmer schlafen und schloss die Tür, damit er nicht mitten in der Nacht zu bellen anfing. Am nächsten Morgen packte er die letzten Sachen ein, nahm die Hundeleine und spazierte mit Edvard bis zu Lauras Wohnung.

Max befand sich in einer Art Traumzustand, er hatte das Gefühl, dass ihm das alles gar nicht wirklich passierte, dass alles zu schnell ging, als wäre es ein Film, der vor seinen Augen ablief. Er dachte, dass es sich genau so anfühlen musste: im Jetzt zu leben, wirklich jedes Detail in seiner Umgebung zu bemerken, jeden Duft wahrzunehmen, nicht nur als eine Ganzheit von Düften, sondern jeden einzelnen von ihnen noch herausriechen zu können. Er fühlte sich extrem präsent.

Laura öffnete die Tür mit dem Telefon am Ohr, sie trug

ein T-Shirt und Pyjamahosen und redete weiter, während sie in die Wohnung zurückging. Max fragte sich, ob sie einfach jeden so in ihre Wohnung hineinließ, ob er nur einer von vielen Männern war, die über diese Schwelle getreten waren? Sie schien ein berufliches Telefonat zu führen, denn er hörte sie Begriffe sagen wie »Deadline« oder »fünftausend Zeichen«, schließlich lachte sie und sagte dann etwas wie »nein, nein, ich schaff das schon, ich brauche gerade Arbeit«, und dann verabschiedete sie sich. Sie kam ins Wohnzimmer, wo Max auf ihrem Bett Platz genommen hatte.

»Hallo, Edvard! Du bist früh dran.«

»Ja, ich dachte, es wäre nicht schlecht, schon vor dem Berufsverkehr loszufahren. Es ist doch okay für dich, wenn du fährst?«

»Natürlich.«

Dass Laura sich ein Auto geliehen hatte, einen praktischen, kleinen Toyota, eröffnete eine ganz neue Möglichkeit. Sie sparten sich die umständliche Taxifahrt nach Sideby. Normalerweise saßen Helen oder Katriina am Steuer, wenn sie dorthin fuhren, oder Max war gezwungen, erst den Bus und für den Rest der Strecke ein Taxi zu nehmen.

Lauras Telefon klingelte erneut, als sie eine halbe Stunde später im Auto saßen. Max hatte den Eindruck, dass sie dabei klang, als würde sie mit einem Freund sprechen – kichernd, stichelnd, beinahe flirtend. Sie telefonierte zwanzig Minuten, und Max versuchte, nicht allzu genau hinzuhören.

»Entschuldigung, das war mein Vater«, sagte sie, nachdem sie das Gespräch beendet hatte. Sie hielt die Augen auf die Straße gerichtet, wirkte wie eine geübte, aber etwas nonchalante Autofahrerin, ähnlich wie Katriina.

Max schaute nach vorn.

»Was macht dein Vater beruflich?«

»Dies und das. Er hat eine Beratungsfirma. Er ist ziemlich erfolgreich.«

Max nickte gequält – eigentlich wollte er gar nichts über Lauras Vater wissen. War er älter oder jünger als Max? Und was wäre schlimmer?

Max war am Morgen früh aufgestanden und hatte in einem kleinen Laden um die Ecke alle Lebensmittel gekauft, die er für die Reise brauchte. Dann hatte er seine Schwester angerufen und ihr erzählt, dass er ihre Mutter besuchen würde. Elisabeth wohnte in Närpes, eine halbe Autostunde von Kristinestad entfernt, und wenn er sich nicht bei ihr meldete, würde sie erst von ihrer Mutter von seinem Besuch erfahren.

Jedes Mal, wenn Max nach Österbotten fuhr, fragte er sich, ob er seine Mutter jetzt das letzte Mal sehen würde. Sie war nicht ernsthaft krank, aber sie war alt und litt immer wieder unter leichten Thrombosen, die aber jederzeit auch ernsthafter ausfallen konnten. Seit einigen Jahren war sie ganz an den Rollstuhl gefesselt, und Max war dankbar, dass seine Schwester in Österbotten wohnte (oder in »Düsterbotten«, wie Elisabeth es nannte).

Nachdem ihr Vater gestorben war, wurde Max' Elternhaus verkauft, zum großen Kummer seiner Mutter, nicht zuletzt, weil sie gezwungen waren, das Haus vorher zu entrümpeln und sie in einer Wohnung in Kristinestad unterzubringen. Sie liebte Krempel und konnte nichts wegwerfen. Auch ihr Zimmer im Pflegeheim war voll mit Papierstapeln, Zeitungen und Dingen, die sie nicht brauchte. Als das Haus verkauft wurde, hatte Elisabeth, ganz treu ihrer Gewohnheit, schon vorher alles herausgesucht, was sie behalten wollte – Arabia-Porzellan, Kerzenständer von Iittala, ein Regal von Asko –, und Katriina betonte Max gegenüber immer wieder, dass auch er ein Recht auf diese Dinge hatte.

»Ich verstehe nicht, wie du es zulassen kannst, dass sie sich einfach alles unter den Nagel reißt, was wertvoll ist.«

Aber Max hatte nicht die geringste Lust, sich mit seiner Schwester um ein paar Teller zu streiten.

»Wo wohnt denn deine Mutter? Ist es ein schönes Heim?«, fragte Laura jetzt.

»Ja, das kann man sagen. Es wird von einem Verein betrieben. Die Gebäude sind denkmalgeschützt. Das älteste Haus stammt aus dem neunzehnten Jahrhundert. Absolut vorbildlich. Österbottnische Vereine haben eine gute Hand für so etwas.«

Max hätte selbst nichts dagegen gehabt, an einem solchen Ort zu leben, wenn er alt war. In Österbotten war es kein so großes Problem wie in Helsinki, Pflegepersonal anzuwerben. Aber gleichzeitig war ihm klar, wohin die Entwicklung ging: In fünfzehn, zwanzig Jahren würden die Senioren in den ländlichen Räumen in der Überzahl sein.

Es dämmerte bereits, als sie Kristinestad erreichten. Sie fuhren über den kleinen Fjord und kamen in die Stadt, die dunkel und einladend vor ihnen lag. Aus vielen Fenstern strahlte noch die Weihnachtsbeleuchtung. In einem anderen Leben hätte Max sich vorstellen können, hier zu wohnen, aber gleichzeitig stimmte ihn jeder Besuch traurig, weil sich nichts zu verändern schien.

Hinter der Brücke fuhren sie zum Marktplatz hinauf. An diesem Ort kannte Max jeden Pflasterstein, jede Straßenecke, er fand jeden Riss in jeder Fassade. Es war tief in ihn eingeschrieben, latent vorhanden und jederzeit abrufbar. Sein Vater lag in Lappfjärd begraben, nicht weit von hier entfernt. Es hieß, als die Kirche gebaut wurde, habe man Ellen und Meter verwechselt, und deshalb habe man sie achtmal so groß gebaut, wie sie ursprünglich geplant war. Sie fasste mehr als dreitausend Gottesdienstbesucher und war Finnlands zweitgrößte Dorfkirche. Wie eine Kathedrale überragte sie das flache Land.

»Ich glaube, am besten bleiben wir im Zentrum und parken vor einem Café. Du kannst dort auf mich warten, während ich ins Seniorenzentrum gehe. Es wird nicht lange dauern.«

Max hatte sich während der Fahrt überlegt, dass es so am besten wäre. Seine Schwester durfte unter keinen Umständen erfahren, dass er mit einer fremden Frau nach Kristinestad gekommen war. Schon dass sie durch die Stadt fuhren, war ein großes Risiko – in jeder Straße wohnten Leute, die Max kannten und ihn sofort entlarven würden. Gerüchte breiteten sich in österbottnischen Orten wie ein Lauffeuer aus.

Das Pflegeheim lag nicht weit vom Zentrum entfernt, vielleicht einen Kilometer, aber er war für das Wetter nicht passend gekleidet, trug keine Mütze und fror an den Zehen. Januar in Kristinestad: die stummen Lichter aus Hunderten von weihnachtlich geschmückten Fenstern, der schneidende Wind, der um die Hausecken fegt, ein einsamer Laternenpfahl, der einen Straßennamen wie »Katzenschlägergasse« verrät, und die leise Ahnung vom Meer, das nicht weit von hier beginnt.

Nachdem sein Vater Anfang der Achtzigerjahre gestorben war, hatte seine Mutter allein gelebt, doch konnte man genauso gut sagen, dass sie erst jetzt angefangen hatte zu leben. Sie war im Vereinsleben aktiv und engagierte sich mehr an ihrem Arbeitsplatz. Sie war im Sozialamt von Kristinestad beschäftigt, und wenn das Jugendamt Schwierigkeiten hatte, Pflegefamilien für bestimmte Kinder zu finden, konnte es vorkommen, dass sie zunächst bei ihr wohnen durften. Im heutigen Finnland wäre so etwas kaum möglich, aber damals, in den Achtzigerjahren, ging es noch. Max wusste, dass er sein Gespür für Solidarität und soziale Gerechtigkeit von seiner Mutter geerbt hatte. In den Neunzigerjahren, als die ersten Flüchtlinge aus Jugoslawien kamen, hatte sie eine Familie im Sommerhaus in Sideby versteckt. Da war sie schon pensioniert. Nach der Familie wurde in der Zeitung gefahndet, und Ebba war es gelungen – gemeinsam mit Elisabeth –, sie eine Woche lang zu verstecken, bis die Polizei sie fand.

Er betrat das Pflegeheim, schüttelte den Schnee von seinen Schuhen und trampelte über den Linoleumboden zum Zimmer seiner Mutter. Seine nassen Schuhe erzeugten ein schmatzendes Gummigeräusch, das Geräusch eines Sohns, der sein stressiges Leben in der großen, weiten Welt für einen Moment unterbrach. Eine alte Standuhr tickte hartnäckig in der Ecke, und eine Frau vom Küchenpersonal wischte einen Tisch ab.

»Hallo«, sagte Max.

Die Frau schaute auf. Sie war jung, um die fünfunddreißig, das Haar asymmetrisch geschnitten und lila und blond gefärbt, vielleicht von einem Schüler von der Berufsschule in der Nachbarschaft.

»Ja, Max, hallo! Du hier?«

Sie erkannte ihn wieder, wusste seinen Namen – aber warum wusste er ihren Namen nicht?

»Ja, ich wollte ein gutes neues Jahr wünschen.«

»Du kommst ein bisschen spät, sie hat sich gerade hingelegt. Um diese Uhrzeit pflegt sie ein Mittagsschläfchen zu halten. Willst du einen Kaffee?«

»Ja, danke.«

Er setzte sich und schaute sich in dem Raum um, während er wartete. Ein ausgestopftes Auerhuhn thronte an der Wand, ein Vitrinenschrank mit Lions-Wimpeln stand in der Ecke, und überall war es sauber und frisch geputzt, kein einziges Staubkorn war zu sehen. Irgendwo weiter hinten im Flur hörte er das unmissverständliche Geräusch von schlurfenden Pantoffeln – ein Greis, der sich die Beine vertrat.

Hier hörte das Leben also auf? In einem nach Linoleum duftenden Gebäude, zwischen ausgestopften Vögeln und Spitzentüchern und frisch frisierten Frauen, die südösterbottnischen Dialekt sprachen? Es könnte auch schlimmer kommen. Viel schlimmer.

Er trank den Kaffee aus und ging zum Zimmer seiner Mutter. Still schob er mit dem Arm die Tür auf und trat ein. Eine kleine Lampe leuchtete in der Ecke neben ihrem Bett und überzog sie mit einer Art Aura. Sie lag im Bett unter einer Decke.

Ihr Haar war genauso weiß wie das Kopfkissen. Vor einigen Jahren hatte sie es noch gefärbt, aber inzwischen damit aufgehört, und sie wirkte beinahe märchenhaft damit, als wäre sie schon auf die andere Seite übergetreten. Er strich mit der Hand über die Decke und versuchte sie aufzuwecken.

»Mama!«, sagte Max und schüttelte sie sanft am Arm.

Sie öffnete zunächst nur ein Auge, was etwas seltsam aussah, als würde sie einen Trick vorführen, dann schlug sie beide Augen auf und wandte ihm langsam den Kopf zu. Als sie sah, dass es Max war, strahlte sie übers ganze Gesicht.

Sie versuchte etwas zu sagen, aber ihre Stimme musste sich erst ihre Kehle hinaufkämpfen, zunächst hörte er nur ein heiseres Krächzen, und ihr Lächeln bekam einen traurigen Zug, als sie schlucken musste, aber schließlich bekam sie ihre Stimmbänder unter Kontrolle.

»Max«, sagte sie. »Du kommst mich besuchen?«

»Ja. Frohes neues Jahr, Mama!«

Sie schaute ihn an. Ihre Augen waren wie die eines Tiers.

Er half ihr hoch. Er hielt sie am Hosenbund fest, während er sie in den Rollstuhl hinübersetzte, der neben dem Bett stand. Er rollte sie in die Mitte des Zimmers, hinüber zum Sofa und dem Couchtisch, auf dem neben einer Menge Zeitungen auch eine Blumenvase stand – er schaute auf die Karte, die zwischen den Blumen hing, und sah, dass sie von ihren früheren Nachbarn stammten – und eine Pillenschachtel.

Max hob eine Tube mit einer Art Handcreme auf, die ebenfalls auf dem Tisch lag. »Dr. Oppolzers AFRO-Schlamm enthält einen afrikanischen Lehm, der gegen Bakterien vorbeugt, zugleich antiseptisch wirkt und heilende Kraft bei Hautproblemen entwickelt. Es hat sich gezeigt, dass eine tägliche Anwendung des Lehms auch positive Effekte auf Herz- und Kreislaufkrankheiten hat.«

»Was ist denn das? Hat dir das Elisabeth verkauft?«, begann er zu fragen, aber als er bemerkte, dass sie ihm nicht zuhörte, ließ er wieder davon ab. Elisabeth verkaufte Naturheilmittel an unterbelichtete Zeitgenossen, die glaubten, wenn irgendetwas »natürlich« war, dann würde es auch helfen.

Die Bücherregale und Tische in ihrem Zimmer waren voller Bilder, von Max' Kindern und Amanda und Lukas, von Elisabeth und ihren Kindern und Enkelkindern, ein Hochzeitsfoto von Max und Katriina, aufgenommen 1979 – Max sah jung aus, mager, und trug einen kleinen, dünnen Schnurrbart.

Er zog sich die Jacke aus.

»Elisabeth hat dich also schon besucht?«

Sie brauchte eine Weile, um zu antworten. In den vergangenen zehn Jahren war es mit Ebbas Gesundheit auf und ab gegangen, aber vor allen Dingen waren ihre Stimmungen ein Problem gewesen. Mittlerweile schluckte sie Antidepressiva, etwa zehn verschiedene Pillen, die Cipralex oder Mirtazapin hießen. Max wusste nicht viel über diese Medikamente, aber seit etwa zwei Jahren war sie fröhlicher, sie schienen also zu helfen. Er hatte das Gefühl, dass sie nicht die einzige Bewohnerin ihres Heims war, die Medikamente gegen Depressionen einnahm.

»Ja, sie war hier. Das war … warte mal, letzte Woche? War Weihnachten in der letzten Woche?«

»Vor zwei Wochen.«

Sie nickte.

Max hatte Gewissensbisse. Wenn er ein Auto besäße, hätte er seine Mutter zu Weihnachten abholen können. Dann hätte sie mit den Mädchen und Amanda und Lukas feiern können, aber das ging nun einmal nicht.

»Amanda und Lukas sind Weihnachten bei uns gewesen. Sie sind richtig groß geworden.«

Für eine Weile sagte sie nichts, und Max suchte nach Worten, aber plötzlich fragte sie:

»Spielt Amanda immer noch Klavier?«

»Ja, ich glaube schon.«

»Das ist gut, man soll Musik machen, das ist gut für die Gesundheit.«

Max nickte. Sie saßen eine Weile schweigend da, und er dachte daran, wie schön es war, dass sie hier wohnen konnte.

»Ich habe vor, heute Nacht im Sommerhaus zu schlafen.«

Er sprach lauter als normal, obwohl er wusste, dass ihr Gehör in Ordnung war.

»Wie geht es Katriina?«

Sie betrachtete ihn jetzt konzentriert.

»Ihr geht es gut. Sie ist auf die Philippinen gereist. Für die Arbeit.«

»Aha«, sagte sie. »Ihr reist so viel.«

Max drehte sich um und schaute aus dem Fenster. Dann griff er nach der Tube mit der Handcreme, öffnete sie und schnupperte an ihrem Inhalt. Er roch gut, wie das Meer. Seine Mutter hatte immer Kosmetika zu Hause gehabt – Handcremes und Sonnenöl – und pflegte in den Sechzigerjahren sogar einen Pelz zu tragen, weil sein Vater es mit der kleinbürgerlichen Fassade sehr genau nahm.

Max erinnerte sich, wie er als Kind in den Pelz seiner Mutter schlüpfte, wie er sich dort versteckte. Wenn sie ihn aufgehängt hatte, hing er bis auf den Boden hinunter, und er ging oft hin, beinahe täglich, und ließ sich von der warmen Dunkelheit einschließen. Als Erwachsener war ihm die freudsche Dimension dieses Bildes aufgegangen, es wirkte beinahe wie eine Parodie. Seine Mutter hatte alles für ihn bedeutet, als er ein Kind war, weil er sich mit der väterlichen Begeisterung für Leichtathletik und körperliche Stärke nie anfreunden konnte. Vidar wollte, dass Max Ski fuhr und joggte, aber Max wollte Bücher lesen, oder höchstens noch Fußball spielen, und später lieber mit dem Motorrad von Party zu Party durch ganz Österbotten fahren.

Wenn Laura nicht in der Stadt auf ihn gewartet hätte, wäre er länger geblieben. Aber nach einer halben, vielleicht einer Dreiviertelstunde begann er zur Tür zu schielen.

»Ja, ich glaube, ich muss mich langsam wieder ein bisschen bewegen.«

Er wusste, dass es für Ebba das Wichtigste war, dass er

überhaupt aufgetaucht war. Es gab andere Dinge, die sie hier tun konnte, es gab andere Leute, mit denen sie sich unterhalten konnte, es gab Aktivitäten und Besuche. Vor ein paar Jahren hatte ihn eine Pflegerin angerufen und erzählt, dass Ebba und einer der anderen Patienten, ein Mann namens Harald, der beinahe neunzig war, eine Art Verhältnis begonnen hätten. Sie hätten geplant, nach Helsinki zu fahren – Harald besaß ein Auto – und Besuche zu machen. Auch Harald hatte Verwandte in der Stadt. Aber nachdem sie mit dem Personal und mit Elisabeth darüber gesprochen hatten, waren alle darin übereingekommen, dass dies eine schlechte Idee war, weil Ebba es kaum schaffte, selbstständig von ihrem Rollstuhl ins Auto zu gelangen. Das Paar protestierte energisch, und in einem Anfall von fast jugendlichem Trotz brachen sie trotzdem zu ihrer Reise auf. Max gelang es allerdings, Ebba davon zu überzeugen, dass sie besser mit dem Zug und in Begleitung von Elisabeth nach Helsinki fahren sollten.

Harald war nur ein paar Monate später gestorben, und danach hatte Ebba nicht mehr von irgendwelchen Autofahrten gesprochen.

Sie nickte erneut. Sie schaute ihn an, und Max fragte sich, ob er sie besser zurück ins Bett legen oder hier sitzen lassen sollte.

»Möchtest du in den Speisesaal?«

Sie schaute ihn eine Weile an, ohne zu antworten. Dann sagte sie:

»Ich glaube, ich bleibe hier sitzen und lese ein bisschen Zeitung.«

»Okay, Mama. Ich werde jetzt gehen.«

»Ja. Kümmere dich gut um Katriina«, sagte sie.

»Das werde ich tun, Mama.«

Er stand auf, nahm seine Jacke und ging zu ihrem Rollstuhl, um sie zu umarmen. Sie roch, wie sie mittlerweile immer roch, nach Medizin und nach dem Essen, das sie hier bekamen. Ihre Wangen waren kühl und ihre Haare weich, wie das Haar eines kleinen Kinds. Seine Eltern waren mehr als fünfzig Jahre verheiratet, aber wie glücklich waren sie eigentlich gewesen?

Er ging wieder nach draußen in den Flur. Die Frau, mit der er vorher gesprochen hatte, deckte gerade die Tische für das Abendessen.

»Aha, du machst dich wieder auf den Weg?«, sagte sie.

»Ja, ich muss langsam losfahren, wenn ich noch nach Hause kommen will.«

»Wie ging es ihr?«

»Es schien ihr gut zu gehen.«

»Ja, sie ist eine ganz besondere Frau. Du hast eine ganz besondere Mutter.«

»Danke.«

Als Max das Heim verließ, war es richtig windig geworden. Er ging Richtung Stadt zurück und rief dabei Elisabeth an.

»Hallo, ich bin jetzt bei ihr gewesen.«

»Okay, und was machst du jetzt?«

»Ich werde in Råddon übernachten.«

»Ist es dort nicht ein bisschen kalt?«

»Es wird schon gehen.«

»Wie kommst du dorthin?«

Max überlegte eine Weile. Die Frage war berechtigt. Soweit sie wusste, hatte er niemanden, der ihn fahren konnte.

»Ich werde ein Taxi nehmen.«

»Ich kann morgen kommen und dich abholen, wenn du möchtest. Dich zum Bus fahren. Du fährst doch mit dem Bus?«

»Nein, das ist nicht nötig. Ich wollte ein bisschen schreiben und weiß noch nicht genau, wann ich fahre.«

»Ja, ja. Wenn du's dir leisten kannst.«

Max konnte das Gerede seiner Schwester darüber, wie verschwenderisch er war, nicht mehr hören.

»Elisabeth, findest du nicht, dass sie ein bisschen … müder wirkt als sonst?«

»Ich weiß nicht. Ich sehe sie ja so oft, da merke ich vielleicht keinen Unterschied. Wann hast du sie das letzte Mal gesehen?«

Max versuchte sich zu erinnern.

»Das war im September, als wir euch besucht haben. Aber ich telefoniere ja regelmäßig mit ihr.«

»Na ja, vielleicht ist sie ein bisschen müder. Aber sie wird ja auch älter. Kannst du dir Papa an so einem Ort vorstellen?«

»Nein. Ich glaube, es war das Beste für alle, dass er dies nicht erleben musste.«

»Das glaube ich auch.«

Eine halbe Stunde später sah er Laura wieder. Da war es bereits halb vier, und sie sah ein bisschen müde aus.

»Tut mir leid, dass es so lange gedauert hat.«

»Kein Problem. Aber jetzt machen wir uns auf den Weg, oder?«

»Unbedingt.«

Im Hof lag eine dicke Schneedecke, es roch etwas modrig, und altes, zusammengewehtes Laub klebte auf den Stufen zur Haustür. Max war seit August nicht mehr hier gewesen, als es noch warm und hell und alles voller Vögel gewesen war. Jetzt war es um vier Uhr bereits dunkel. Doch es war eine schöne, allumfassende Dunkelheit, Fichten türmten sich hinter dem Haus auf, und eine stille Würde lag über dem ganzen Hof.

Max hoffte, dass Laura es romantisch finden würde. In der Hütte lagen hoffentlich noch ein paar Scheite Holz, mit denen sie den Ofen anheizen konnten, und vielleicht würde dann eins zum anderen führen.

»Besitzt ihr dieses Haus schon lange?«, fragte Laura.

Ihre Wangen waren rosig von der Kälte. Max fand, dass sie wie Schneewittchen aussah, als sie in ihrem schwarzen Mantel neben ihm herging.

»Ich habe es vor zwanzig Jahren von meinen Eltern übernommen. Die Mädchen sind oft hier gewesen, als sie noch klein waren. Wir nennen es Råddon. Meine Mutter hatte die Tendenz, es als Abladeplatz für allen möglichen Krimskrams zu verwenden, als sie noch bei Kräften war.«

»Es sieht hübsch aus.«

»Ich hoffe nur, dass wir ein bisschen Wärme hineinbekommen. Wir müssen nicht lange bleiben, wenn du müde bist. Aber vielleicht könnten wir eine Tasse Kaffee trinken, bevor wir fahren.«

Als sie hineinkamen, machte Max sofort Feuer. Laura saß auf einem Stuhl und schaute zu. Sie hielt ihr Telefon in der Hand und tippte darauf herum.

»Der Empfang ist manchmal ziemlich schlecht hier.«

»Das merke ich«, sagte Laura. »Ich habe gerade kein Netz.«

Für Max war das Haus voller Erinnerungen. Auf den Fensterbrettern lagen schwarze und weiße Steine, die seine Töchter gesammelt hatten, in den Regalen standen Bücher, in die er damals tief hineingetaucht war – es kam ihm vor, als wäre das in einem anderen Leben gewesen –, und im Schlafzimmer war vermutlich Eva gezeugt worden. Es gab Mappen mit Zeitungsausschnitten, die seine Mutter zu

Anfang seiner Karriere gesammelt hatte, und er konnte es manchmal nicht lassen, aus einer Art perversem Vergnügen heraus darin herumzublättern.

Es war kein großes Sommerhaus. Es gab zwei Schlafzimmer, ein Wohnzimmer mit Kachelofen und eine kleine Küche. Auf dem Hof stand ein kleines Außengebäude, das sie mit einer Dusche und einer Sauna ausgestattet hatten. Max hatte eine Veranda gebaut, auf der sie im Sommer aßen. Das heißt, eigentlich hatte er sie nicht selbst gebaut – während eines Sommers hatte ihm sein Schwiegersohn geholfen, als Helen und Christian zusammen mit der neugeborenen Amanda zu Besuch waren. Max kam sich vor wie ein Idiot, weil er die ganze Zeit nur im Weg zu stehen schien, wenn er mit anzupacken versuchte. Am Ende ließ er Christian den größten Teil der Arbeit allein erledigen, und mit dieser Aufgabenverteilung kamen beide besser klar.

Im Sommer war das Haus hell und offen, der Wind wehte direkt hindurch, wenn man die Fenster öffnete, und die Sonne strahlte morgens beim Frühstück auf den Küchentisch. Jetzt war es geschlossen, wie ein Kokon. Wenn man am Fenster stand, sah man nichts von der Welt dort draußen, man hätte genauso gut auf eine nackte Wand starren können. Als würde das Haus durch den leeren Weltraum schweben.

»Es ist schön hier. Verbringt ihr jeden Sommer in diesem Haus?«, fragte Laura.

»Mittlerweile kommen die Mädchen nicht mehr so oft hierher. Helen manchmal, mit den Kindern, wenn ihnen die lange Autofahrt nicht zu viel ist. Ich weiß nicht, was damit passieren wird, wenn … ja …«

Er brach mitten im Satz ab. Es war nicht besonders erotisch, wenn man begann, von seinem eigenen Altern und dem Tod zu erzählen.

»Max?«

»Ja?«

»Wollen wir wirklich arbeiten, oder hast du mich hierhergebracht, um mich zu verführen?«

Er hätte viele Möglichkeiten gehabt, mit dieser Frage umzugehen – im Nachhinein fielen ihm einige ein, die angemessener gewesen wären –, aber Max hatte keine Zeit zum Nachdenken, also tat er das Einzige, was ihm einfiel, das Einzige, wozu er in der Lage war: Er tat so, als hätte er sie nicht gehört. Er stand einfach auf und ging in die Küche, öffnete eine Dose Tomatensuppe, wärmte sie auf und fragte sich, ob er jemals den Mut finden würde, ins Wohnzimmer zurückzukehren. Er dachte an die Yogaübungen, die er gelernt hatte. Er dachte an Katriina. Er dachte an seine Töchter.

Hast du mich hierhergebracht, um mich zu verführen?

Er dachte, dass die Suppe bestimmt besser schmecken würde, wenn er frischen Chili, Knoblauch und gehackte Tomaten dazugab.

Die Sache ist die, dass ich überhaupt nicht nachgedacht habe.

Er dachte, wenn er einfach nicht antworten würde, dann fragte sie vielleicht nicht noch einmal.

Als er ins Wohnzimmer zurückkam, stellte er zwei Teller auf den Tisch und setzte sich. Er wollte gerade etwas sagen, aber Laura war schneller.

»Habt ihr Bettwäsche hier? Ich glaube, ich bin zu müde, um heute noch nach Hause zu fahren. Können wir nicht hier übernachten und morgen zurückfahren?«

Max hätte gelogen, wenn er behauptet hätte, dass ihm dieser Gedanke nicht schon vorher gekommen war. Er hatte gehofft, dass Laura so etwas vorschlagen würde. Er hatte sogar einen Film mitgebracht, den sie sich anschauen konnten, falls ihnen langweilig wurde. Es war ein britischer Film aus den Vierzigerjahren, *Brief Encounter*. Max hatte ihn sich an einem Abend im Oktober gemeinsam mit Katriina angeschaut, als sie zu Hause waren und keine anderen Pläne hatten. Nach der Hälfte des Films schlief sie ein, obwohl sie danach behauptete, er habe ihr gefallen. Max warf ihr Oberflächlichkeit vor, und anschließend stritten sie sich deswegen.

Dieses Mal war es anders.

Als sie die DVD in Max' Computer gesteckt hatten, war Laura sofort ganz hingerissen von dem Film und schien Max komplett vergessen zu haben – es war ein Genuss, sich einen Film auf diese Weise anzuschauen, mit jemandem, der wirklich in der Stimmung dafür war. Gleichzeitig fiel es Max schwer, sich voll und ganz auf die Handlung zu konzentrieren – als Laura plötzlich ihre Füße auf seinen Schoß legte (»Stört es dich?«), packte ihn wie einen Teenager die Angst, dass er unwillkürlich eine Erektion bekommen könnte; eine Vorstellung, die vor wenigen Wochen noch völlig undenkbar gewesen wäre. Die ganze Situation, sich mit einer fremden Frau an einem abgelegenen, privaten Ort aufzuhalten, ausnahmsweise einmal nicht zu wissen, welche Richtung der Abend – ja, das ganze Leben – nehmen würde, machte ihn zugleich rastlos und außerordentlich selbstbewusst.

Es wurde so schlimm, dass er sich zwingen musste, rückwärts von hundert bis null zu zählen, um sich auf etwas anderes zu konzentrieren.

Als der Nachspann über den Bildschirm lief, warf Laura ihre Füße in die Luft, geschmeidig wie eine Turnerin, griff nach der Weinflasche, die sie sich geöffnet hatten, und füllte ihre Gläser auf.

»Oh, das war schön. Es ist lange her, dass ich einen Schwarz-Weiß-Film gesehen habe. Mir hat besonders die Szene in dem Bahnhof ganz zu Anfang gefallen, als der Mann anfängt zu erzählen, wie es ist, als Arzt zu arbeiten, woraufhin sie sagt, dass er sie an einen kleinen Jungen erinnert. Da musste ich an dich denken.«

»Ja, das ist Trevor Howard. Einer der größten britischen Schauspieler. Es war wirklich gut, oder?«, sagte Max, während er seine Hose glatt strich, die hochgerutscht war und zwischen den Beinen etwas spannte. Sie unterhielten sich eine Weile über den Film, und Max brillierte mit seinen Kenntnissen über die britische Filmkunst der Vierzigerjahre und die Entstehungsgeschichte gerade dieses Films.

»Ich habe auch etwas dabei, falls du interessiert bist«, sagte Laura und ging zu ihrer Tasche hinüber. Sie holte eine kleine Tüte heraus, die – wie Max schnell erkannte – Marihuana enthielt.

»Es ist eine Ewigkeit her, dass ich so etwas gemacht habe«, sagte er, während er auf die Tüte schaute und beobachtete, wie sie eine Zigarette zu drehen begann.

»Aber du hast es gemacht?«

»Man ist schließlich jung gewesen in den Siebzigerjahren. Aber was weiß ich, vielleicht ist es heute ganz anders? Ich werde bestimmt nicht anfangen, Techno zu hören und mit Latexklamotten anzuziehen. Dafür habe ich nämlich keine Zeit.«

»Nein, haha, du meinst bestimmt Ecstasy oder so etwas. Das hier ist ziemlich schwach. Du wirst höchstens ein bisschen kichern.«

Max war skeptisch. Allerdings hatte er sich in der letzten Zeit schon mit vielen anderen Dingen überrascht. Was hinderte ihn daran, etwas Neues auszuprobieren? Er brauchte

Abwechslung, etwas, was ihn davon abhielt, an seine Mutter zu denken, und in diesen gesegneten Traumzustand zurückführte. Er wollte die Kräfte in seinem Gehirn aktivieren, die alle weltlichen Sorgen betäubten.

»Okay. Wie macht man das?«

Laura zeigte es ihm, und schnell verbreitete sich ein süßlicher Duft in der Hütte.

»Wenn meine Töchter mich jetzt sehen würden.«

»Glaubst du, sie wären überrascht?«

»Ich kann mir nicht einmal vorstellen, dass sie es selbst einmal probiert haben.«

Laura lachte.

»Glaubst du, das haben sie?«, sagte Max. »Oder erzähl es mir lieber nicht. Je weniger ich weiß, desto besser.«

Nachdem sie sich einen von Lauras Joints geteilt hatten, saßen sie eine Weile schweigend da. Max wartete darauf, dass er etwas spürte. Er hatte in den Achtzigerjahren auf einer Veranstaltung in Berkeley einmal probiert, Cannabis zu rauchen, wusste damals aber nicht, wie das geht. Jetzt zeigte Laura ihm, wie man den Rauch in den Lungen behält.

Noch nie hatte er so große Lust verspürt, jemanden zu küssen, aber er saß wie versteinert da. Ein Schaudern lief durch seinen Körper, als er sich nach hinten lehnte und streckte.

»Meine Mutter hat heute so zerbrechlich gewirkt, so verletzlich«, sagte er.

Laura schaute ihn an, griff nach seiner Hand.

»Wie alt ist sie?«, fragte sie.

»Fünfundachtzig«, antwortete Max.

Laura ließ sich ins Sofa zurücksinken. Max blieb sitzen, wo er war, und schaute sie an. In seiner Fantasie taumelten sie zum Schlafzimmer hinüber, wo Laura sich auszog. Er stellte sich vor, wie sie unter die kalte, steife Decke schlüpften und ihre Körper einander wärmten. Ihre Brüste waren selbstverständlich wunderbar, die lieblichsten Brüste, die er in seinem Leben gesehen hatte – und allein der Gedanke daran, diese Brüste berühren zu dürfen, dass sie es zuließ, stimmte ihn euphorisch.

»Spürst du etwas?«, fragte Laura.

Max brauchte ein paar Sekunden, um sich zu erinnern, wo er sich gerade befand. Sie saß immer noch neben ihm, vollständig bekleidet, mit einem schiefen Lächeln.

»Ja, ein bisschen vielleicht«, sagte er, und plötzlich befiel ihn ein merkwürdiges Gefühl, als wäre er anwesend und gleichzeitig doch nicht, als ob er alles nur träumte. Als würde das ganze Zimmer von ihm wegschweben. Es war wie ein Traum, aus dem er nicht erwachen konnte.

Max stand auf und stolperte zum Badezimmer, dachte, dass es vielleicht helfen könnte, sich ein bisschen Wasser ins Gesicht zu spritzen. Lauras Schminktäschchen stand auf dem Waschbecken – eine Zahnbürste, Kontaktlinsenflüssigkeit, eine Tube, die ihm bekannt vorkam: »Dr. Oppolzers AFRO-Schlamm enthält einen afrikanischen Lehm, der gegen Bakterien vorbeugt ...«

Er öffnete den Hahn des großen Wasserkanisters, den sie mitgebracht hatten. Er spritzte sich etwas ins Gesicht. Es war kalt, frisch, und er fühlte sich besser. Er schaute sich im Spiegel an und entdeckte eine Gestalt, die ihm Grimassen schnitt.

Max hatte das Gefühl, dass er nach draußen, an die frische Luft, gehen sollte. Er zog seine Schuhe und den Mantel an und öffnete die Tür zum Hof. Edvard, der den ganzen Abend vor dem Ofen gelegen hatte, ging mit ihm hinaus. Ein kräftiger Wind ließ Max' Mantel wild herumflattern. Es schneite. Nein, das war mehr als ein Schneegestöber – es war ein Sturm, ein mächtiger Sturm, der über den Hof fegte und die nackten Stachelbeerbüsche bis auf den Boden krümmte und der ganzen Landschaft eine neue Form aufdrückte. Was Max am meisten überraschte, waren die Geräusche, der donnernde Lärm des Sturms, und er schien jede Nuance darin wahrnehmen zu können: das leise, tiefe Grollen, die sausenden Zwischentöne, die heulenden Obertöne, die sich über alles legten und sämtliche Gedanken aus seinem Kopf fegten, es unmöglich machten, überhaupt etwas zu denken. Er stellte sich in den Hof und rührte sich lange Zeit nicht von der Stelle – es war so schön, einfach nur eins mit der Natur zu werden, sich vom Wind mitreißen zu lassen. Er ging weiter auf den Hof hinaus, lehnte sich gegen die Wand der Sauna und lauschte. Edvard sprang im Kreis um ihn herum, und Max versuchte den Schneeflocken mit den Augen zu folgen, aber es waren zu viele, es war unmöglich, sie voneinander zu unterscheiden. Er ging zum Strand hinunter und schaute auf das Eis hinaus und dachte, dass dies vielleicht das Schönste war, was er jemals gesehen hatte.

Als er nach einer halben Stunde wieder hereinkam, war Laura bereits auf dem Sofa eingeschlafen. Er fühlte sich euphorisch, fröhlich. Nichts war an diesem Abend passiert, nichts, wofür er sich zu schämen brauchte, aber er hatte das Gefühl, dass er sein Buch jetzt schreiben konnte, wenn es nur nicht schon so spät wäre, wenn er einfach nur in seinem Arbeitszimmer sitzen könnte statt hier in Råddon. Er setzte sich und starrte lange in die Glut des Feuers, bis er in das kühle Schlafzimmer ging und sich hinlegte. Er hatte einen Mordshunger, aber er wollte nicht mehr aufstehen, also schlüpfte er unter die Decke und versuchte einzuschlafen.

»Bist du schon lange wach?«, fragte Max, als er am Morgen in die Küche trat.

Laura saß schon am Tisch, und er wagte nicht, ihr in die Augen zu schauen.

»Zwei Stunden vielleicht. Ich hatte versprochen, eine Kolumne zu schreiben, und die musste ich noch abschicken«, sagte sie. »Entschuldige, dass ich gestern Abend eingeschlafen bin. Warst du mit Edvard noch draußen? Ich weiß gar nicht, was passiert ist. Plötzlich bin ich so müde geworden und eingeschlafen.«

Max fühlte sich wie ein Idiot – offensichtlich besaß er nicht die nötige Kaltschnäuzigkeit, um die Gelegenheit beim Schopfe zu packen. Er versuchte es positiv zu deuten: Vielleicht war er einfach ein guter Mensch? Vielleicht war er kein Ehebrecher?

Er bereitete das Frühstück zu, sie tranken Kaffee und räumten die Überreste des gestrigen Abendessens auf.

Als sie aus dem Haus gingen, war das Auto eingeschneit, sodass sie es erst ausgraben mussten, bevor sie starten konnten.

Auf dem Weg zur Reichsstraße 8 hörten sie Radio. In den Nachrichten hieß es, dass der Sturm noch anhalten würde und dass man es vermeiden sollte, auf den Fernverkehrsstraßen zu fahren. Was für eine Ironie, dachte Max – während der ganzen Reise war nichts passiert, nichts, weswegen er lügen oder ein schlechtes Gewissen haben müsste, aber jetzt wurden sie von einem Unwetter festgehalten, und wenn ihnen etwas zustieß, würden sie in Erklärungsnot geraten.

»Ich frage mich, ob wir nicht lieber bleiben sollten«, sagte Laura. »Ich bin mir nicht sicher, ob ich bei diesem Wetter fahren möchte.«

»Nein, es sieht nicht besonders gut aus. Aber trotzdem sollten wir besser versuchen, nach Hause zu kommen.«

Als sie gerade auf die Schnellstraße einbiegen wollten, klingelte Max' Telefon. Es war Elisabeth. Er nahm das Gespräch nicht an, aber als er das Telefon wieder in seine Tasche stecken wollte, klingelte es erneut.

»Warum gehst du nicht ran?«, fragte Laura.

»Es ist meine Schwester.«

»Und wenn es etwas Wichtiges ist?«

24

Als alle vier am Samstagabend am Tisch saßen, bekam Helen großes Lob für ihr Essen. Sie hatte Kerzen angezündet und für die Kinder im Wohnzimmer einen Tisch gedeckt. Michael war zusammen mit Marit in einem Taxi gekommen.

»Das ist sehr, sehr lecker«, sagte Michael.

»Ja, wirklich, womit hast du es gewürzt?«, fragte Marit. Sie trug ein rotes Kleid. Helen bemerkte, dass sie außergewöhnlich viel investiert hatte, ein auffallendes Parfüm, Lippenstift und eine Garderobe, die für ein kleines Abendessen unter Freunden fast übertrieben wirkte. Aber Michael ließ sich von ihrem Lachen anstecken und warf ihr während des Essens immer wieder Blicke zu, was ja schon vielversprechend war. Wenn er etwas Amüsantes erzählte, legte Marit eine Hand auf seinen Arm, als wären sie ein altes Ehepaar.

»Mit Wein, Gemüsebrühe, Thymian, ein paar Lorbeerblättern, nichts Besonderes eigentlich.«

Warum luden sie eigentlich nicht öfter Gäste ein? Im Nachhinein betrachtet, war es für sie vollkommen unbegreiflich. Aber dann fiel Helen der Grund dafür ein: Sie und Christian waren während der Woche viel zu müde, um an so etwas auch nur zu denken. Und sie hatten auch keine direkten Nachbarn, die für ein soziales Leben gesorgt hätten.

Alle nahmen sich eine zweite Portion. Helen hatte Jasminreis dazu gekocht, und Christian schlang das Essen in sich hinein, während er eifrig von einem Projekt in seiner Firma erzählte, von dem auch Helen bislang noch nichts gehört hatte. Als er nach mehr als zwanzig Minuten immer noch kein Ende gefunden hatte, warf sie ihm einen unmissverständlichen Blick zu.

»Schatz, glaubst du wirklich, dass sich alle hier auch für die kleinsten Details dieser Angelegenheit interessieren?«, fragte sie.

Sie dachte an Michael, der ihm höflich zuhörte – fand er das wirklich interessant? Würde er nicht lieber mit Marit zusammen auf das Sofa umziehen?

Aber er schien sich an den Ausführungen nicht zu stören, sondern hörte Christian nach wie vor aufmerksam zu. Es war seltsam, Leute, die man kannte, in neuen Rollen zu erleben, zu beobachten, wie sie von anderen wahrgenommen wurden. Sie konnten ja nicht wissen, dass man all dessen, was Christian gerade erzählte, nach einigen Jahren müde wurde. Helen saß da und betrachtete ihren Mann, und am Ende sah sie nur noch seinen Mund, aus dem Satzfetzen ohne tieferen Sinn drangen.

»… du weißt ja, wie schwer es sein kann, für ein altes Haus eine Baugenehmigung zu bekommen, ich meine, nur eine Rampe für einen Rollstuhl anbauen zu wollen erfordert ja schon einen enormen Papierkrieg …«

Und er redete weiter, bis er mit seinem Monolog bei der Ausdehnung der Stadt Helsinki nach Jätkäsaari, dem Mangel an bezahlbaren Wohnungen, der Segregation in den Großstädten und dem Stadtteil Kallio angelangt war. Er erzählte alles in einem langen, munteren Fluss, und bald stand Christian auf und legte Musik auf. Als er einen Song von Neil Young spielte, zeigte sich, dass auch Michael ein großer Neil-Young-Fan war, doch da war Helen schon aufgestanden und hatte die Teller abgeräumt und die Essensreste in den Mülleimer geworfen.

»Warte mal hier … ich muss dir etwas zeigen«, sagte Christian.

Helen bemerkte, wie er die Treppen hinauflief, wie er auf einer Stufe beinahe stolperte, aber im letzten Augenblick das Gleichgewicht wiederfand und weiterrannte. Michaels Aufmerksamkeit richtete sich erneut auf Marit.

Helen wusste, dass Marit plante, Michael heute Abend mit nach Hause zu nehmen. Sie blieb an der Küchenplatte stehen und beobachtete die beiden. Marit stellte sich wahrscheinlich eine gemeinsame Taxifahrt vor und dass sie dieses Kleid schon halb ausgezogen hätte, bevor sie überhaupt ihre Wohnungstür erreichten. Vielleicht stellte sie sich auch schon die Zeit danach im Bett vor, die Blicke am Montag im Lehrerzimmer, den Klatsch unter den Kollegen und später unter den Schülern. Michael war kein Brad Pitt, aber das war auch sonst niemand in diesem Kollegium.

Helen drehte sich um und schaute auf den Hof hinaus. Draußen war es vollkommen schwarz. Warum brauchte Christian so lange? Sie konnte hören, wie er oben auf dem Speicher herumwühlte. Sie sah ihn vor sich, wie er alles herauszog, was sie wohlgeordnet in beschrifteten Regalen verstaut hatte, wie alles durcheinanderpurzeln und der Weihnachtsschmuck auf dem Boden verstreut herumliegen würde, wenn sie am nächsten Morgen nachschaute.

Als er herunterkam, hatte er die Arme voller Vinylplatten.

»Also, irgendwo da oben habe ich auch einen Plattenspieler, aber ich habe ihn noch nicht angeschlossen, seit wir hierhergezogen sind, man hat ja so viel um die Ohren mit dem Haus und den Kindern … aber das hier muss ich dir einfach zeigen.«

Helen wurde klar, dass Christian überhaupt nicht begriff, worum es heute Abend eigentlich ging. Er verstand nicht, weshalb Marit Michael mitgebracht hatte und dass das ganze Abendessen nur ein Vorwand war, damit die beiden sich außerhalb der Schule treffen konnten. Stattdessen richtete er seine Aufmerksamkeit voll auf Michael; Helen fand, dass es schlimmer war als bei den Mädchen in der Schule, er war total auf diesen fremden Mann fixiert, der plötzlich bei ihnen zu Hause war und alle seine Geschichten hören und seine alten Platten anschauen wollte.

Helen hatte ihn schon lange nicht mehr so erlebt. Normalerweise war er der reservierte, vernünftige Typ, der als Erster mit dem Trinken aufhörte, ein bisschen langweilig, aber korrekt, der die Kinder ins Bett brachte und den Abend ruhig ausklingen ließ. Jetzt schenkte er Marit und Michael noch mehr Wein ein, sobald ihre Gläser leer waren, und Helen dachte: Vielleicht bin ich ja schuld daran? Vielleicht liegt es an mir, dass er so langweilig ist?

Nach dem Essen zogen sich Marit und Helen auf das Sofa im Wohnzimmer zurück, während Christian und Michael draußen auf der Treppe standen und eine Zigarette rauchten, aus einem Paket, das Christian aus einem der Küchenschränke hervorgezaubert hatte. Helen hatte noch nicht einmal geahnt, dass sie welche zu Hause hatten.

Als sie wieder hereinkamen, unterhielten sie sich leise und tief versunken über britische Popmusik der Achtzigerjahre – Helen hörte Namen wie Billy Bragg oder Lloyd Cole –, bis Christian schließlich sein Notebook auspackte, es auf dem Esstisch platzierte und beide begannen, einander Namen wie »Bill Drummond« zuzurufen und begeistert nach Videoclips auf Youtube zu suchen.

Helen und Marit saßen im Wohnzimmer und bekamen so recht kein Gespräch in Gang. Marit schaute die ganze Zeit in die Küche, wirkte frustriert, rastlos. Sie griff nach ihrer Handtasche und zog den Lippenstift nach.

Christian fragte, ob Michael einen Calvados trinken wolle, und das wollte er natürlich.

»Können wir vielleicht auch einen haben?«, fragte Helen, aber Christian schien ihre Frage zunächst nicht gehört zu haben, doch dann nickte er einfach, stand auf und stellte die Calvadosflasche auf den Couchtisch.

»Ihr könnt euch ja vielleicht ein Glas teilen.«

Um halb elf nahm Marit ein Taxi nach Hause. Christian bestand mit einem dämlichen Lächeln darauf, dass Michael noch eine Weile bleiben solle. Helen wollte nichts sagen, es erschien ihr überflüssig, also verabschiedete sie sich und brachte die Kinder ins Bett, während Michael und Christian in der Küche weitermachten.

Um halb zwölf war Michael immer noch nicht weg. Helen musste sie bitten, die Musik leiser zu drehen, weil sie die Kinder schlafen gelegt hatte. Als sie das nächste Mal in die Küche kam, müde und verschlafen – sie war in Lukas' Bett beinahe eingenickt –, war die Calvadosflasche bereits leer und sie hatten stattdessen ein paar Flaschen Bier geöffnet.

»Ich verspreche, dass ich morgen sauber mache. Aber diesen Plattenspieler muss ich unbedingt noch finden. Wir haben gedacht, dass wir hier irgendwann einen Vinylabend machen«, sagte Christian.

»Klingt lustig«, sagte sie. Sie war müde und hatte keine Lust zum Reden.

»Sehr begeistert hört sich das aber nicht an.«

»Aber natürlich. Ich finde das wirklich eine gute Idee.«

Er schaute sie an. Sein Blick war verletzt und zugleich leer, er hatte ein lächerliches Grinsen im Gesicht. Michael wirkte nüchterner, und er stand jetzt auf.

»Tja, ich glaube, es wird langsam Zeit, dass ich gehe.«

»Du musst noch nicht«, sagte Christian.

»Doch, es ist schon ziemlich spät. Habt ihr die Taxinummer?«

»Kein Problem, ich bestelle eins per SMS«, sagte Christian. »Wo ist mein Telefon?«

Helen ging ins Badezimmer, putzte sich die Zähne und nahm die Kontaktlinsen heraus, während Christian und Michael auf das Taxi warteten.

Sie standen noch draußen, als sie sich auszog, in ihr Nachthemd schlüpfte und sich ins Bett legte. Sie stellte ein Glas Wasser auf den Nachttisch und holte ihr Telefon heraus. Sie hörte, wie ein Auto vor ihrer Einfahrt hielt, wie ein Mensch einstieg, und eine Weile später, wie Christian durch die Tür hereinkam. Er machte irgendetwas in der Küche. Helen hatte nach dem Abendessen schon alles aufgeräumt und geputzt, aber jetzt schien er den Kühlschrank zu öffnen und Essen herauszuholen. Sie hörte, wie eine Bierdose geöffnet wurde. Sie beschloss, nicht auf ihn zu warten, und begann stattdessen, ihrem Hörbuch zu lauschen.

Nach einer ganzen Weile sah sie, wie die Tür geöffnet wurde und das Licht aus dem Wohnzimmer hereinließ. Sie spürte, wie Christian sich neben sie aufs Bett setzte, roch den Tabak und den Alkohol. Er zog sich die Socken aus und fiel beinahe auf sie. Seine Hand, die ihre Brust suchte, war kalt. Helen blieb eine Weile liegen, ohne die Ohrstöpsel herauszunehmen.

Schließlich zog sie sie heraus, schaltete ihr Telefon aus und schwieg, während sein Arm weiter auf ihrer Brust ruhte.

Er war schlapp und unbeweglich und schien einfach dort liegen geblieben zu sein.

»Ich glaube, ich habe heute Abend keine Lust.«

Er seufzte, zog die Hand weg und drehte sich um. Er sagte nichts.

»Tut mir leid, aber ich bin zu müde. Wenn du nicht so lange aufgeblieben wärst. Kannst du das nächste Mal nicht ein bisschen früher daran denken?«

»Okay«, sagte er, und es wurde wieder still.

»Schön, dass du dich mit Michael so gut verstanden hast.«

»Ja.«

»Aber dir war schon klar, dass Marit es auf ihn angelegt hatte, oder? Sie hatte überhaupt keine Chance gegen eure Bromance.«

Er antwortete nicht.

»Ich meine, es ist ja schön, dass ihr so einen Spaß hattet. Und neue Menschen kennenzulernen ist ja was Gutes.«

Er stand auf, ging auf die Toilette, draußen wurde das Licht angeschaltet, wieder ausgeschaltet, und dann kam er zurück ins Bett.

Helen lag noch eine Weile wach und dachte an etwas, was sie einmal in einer Geschichte von Alice Munro gelesen hatte, über Menschen in den Dreißigern, denen es manchmal schwerfiel zu erkennen, dass das, was sie gerade lebten, ihr Leben war. Genauso war es, und sie sah ein, dass man es auch viel banaler sagen konnte: Das Leben war jetzt. Danach kam nichts mehr.

»Wir haben verabredet, dass wir mal zusammen ausgehen«, sagte Christian plötzlich.

»Was?«

»Ja, also Michael und ich. Es ist schon so lange her, dass ich mal ausgegangen bin.«

25

Eines Tages ging Eva zu St. Paul's und traf auf Russ, der gerade dabei war, die Lautsprecheranlage für eine politische Kundgebung aufzubauen, die offensichtlich später am Abend stattfinden sollte. Es hatte die ganze Woche geschneit, und vor den Zelten lagen hohe Schneewehen. Ein Mann mit Guy-Fawkes-Maske schaufelte Schnee von dem kleinen Platz. Eva war den ganzen Weg vom Piccadilly Circus die Fleet Street entlanggegangen und hatte mehrere Male zur Seite springen müssen, um nicht von Kopf bis Fuß mit Schneematsch vollgespritzt zu werden, wenn die roten Doppeldeckerbusse vorbeirauschten.

»Da bist du ja wieder«, sagte Russ. Er stand in dem weißen Zelt, das »Die Universität« genannt wurde.

Eva nahm sich die Zeit, sich gründlich umzuschauen, und fand es amüsant, dass auch die internationale Graswurzelbewegung über ganz selbstverständliche Requisiten verfügte. Eine Regenbogenflagge mit der Aufschrift PEACE hing an der Wand. Ein Palästinensertuch war um ein Mikrofonstativ gewickelt. Auf einer Tafel an der Wand las sie: »BANKER, POLITIKER, DIE GLOBALE ELITE UND DIE MASSENMEDIEN LÜGEN, LACHEN, STEHLEN, WASCHEN DEIN GEHIRN UND ZERSTÖREN DICH UND DEINE FAMILIE«.

In den vergangenen Nächten waren die Temperaturen unter null gesunken.

»Wird dir beim Schlafen nicht kalt?«, fragte sie.

Russ trug eine Mütze und hatte sich seinen Dufflecoat statt der Cordjacke angezogen. Er schien gute Laune zu haben.

»Das ist kein Problem. Der Schnee ist schlimmer. Als es heute Nacht so geschneit hat, musste ich ihn vom Zeltdach schaufeln, damit es nicht zusammenbrach. Und wenn es stürmt, dann müssen wir uns etwas einfallen lassen, damit das Zelt nicht weggeweht wird. Man kann ja keine Heringe direkt in den Beton schlagen. Ich habe Sandsäcke besorgt.«

Sie fragte sich, wie lange er durchhalten würde. Er wirkte entschlossen, beschäftigt, wie eine Person, die sich mit ihren Aufgaben identifiziert. Russ hob einen Haufen mit Kabeln auf und begann sie zu entwirren.

Ein junger Mann kam ins Zelt und fragte, ob Russ »mit dabei« sei.

»Geht ihr jetzt?«

»Ja, wir machen uns in fünf Minuten auf den Weg.«

Der Mann trug abgeschnittene Fingerhandschuhe und hatte sich einen großen Schal locker um den Hals gewickelt. Er war winterfest gekleidet, Schicht für Schicht, und seine Ausstattung wirkte beinahe professionell.

Russ schien zu zögern. Er schaute zu Eva.

»Nein, alles okay. Geht nur. Ich kann ja später noch nachkommen.«

»Okay«, sagte der Mann.

Als er weg war, fragte Eva, wer er gewesen sei.

»Die Wasserleitungen zu dem Hahn, den wir benutzen, sind eingefroren. Wir müssen jetzt also zu den Läden und Büros in der Nähe gehen, um uns Wasser zu holen. Aber ich habe fürs Erste noch genug«, sagte er.

Eva konnte sich nicht vorstellen, hier zu übernachten. Sie

wusste zwar nicht, was genau sie störte, aber sie glaubte nicht, dass diese Zelte – diese Menschen mit ihren Flaggen und Palästinensertüchern – irgendetwas Konkretes erreichen konnten, was das System grundlegend verändern würde. Sie fragte sich, ob sie selbst die falsche Einstellung hatte oder die anderen.

Plötzlich entdeckte sie im Zelteingang ein bekanntes Gesicht.

Es war Malik.

Eva hatte ihn seit Weihnachten kein einziges Mal mehr gesehen. Er kommunizierte mit seinen Schülern nur noch über Laurie, und abgesehen davon waren ja gerade »Inspirationswochen«, was bedeutete, dass sie selbstständig arbeiten sollten, bis es wieder an der Zeit war, kritische Seminare abzuhalten. Einige Studenten hatten inzwischen die Geduld verloren und behaupteten, dass sie keinen Gegenwert für ihr Geld bekämen und deswegen nach einem anderen Lehrer verlangen sollten.

In drei Wochen sollte Eva das präsentieren, woran sie in der letzten Zeit gearbeitet hatte. Sie hatte noch nichts fertig bekommen, sondern mehrere Male von vorn angefangen, Ideen immer wieder verworfen und Bilder übermalt, an denen sie mehrere Wochen gearbeitet hatte.

Jetzt stand Malik vor ihr, auf dem Kopf eine Art Wollmütze. Sie sollte vermutlich dafür sorgen, dass er zwischen den Okkupanten nicht auffiel.

»Wenn du hierhergekommen bist, um Russ zu überreden, wieder in den Kurs zurückzukommen, dann verschwendest du deine Zeit. Ich habe es schon versucht, aber er ist standhaft. Ich glaube, er hat hier seine Berufung gefunden«, sagte er, ging zu Russ und legte ihm eine Hand auf die Schulter.

Die Körpersprache zwischen den beiden war neu – Malik und Russ gingen ganz anders miteinander um als noch im Herbst. Eva war derart verblüfft von Maliks Auftauchen, dass sie kein Wort herausbrachte. Sie hatte sich noch nie im Leben von einer Verbrüderung unter Männern so ausgeschlossen gefühlt, hatte sie nie als Bedrohung empfunden. Das Gegockel war immer erstaunlich leicht zu durchschauen gewesen, aber jetzt fühlte sie sich, als wäre sie auf ein Fest gegangen, zu dem sie nicht eingeladen war.

»Nein, ich komme nicht zurück zur Uni«, sagte Russ und wickelte ein paar Kabel um seinen Ellenbogen.

Als er fertig war, hängte er sie über einen Stuhlrücken, zog ein Päckchen Tabak, Zigarettenpapier und Filter aus der Tasche und setzte sich, um sich eine Zigarette zu drehen. Sein Blick konzentrierte sich vollständig auf diese Aufgabe.

Als Eva sich Malik genauer anschaute, bemerkte sie, dass er sein ganzes äußeres Erscheinungsbild verändert hatte. Er trug jetzt Stiefel mit langem Schaft und eine grüne Militärjacke. Er rasierte sich auch nicht mehr. Sie fragte sich, ob Malik versucht hatte, Russ zu verführen. Sie wollte es sich nicht vorstellen, kriegte es aber nicht aus dem Kopf. Sie hatte Bilder von Maliks breiten Armen und Russ' bleichem Körper vor Augen.

Jetzt wandte sie sich an ihn.

»Bist du auch hierhergezogen?«

Sie hatte Schwierigkeiten, sich Malik als Zeltbewohner vorzustellen: ein Mann, der viermal am Tag duschte, zweimal seine Kleidung wechselte, abhängig war von Ganzkörperspiegeln und jeden Morgen mit einem doppelten Espresso begann, der behauptete, dass er »die Natur hasste«, und fand, dass »ein Verkehrsstau besser klang als ein verdammtes Sinfonieorchester«. So jemand sollte auf der Straße campen?

»Hier passiert etwas Großes, Eva. Ich weiß noch nicht, was es ist, aber es ist etwas Großes, und es ist absolut fantastisch, in einer Zeit zu leben, in der so etwas passiert.«

Er wirkte manisch, wie im Rausch.

»Hier fließt so viel Adrenalin, man kann praktisch danach greifen.«

Er fuchtelte mit der Faust in der Luft herum, als wollte er zeigen, wie er es einfing.

»Schläfst du hier?«, fragte Eva.

Er zuckte mit den Schultern.

»Ich muss immer noch Arbeiten korrigieren und den ganzen Scheiß. Aber ich komme jeden Tag hierher. Es ist elektrisierend, diese ganzen Menschen, Anarchisten, Kommunisten, Hacker, die verrückten Ökos. Du solltest hierbleiben. Morgen ist es vielleicht schon vorbei, aber im Augenblick ist es fucking magisch«, sagte Malik und ging plötzlich aus dem Zelt, genauso schnell, wie er hereingekommen war. Russ zog die Augenbrauen hoch.

»Ich glaube, er ist high«, sagte er.

Eva fühlte sich erleichtert.

»Hast du schon was gegessen?«, fragte sie.

»Wie spät ist es?«

»Gleich drei.«

Russ schien zu überlegen, ob er hungrig war oder nicht, als wäre er gezwungen, sich an seinen eigenen Körper und dessen Bedürfnisse zu erinnern. Er warf die Zigarette auf den Boden und trat sie aus. Dann zündete er eine neue an.

»Ich könnte mir schon vorstellen, etwas zu essen.«

Als sie aus dem Zelt kamen, schaute Eva zur Kathedrale hinauf. Es war wieder diesig geworden, die Kirchtürme lösten sich im Himmel auf. Sie begann zu frieren.

Russ bemerkte, dass sie zur Kirche schaute.

»Bist du schon einmal drin gewesen?«

Sie schüttelte den Kopf.

»Wenn du es nicht eilig hast, können wir hineingehen«, sagte er. »Ich muss auf die Toilette, und ich ziehe die dort drinnen vor.«

Auf der Drehtür aus Mahagoni bemerkte Eva ein Bibelzitat in großer, weißer Schrift: »This is none other than the house of God; this is the gate of heaven.«

In der Kirche war es wärmer, und es trat eine unmittelbare Ruhe ein, als befänden sie sich plötzlich ganz woanders als mitten in London im Januar, als wären sie in die Vergangenheit gereist. Eine Handvoll Touristen stand in dem schmalen Gang, der zu der Kasse führte, an der man den Eintritt bezahlte.

Russ nickte der Frau an der Kasse zu. Sie ließ sie vorbei.

»Ich muss nur schnell zur Toilette. Du kannst ja solange reingehen und gucken.« Die Kathedrale war groß und grenzenlos schön. Eva ging weiter hinein und setzte sich auf eine Bank. Sie studierte die Details der Kuppel, den dunkelbraunen und goldglänzenden Raum und betrachtete die Gemälde unter dem Dach und die raffinierten Muster in den Fenstern. Sie hatte nicht bemerkt, dass Russ zurückgekommen war.

»Ganz schön beeindruckend, was?«

Er wärmte seine Hände vor der Brust.

»Wie lange ist Malik schon hier?«, fragte sie.

»Zwei Wochen. Er treibt mich langsam in den Wahnsinn. Aber er hat Geld, und wenn wir etwas am meisten brauchen, dann ist es finanzielle Unterstützung. Es ist teuer, das alles hier am Laufen zu halten, besonders jetzt, wenn Leute kommen, die hungrig sind und keinen Platz zum Schlafen haben. Es ist so eine Art Herberge daraus geworden.«

»Wir haben ihn seit zwei Wochen nicht mehr gesehen.«

»Ich glaube, dass Malik einfach nur im Zentrum der Ereignisse stehen möchte. Ich glaube, er betrachtet das alles hier als eine Gelegenheit, kulturelles Kapital oder positives Karma zu sammeln. Ich weiß nicht. Aber die Leute mögen ihn. Er steht mit allen auf gutem Fuß. Obwohl, wenn ich ehrlich sein soll, dann glaube ich nicht, dass wir noch lange bleiben werden. Im neuen Jahr ist es schwieriger geworden. Unruhiger. Letzte Nacht hat jemand ein paar Zelte aufgeschlitzt.«

»Glaubst du, dass ihr aufgeben werdet?«

»Es geht nicht nur darum, sondern dass dieses antihierarchische Modell nicht funktioniert. Man versucht eine Art horizontale Demokratie zu verwirklichen, niemand soll den Anführer geben, niemand soll bestimmen dürfen, aber das funktioniert nicht. Die Leute finden trotzdem heraus, wie sie ihre Absichten in den Vordergrund rücken können. Und irgendjemand muss der Bewegung nach draußen ein Gesicht geben, jemand muss mit den Medien sprechen und die Bewegung voranbringen. Es können nicht alle in unterschiedliche Richtungen ziehen, dann wird es nie zu einer Entscheidung kommen. Ich meine, das ist ein bisschen so wie in einer Familie. Es können nicht alle bestimmen. Es kann nicht immer Konsens herrschen. So läuft es nicht. Jemand muss die Entscheidungen treffen.«

»Dann kommst du also an die Uni zurück?«

»Nein, auf gar keinen Fall. Wenn ich etwas von hier mitnehme, dann die Überzeugung, dass ich mir eine Arbeit suchen muss. Ich glaube, dass jeder Mensch das Gefühl braucht, sich für etwas zu engagieren, das seinem Leben einen Sinn gibt. Die Arbeit selbst ist dabei das Entscheidende. Etwas tun, einen Grund haben, um morgens aufzustehen. Die ganze Occupy-Bewegung ist eine Art Arbeitsmarkt für Leute, die normale Jobs nicht ertragen können. Deswegen ist es auch so ironisch, wenn uns unsere Kritiker als faul und arbeitsscheu bezeichnen. In Wirklichkeit arbeiten wir unheimlich hart. Das Problem ist nur, dass es so viele Leute gibt, die es nicht als Arbeit verstehen. Aber wenn wir versuchen, Dinge infrage zu stellen, uns dabei bestimmte Themen vornehmen, dann ist das doch Arbeit für die Gesellschaft. Die Leute hier versuchen doch nur zu zeigen, dass es auch ein Leben jenseits von ständigem Wirtschaftswachstum und ungezügeltem Kapitalismus geben kann. Ich habe Leute getroffen, die den größten Teil ihres Lebens in einem Zelt gelebt haben«, sagte er.

Eine Weile saßen sie schweigend da. In einer Kathedrale zu sitzen erinnerte Eva an Österbotten. Sie dachte, wenn sie irgendwann heiraten sollte, dann würde sie es in einer Kirche tun wollen. In diesem Augenblick war dies ein lächerlicher Gedanke, aber sie bekam ihn nicht aus dem Kopf.

»Sagtest du nicht, du hättest was zu essen dabei?«, fragte Russ.

Eva lud Russ zum Essen in ein Café in der Nähe ein, und anschließend gingen sie gemeinsam zu St. Paul's zurück. Am Nachmittag wurde eine Versammlung abgehalten, die »General Assembly« genannt wurde und in der man seine Meinung kundtat, indem man unterschiedliche Handzeichen gab, damit nicht alle durcheinanderredeten. Wenn man mit den Händen eine Kurbelbewegung machte, bedeutete das beispielsweise, dass man die Diskussion fortsetzen wollte, wenn man mit einer Hand winkte, stimmte man dem derzeitigen Redner bei. Die Versammlung bestand aus Menschen jeden Alters. Die jüngsten, die Eva sah, mussten ungefähr siebzehn sein, zwei Mädchen mit Textiltaschen und kurz geschnittenen Haaren, die einander an der Hand hielten oder Zigaretten drehten.

Einer der Tagesordnungspunkte betraf gestohlene Wertsachen. Jemandem war eine tragbare Stereoanlage abhandengekommen. Eine Frau wiederholte, dass jeder selbst für sein Eigentum verantwortlich sei. Man diskutierte über die Stromversorgung. Jemand schlug vor, den Generator abzuschaffen, weil es umweltfreundlicher sei, sich allein auf die Solarzellen zu verlassen. Über das Thema wurde angeregt diskutiert, aber am Ende kam man zu dem Schluss, dass es wichtiger war, die Computer am Laufen zu halten, sodass die Leute direkt von der Okkupation twittern und bloggen konnten. Es wurde ebenfalls beschlossen, dass es »weniger böse« sei, die Stromrechnung direkt vom gemeinsamen Konto zu bezahlen, als die Leute zu zwingen, in kapitalistisch orientierte Lokale in der Nähe zu gehen, um sich dort ins Netz einzuloggen.

Am selben Abend sollten ein Priester und ein Professor ihre Reden halten, aber Eva war müde und verfroren. Sie stand mit Russ vor seinem Zelt und versuchte, nicht zu zittern, während sie mit ihm sprach.

»Russ, wenn du irgendwann einmal Zeit hast, möchte ich dich gern wiedersehen. Vielleicht irgendwo anders. Ich denke an dich, seit du uns in Finnland besucht hast.«

»Ich denke auch an dich. Aber ich habe nicht angerufen, weil du anscheinend kein Interesse an mir hattest. Die Energie, mit jemand anders zu konkurrieren, habe ich nicht. Wenn nichts daraus wird, werde ich das auch überleben.«

»Ich weiß, ich weiß, entschuldige.«

Er kratzte sich am Schnurrbart.

»Ich wollte dich eigentlich noch etwas fragen«, sagte er.

»Was denn?«, fragte Eva.

»Kann ich mit zu dir nach Hause kommen, um zu duschen? Wenn deine Mitbewohnerin nichts dagegen hat, meine ich?«

26

Die Lichter im Flugzeug gingen aus. Sie hatten gegessen, Wein getrunken, ihren Kaffee bekommen. Ein fetter Mann neben Katriina begann schon laut zu schnarchen, während sie selbst noch eine bequeme Stellung in ihrem Sitz suchte.

Sie hatte alle praktischen Arrangements geregelt. Sie hatte sich mit einer lokalen Organisation getroffen, die große Erfahrung darin besaß, junge Frauen ins Ausland zu vermitteln, um sie dort zu Krankenschwestern ausbilden zu lassen, und Katriina hatte sich ein vollständiges Bild von den logistischen Anstrengungen machen können, die die HUS unternehmen musste, wenn sie Krankenschwestern und Altenpfleger im großen Stil importieren wollte.

Katriina schlug die *Helsingin Sanomat* auf. Nach einer langen Reise die Zeitung zu lesen war eine gute Methode, zurück in den Alltag zu finden, wieder nach Hause zu kommen. Es gibt nichts Besseres, als auf einer langen Flugreise in den Text einzutauchen, auch die kleinste Notiz zu lesen. Als sie den größten Teil der *Helsingin Sanomat* durchgelesen hatte, machte sie mit *Iltalehti* weiter.

In dieser Abendzeitung gab es eine Seite, auf der jeden Freitag eine Gastkolumne veröffentlicht wurde – und jetzt entdeckte Katriina dort ein Bild von Laura Lampela. Ihr Gesicht strahlte gewissermaßen eine erschreckende Selbstsicherheit aus, was auch mit der Art zu tun hatte, wie sie ihre

Hand in die Hüfte stemmte. Es waren der Ausdruck und die Haltung einer Person, die wusste, dass sie die im Moment angesagteste Weltsicht vertrat, die wusste, dass sie eine Generation verkörperte, die bald das Ruder übernehmen würde und dass sie deren aufgeklärte Stimme war.

Die Kolumne trug die Überschrift »Zufällige Begegnungen« und handelte davon, dass sie den Film *Brief Encounter* gesehen hatte. Katriina kam das alles von Anfang an sehr bekannt vor: die subtile Unschuld des Films, die Laura beschrieb, dass die verliebte Heldin nicht in der Lage war, Mann und Kinder zu verlassen, denn die Handlung spielte Ende der Dreißigerjahre in Großbritannien – »weit vor der sexuellen Revolution«. Laura erklärte, wie die herrschende Moral sich seither verändert hatte – »die unterdrückten Gefühle der Hauptpersonen fänden wir heute zum Lachen« –, und schilderte dann, wie aus dem Film trotzdem ein Klassiker werden konnte: aufgrund der großen darstellerischen Leistung von Celia Johnson, ihrer »verzweifelten Blicke und der stets beherrschten Erzählerstimme«. Dann schlug Laura einen Bogen zur Gegenwart, und darin versteckte sich die Pointe des Textes. Sie behauptete, dass uns gerade heutzutage solche unschuldigen, züchtigen Erzählungen eine Art »Nervenkitzel« verursachen würden, weil unsere moralische Landkarte für Beziehungen ganz anders aussah. »In einer Zeit, in der über die Hälfte aller Ehen in einer Scheidung endet, ist ein Seitensprung ungefähr so originell wie ein Liter Milch. Aber der Traum von der großen Leidenschaft ist immer noch lebendig.«

Etwa zwei Minuten lang saß Katriina auf ihrem Platz im abgedunkelten Flieger und fühlte sich betrogen; nicht nur als Frau, sondern auch als Leserin. Am liebsten wäre sie aufgestanden und hätte ihre Mitreisenden gefragt, wie jemand nur so schamlos sein konnte – aber alle saßen nur stumm da, als wäre gar nichts passiert, als würde alles weitergehen wie zuvor, als wäre Laura mit ihrem Text nicht geradewegs in ihr Privatleben eingedrungen. Als sie den Passagier links von ihr betrachtete – eine Frau in ihrem eigenen Alter –, bekam sie sogar ein Lächeln von ihr geschenkt, als würde auch diese Frau zu dem Komplott gehören, als wären alle eingeweiht, die ganze Welt, nur sie nicht.

Wie spät war es? Sie schaute nach und sah, dass es bis zur Landung immer noch vier Stunden waren. Sie las die Kolumne noch einmal, blieb an bestimmten Wörtern hängen – es waren exakt dieselben Wendungen, die Max benutzt hatte, als sie den Film angeschaut hatten, ja, der ganze Gedankengang roch irgendwie nach Max. Ihm war vielleicht entgangen, dass Katriina ihm zugehört hatte, doch das hatte sie. Sie hatte bereits von den verzweifelten Blicken und dem Traum von der großen Leidenschaft gehört. Sie hatte gehört, wie Max den Drehbuchautor, Noël Coward, gepriesen hatte, und sie war Max' Ausführungen darüber gefolgt, inwiefern dieser Film als eine Art Urbild der unterdrückten Gefühle der britischen Mittelklasse betrachtet werden konnte. Das konnte kein Zufall sein, denn da steckte zu vieles drin, was ihr bekannt vorkam.

Katriina schloss die Augen.

Sie spürte, wie das Flugzeug leicht hüpfte, auf und ab, eine schwache Turbulenz. Sie bestellte eine kleine Flasche Rotwein. Als sie sie ausgetrunken hatte, bestellte sie noch eine.

Es gab Augenblicke, an die sich Katriina für den Rest ihres Lebens erinnern würde. Kurze Augenblicke, bestimmte Momente – als die Mädchen das erste Mal auf ihrem Bauch lagen, neugeboren und vollkommen schutzlos, oder als Max promoviert wurde, oder als sie als Vierzehnjährige im Schwimmstadion die Silbermedaille bei der Bezirksmeisterschaft im Turmspringen gewonnen hatte.

Dazu würden nun auch die letzten vier Stunden des Rückflugs von Manila gehören, aber statt eines Augenblicks kamen sie ihr eher wie eine Ewigkeit vor, als hätte sie sich in einer Art Schwebezustand befunden, in einer Welt, in der noch alle Möglichkeiten offen sind. Sie war die Katze im Paradox von Schrödingers Katze: Sie war gleichzeitig tot und lebendig. Solange sie noch im Flugzeug saß, existierten beide Möglichkeiten: Max hatte sie betrogen und Max hatte sie nicht betrogen, denn erst wenn sie nach Hause kam und ihn damit konfrontierte, konnte sie sicher sein. Und solange sie in dem Flugzeug saß und niemanden anrufen oder fragen konnte, war ihr ganzes Leben, ihre ganze Zukunft vollkommen offen.

Als Katriina die Tür zur Wohnung öffnete, war es gegen vier Uhr nachmittags an einem Montag. Edvard kam auf sie zugestürmt und hüpfte an ihrem Bein hoch. Katriina rief nach Max. Sie konnte die Aufregung und den Alkohol in ihrer eigenen Stimme hören.

»Hier«, rief er aus dem Schlafzimmer.

Das Erste, was sie sah, war Max, der mit dem Telefon in der Hand neben dem Bett stand. Der Fernseher war eingeschaltet, und es lief eine amerikanische Krimiserie, als ob das ganze Leben normal weiterginge. Katriina kam der Gedanke, dass er natürlich gerade mit ihr telefonierte – damit wäre er auf frischer Tat ertappt.

Gleichzeitig hatte sie das seltsame Gefühl, dass alles genau wie immer war: Das hier war ihr altes Schlafzimmer, hier stand ihr altes Bett, hier stand ihr Fernseher, dort hing das Aquarell, das sie zu ihrem fünfzigsten Geburtstag bekommen hatte, dort lag das Buch, das sie auf dem Nachttisch liegen gelassen hatte, bevor sie abgereist war. Dort stand der Mann, mit dem sie seit über dreißig Jahren verheiratet war, und sah aus, als hätte er gerade ein belegtes Brot gegessen, weil er einen Senffleck auf seinem alten, verschlissenen T-Shirt hatte.

Jetzt verabschiedete sich Max von der Person, mit der er gerade sprach, und legte das Telefon auf den Tisch.

»Hallo«, sagte er.

»Hallo«, sagte Katriina.

»Meine Mutter hatte einen Schlaganfall.«

Katriina hatte sich viele Szenarien vorgestellt, während sie mit dem Taxi von Vantaa nach Hause gefahren war. Sie hatte sich vorgestellt, wie sie – genau wie früher einmal, als sie frisch verheiratet waren und sich furchtbar gestritten hatten – ihn mit dem gesamten Inhalt des Kühlschranks bewerfen, wie sie gellend schreien, ihn so in den Bauch boxen würde, dass er gegen die Wand flog. Sie hatte sich vorgestellt, wie sie alle seine Kleider aus dem Schrank holen und in eine Tasche stopfen würde, um sie anschließend ins Treppenhaus zu werfen. Sie hatte sich nicht vorgestellt, dass ihre Schwiegermutter einen Schlaganfall erlitten hatte und dass es plötzlich ganz andere Dinge zu diskutieren gab. Katriina spürte, wie der Schock sie überwältigte, die Trauer, das Gefühl der Machtlosigkeit angesichts des Todes, aber sie versuchte, diese Gedanken zur Seite zu schieben.

»Ich bin nur kurz zu Hause. Ich muss morgen schon wieder zurück«, sagte er und umarmte sie.

Sie legte ihren Kopf an seine Brust und sah diesen ganzen Streit, der sich in ihrer Vorstellung aufgebaut hatte, sich einfach in Luft auflösen. Sie spürte, wie sich Max' Hände in ihr

Haar wühlten, dass er Trost bei ihr suchte und den Kopf an ihren Hals drückte. Aber in einem Anfall von Zorn schob sie ihn weg. Sie konnte nicht zulassen, dass er emotional die Oberhand bekam.

»Max, hast du eine Affäre mit Laura Lampela?«

Die Fernsehserie lief weiter, als wäre nichts geschehen. Für einige Sekunden hörte man im Schlafzimmer nichts anderes als den Dialog, die gut geölten Witze, die Einzeiler, in denen die stereotypen Figuren ganz selbstverständlich miteinander kommunizierten – und Katriina wusste, dass er schnell antworten musste, denn jetzt, wo sie es ausgesprochen hatte, war es nicht mehr zurückzuholen.

»Ich weiß nicht, wovon du sprichst«, sagte er, ging zum Tisch, hob sein Telefon auf und steckte es in die Tasche. Er wandte sich seinem Kleiderschrank zu und begann Hemden herauszunehmen.

Katriina spürte ihren Zorn. Sie wunderte sich, wie schnell er gekommen war. Zuerst tauchte er fast unbemerkt auf, wie ein leichtes Ziehen im Bauch, aber er wuchs und kletterte die Brust und die Kehle hinauf und setzte sich schließlich wie eine pochende Hitze in ihrer Schläfe fest. Sie schwitzte, ein irritierender und unbeherrschbarer Nebeneffekt des Älterwerdens.

»Und wie willst du mir dann diesen Text erklären, den Laura heute in der *Iltalehti* veröffentlicht hat?«

Max drehte sich um, jetzt sah er plötzlich interessiert aus, er lächelte beinahe.

»Laura hat sich den Film von mir geliehen, nachdem ich ihr ein bisschen davon erzählt hatte. Ich habe den Bus nach Österbotten genommen. Gestern, als ich auf dem Weg nach Hause war, hat Mama einen Schlaganfall bekommen. Es ist nicht sicher, dass sie durchkommen wird. Elisabeth ist jetzt bei ihr, aber ich muss morgen zurückfahren. Sie wird vermutlich nach Vaasa verlegt.«

Katriina begann zu weinen. Es brach aus ihr heraus, ohne dass sie etwas dagegen machen konnte; sie schaffte es nicht, sich zu beherrschen. Abgesehen von ihrem Schluchzen war es still im Zimmer. Sie glaubte Max nicht und irgendwie doch – er hatte sich wohl kaum ausgedacht, dass seine Mutter einen Schlaganfall gehabt hatte.

»Ich bin müde und möchte mich ausruhen. Es war ein anstrengender Tag, und ich muss morgen früh aufstehen«, sagte er.

»Liebst du sie?«

Er seufzte.

»Ich weiß nicht, wovon du sprichst.«

»Wenn du sie liebst, dann möchte ich es wissen«, sagte Katriina.

Max antwortete nicht.

»Was erwartest du von mir zu hören? Es ist nichts passiert. Ich habe Laura ein paarmal getroffen. Sie hat gesagt, dass mein Manuskript okay ist. Aber nichts ist passiert. Was willst du also?«

»Frag mich nicht, was ich will. Was willst du? Willst du mit ihr zusammenziehen?«

Ein Teil von ihr wäre am liebsten in Gelächter ausgebrochen, und sie war kurz davor, dem Impuls nachzugeben – aber ihr war klar, dass es im Hinblick auf Ebba eine vollkommen falsche Reaktion gewesen wäre.

Max streichelte ihre Wange, umarmte sie, wie er es immer tat, wenn sie wegen irgendetwas traurig war. Sie ließ ihr Gesicht immer tiefer gegen seine Brust sinken, ließ seine Hände ihr Haar berühren, ließ ihn ihren Kopf küssen. Sie suchte mit der Hand nach seinem Bart und streichelte ihn.

Max reagierte instinktiv, indem er sie noch fester umarmte, ihr das Haar streichelte und seine Hand zu ihrer Taille hinabgleiten ließ, ihr Gesäß berührte. Sie war müde, erschöpft, aber – spürte sie – seltsamerweise nicht zu müde, um erregt zu werden. Vielleicht war es der einzig logische Ausweg aus dieser Situation, das einzige Gefühl, das nicht zwiespältig war, das man begreifen konnte. Sie ging auf seine Zärtlichkeiten ein, indem sie den Kopf nach hinten neigte und ihn anschaute. Sie schloss die Augen, drückte sich wieder an ihn heran und küsste ihn, nahm seine Hand und führte ihn zum Bett.

Seine Hände bewegten sich über ihren ganzen Körper, jetzt verlagerte er sein Gewicht und begann ihren Hals zu küssen, dann ihre Brüste, und sie spürte, wie sich seine Hände unter ihr dickes Kleid schoben. Irgendwo tief in ihrem Inneren erwachte ein Kribbeln. Sie kroch weiter auf das Bett, er folgte ihr und tastete sich weiter nach unten vor, begann ihr die Kleider auszuziehen.

Es vergingen Sekunden, oder waren es Minuten, bis sie im Bett lagen und einander umschlossen.

Sie spürte seine Zunge, weich. Sie stöhnte leise, und er machte weiter. Alles fiel von ihr ab, ihre ganze Angst, ihr ganzer Zorn. Sie fühlte sich so sicher in dieser Situation, dies war ihr Leben. Gleichzeitig fühlte es sich neu an, als hätte sich in Max' Verhalten etwas verändert. Vielleicht war es die Spannung, etwas nicht genau zu wissen, das Bett in gewisser Weise mit einem Fremden zu teilen.

Es war dunkel im Zimmer, nur Max' Körper über ihr, der wohlbekannte, salzige Geschmack seiner Haut. Als er in sie eindrang, zog sich alles wie schon lange nicht mehr zu einem einzigen Punkt zusammen.

»Oh, Max … was ist das …«

Mitten in der Ekstase drehte sie den Kopf und schlug die Augen auf.

Ihre Reaktion war so heftig – und ihr Schrei so laut –, dass ihre Knie gegen Max' Kopf schlugen, bevor er die Decke wegziehen konnte. Er schob die Decke zur Seite, verwirrt und erschrocken.

»Was ist? Entschuldige, ich habe etwas Neues ausprobiert …«

Auge in Auge mit Katriina, direkt auf dem Nachttisch, saß der eine Hamster der Enkelkinder und starrte sie an. Unten auf dem Fußboden kroch Katriinas Unterhose herum, sie musste auf dem anderen Hamster gelandet sein, nachdem sie sie ausgezogen hatte, und jetzt versuchte er vergeblich, sich davon zu befreien.

27

Die Ereignisse überschlugen sich derartig, dass es gar nicht anders kommen konnte. Als Max später darüber nachdachte, sah er ein, dass es unmöglich gewesen war, Blixten zu retten.

Max sprang aus dem Bett und landete mit dem rechten Fuß zuerst auf dem Boden. Als er den linken Fuß nachzog, spürte er etwas Weiches unter der Sohle. Er hörte das eigenartige, furchtbare – aber auch sehr kurze – Piepsen heraufdringen. Als er den Fuß hob, sah er die platte und traurige Wirklichkeit.

Katriina saß immer noch im Bett und hatte ihren entsetzten Blick auf Skorpan gerichtet, der sie vom Nachttisch aus anstarrte.

»Sie waren für anderthalb Wochen verschwunden?«, sagte sie jetzt.

Max bückte sich, um den Schaden zu begutachten.

Es war schlimm. Blixten lag mit geöffnetem Maul auf dem Rücken, und seine Pfoten hingen leblos herunter.

Katriina stand auf, ging ins Badezimmer und holte einen Morgenrock. Max nahm seine Kleider und zog sich an. Er hob den zerdrückten Hamster auf und legte ihn auf die Bettkante. Es war jetzt nicht die Zeit, sich mit solchen Problemen auseinanderzusetzen.

Edvard war ins Zimmer gekommen und schnupperte an Blixten herum.

»Wir müssen den anderen einfangen, bevor er wieder verschwindet«, sagte Max.

Katriina kam aus dem Badezimmer und ging zum Nachttisch. Skorpan schnupperte an der Nachttischlampe herum und bewegte sich auf dem Tisch hin und her. Katriina beugte sich hinunter und nahm den Hamster mit beiden Händen auf. Dann ging sie in Evas Zimmer und steckte ihn in den Käfig.

Max ging in die Küche und trank ein Glas Wasser. Edvard folgte ihm.

»Liebst du sie?«, hatte Katriina gefragt.

Max war nie jemand gewesen, der Stellung bezog. Er hatte nie die Lust verspürt, sich nur deshalb in bestimmten Fragen zu positionieren, um einen Standpunkt zu haben. Vielleicht war das Feigheit – eine Methode, sich den Rücken freizuhalten –, doch hatte er auch erlebt, wie sich viele Menschen seiner Generation früh auf bestimmte Wahrheiten festgelegt hatten und diese sie dann für den Rest ihres Lebens prägten.

Es gab im Privatleben eines jeden Menschen natürlich Augenblicke, in denen er gezwungen war, sich nach einer Art innerem Kompass auszurichten. Formten den Menschen seine Taten, oder handelte er in Einklang mit der Person, die er schon immer gewesen war?

Er dachte an die Heimreise von Kristinestad. Elisabeth hatte angerufen, als sie ein Stückchen auf der Reichsstraße 8 gefahren waren. Laura und Max waren gezwungen, den Wagen zu wenden und zur Notaufnahme der medizinischen Versorgungszentrale zu fahren. Als sie dort angekommen waren, konnten sie nicht viel tun. Elisabeth saß im Wartezimmer und weinte und stellte keine Fragen, als Max mit Laura dort auftauchte. Es war Mittag, und sowohl

Max als auch Laura waren hungrig. Es stürmte immer noch, und niemand wusste, wie lange sie in Kristinestad bleiben würden.

»Du kannst nach Hause fahren, wenn du willst. Ich kann den Bus nehmen«, sagte er zu Laura.

»Kein Problem, ich kann bleiben«, sagte sie.

Max wollte sie eigentlich nicht dabeihaben, aber er konnte sie auch nicht zwingen, nach Hause zu fahren. Er ging mit seiner Schwester in den Raum, in dem ihre Mutter lag, und sie sprachen mit den Ärzten.

»Hirnblutung«, stellte die diensthabende Ärztin fest.

»Sie ist alt, und sie hat früher schon Thrombosen gehabt. Diese hier war ziemlich schlimm. Selbst wenn sie durchkommt, wird sie immer wieder Schlaganfälle haben. Es kann auch gut gehen, aber ich würde mir keine großen Hoffnungen machen.«

Ihr Mutter sah friedlich aus, wie sie im Bett lag. Ihr Gesicht war nur unwesentlich verzogen, ihr Mund war anders, etwas schaurig Unbekanntes mitten im Wohlvertrauten. Elisabeth weinte, und Max nahm sie in den Arm. Sie setzten sich, standen dann wieder auf und gingen im Zimmer herum, während sie darauf warteten, dass die Ärztin mit den Ergebnissen der Blutprobe zurückkam.

Max ging zu Laura hinaus.

»Du kannst ruhig nach Hause fahren, wenn du willst. Ich werde bestimmt noch eine Weile hierbleiben.«

»Ich muss nicht nach Hause fahren.«

»Aber du hast doch bestimmt Besseres zu tun, als hier zu warten?«

»Eigentlich nicht.«

Sie gingen in ein Café am Markt und aßen zu Mittag. Anschließend kehrten sie zu Lauras Auto zurück, sie hatte beschlossen, doch nach Hause zu fahren. Etwas geschah. Max beugte sich über sie und küsste sie. Dann ging alles sehr schnell. Willig zog sie sich die Kleider aus, die Hosen und die Unterwäsche, und ließ ihn in sie eindringen. Es war mechanischer Sex, Sex, um das Furchterregende abzuwehren – Sex, weil es die Welt um sie herum, mit all ihren Konventionen, nicht mehr gab. Das Einzige, was existierte, war ein großes, weißes Rauschen. Es war beengter, umständlicher Sex, Sex mitten in einem Schneesturm mit Radio Vega im Autoradio. Als sie fertig waren, zog Laura sich die Hosen wieder an, und Max sagte »Danke«. Dann fuhr sie los, und Max ging ins Krankenhaus zurück.

Als er sich neben seine Mutter setzte, dachte er, dass es irgendwo vielleicht eine Klausel gab, die besagte, dass man unter besonderen Umständen untreu sein durfte, zum Beispiel, wenn ein Schock den betreffenden Menschen in einen Zustand geistiger Unzurechnungsfähigkeit versetzte. Ebba lag still in ihrem Bett und atmete leicht, und er spürte, wie sich eine Dunkelheit in ihm ausbreitete, als er sie betrachtete, ein Gefühl des Verlusts. In gewisser Weise war es unbegreiflich, dass er sich jetzt in dieser Situation befand, dass dieser Punkt tatsächlich gekommen war, den er sich in den vergangenen Jahren so oft vorgestellt hatte, der ihm aber immer abstrakt und fern erschienen war. Ebba hatte die ganzen Jahre zwar weit entfernt von ihnen gewohnt, aber sie hatte trotzdem existiert, als eine Erkenntnis irgendwo im Hinterkopf, als eine ständige Anwesenheit in seinem Leben. Und jetzt sollte er einsam ihre gemeinsamen Erinnerungen tragen, seine Erinnerungen an Vater und Mutter und an seine Kindheit, und eines Tages würden sie ganz aufhören zu existieren. Was bliebe dann noch viel übrig von dem Leben, das er gelebt hatte?

Während der Busfahrt nach Hause schlief er ein. Als er noch in der Warteschlange stand, waren ihm Zweifel gekommen, ob die Sache mit Laura überhaupt geschehen war. Es kam ihm wie eine Erinnerung vor, die überhaupt nicht zu alldem anderen passte.

»Liebst du sie?«

Als Katriina in die Küche kam, wich Max ihren Blicken aus. Ihm war, als würden sie gerade mit mehreren Bällen gleichzeitig jonglieren. Er hatte ein schlechtes Gewissen, aber irgendwie doch nicht. Er konnte nicht wirklich bereuen, was er getan hatte. Die Situation hatte einfach danach verlangt.

Jetzt stand Max in der Küche und tat das, was für ihn am einfachsten war. Er suchte seine Tennissachen heraus und packte seine Tasche. Draußen herrschte immer noch scheußliches Wetter, um die zwanzig Grad minus. Der Wind biss ihn ins Gesicht, in seinen ganzen Körper, und er kämpfte sich mühsam voran. Er hätte Skier gebraucht.

Er öffnete die Tür zum Tenniscenter und saugte den bekannten Duft nach Linoleum, Schweiß und isotonischen Getränken ein. Es war Montagabend, und als er in die Umkleidekabine kam, wurde er von Jorma begrüßt, der – soweit Max es verstanden hatte – an einem kleineren Theater in Kallio arbeitete. Er hatte Jorma schon öfter interessiert zugehört, wenn er von anstrengenden Regisseuren erzählte, mit denen er gearbeitet hatte, von Schauspielern, die sich um den Verstand gesoffen hatten, und von Skandalen im finnischen Theatermilieu. Max selbst bekam davon nicht besonders viel mit, er ging selten ins Theater, wenn Katriina ihn nicht dazu verdonnerte. Aber er hörte gerne Menschen zu, die ganz andere Dinge machten als er, denn das erweiterte die Perspektive.

An einem der Schränke stand Juha, von dem Max wusste, dass er vor einigen Jahren an Krebs erkrankt war, aber später wieder gesund wurde und ein zweites Mal geheiratet hatte, eine junge Weißrussin. Ihnen allen im Tenniscenter war gemeinsam, dass sie über Personen klatschten, die nicht anwesend waren. Auf diese Weise zirkulierte jede Information in einem ewigen Kreislauf, und niemand konnte sich sicher sein, ob nicht auch er Gegenstand des Geredes war.

Juha sprach nie viel, aber er war ein verdammt guter Tennisspieler. Er besaß die seltene Gabe, seine Rückhand fast genauso vollendet einsetzen zu können wie seine Vorhand. Außerdem lief er schneller, als sein Körperbau vermuten ließ, und er hatte einen kräftigen Aufschlag. Max konnte verstehen, dass er auf junge Frauen attraktiv wirkte; vielleicht war seine körperliche Leistungsfähigkeit nicht auf den Tennisplatz beschränkt.

Ein körperbetontes und aggressives Tennisspiel bedeutete nicht immer, dass der Spieler eine aggressive Persönlichkeit besaß. Stattdessen schienen sich viele ihre Aggressivität für den Platz aufzusparen. Aber wenn eine Person sehr wettbewerbsorientiert spielte, dann handelte sie im Privatleben häufig ähnlich. Mit einer skrupellosen Einstellung konnte man sehr weit kommen, aber nach Max' Erfahrung waren die allerbesten Spieler trotzdem diejenigen, die das Spiel im Blut hatten; die Tennis spielten, als würden sie Ballett tanzen, die jeden Teil des Spiels gleichermaßen intuitiv beherrschten. Oft gelang solchen Menschen beinahe alles, was sie sich vornahmen, es war eine Art Musikalität. Max hatte es bei einigen der jüngeren Männer beobachten können, gegen die er gelegentlich spielte, eine Art schnörkellose Überlegenheit, die darüber hinaus auch großzügig wirken konnte.

Max' eigenes Spiel lebte von der Hartnäckigkeit. Davon, dass er nicht aufgab, selbst wenn er sich vor lauter Schmerz und Erschöpfung am liebsten flach auf den Boden gelegt hätte. Davon, dass er jeden Ball zurückbrachte, aber keine unnötigen Finten ausprobierte. So hatte er sich durch Tausende von Partien gekämpft. Es ging darum, um jeden Preis im Spiel zu bleiben, bis der Gegner schließlich aufgab.

»Liebst du sie?«

28

Russ übernachtete bei Eva. Sie begleitete ihn, als er am nächsten Tag zu seinem Zelt zurückkehrte.

»Hier gibt es offensichtlich viel zu tun«, stellte Eva fest, während sie all diese Occupy-Menschen betrachtete, die gerade aufgestanden waren und begonnen hatten, ihren täglichen Aufgaben im Camp nachzugehen, was auch immer diese sein mochten. Russ' Zelt war in der Nacht von Schnee bedeckt worden, und er begann daran zu rütteln, um ihn abzuschütteln. Er tat ihr leid, doch konnte er auf ihr Mitleid bestimmt gerne verzichten.

»Ich komme schon zurecht«, sagte er, als hätte er ihre Gedanken gelesen.

Er hob die Heringe auf und schob mit den Füßen die Sandsäcke zusammen, die in losen Haufen um das Zelt herumlagen. Ein Mann kam auf Eva zu und fragte sie nach ein bisschen Kleingeld. Sie grub in ihren Taschen und gab ihm ein paar Münzen.

Sie frühstückten zusammen in der Zeltuniversität. Dort saß ein Dutzend Menschen und sprach über den Kampf gegen die Stadt und die Grundbesitzer. Die Stadt wollte die Besetzer nach wie vor vertreiben, mit dem Argument, dass sie den Verkehr behindern würden. Außerdem, hieß es, sei das Camp für die gestiegene Kriminalitätsrate in der Umgebung verantwortlich und wirke sich negativ auf die lokale Wirtschaft aus.

»Die Ironie dabei ist ja, dass wir es sind, die sich um die Menschen kümmern, denen die Stadt nicht zu helfen in der Lage ist. Deswegen dürfen wir diesen Platz nie verlassen. Dafür sind gar nicht so viele Leute nötig. Nötig sind Zelte. Die Zelte sind das wichtigste Symbol, sie signalisieren, dass das Gebiet besetzt ist. Dass hier eine Siedlung errichtet wurde«, sagte eine Frau, die eine Strickmütze mit Ohrenklappen und eine winddichte Winterjacke trug. Sie schien ein bisschen über vierzig zu sein und hielt einen Becher Tee in den Händen. Eva hatte den Eindruck, dass sie diese Art von Versammlungen gewohnt war, eine professionelle Graswurzelaktivistin.

»Aber was sind unsere Prinzipien?«, fragte ein Junge, den Eva von ihrem Besuch am Vortag wiedererkannte. Er war ins Zelt gekommen, als Eva sich mit Russ unterhalten hatte.

»Ich weiß, dass wir darüber schon oft diskutiert haben, aber wir sollten ein paar gemeinsame Regeln aufstellen. Soll Essen für die Obdachlosen Vorrang haben gegenüber unseren laufenden Kosten? Sollen wir wirklich unsere ganze Energie darauf verwenden, eine Suppenküche zu betreiben? Das ist nicht der Grund, warum wir hier sind. So haben wir nicht angefangen. Die Frage ist, ob es nicht effektivere Methoden gibt, unsere Botschaft in die Welt zu tragen.«

Die Leute schauten ihn an. Die Frau mit dem Teebecher zuckte mit den Schultern.

»Keine Dogmen.«

Die Leute schienen ihrer Meinung zu sein. Eva beobachtete, dass sie auf die Art mit den Händen wedelten, die Zustimmung signalisierte.

Als sie eine gute Stunde später wieder zu Hause in Bethnal Green war, ohne Russ, stand Malik vor ihrer Haustür. Sein Finger klebte an der Klingel und er läutete ununterbrochen. Sein Kopf lehnte an der Wand.

»Hallo, Babe«, lallte er.

»Hör auf zu klingeln. Wenn ich nicht aufmache, dann sollte dir klar sein, dass ich nicht zu Hause bin. Was willst du?«

»Ich will dich besuchen. Darf man alte Freunde denn nicht mehr besuchen?«

Er war high. Oder betrunken. Oder vielleicht auch nur nervös. Er kratzte sich am Hals und schien Mühe zu haben, sich auf den Beinen zu halten, obwohl er sich mit dem ganzen Körper gegen die Tür lehnte.

»Warum kommst du hierher?«, fragte Eva. »Als du das letzte Mal da warst, hast du mich ›Fotze‹ genannt.«

»Ich brauche einen Platz zum Schlafen.«

»Hängst du deswegen immer bei Russ herum? Weil du kein Dach über dem Kopf hast? Warum fährst du nicht nach Hause?«

Malik schaute sie an, als würde er nicht verstehen, wovon sie überhaupt sprach, oder als hätte sie eine unfassbar dumme und lächerliche Frage gestellt. Es erschien ihr vollkommen unlogisch, dass Malik – der praktisch in Geld schwamm – nicht in einem Hotel übernachten konnte, wenn es ihm aus irgendwelchen Gründen nicht möglich war, einfach nach Hause zu gehen. Allerdings, das war ihr während ihrer Beziehung aufgefallen, war er furchtbar anhänglich. Da konnte er sich noch so sehr über Kunstgeschichte auslassen und »Scheiß Saatchi« brüllen und eine Riesennummer aus seinem aufregenden Leben machen – Freunde außerhalb der Universität schien er nicht zu haben.

War er in seinem Unterricht deswegen so despotisch, weil er in zwischenmenschlichem Verhalten keine Übung hatte?

Sie öffnete widerwillig die Tür und ließ ihn herein, weil sie wusste, dass Natalija nicht zu Hause war. Sonst hätte sie das nie gemacht.

Malik ging sofort zum Kühlschrank und holte eine Flasche Bier heraus. Er öffnete sie und trank die halbe Flasche in einem Zug. Dann ließ er sich auf einen Küchenstuhl sinken und starrte auf den Tisch.

»Eva, ich erzähle dir jetzt was. Hör verdammt noch mal genau zu. Es gibt vielleicht fünf – nein, drei – Künstler meiner Generation, die wirklich von Bedeutung sind, die über dieses bestimmte, notwendige Etwas verfügen. Ich bin einer von ihnen. Ich hätte im MoMA ausstellen und den ganzen verdammten Saal dort auf einen Schlag verkaufen können. Ich hätte in so einem blöden Haus in Lower Manhattan wohnen können, so wie dieser ganze Julian-Schnabel-Klan. Aber das Scheiß-Establishment hat mich nach Strich und Faden verarscht. Ein Fehler. Ein einziger Fehler! Man macht einen kleinen, verdammten Fehler, und schon ist man raus.«

Eva stand noch im Flur. Sie hatte sich gerade erst den Mantel ausgezogen. Als sie ihn fragen wollte, von welchem Fehler er sprach, kam er ihr zuvor.

»Weißt du, was der Punkt ist?«, fragte er. »Weißt du, worum es geht?«

»Nein«, sagte Eva. Sie hängte den Mantel an den Haken, langsam, während sie überlegte, wie sie Malik wieder loswerden könnte.

»Es geht um Anpassung. Nackter Darwinismus. Du musst dich anpasssssen können! Denk dran!«, zischte er und starrte auf den Tisch.

»Und noch etwas. Diese verdammten Auktionshäuser …

Millionäre, die keine Lust mehr auf Aktien und Fonds und den ganzen Scheiß haben und lieber beschissen einzigartige Gegenstände besitzen wollen, die ihren Wert behalten. Weißt du, was ein Auktionshaus ist, Eva?«

»Nein.«

»Ein verdammtes Bestattungsunternehmen. Die Kunst stirbt. Was glaubst du, warum kein Künstler mit ihnen zu tun haben möchte?«

Er stand jetzt auf, ging in ihr Zimmer und ließ sich aufs Bett fallen. Eva wollte ihn hinauswerfen. Sie hatte ihn noch nie so pathetisch erlebt, so erbärmlich.

Er beugte sich über ihre Kunstbücher, hob den dicken Band über die Präraffaeliten auf und begann mit dem Zeigefinger darin herumzublättern. Er leckte sich den Finger, blätterte weiter in dem Buch, das ihm aber aus der Hand glitt und auf den Fußboden knallte, was ihn – warum auch immer – zu einem unbeherrschten Kichern veranlasste.

»Alle Frauen sind Huren, ist dir das klar?«

Eva hatte noch nie wirklich Angst vor Malik gehabt. Aber jetzt war sie allein mit ihm, und ihr wurde klar, dass sie niemanden anrufen konnte, der ihr schnell zu Hilfe eilen würde. Sie hätte ihn niemals hereinlassen dürfen. Sie schloss die Tür zum Schlafzimmer und ließ ihn allein dort liegen. Nachdem sie eine Weile in der Küche gesessen und überlegt hatte, ob sie ihre Mutter anrufen sollte, hörte sie ihn plötzlich schluchzen. Weinte er etwa? War der große Malik Martin in Tränen ausgebrochen?

Sie spitzte die Ohren. Tatsächlich, es klang so, als würde er weinen. Es dauerte mehrere Minuten, und sie hörte, wie er in dem Zimmer vor sich hin jammerte. Er schluchzte, murmelte irgendetwas, schien sich ein wenig zu beruhigen. Sie blieb in der Küche und wusste nicht, was sie tun sollte.

Als sie ein paar Minuten lang nichts gehört hatte, ging sie näher an die Tür, blieb dicht davor stehen und lauschte. Kein Laut. Als sie die Tür öffnete und in das Zimmer hineinschaute, lag er vollkommen regungslos da. Groß, mit breitem Rücken und um den kahlen Hinterkopf herum abstehenden Haaren.

Es roch ein bisschen streng. Hatte er einen fahren lassen? Sie ging auf ihn zu, und erst jetzt sah sie die nasse, dunkle Pfütze, die sich auf dem blauen Laken ausgebreitet hatte. Als sie noch näher kam, wurde der Gestank schlimmer.

»Malik?«

Keine Antwort. Er lag regungslos auf dem Bauch, schwer wie ein abgeschossenes Tier, ein Körper, der niemandem mehr zu gehören schien, nur noch ein stinkender, schwarzer Klumpen war, der auf ihrem Bett lag.

Sie ging in die Küche und rief Russ an.

Als er nicht abnahm, wurde sie richtig nervös, begann über einen Plan B nachzudenken – wen sollte sie anrufen? Wer könnte ihr bei diesem Problem beistehen? Wie sollte sie es Natalija erklären?

Sie rief noch einmal Russ an. Schließlich nahm er ab.

»Hallo, ich bin's«, sagte Eva. »Ich habe ein Problem. Ein ziemlich großes Problem sogar.«

»Pfui Teufel.«

»Ich habe die Fenster aufgemacht. Glaubst du, er ist tot?«

Russ und Eva standen in der Tür zu ihrem Zimmer.

»Nein, er atmet ja noch.«

»Was soll ich machen?«

Russ ging zu Malik und stieß ihn mit dem Finger an. Er bewegte sich ein bisschen, murmelte etwas Unverständliches.

»Er ist jedenfalls noch am Leben. Aber gerade so. Oh verdammt, wie das stinkt.«

»Glaubst du, er hat eine Überdosis abbekommen?«

»Wer weiß. Vielleicht hat er auch nur zu viel getrunken. Mein Vater hat sich auch manchmal in die Hosen geschissen, wenn er den ganzen Abend beim Saufen war. Manchmal stand man auf und wollte frühstücken, und er lag im Flur. Meine Mutter musste immer alles sauber machen.«

»Wir können ihn so wohl kaum in ein Taxi setzen.«

Sie gingen zurück in die Küche und überlegten. Überall roch es nach menschlichen Exkrementen, der Gestank hatte sich in der ganzen Wohnung ausgebreitet, und Eva befürchtete, dass man es mittlerweile auch im Treppenhaus riechen konnte. Sie wusste, dass die oberste Priorität war, Malik zum Aufstehen zu bewegen.

»Du musst hineingehen und ihn dazu bringen, aufzustehen«, sagte sie. Sie war eher zornig als ängstlich.

»Glaubst du, ich kann ihn hochheben? Wären wir hier nicht in deiner Wohnung, ich würde ihn einfach liegen lassen. Er wiegt doch bestimmt neunzig Kilo.«

Eva war sich ziemlich sicher, dass er noch deutlich mehr wog.

»Aber wir sind nun mal in meiner Wohnung, und er kann hier nicht liegen blieben. Natalija kommt heute Abend nach Hause.«

Sie gingen ins Zimmer zurück und stießen Malik an. Er reagierte jetzt ein bisschen, wand den Kopf, sank zurück auf das Kissen, kratzte sich an der besudelten Hose.

»Jetzt steh endlich auf!«, sagte Russ und versuchte autoritär zu klingen, während er an Malik zog. »Verdammt noch mal«, sagte er schließlich, »so habe ich mir diesen Tag nicht vorgestellt.«

Neben Malik sah Russ aus wie ein kleiner Junge, wie ein blasser, kleiner Hipster, der ein Nashorn wiederbeleben wollte. Zuerst versuchte Malik, Russ abzuwimmeln, aber dann schaute er langsam auf.

»Du musst unter die Dusche, Malik.«

Russ zog an ihm, und Malik schien endlich zu kooperieren, er stützte sich auf den Arm und setzte sich auf, aber seine Miene verriet, dass er immer noch vollkommen hinüber war, sein Blick war starr auf die Wand gerichtet. Eva schaute den beiden zu, und plötzlich hatte sie Malik als Kind vor Augen, als einen erbärmlichen, kleinen, einsamen und verwirrten Jungen, der in der Nacht aufgewacht war, weil er ins Bett genässt hatte. Er kam schwerfällig auf die Füße und stützte sich auf Russ.

»Du musst seine Frau anrufen. Hast du ihre Nummer?«

»Sie ist bestimmt in der Galerie. Vielleicht kann man dort anrufen?«, sagte Eva.

»Gut, machst du das, bitte?«

Eva nickte. Sie wusste, dass sie um diesen Anruf nicht herumkam.

Als sie in die Küche kam, sah sie, dass ihr Telefon vibrierte. Es war ihre Mutter.

»Hallo«, sagte Eva. »Ich bin gerade ziemlich beschäftigt. Kann ich dich später anrufen?«

»Ja, oder ... es geht um deine Großmutter. Sie hatte einen Schlaganfall. Ich wollte nur fragen, ob du vielleicht nach Hause kommen kannst.«

29

Katriina putzte. Das schien ihr in dieser Situation am vernünftigsten. Sie putzte, ging den Kühlschrank durch und warf alles weg, was nicht mehr frisch war. Sie scheuerte die Toilette, in der Küche kniete sie sich sogar hin und wischte den Boden um den Mülleimer herum auf.

Sollte es eine Beerdigung geben, dann würde sie in Lappfjärd stattfinden. Das hieß, dass sich Katriina um die praktischen Arrangements würde kümmern müssen. Das konnte sie gut. Sie würde das richtige Essen aussuchen. Sie würde für eine stilvolle Trauerfeier sorgen, selbst wenn sie in Kristinestad stattfand, selbst wenn nicht so viele Leute kamen. Elisabeth wäre natürlich dort, ihre Söhne, sie selbst und Max, die Mädchen, Amanda und Lukas, Ebbas Bruder, ein paar Cousins und Cousinen aus Kristinestad, vielleicht ein paar von Ebbas ehemaligen Kollegen im Sozialamt, unter Umständen der eine oder andere noch lebende Veteran, der wegen Vidar erscheinen würde.

Es gefiel ihr, dass Max hilflos war. Es gefiel ihr, dass er nicht wusste, was er tun sollte, dass er so still war, dass sie immer noch Oberwasser hatte. In den letzten Stunden hatten sie nicht mehr über Laura Lampela gesprochen, aber Katriina hatte sich über den Gedanken amüsiert, dass sie sechsundzwanzig Jahre alt war, als Laura geboren wurde, und Max über dreißig. Also war Laura zehn Jahre alt, als Max vierzig war und sie gerade in den USA lebten. Diese

Rechenexperimente stellte Katriina an, während sie in der Küche hockte und die ramponierten Türen des Küchenschranks schrubbte. Als sie fertig war, ging sie ins Schlafzimmer, immer noch mit Gummihandschuhen an den Händen, und fand Max im Bett liegend. Er hatte fertig gepackt.

»Hast du mit deiner Schwester gesprochen?«

»Ja, es ist nichts passiert. Mama schläft.«

Katriina wischte sich mit der Hand über die Stirn. Der nasse Handschuh fühlte sich kalt und überraschend angenehm an.

»Max. Ich helfe dir bei allem, was nötig ist. Ich organisiere die Beerdigung. Aber danach müssen wir reden.«

»Aber es gibt nichts zu reden.«

»Glaubst du etwa, ich kenne dich nicht? Wie charmant du in den Augen anderer Leute wirkst? Wie charmant und liebevoll und wunderbar du zu allen bist außer zu mir?«

»Ich weiß nicht, was du meinst.«

»Ich komme morgen mit«, sagte Katriina jetzt.

»Das brauchst du nicht.«

»Aber ich möchte. Ich möchte deine Mutter noch einmal sehen. Natürlich möchte ich das. Und Helen auch.«

»Was sollen wir mit den Hamstern machen?«

»Darum musst du dich kümmern. Morgen früh. Du musst in den Laden gehen und einen neuen kaufen, der genauso aussieht.«

»Was hast du mit dem gemacht, auf den ich getreten bin?«

»Ich habe ihn eingefroren.«

»Eingefroren?«

»Hätte ich ihn lieber das Klo hinunterspülen sollen?«

»Nein, das wohl nicht«, sagte Max.

So war es also beschlossen. Am nächsten Morgen um neun nahm Max die Straßenbahn und fuhr zu Stockmann, betrat die Türen des großen Warenhauses, ging an der Parfümabteilung vorbei und fuhr mit der Rolltreppe bis in den sechsten Stock. Abgesehen vom Verkaufspersonal und ein paar russischen Touristen, die früh in Helsinki eingetroffen waren, war es fast menschenleer. Ein paar Männer probierten Anzüge an, und ihre Frauen schauten zu. Sportliche Kundenberater standen bereit, um Laufschuhe zu verkaufen. Dann kam die Zooabteilung mit ihrem Duft nach Sägespänen und Fischfutter. Und dort fand Max einen grauen Hamster, der Blixten so ähnlich war, wie es ein Hamster nur sein konnte, möglicherweise war er ein bisschen kleiner, aber das machte doch kaum einen Unterschied. Helen und die Kinder würden höchstens denken, dass der Hamster bei ihnen zu wenig zu essen bekommen hatte.

Als Max wieder zu Hause war, hatte Katriina das Gepäck bereits im Auto verstaut. Helen war auch schon da. Sie saß in der Küche und trank Kaffee und sah bestürzt aus. Max hoffte, dass es wegen ihrer Großmutter war und nicht, weil Katriina irgendetwas erzählt hatte.

Edvard hüpfte um ihn herum und bellte. Max schlich sich in Evas altes Zimmer und setzte den neuen Hamster zu Skorpan in den Käfig.

Max und Katriina schwiegen die meiste Zeit während der Fahrt, und Helen saß auf dem Rücksitz und hörte ein Hörbuch.

»Was hörst du da?«, fragte Katriina.

»*Kreuze in Karelien.*«

Max hatte Elisabeth angerufen, die ihm berichtete, dass die Lage unverändert war. Ihre Mutter lag immer noch auf der Station, und sie waren sich nicht sicher, wann oder ob sie überhaupt nach Vaasa verlegt werden sollte. Elisabeth klang besorgt, verunsichert, und Max hatte plötzlich das Gefühl, dass er ein schlechter Bruder war, dass er irgendetwas tun sollte, dass sie sich eine tröstende Geste von ihm wünschte. Aber woher sollte er wissen, was von ihm erwartet wurde?

Vielleicht brauchte Elisabeth einfach nur jemanden zum Reden. Max war klar, dass er seine Mutter in den vergangenen Jahren wesentlich häufiger hätte besuchen sollen, aber er hatte immer gedacht, dass dieser Moment zu einer anderen Zeit kommen würde, später, dass er diesen Augenblick mit ihr verbringen durfte, nachdem er ihr wieder richtig nahegekommen war. Er hatte ihn sich immer als ruhig und würdevoll vorgestellt, still und besonnen. Er war nie auf die Idee gekommen, dass er Stress bedeuten würde.

Als er jetzt im Auto saß und sich darüber bewusst wurde, dass er nach Österbotten fuhr, um seine Mutter am Sterbebett zu besuchen, wurde ihm klar, dass es zu spät war, um irgendetwas wiedergutzumachen.

Ihm fiel plötzlich ein, dass auch Edvard Westermarck sich wegen einer vergleichbaren Situation schuldig gefühlt hatte. Als Westermarck die Nachricht vom Tod seiner Mutter erreichte, befand er sich gerade auf dem Weg nach Marokko. Er bekam ein Telegramm aus Finnland, völlig unerwartet, kurz nachdem er seine Schwester und seine Mutter dort besucht hatte. Westermarck schrieb in seinen Memoiren, dass er wünschte, länger in Finnland geblieben zu sein, was auch seine Mutter und seine Schwester gewollt hätten. Er war viel zu eilig aufgebrochen, um nach England und Marokko zurückzukehren. Max kam der Gedanke, über Westermarcks Verhältnis zu seiner alten Heimat zu schreiben und darüber, was ihn in die weite Welt hinaustrieb.

»Eva kommt nach Hause, falls es eine Beerdigung geben sollte«, sagte Katriina. »Ich habe versprochen, sie heute anzurufen und ihr zu erzählen, wie es aussieht.«

In den vergangenen Tagen war eine ganze Menge Schnee gefallen, aber jetzt war es aufgeklart. Ein schöner, spröder Wintermorgen, sonnig und klirrend kalt – das Auto schien über die Straße zu fliegen, die ganze Zeit lief das Radio. Es stellte sich fast ein Gefühl von Normalität ein. Draußen strahlten der blaue Himmel und die flache, schneebedeckte Landschaft, denen alles, was in ihrem Leben geschah, vollkommen gleichgültig war. Max' Telefon vibrierte.

»Wer ist das?«, fragte Katriina, als Max das Telefon aus der Tasche zog.

»Nur die Arbeit«, antwortete er.

Es war Matti. Er wollte wissen, wie es mit dem Buch lief. Er schrieb, dass er sich mit Laura zu einem Treffen verabredet habe und dass sie hofften, auch mit ihm rechnen zu können. Max fragte sich, was er damit meinte – ob sie mit ihm rechnen konnten? Es war doch schließlich sein Buch.

Max antwortete, dass er für ein paar Tage verreist sei, aber dass er sich wieder melden werde und Fortschritte mit seinem Manuskript gemacht habe. Anschließend schrieb er Laura, dass er auf dem Weg sei, seine Mutter im Krankenhaus zu besuchen, und dass er mit ihr über das Buch sprechen wolle, wenn sie Zeit habe.

Max wurde bewusst, dass er Laura im Grunde gar nicht kannte. Als sie miteinander schliefen, war er überrascht, wie kalt sie war, dass sie eine ganz andere Körpertemperatur hatte als Katriina. Es war nicht unangenehm, nur anders. Es war interessant.

»Max, ich habe nachgedacht«, sagte Katriina jetzt. »Helen, hörst du zu?«

Helen schien nichts zu hören, denn sie antwortete nicht.

»Wenn deine Mutter stirbt, möchte ich, dass wir das Sommerhaus verkaufen.«

»Warum denn?«

»Es ist dein Haus. Wenn wir uns scheiden lassen, möchte ich es mir leisten können, in unserer Wohnung zu bleiben. Du musst dir eine neue suchen. Wenn wir Råddon verkaufen, bekommen wir ein bisschen Geld in die Hand, auch für dich.«

»Aber warum sollten wir uns scheiden lassen?«

Max verlangsamte seine Atmung. Er wollte auf dem Platz bleiben, bis es kein anderes Geräusch mehr gab als seinen Puls. Einen Fuß vor den anderen setzen, den Gegner zermürben.

Aber Katriina war vollkommen ruhig.

»Ich weiß nicht, was mit dir und Laura ist. Es ist mir scheißegal. Von mir aus kannst du deine kleinen Flirts haben. Es geht darum, dass du mich nicht mehr wahrnimmst. Wann haben wir das letzte Mal gemeinsam zu Abend gegessen? Wann haben wir überhaupt das letzte Mal gemeinsam etwas unternommen? Ich bin fünfundfünfzig Jahre alt und habe die Chance, noch zwanzig, dreißig Jahre lang ein ganz anderes Leben zu führen. Darum geht es. Ich bin es leid, zu Hause herumzulaufen und zu hoffen, dass du mich eines Tages wieder bemerkst.«

Max lehnte den Kopf gegen das kalte Seitenfenster. Ihm war bewusst, dass die normale Reaktion jetzt wäre, sich zu rechtfertigen, Gegenargumente anzuführen. Aber auf eine irgendwie perverse Weise wollte er lieber abwarten, wie weit Katriina es noch treiben würde.

»Aber Råddon gehört meiner Familie. Es wäre ungerecht gegenüber Elisabeth, wenn wir es verkaufen würden.«

»Max, was glaubst du, wie viel Geld ich während all dieser dreißig Jahre für Essen, für Shampoo, für Waschmittel, für neue Kleidung für die Kinder, für Möbel, Teppiche ausgegeben habe? Verstehst du nicht, dass all diese Dinge auch Geld kosten? Auch wenn du ein Sommerhaus besitzt, heißt das noch lange nicht, dass du ein Recht darauf hast.«

Max lief ein Schauer über den Rücken. Eherecht. Er hatte diese Art von Auseinandersetzungen schon immer als unerhört schmutzig empfunden, diese kleinen, armseligen Rechnungen, die sie anstellten. Machtspiele um Geld und Besitz.

Er schaute Katriina an.

»Jetzt hör uns mal zu. Hör genau hin, wie wir miteinander reden. Willst du das wirklich? Scheidung? Gezerre um ein Sommerhaus? Wie finnlandschwedisch soll es denn noch werden?«

Aber Katriina hatte schon angefangen zu weinen. Sie weinte, während sie fuhr, Tränen kullerten ihre Wangen hinunter und glitzerten im Sonnenlicht. Sie war wütend, das war offensichtlich, aber wenn sie weinte, machte das Max immer zu schaffen. Er verspürte dann den Impuls, sie zu umarmen, sie festzuhalten, bis sie sich wieder beruhigte, als könnte man den Grund ihrer Verzweiflung aus der Welt schaffen, wenn man sie nur fest genug in den Arm nahm.

»Max, ich möchte nur …«

»Katriina, Schatz, meine Mutter liegt im Krankenhaus, und wir müssen irgendwie durch die nächste Woche kommen. Ich verspreche dir, danach wird alles wieder gut. Ehrlich.«

Jetzt nahm Helen die Ohrstöpsel heraus.

»Was ist los, Mama?«, fragte sie.

»Sie ist nur traurig. Wir sind alle traurig«, sagte Max.

Sein Telefon vibrierte in der Jackentasche. Er zog es heraus und schaute auf das Display. Es war Laura.

»Max, kannst du VERDAMMT NOCH MAL ENDLICH DIESES DING WEGSTECKEN?!«

Katriina schnappte sich das Handy, öffnete das Autofenster und warf es hinaus.

30

Helen war bis jetzt in Väinö Linnas Kriegsroman versunken gewesen. Endlich war sie in das Buch hineingekommen. Aber jetzt sah sie, wie ihre Mutter ein Telefon aus dem Auto warf und wie ihr Vater ungelenk versuchte, danach zu greifen, sodass Katriina beinahe die Kontrolle über den Wagen verlor. Helen beugte sich nach vorn und betrachtete ihre Mutter im Rückspiegel. Katriina hatte Tränen in den Augen. Max schrie sie an, dass sein Telefon vierhundert Euro gekostet habe.

»Was ist denn mit euch los?«

Vor einer Stunde hatten sie Pori passiert und waren irgendwo auf halber Strecke nach Kristinestad. Katriina strich sich das Haar hinter das Ohr und hielt das Lenkrad fest umklammert.

»Papa und ich lassen uns scheiden.«

Helen schwieg, überlegte, was sie dazu sagen konnte. Sie dachte, dass sie bestimmt erstaunt klingen sollte – dass sie wahrscheinlich von ihr erwarteten, ängstlich oder erschrocken zu klingen –, aber das wäre nicht authentisch gewesen. Solange sie sich erinnern konnte, war es mit der Beziehung ihrer Eltern auf und ab gegangen, und sie hatte so etwas auch schon vorher gehört. In ihrer Familie wurde geredet und geredet und geredet, ein ununterbrochenes Geplapper, und da war es natürlich, dass auch eine mögliche Scheidung ihrer Eltern gelegentlich zum Gesprächsthema wurde. Sie stellte sich vor, wie sie schon in einer Woche wieder aneinanderhängen würden, wie immer, weil sie es letztendlich nur ertrugen, miteinander unglücklich zu sein.

»Okay? Ihr lasst euch also scheiden. Viel Glück.«

»Nein, dieses Mal ist es ernst. Ich will nicht in die Details gehen, denn das ist eine Sache zwischen deinem Vater und mir, aber ich kann sagen – ihr werdet es früher oder später ohnehin erfahren –, dass er mich verlassen wird. Er hat eine Neue.«

Das war schon eine größere Neuigkeit. Ihr Vater hatte eine Neue? Helen konnte sich nicht vorstellen, was das für eine Person sein sollte – jung oder alt? Helen wurde schnell klar, dass sie das auch gar nicht wissen wollte. Nicht jetzt jedenfalls. Sie schaute aus dem Fenster auf die flache Landschaft, auf Scheunen und Äcker und die Wolken, die knapp über den Baumspitzen am Horizont schwebten, regungslos, als warteten sie auf etwas oder als beobachteten sie schweigend das Drama, das sich in diesem Auto entfaltete.

»Fammo stirbt gerade. Könnt ihr euch eure Ehekrise nicht für später aufsparen?«

»Wenn wir uns scheiden lassen, müssen wir Råddon verkaufen.«

»Råddon verkaufen?«

»So ist es.«

Für Helen war Råddon ein magischer Ort, ihre ganze Kindheit hatte sich dort abgespielt: am Meer, zwischen Steinen und Brennnesseln, im Haus, das bei ihrer Ankunft immer reglos war, aber sich dann verwandelte und zu atmen begann, wenn man alle Sachen ausgepackt hatte. Råddon bedeutete Autoausflüge nach Kristinestad, Donuts mit Puderzucker und frischen Himbeeren und Erdbeeren, aber auch Abenteuer, einsam die Welt erforschen zu dürfen, ohne die Eltern schwimmen und rudern und lange Spaziergänge unternehmen zu können, bis spät in die Nacht Bücher zu lesen, Mücken zu erschlagen, die kleine Blutflecken auf der Tapete hinterließen, draußen zu sitzen, den Geruch nach den grünen Rauchspiralen, der die Mücken verscheuchen sollte, Kiefernnadeln zwischen den Zehen, trockene Zapfen unter den Fußsohlen, die Autofahrt von Helsinki, das Gefühl, etwas Fremdes zu besuchen, was einem gleichzeitig ganz allein gehörte. Der Duft nach Sommer, Licht, Herbst, Vogelbeeren im August, die Steine in dem kleinen Blumenbeet und, wenn man die Steine hochhob, alle Ameisen, die sich darunter verbargen. Und das Haus: der Korkteppich, der Kartoffelkeller, der alte Holzherd, ein alter Kachelofen im Wohnzimmer, wo Max und Katriina schliefen. Das kleine Wohnzimmer, das kleine Nippeshaus, das gleichzeitig ein Zigarettenspender war (wenn man auf den Schornstein drückte, kullerte eine Zigarette heraus).

Råddon hieß vor allem: Kristinestad und Großmutter, Großmutters Kleider, ihre dicken Waden und ihre Holzschuhe. Helen wollte, dass Lukas und Amanda eine Beziehung zu alldem aufbauten. Sie wollte nicht den Teil von sich verlieren, der österbottnisch war.

»Aber das ist doch unser Haus. Ich möchte, dass Lukas und Amanda dort Urlaub machen können.«

»Aber ihr seid doch höchstens eine Woche pro Jahr dort, wenn überhaupt. Letztes Jahr habt ihr uns nur ein paar Tage dort besucht.«

»Ja, aber das liegt einfach daran, dass es so eng ist. Wenn ihr nicht mehr dort seid, gibt es mehr Platz für uns.«

Jetzt mischte Max sich in die Diskussion ein.

»Wir werden Råddon nicht verkaufen. Jedenfalls nicht jetzt. Nicht in diesem Jahr und auch nicht im nächsten. Es gibt Dinge, über die Mama und ich uns unterhalten müssen, aber wir werden kein Haus verkaufen.«

»Tut mir leid, aber dann müsst ihr mich auszahlen. Du und deine Schwester. Oder Papa. Ganz wie ihr wollt.«

Helen fand, dass Katriina sehr geschäftsmäßig klang.

»Hast du mit Eva gesprochen?«

»Wir sprechen darüber, sobald Eva nach Hause gekommen ist.«

Helen hatte sich ihrer eigenen Mutter gegenüber immer unterlegen gefühlt. Eine ihrer frühesten Erinnerungen war, wie Katriina einmal vom Friseur nach Hause kam und plötzlich keine langen Haare mehr hatte. Es kam ihr vor, als wäre eine fremde Frau zu Besuch. Sie trug eine gelbe Strickjacke und lief in der Wohnung herum und betrachtete sich in jedem Spiegel und fingerte ständig an der Stelle herum, wo die neue Frisur aufhörte, im Nacken, als wollte sie sich dauernd vergewissern, dass sie nun kurze Haare hatte. Helen saß mit Eva am Küchentisch, sie musste bereits ein Schulkind gewesen sein, denn sie hatte die Hausaufgaben vor sich liegen, aber jetzt schaute sie mit ihrer Schwester dieser seltsamen Person zu, die bei ihnen aufgetaucht war und so tat, als würde sie sie kennen. Und nicht nur das, sie behauptete sogar, ihre Mutter zu sein! Helen schaute zu Eva hinüber, die ebenso verwundert aussah.

Es war ungefähr drei Uhr, als sie Kristinestad erreichten. Es schneite leicht, oder vielleicht war es auch nur der Wind, der den Schnee an der Windschutzscheibe vorbeiwirbelte. Sie fuhren zum medizinischen Versorgungszentrum, in dessen Bettenstation Ebba untergebracht war. Es war still im Auto. Ein Schleier von Wehmut hatte sich über sie gesenkt, als wären sie auf dem Weg zu einer Kirche. Helen dachte, dass alle Familien vergleichbare Szenen erlebten, andere Krankenhäuser, in denen ihre Verwandten lagen, in anderen Kleinstädten, wo Großmütter Schlaganfälle erlitten.

Elisabeth war bereits im Zimmer, als sie eintraten. Sie umarmte Helen, und alle vier setzten sich auf die Stühle, die im Raum standen. Es roch nach Medikamenten, eine grauweiße, steife Atmosphäre herrschte im Krankenzimmer. Es gab nichts zu tun, nichts zu sagen, abgesehen von den formellen Floskeln, die um die Krankheit kreisten: Die Situation war unverändert, anscheinend hatte der Schlaganfall sehr lange gedauert, sodass die Lage kritisch war. Sie ins Zentralkrankenhaus nach Vaasa zu verlegen war keine Lösung, zumindest nicht im Augenblick.

Ebba lag mit offenen Augen im Bett, aber sie konnte nicht sprechen. Helen ging ans Bett und nahm ihre Hand, die sich rau und leblos anfühlte. Es war unmöglich zu sagen, ob sie sie erkannte oder nicht. Katriina stand mit verschränkten Armen am Fußende des Betts. Sie begann zu weinen, und Max ging zu ihr und legte eine Hand auf ihre Schulter.

Eine Stunde später saßen Helen und Elisabeth in dem kleinen Café des Krankenhauses und unterhielten sich. Max und Katriina waren noch in Ebbas Zimmer.

Draußen war es jetzt dunkel, pechrabenschwarz, und im Krankenhaus war Ruhe eingekehrt. Die Wände des langen, menschenleeren Korridors waren mit vergrößerten Fotografien winterlicher Landschaften geschmückt. Durch die schmalen Lichtschächte im Dach konnte man etwas von der Welt da draußen erahnen. In einer Ecke stand ein Weihnachtsbaum und beleuchtete einen Teil des Flurs.

»Ihr könnt heute Nacht bei mir übernachten«, sagte Elisabeth. »Ihr schlaft am besten im Wohnzimmer, dort habe ich schon Betten für euch hergerichtet.«

»Danke«, sagte Helen. Sie schwiegen und tranken ihren Kaffee.

»Ich wünschte, ich hätte sie öfter besucht. Als wir klein waren, haben wir schließlich jeden Sommer bei Fammo und Faffa verbracht.«

»Sie spricht oft von dir und Eva. Sie verfolgt aufmerksam, was ihr macht. Sie bekommt viel mehr mit, als man glaubt.«

»Mama und Papa streiten sich. Ich weiß nicht, worüber und warum sie es ausgerechnet heute machen müssen. Papa sagt überhaupt nichts. Ich weiß nicht, was er denkt, aber er muss doch ganz aufgeregt sein. Schließlich geht es um seine Mutter.«

Elisabeth schaute sie an.

»Dein Vater war noch nie ein besonders emotionaler Mensch. Wer weiß schon, was er denkt. Zum Beispiel diese Frau, die er neulich dabeihatte, er hat sie mir nicht einmal vorgestellt. Nicht, dass es mich irgendetwas anginge.«

Helen schaute Elisabeth an.

»Was für eine Frau?«

»Ich weiß nicht, ich dachte, es wäre eine junge Kollegin oder so etwas. Plötzlich tauchte er hier mit ihr auf. Dann verschwand sie.«

»Wie sah sie aus?«

»Ich weiß nicht. Dunkles Haar. In deinem Alter.«

Helen antwortete nicht. Eine junge Frau. Dunkles Haar. Sie hatte keine Lust, darüber nachzudenken. Sie wollte nicht, dass die Vorstellung von ihrem Vater zusammen mit einer jungen Frau es ihr unmöglich machte, an ihre Großmutter zu denken.

Max und Katriina kamen ins Café.

»Wollen wir gehen?«, fragte Elisabeth.

»Ja, es ist spät«, sagte Katriina.

»Ich bleibe heute Nacht hier«, sagte Max.

Elisabeth schaute ihn an. Helen sagte nichts, aber sie nahm ihren Mantel vom Stuhl und ging Richtung Tür.

Es war noch ziemlich weit von Kristinestad bis nach Närpes, und Helen setzte sich auf die Rückbank von Elisabeths Auto, zusammen mit ihrer Mutter. Niemand sprach während der Fahrt, und Helen dachte, dass sie vielleicht nie mehr etwas sagen würde. Nicht jetzt und auch nicht, wenn sie wieder in Helsinki waren.

31

Sarah traf eine halbe Stunde später in Evas Wohnung ein. Sie sprach nur wenige Worte mit Eva, fragte sie lediglich nach Malik und ging ins Badezimmer, wo er unter der Dusche saß, nackt, während Russ den Duschkopf hielt. Eva hatte die Bettwäsche in einen Müllbeutel gesteckt und ihn draußen im Hinterhof in den Müllcontainer geworfen. Auch die Matratze war feucht geworden, also hatte sie sie zusammengerollt und verschnürt, bevor sie sie ebenfalls die Treppe hinunterschob und in den Container warf. Sie war schweißgebadet, müde und vollkommen leer im Kopf. Sie hatten ordentlich gelüftet, und der schlimmste Gestank schien sich verflüchtigt zu haben.

»Seid ihr seine Schüler?«, fragte Sarah.

»Ja«, sagte Russ erschöpft. »Er hat mich angerufen, und ich habe ihn hereingelassen. Und dann ist er auf Evas Bett zusammengebrochen«, log er.

»So was hat er schon lange nicht mehr gemacht. Ich hatte keine Ahnung, dass es so schlimm ist. Wisst ihr, er nimmt Medikamente. Wir hatten es in letzter Zeit ziemlich schwer. Danke, dass ihr mich angerufen habt«, sagte sie.

Eva beobachtete, wie sich Sarah um Malik kümmerte und ihm die saubere Kleidung gab, die sie auf Evas Aufforderung hin mitgebracht hatte. Als würde sie einer Mutter und ihrem Sohn zuschauen, einen Einblick in eine fremde Familie gewährt bekommen, in eine Ehe, über die Eva im

Grunde – das wurde ihr jetzt klar – nichts wusste. Malik sagte nichts, er wirkte immer noch abwesend, wie ein Schlafwandler. Er zitterte, vielleicht vor Kälte, vielleicht aus anderen Gründen.

Als sie fertig waren und ihn auf die Beine bekommen hatten, ließ sich Sarah auf einen Hocker im Flur sinken.

»Noch mal vielen Dank. Tut mir leid, dass ihr das erleben musstet.«

Eva wollte etwas erwidern. In gewisser Hinsicht fühlte sie sich schuldig an dieser Situation. Weil sie mit Malik geschlafen hatte und dafür keine Verantwortung übernehmen wollte, obwohl sie ein erwachsener Mensch war. Sie schaute Sarah an und kam sich, im Vergleich mit ihr, wie ein verzogener Teenager vor. Sie hatte sich noch nie um jemanden gekümmert, noch nie an jemand anders denken müssen als an sich selbst. Malik klammerte sich am Türrahmen fest und sah immer noch so aus, als könnte er jeden Augenblick zusammenbrechen.

Sarah schaute zu ihr auf.

»Hat er irgendwas erzählt?«

»Nein, was denn?«, fragte Eva.

»Über uns.«

Eva hielt Sarahs Blick nicht stand, sondern schaute zur Seite, an die Wand.

»Nein, er sprach nur davon, dass er einer der drei bedeutendsten zeitgenössischen Künstler hätte werden können …«

»Ach, das. Davon erzählt er immer. Es ist sein großes Trauma. Dass die Welt ihn nicht verstanden hat. Malik war ein unglaublich begabter Künstler. Als wir uns kennenlernten, war er der netteste Mensch, den man sich vorstellen kann, er war höflich und interessiert. Aber er kommt aus total kaputten Verhältnissen. Seine Familie ist komplett durchgeknallt. Wenn ich mich nicht um ihn kümmere, dann passiert so was hier oder noch Schlimmeres.«

Eva hätte Sarah gern gefragt, wie sie das aushielt, warum sie sich nicht einfach von ihm trennte, aber sie kam sich naiv und dumm vor, wie die schlichte Cousine vom Lande, die keine Ahnung hatte vom Leben und seinen Problemen, die all das Hässliche und Schwierige daran noch nicht kennengelernt hatte. Sie dachte an das Telefongespräch mit ihrer Mutter und an ihre sterbende Großmutter und sehnte sich plötzlich nach Finnland, nach einer Art kindlicher Unschuld, und danach, zu all diesen Dingen keine Stellung beziehen zu müssen. Das Aufregendste an dem Leben daheim war die Tatsache, jeden Morgen aufzustehen und hin und wieder einkaufen zu gehen.

Russ blieb noch, nachdem Sarah sich verabschiedet hatte.

»Danke für deine Hilfe«, sagte Eva.

»Schon gut. War ja keine große Sache. Oder ... eigentlich doch. Ich bin total fertig.«

»Willst du heute Nacht hier schlafen?«

»Wo denn? Du hast ja keine Matratze mehr. Du hast sie gerade in den Müllcontainer geworfen, wie du dich vielleicht erinnerst.«

»Stimmt. Daran hatte ich gar nicht gedacht.«

Eva musste konstatieren, dass ihre einzige Decke in der Waschmaschine steckte und ihr als Schlafunterlage lediglich eine harte Sperrholzplatte in ihrem Bettrahmen geblieben war. Natalijas Zimmer war abgeschlossen.

»Ich habe eine Idee«, sagte Russ. »Hast du warme Klamotten?«

Im Bus nach Gatwick am nächsten Tag wurde Eva endlich klar, was sie ausstellen wollte. Sie nahm ein Notizbuch aus ihrer Tasche und begann ihr Werk zu skizzieren, das plötzlich wie selbstverständlich in ihrem Kopf aufgetaucht war. Und zwar: Sie wollte Finnland zu sich nach London holen. Sie wollte Zweige aus Kristinestad und Schnee aus Helsinki und Müll aus dem Sibeliuspark mitnehmen und eine große Installation bauen, in die man hineinsteigen konnte, die einen umfing; einen Ort, an dem man sich sicher fühlte, aber der auch an die Zelte vor St. Paul's erinnerte. An dem Kunstwerk sollte ein Schild mit der Aufschrift *This is none other than the house of God, and this is the gate of heaven* angebracht sein, und es sollte ihr persönliches Paradies darstellen. Es sollte seinen Besuchern einen Eindruck davon vermitteln, wie sich ihre Kindheit angefühlt hat. Sein Herzstück sollte aus Material bestehen, das sie in ihrem alten Zimmer zusammensammeln wollte, den Abguss ihrer Milchzähne, die hässliche Keramikskulptur. Denn das alles brachte zum Ausdruck, wonach sie sich jetzt sehnte. Sie wollte in all das hineinkriechen und nie wider herauskommen. Sie begriff, dass das nur funktionieren konnte, wenn es technisch avanciert und ästhetisch ausreichend durchdacht war. Dass es an die Occupy-Zelte erinnern sollte, war selbstverständlich: Denn worum ging es denn sonst, als um einen Protest gegen die bösartige Welt? Als um den Traum von einer besseren Gesellschaftsordnung, einem sicheren Ort? Eva wollte sich damit auch die Deutungshoheit an der Welt zurückholen, das kindliche Gefühl, Gott zu sein, alle Dinge selbst zu benennen.

Russ und sie hatten in seinem Zelt geschlafen und sich in seinem Schlafsack dicht aneinandergedrückt. Eva war mehrere Male von den Kirchenglocken geweckt worden, aber jedes Mal hatte sie sich umgedreht und ihn gesehen, die Nähe seines Körpers in der Dunkelheit gespürt und sich bemerkenswert sicher gefühlt, obwohl sie die Geräusche von ganz London hörte, den konzentrierten Klang einer schlafenden Metropole, der Nachtschwärmer und des nahen Verkehrs, des Windes und der Bäume und der Erde unter ihr.

Erst jetzt, als sie im Flugzeug saß, schlief sie richtig ein. Nach der Landung setzte sie sich in den Bus und fuhr nach Hause, in die Stadt, und öffnete die Tür zu einer leeren Wohnung. Helen, Katriina und Max waren in Kristinestad, aber es war jetzt zu spät, um dorthin zu fahren. Stattdessen grub sie aus dem Kleiderschrank ihrer Eltern eine Kiste aus und begann Sachen aus ihrem Zimmer einzupacken. Draußen fing es an zu dämmern, und bald war es in der Wohnung vollkommen dunkel. Sie hatte kein Licht gemacht, sondern in ihrem Zimmer nur ein paar Kerzen angezündet – sie wollte dieses Gefühl festhalten –, und saß auf dem Fußboden, sortierte die Sachen, die sie mitnehmen wollte, und machte sich Notizen. Ein paar Kassetten, das Gipsgebiss, Schulaufsätze aus der sechsten Klasse – jetzt war sie froh, dass ihre Mutter alles aufgehoben hatte – und ein abgewetztes Flanellhemd, von dem sie sich einfach nicht trennen konnte, weil sie es als Teenager über mehrere Jahre hinweg praktisch nie ausgezogen hatte.

Während sie in ihrem Zimmer in der Dunkelheit saß, war es vollkommen still, abgesehen von den Hamstern, die in ihren Laufrädern unterwegs waren. Sie schaute zu ihnen hinüber und fragte sich, was sie zu dieser Aktivität antrieb, ob es das Bedürfnis war, vor einer imaginären Gefahr zu fliehen, oder nur ein angeborenes Verlangen nach ständiger Bewegung.

Eva hatte Lust, noch auszugehen, und dachte an ihre

Freunde in Helsinki, aber sie hatte zu keinem mehr Kontakt. Sie nahm ihre Jacke und ging die Treppe hinunter, auf den Mannerheimintie hinaus und zum Hesperiapark. Es schneite, die Töölöbucht verschlang die Schneeflocken in einem einzigen tiefen Atemzug, und Eva ging am Finlandiahaus vorbei in die Stadt. Sie holte ihr Telefon aus der Tasche und nahm die Geräusche der vorbeifahrenden Straßenbahn auf. Die würde sie verwenden können. Sie ging weiter ins Zentrum, am Kiasma vorbei, an der Post und am Sokos, und fühlte sich, als würde sie einen geheimen Auftrag ausführen – niemand sah sie, niemand wusste, was sie tat. Sie ging den Mannerheimintie hinunter, am Studentenhaus und am Schwedischen Theater vorbei und die Erottajankatu hinauf, quer über die Iso Roobertinkatu und am Designmuseum und an der Johanneskirche vorbei, über die höchste Stelle der Korkeavuorenkatu.

Als sie das Maxill erreichte, beschloss sie hineinzugehen. Hier hatten sie sonntags immer mit der ganzen Familie zu Abend gegessen, als sie noch klein war, und sie wollte die Geräusche einfangen, das Stimmengewirr der Menschen in Helsinki. Sie klopfte sich den Schnee von der Kleidung und stampfte ihn von den Schuhen. Heute Abend war das Restaurant voll besetzt, redende und lachende Menschen, aber sie betrachtete sie, als wären sie Statisten in einem Film. Sie stand an der Bar und entschied sich, einen Wein zu bestellen. Hängte die Jacke an den Haken am Tresen und nahm das Glas mit eiskalten Händen entgegen, hatte zum ersten Mal seit Langem das Gefühl, dass sie vielleicht einen Weg gefunden hatte, den sie weitergehen konnte.

32

Eva blieb für eine Woche in Helsinki. Katriina hatte bereits von der Beerdigung gesprochen – sie stellte sich eine Trauerfeier mit den nächsten Verwandten in Kristinestad vor, mit Kaffee und belegten Broten, Elisabeth würde ihr helfen –, aber plötzlich, nach etwa einer Woche, schien Ebba erste Zeichen einer Besserung zu zeigen. Die Ärzte behielten sie im Krankenhaus, da sie zu schwach war, um ins Pflegeheim zurückverlegt zu werden. Ebba konnte ihren Körper noch spüren, und auch ihre Mimik funktionierte normal, sodass man mit ihr kommunizieren konnte. Allerdings schien die Situation verwirrend für sie zu sein, und sie fragte die ganze Zeit, wann sie nach Hause dürfe.

Max wohnte in Råddon und fuhr tagsüber nach Kristinestad, aber jetzt war er zu Hause in Helsinki, um Kleidung zu holen und ein paar Tage zu arbeiten.

Eva hatte ihren Vater noch nie weinen sehen, und auch jetzt schien er die Situation bewältigen zu wollen, indem er sachlich über praktische Angelegenheiten sprach, über Medikamente und Krankenhausrechnungen, als ob man sich jeder Herausforderung am besten stellte, indem man sich zuerst mit den konkreten Umständen befasste.

Helens emotionalen Zustand empfand Eva als leicht irritierend. Sie sprach über ihre Erinnerungen an ihre Großmutter, über ihre angeblich innige Beziehung. Eva sagte nichts, aber sie hatte das Gefühl, dass Helen übertrieb, dass sie gewissermaßen Anspruch darauf erhob, eine stärkere Verbindung zu Kristinestad zu besitzen als Eva, und dass sie über ihre Großmutter sprach, als wäre sie schon tot. Auch Eva liebte Ebba, aber sie verzichtete darauf, kleine, improvisierte Monologe zu schreiben, die für zukünftige Trauerfeiern Verwendung finden konnten, sie erzählte nicht voller Rührung davon, was für ein fantastischer Mensch ihre Großmutter gewesen war. Sie saß nicht mit Max' altem Fotoalbum in der Küche und verkündete, dass sie jetzt mit der Ahnenforschung beginnen werde. Sie tat nicht so, als wäre ihre Großmutter plötzlich der wichtigste Mensch in ihrem Leben.

Eva arbeitete die ganze Woche an ihrer Installation, sammelte Material und versuchte zu visualisieren, wie das Projekt rein technisch umzusetzen war. Als sie eines Tages in die Stadt ging, entdeckte sie plötzlich Laura Lampela, die Journalistin, die ihren Vater interviewt hatte, an der Straßenbahnhaltestelle vor dem Glaspalast.

»Laura?«

Laura hörte sie zunächst nicht, sie stand an der Haltestelle und schaute auf ihr Handy.

»Laura?«

Zuerst sah sie verwirrt aus, als würde sie Eva nicht wiedererkennen oder als hätte sie verlernt, wie man Leute begrüßt.

»Eva? Du bist hier? Ich dachte, du wärst in London?«

»Meine Großmutter ist krank. Ich bin nach Hause gekommen, um sie zu besuchen.«

»Oh, ja, das hab ich gehört. Tut mir leid.«

»Danke«, sagte Eva.

Eine Weile standen sie schweigend da. Eva wollte etwas sagen. Sie war froh, ein bekanntes Gesicht zu sehen, sie spürte, dass es vielleicht an der Zeit war, wieder eine Art Verbindung zu Helsinki aufzunehmen.

Als die Straßenbahn kam, stellte sich heraus, dass sie in dieselbe Richtung mussten. Eva brauchte nur zwei Haltestellen zu fahren.

»Ich weiß nicht, wie viel dein Vater erzählt hat«, sagte Laura. »Aber ich habe sein Buch gelesen. Als du in London warst. Eigentlich sollte ich ihm dabei helfen, aber jetzt weiß ich nicht mehr, ob daraus noch etwas wird. Wie geht es ihm denn jetzt, wo seine Mutter so krank ist?«, sagte Laura.

Eva hatte das Manuskript ihres Vaters nie lesen dürfen. Zu Hause sprach er nie über seine Buchprojekte. Sie waren eine Art Geheimtätigkeit, an der sich niemand aus der Familie beteiligen durfte. Sie las seine Bücher erst, wenn sie erschienen waren – wenn alle anderen sie auch lasen, so wie Laura, und dann war es ja nichts Besonderes mehr.

»Ist es nicht seltsam mit der Generation deines Vaters?«, sagte Laura jetzt.

»Wieso?«, fragte Eva.

»Ich meine, wie privilegiert sie eigentlich ist. Sie bauen den Mythos auf, einen enormen sozialen Aufstieg bewältigt zu haben, und da ist ja in gewisser Weise auch etwas dran. Aber eigentlich hatten sie es auch leicht, ich meine, es ging ja die ganze Zeit nur bergauf, sie haben nie mit einer Durststrecke fertigwerden müssen.«

»Ja, möglich.«

Eva begriff nicht, warum Laura jetzt mit diesem Thema angefangen hatte.

»Also, ich meine, auch dein Vater. Die ganze Generation. In den Sechzigerjahren haben sie dafür gekämpft, die akademischen Hierarchien zu Fall zu bringen, dem Volk Bildung zu vermitteln, und heute beklagen sie sich, dass niemand mehr eine klassische Bildung besitzt, dass an den Universitäten die Frauen dominieren und dass Jungen nicht mehr lesen können. Man wird trotzdem das Gefühl nicht los, dass sie es waren, die uns dorthin geführt haben, wo wir uns heute befinden.«

Eva fand Lauras Analyse nicht ganz wasserdicht. Irgendwo in ihrer Argumentationskette fehlte ein Glied, und die zornige Rhetorik verschleierte die Zusammenhänge eher. Aber vor allem fragte sie sich, warum sie ausgerechnet jetzt diese seltsame Diskussion führen musste. Sie hätte sich lieber über etwas ganz anderes unterhalten. Sie seufzte.

»Entschuldige«, sagte Laura. »Ich habe nur laut gedacht. Ich habe es einfach nur so satt, dass eine bestimmte Art von Leuten in diesem Land die Deutungshoheit besitzt. Aber was machst du denn gerade? Kunst, habe ich gehört?«

Eva wusste, wenn sie Laura jetzt davon erzählen würde, dann würde sie alles zerstören, was sie sich bis jetzt ausgedacht hatte, das Gefühl, das sie dazu entwickelt hatte. Und dann könnte sie ihre Installation nicht mehr fertigstellen. Mit Laura darüber zu sprechen hätte alles besudelt. Sie sah ein, dass sie an ihrem Gefühl festhalten musste, dass sie sich darin einnisten musste, damit es ihr nicht wieder entglitt. Die Straßenbahn fuhr am Nationalmuseum vorbei. Eva wollte am Hesperiapark aussteigen.

»Ja, wir machen im März eine Ausstellung«, sagte sie.

»Möchtest du mir davon erzählen?«

Eva schaute Laura an.

»Eigentlich nicht.«

»Okay. Ich verstehe. Ich weiß, wie das ist: Man möchte es nicht zerreden.«

»Genau«, sagte Eva.

»Wenn ich ein Kunstwerk schaffen sollte«, sagte Laura

jetzt, »dann würde ich etwas über das Prekariat machen, etwas über befristete Arbeitsverträge und die Unsicherheit auf dem Arbeitsmarkt. Niemand, den ich kenne, hat einen festen Job.«

Eva fragte sich, wie ein Mensch dermaßen nervtötend sein konnte. Sie erinnerte sich an eine Freundin aus Studienzeiten, Anna, die ihr Konkurrenzverhalten hinter einer hippieartigen Liebe zur Menschheit versteckte, aber gleichzeitig die soziale Dynamik in ihrer Wohngemeinschaft dominierte. Sie hatte Regeln aufgestellt, wann und wie man Männerbesuch haben durfte, Regeln, die aber sofort umgeworfen wurden, wenn Anna selbst jemanden mit zu sich nach Hause nahm oder Partys im Wohnzimmer veranstaltete. Eva fand, dass Laura ein wenig an Anna erinnerte.

»Ich muss hier aussteigen«, sagte sie.

Ein paar Tage später gab Katriina ein Abendessen, zu dem auch Helen und Christian mit ihren Kindern eingeladen waren. Katriina hatte den ganzen Tag darauf hingearbeitet, Blumen gekauft und den großen Tisch im Wohnzimmer gedeckt.

Das erste Mal seit langer Zeit waren sie alle versammelt, das erste Mal, dass niemand anders dabei war, sondern nur der engste Familienkreis. Katriina hatte einen Rinderbraten gemacht, und Eva hatte sich um den Salat gekümmert. Sie tranken Wein und unterhielten sich. Helen hatte im Laufe des Abends mehrere Male angefangen zu weinen, sie sprach davon, wie innig sie sich mit ihrer Großmutter verbunden fühlte. Als wäre sie die Einzige, der es so ging, als wären alle anderen in der Familie Fremde. Katriina ging auf Helen ein, und Eva musste sich eingestehen, dass sie sich ausgeschlossen fühlte. Sie wusste, was von ihr erwartet wurde, doch fand sie dazu keinen natürlichen Zugang. Sie konnte an dieser Gemeinschaft nicht teilhaben, ohne sie gleichzeitig von außen zu betrachten. Ihr kam der Gedanke, dass es ihr mit bestimmten Gemälden ähnlich ging. Man wusste, dass es Meisterwerke waren, aber man konnte sich trotzdem keine großen, überwältigenden Empfindungen abringen.

Sie ging zum Arbeitszimmer ihres Vaters, um sich mit ihm zu unterhalten. Edvard lag auf dem Boden vor der Tür und begann mit dem Schwanz zu wedeln, als sie sich näherte. Sie beugte sich hinunter und tätschelte ihn. Eva hatte sich nie besonders für Hunde interessiert, und in gewisser Weise war es heute das erste Mal, dass sie ihn wirklich wahrnahm, dass sie tatsächlich einen Kontakt zu ihm herstellte. Er schaute ihr tief in die Augen, und sie erwiderte seinen Blick.

»Edvard, was meinst du, soll ich tun?«

Er schaute sie an, wedelte eifriger mit dem Schwanz, wahrscheinlich glaubte er, dass sie ihn fragte, ob er mit ihr Gassi gehen wolle.

Sie schnaubte, stand auf und ging ins Zimmer ihres Vaters. Er saß auf seinem Schreibtischstuhl.

»Hallo, Papa.«

Sie ging zu ihm, setzte sich auf seinen Schoß, und er legte seinen Arm um sie. Sie legte ihren Kopf an seine Schulter.

»Ist das Essen bald fertig?«, fragte er.

»Ich glaube schon.«

»Gut. Ich bin richtig hungrig.«

Sie schwiegen eine Weile. Max roch gut. Als kleines Mädchen hatte Eva diesen Geruch oft wahrgenommen, wenn sie im Bett lag und Max kam, um ihr Gute Nacht zu sagen. Sie verband ihn mit seiner Schriftstellerei, sie hatte sich immer vorgestellt, dass er noch schrieb, wenn sie schon eingeschlafen war, dass er sich aus ihrem Zimmer schlich, um danach noch an seinen Büchern zu arbeiten.

»Eva, mein Schatz. Es geht dir hoffentlich gut? Fühlst du dich wohl in London?«

Sie bohrte sich tiefer in seinen Nacken.

»Es geht mir richtig gut, Papa.«

Als sie in die Küche kamen, war das Essen immer noch nicht fertig.

»Möchte jemand von euch die Soße machen? Wir müssten noch ein paar Pfifferlinge im Gefrierschrank haben«, sagte Katriina.

Helen ging zum Gefrierschrank und holte zwei Tüten heraus. Sie öffnete sie und schüttete den Inhalt in eine Schale. Sie schaute Katriina verwundert an.

»Was ist denn das?«

33

Ebba ging es langsam besser, und sie wurde in die Reha-Abteilung verlegt. Max pendelte zwischen Kristinestad und Helsinki. An einem der ersten Märztage saß er in Mattis großem Büro im Verlag. Er musste sich zusammenreißen, um nicht aufzustehen und seinen Verleger zu erwürgen. Matti hatte ihm gerade erklärt, dass das Buch über Edvard Westermarck es nicht ins Herbstprogramm schaffen würde.

»Ich weiß nicht, Max. Ich glaube, es ist kaum noch zu schaffen. Die Vorschauen sind so gut wie fertig, und du hast noch sehr viel zu tun. Den biografischen Teil hast du einigermaßen im Griff, aber mir fehlt da noch etwas.«

»Was meinst du? Seine Moralphilosophie?«

»Du bist der Experte. Ich sage nur, dass irgendetwas … fehlt. Eine feste Verankerung im Geist der Epoche wäre nötig, oder vielleicht könnte man auch diesen Faden über seine Homosexualität ein bisschen weiterspinnen, ich weiß nicht.«

In Mattis Stimme hatte sich ein Unterton geschlichen, der signalisierte, dass ihn das Thema zu langweilen begann und im Grunde nicht mehr interessierte. Er war rastlos, ordnete Papiere und sah beschäftigt aus, als wollte er das Ganze so schnell wie möglich hinter sich bringen.

Es war Donnerstag, und Max musste sich heute um Amanda kümmern, da der Schulunterricht wegen eines Fortbildungstags für die Lehrer ausfiel. Max hatte Amanda zum Verlag mitgenommen, und jetzt saß sie neben ihm auf dem Sofa und sah gelangweilt aus. Amanda schien Erwachsene in ihrem Leben als Nebenfiguren zu betrachten, als Objekte, die keinen Anlass boten, sich für sie zu interessieren. Sie zog den Reißverschluss ihrer Jacke hinauf und hinunter, hinauf und hinunter.

»Und noch was«, sagte Matti. »Eigentlich gehört es nicht hierher, aber ich wollte es trotzdem erzählen – weil es irgendwie auch dich betrifft. Ich habe mit Laura über eine Buchidee gesprochen, sie hat ein Exposé eingereicht, das verdammt vielversprechend klingt. Es ist zum Teil autobiografisch, über den Weg einer jungen Frau in die patriarchale Zeitungswelt …«

Max hörte schon nicht mehr zu.

Als sie auf die Straße traten, fragte er Amanda, was sie unternehmen sollten.

»Können wir in ein Café gehen? Bitte!«

»Was möchtest du denn haben?«

»Eine Zimtschnecke.«

Sie gingen zum Café Esplanad, und Max bestellte für jeden eine Zimtschnecke. Während sie am Tisch saßen und aßen, überlegte er, ob er das ganze Buchprojekt nicht aufgeben sollte – vielleicht hatte Matti ja recht, und es war tatsächlich uninteressant –, während Amanda begann, wie eine Sportreporterin jeden Bissen zu kommentieren, den er nahm.

»Jetzt beißt Max Paul von seiner Zimtschnecke ab. Ui, der Happen war ein bisschen zu groß, er spült mit einem Schluck Wasser nach. Jetzt scheint er seinen Weg nach unten gefunden zu haben.«

Max schaute sie an. Als sie bemerkte, wie verblüfft er war, schien ihre Begeisterung noch zu wachsen.

»Max Paul hat einen schweren Tag gehabt. Er war bei seinem Verlag und hat eine schlechte Nachricht bekommen. Sein Buch wird nicht in diesem Herbst erscheinen. Es ist kein Platz mehr in der Vorschau.«

Max wunderte sich, dass Amanda so genau zugehört hatte. Im Verlag hatte sie vollkommen abwesend gewirkt und aus dem Fenster gestarrt. Das Café war voller Leute, und jetzt beugte Amanda sich vor, und ihr Blick wurde immer eifriger.

»Max Paul hat einen sehr, sehr schweren Tag gehabt.«

»Amanda, kannst du bitte aufhören?«

Sie steigerte sich immer weiter in ihre Rolle hinein.

»Jetzt wird Max Paul ärgerlich. Er bittet sein Enkelkind aufzuhören. Er nimmt seine Kaffeetasse und hebt sie zum Mund. Max Paul macht sich schwerwiegende Gedanken über das Leben. Und in der Zeitung steht auch nur Blödsinn.«

»Amanda, ich meine das ernst, kannst du jetzt bitte aufhören?!«

Die Menschen im Café schauten jetzt zu ihrem Tisch herüber. Max nahm Amandas Hand und flüsterte.

»Ich bin jetzt nicht in der Stimmung für so etwas. Hör bitte sofort auf.«

Aber die Aufmerksamkeit schien Amanda nur dazu anzuspornen, ihre Grenzen auszutesten. Sie bemerkte, wie unglücklich er war, welche Macht sie über ihn hatte. Sie setzte sich mit verschränkten Armen vor ihn hin.

»Max Paul ist ein großer Schriftsteller. Aber sein neues Buch wird nicht erscheinen. Max Paul sitzt in einem Café und denkt über das Leben nach. Was soll man tun, wenn man alt wird? Jetzt trinkt Max Paul einen Schluck von seinem Kaffee. Jetzt läuft sein Gesicht rot an. Jetzt lässt er beinahe die Kaffeetasse fallen ...«

»Amanda, du hältst jetzt die Klappe!«

Seine Stimme wurde am Ende lauter, als er beabsichtigt hatte. Seine Hand zitterte. Er kleckerte Kaffee auf den Tisch.

Die Leute an den Nachbartischen hatten sich zu Max umgedreht. Ein junger Mann, der mit seiner Familie das Café besuchte, stand auf und kam zu ihnen herüber.

»Gibt es hier ein Problem?«

Amanda betrachtete den Mann, ohne ein Wort zu sagen, gleichzeitig fasziniert und belustigt. Max spürte, wie er in seinem Stuhl versank. Er wollte den Zusammenhang zwar erklären, aber er wusste, dass er sich damit nur lächerlich machen würde. Er schaute sich im Café um und bemerkte, dass alle Blicke jetzt auf sie gerichtet waren.

»Nein, überhaupt kein Problem«, sagte er.

»Du sagst Bescheid, wenn es ein Problem gibt?«, sagte der junge Vater jetzt an Amanda gewandt.

Sie schaute den Mann nur mit großen Augen an, ganz hingerissen vom Verlauf der Ereignisse, den sie selbst in Gang gesetzt hatte. Max stand auf, hob ihre Jacken auf, nahm Amanda an die Hand und ging hinaus.

Am Abend, als Katriina Amanda schon nach Haus gefahren hatte, meldete sich eine aufgeregte Helen. Sie hatte seit zwei Wochen nicht mit ihnen gesprochen. Sie rief Max auf dem Handy an.

»Amanda hat mir erzählt, dass du im Café zu ihr gesagt hast, dass sie die Klappe halten soll. Stimmt das, Papa?«

»Ja, aber … also, ich hatte wirklich einen schlechten Tag. Und sie hat mich wirklich auf die Palme gebracht. Aber es war nicht so schlimm, wie es klingt.«

»Sie hat dich auf die Palme gebracht? Bist du zehn Jahre

alt oder was? Es war offensichtlich schlimm genug, dass ein Mann an euren Tisch gekommen ist und nachgefragt hat?«

»Ja, ja, sie wollte einfach nicht aufhören …«

»Und jetzt schiebst du alles auf Amanda? Auf eine Neunjährige?«

»Nein, nein, aber du weißt ja, wie Kinder sein können.«

»Kann ich mit Mama sprechen?«

Max gab das Telefon an Katriina weiter. In der vergangenen Woche hatten sie einen stummen Stellungskrieg geführt. Max hatte das Gefühl, dass Katriina jeden seiner Schritte überwachte, um zu sehen, was er tat und wohin er ging. Max reagierte darauf, indem er sich in seinem Arbeitszimmer einschloss, wo er auch schlief und durch Internetforen surfte. Eva war mit einer großen Kiste voller Zweige und Stöcke und Gegenstände abgereist, über deren Bestimmungszweck sie nicht reden wollte.

Als Katriina ihr Gespräch mit Helen beendet hatte, kam sie auf Max zu.

»Max. Zwei Dinge: Ich lasse mich scheiden. Und wir verkaufen Råddon.«

Am folgenden Tag überreichte sie ihm ein Papier, es war ein Ausdruck von irgendwelchen E-Mails, anscheinend hatte sie einen Juristen kontaktiert. Max las Sätze wie »Bezüglich der bisherigen gemeinsamen Wohnung gibt es eine eherechtliche Bestimmung, die es derjenigen Partei, die einen größeren Bedarf nach einer Wohnung glaubhaft machen kann, ermöglicht, vor Gericht eine Verfügung zu erwirken, dass er oder sie dort weiter wohnhaft bleiben darf, bis eine rechtskräftige Abschichtung vereinbart ist, höchstens jedoch zwei Jahre.«

»Was soll das bedeuten?«

»Dass ich weiterhin in der Wohnung bleiben möchte. Du musst ausziehen.«

»Aber ich kann doch nirgendwohin.«

»Das hättest du dir überlegen sollen, bevor du eine Affäre mit einer Fünfundzwanzigjährigen angefangen hast.«

»Neunundzwanzig«, warf Max ein, aber Katriina hörte nicht.

»Irgendwas musst du dir doch dabei gedacht haben, oder nicht? Dir muss doch klar gewesen sein, was hier früher oder später los ist, oder hast du dir gedacht, du könntest es für immer vor mir geheim halten?«

Max hatte ihr nie etwas erzählt, und doch hatte es Katriina die ganze Zeit gewusst. Max fehlten die Streitereien mit ihr. Er hätte am liebsten alles in einem einzigen, großen Ausbruch herausgelassen.

Am Abend saß er in seinem Arbeitszimmer vor dem Computer und googelte Lauras Namen. Es stellte sich heraus, dass es auf der Diskussionsseite Hommaforum einen ganzen Thread über sie gab. Es gab dort mehrere Kommentare über ihr Aussehen, jemand schrieb über ihre Kolumnen, dass sie eine »typische PC-Journalistin ist, die ihren Spaltenplatz dafür nutzt, sich darüber auszuheulen, dass sie keinen Sex hat«. Ein anderer schrieb, dass *Iltalehti* gerade von »Linksfeministinnen übernommen wird, die das Vaterland und die Kernfamilie hassen«. Ein Dritter meinte, dass sie »anscheinend schöne Titten« habe.

Er stand auf und schloss die Tür zu seinem Arbeitszimmer.

Er hörte Katriina in der Küche herumhantieren. Sie hatte begonnen, alle Schüsseln und Teller in Kartons zu verpacken, und dabei verkündet, dass es nun an der Zeit sei, die alte Küche abzureißen. Max hatte die Zeichnungen gesehen, die sie bestellt hatte, und nichts gesagt, sondern nur genickt und sich in sein Zimmer zurückgezogen. Er schenkte sich einen Whisky ein und öffnete wieder den Browser.

Er begann zu schreiben.

34

Helen und Christian besaßen kein eigenes Sommerhaus. Das Sommerhaus von Christians Familie lag nahe der russischen Grenze, das heißt, es war eigentlich kein Haus, sondern ein alter Erbhof, auf dem seine Großmutter aufgewachsen war. Er sprach in nostalgischen Tönen von dem Haus und hatte schon öfter vorgeschlagen, dort die Ferien zu verbringen – niemand aus seiner Verwandtschaft benutzte es häufiger als ein paar Nächte im Jahr –, aber Helen fand, dass es zu weit weg war, um kürzere Ausflüge dorthin zu unternehmen. Es lag noch nicht einmal am Wasser, sondern auf einem schattigen Grundstück voller Mücken und hohem Gras, am Ende einer Traktorspur mit einem großen Stein, gegen den man praktisch jedes Mal fuhr, wenn man dort ankam. Tatsächlich war Helen nur zweimal dort gewesen, einmal, als Amanda noch klein war – sie hatten zuerst die Mäusekötel und die toten Mäuse zusammenfegen müssen –, und einmal im vergangenen Sommer. An einem freien Wochenende hatte Christian die Familie dazu überredet, hinzufahren.

»Mama, ich möchte da nicht hinfahren. Ich will lieber zum Flamingo-Park«, nölte Amanda.

Lukas wiederum beunruhigten die toten Mäuse, von denen seine Eltern gesprochen hatten.

Für Christian war das Sommerhaus eine fixe Idee, und er erzählte davon, wie man eine alte Familienanekdote erzählt, die immer lustiger wurde, je öfter man sie wiederholte und aufpolierte. Christian verband mit diesem Ort viele Erinnerungen, die unglaublich langweilig klangen, wenn er davon anfing. Sein größter Traum war es, dass die Kinder eine ebenso emotionale Beziehung zu diesem Haus aufbauten wie er früher oder wie Helen zu Sideby.

Sie fuhren an einem Samstagmorgen im Juni zu dem Sommerhaus hinaus. Die Fahrt dauerte dreieinhalb Stunden, im Grunde nicht übertrieben lang, und führte sie durch die schöne ostfinnische Natur. Helen dachte schon, dass es vielleicht doch gar nicht so schlimm war – vielleicht hatte das Haus ja Potenzial, vielleicht sah sie die Dinge ja anders, wenn sie sich ein neues Bild davon machte.

Sie konnten es sich auf keinen Fall leisten, einen alten Hof zu renovieren – ihr ganzes Geld steckten sie schon in ihr eigenes Haus –, aber vielleicht reichten ja ein paar kleine Reparaturen?

Als sie ankamen, schafften sie es kaum bis in die Einfahrt, weil das Gras zwei Meter hoch gewachsen war. Sie mussten sich durchschlagen, um bis zur Treppe zu kommen. Helen ging durch das Gras und stellte sich vor, wie sie von einer Schlange gebissen wurde. Amanda schrie auf und sagte, dass sie gerade von lauter Zecken angesprungen wurde.

»Warum mussten wir zu diesem blöden Haus kommen?«, fragte Lukas.

Christian hatte die Schlüssel geholt, die unter einem Stein im Hof lagen, und die Tür geöffnet, hinter der ihnen ein starker Geruch nach Schimmel entgegenwehte. Helen erkannte ihn sofort. Am Haus selbst war nichts auszusetzen, es war groß und hatte hohe Decken und einen an und für sich sehr hübschen Korkboden vom Anfang des zwanzigsten Jahrhunderts. Aber alles war abgenutzt, leblos, feucht und klamm. Dieses Mal lagen keine toten Mäuse auf dem Fußboden, aber die Luft war abgestanden wie in einer alten Junkiebude, in der zufällig Möbel aus den Dreißigerjahren standen. Christian ging schnell hinein und hielt eine begeisterte Einführung vor einem skeptischen Publikum: Er präsentierte jeden Gegenstand, von dem kitschigen Gemälde, das einen alten Bauernhof darstellte, bis zu einem kleinen Koffer, der angeblich aus Amerika stammte. Er sprach darüber, als wären es magische Objekte, als würde eine Kraft in ihnen wohnen, die niemand außer ihm sehen konnte.

»Wann können wir wieder gehen?«, fragte Lukas, und Amanda nickte.

»Wir brauchen doch nicht so lange zu bleiben, oder?«, fragte sie.

»Aber wir könnten doch hier übernachten?«, schlug Christian vor. »Im Schrank müsste Bettwäsche liegen.«

Helen warf ihm einen strengen Blick zu.

Als sie eine halbe Stunde später wieder im Auto saßen, verkündete Lukas feierlich, dass das Haus schlimmer sei, als er es sich vorgestellt habe. Amanda, die immer eine gute Tochter sein wollte und gerne für ihren Vater Partei ergriff, sagte, dass es ein bisschen eklig war, aber irgendwie, *auf eine gewisse Weise,* doch auch ganz nett.

Während der Fahrt versuchte Helen diplomatisch zu sein.

»Man müsste doch ein bisschen mehr tun, als alles neu zu streichen«, sagte sie, als sie wieder auf die Autobahn fuhren und die Ausschilderung nach Helsinki auftauchte.

»Das Haus hat Schimmel.«

»Woher willst du das wissen?«, fragte Christian.

»Ich weiß es einfach. Ich habe ein sehr gutes Gespür für so was«, antwortete sie.

Christian schwieg eine Weile, als wollte er das Thema fallen lassen. Dann sagte er:

»Okay. Sagen wir mal, du hast recht. Es kann ja durchaus sein, dass Schimmel im Haus ist. Aber ich frage mich, wie du so sicher sein kannst? Weil es ein bisschen muffig riecht? Seit Jahren hat dort niemand mehr gewohnt, alte Häuser müssen so riechen. Oder hast du eine besondere Begabung, den Geruch nach Schimmel wahrzunehmen?«

»Vielleicht habe ich die ja«, sagte Helen.

»Ja, ja. Es ist schon seltsam, wie heutzutage alle über Schimmel reden. In den Siebzigerjahren ist Schimmel nie ein Thema gewesen. Das ist so wie mit dieser Laktoseintoleranz. Plötzlich darf niemand mehr Milch trinken. Und plötzlich haben alle alten Häuser einen Feuchtigkeitsschaden.«

Seitdem hatten sie das Haus nie wieder besucht, und Helen befürchtete, dass das Thema jetzt wieder aktuell wurde, wenn Max und Katriina Råddon verkauften.

Helen hatte Schwierigkeiten, sich auf ihre Arbeit zu konzentrieren, seitdem Ebba ins Krankenhaus eingeliefert worden war. Etwas Schweres schien auf ihr zu lasten, eine Trauer um etwas, was zu verschwinden drohte, nicht nur Ebba, sondern etwas, was sie selbst einmal gewesen war. Ihr kam der Gedanke, dass es einen Teil von ihr gab, den Christian nie verstanden hatte und der vielleicht wichtiger war, als sie zugeben wollte, der ihre Lebenseinstellung ausmachte. Oder vielleicht war es eher so, dass ihr etwas Wichtiges abhandengekommen war, etwas, was sie sehr vermisste.

Sie hatte die ganze Woche versucht, dieses Gefühl in Worte zu fassen. Aber am Freitag rief Christian an und teilte mit, dass er mit Michael erst ins Fitnessstudio und anschließend noch etwas trinken gehen wollte.

»Wir werden zwischendurch bestimmt auch etwas essen, du brauchst für mich also nichts zu kochen.«

»Ihr wollt ausgehen? Aber ihr seid doch erst letzte Woche ausgegangen.«

Christian und Michael hatten seit dem Abendessen bei ihnen zu Hause schon zweimal etwas gemeinsam unternommen.

»Ja, aber das macht doch nichts? Nur zwei, drei Bier. Er kennt die Stadt noch nicht so gut, sagt er.«

»Kennst du sie denn? Du bist doch seit Jahren nicht mehr ausgegangen?«

»Aber ein bisschen bekomme ich ja trotzdem noch mit. Auf der Arbeit höre ich ständig von irgendwelchen neuen Lokalen. Ich dachte, dass wir in dieses neue Restaurant an der Erottajankatu gehen, das Essen dort soll gut sein.«

»Aha. Okay«, meinte Helen.

Als sie nach Hause kam, legte sie Fischstäbchen und Pommes auf das Backblech, schob es in den Ofen und ließ die Kinder anschließend vor dem Fernseher essen. Sie selbst legte sich ins Bett und versuchte nicht daran zu denken, worüber Christian und Michael sich wohl unterhalten würden, wenn sie in der Stadt waren. Sie ging ins Wohnzimmer, aß die Reste von den Tellern der Kinder und betrachtete sie eine ganze Weile, während sie vor dem Fernseher saßen.

Christian kam erst um vier Uhr nachts nach Hause. Sie wusste, wie spät es war, weil sie aufwachte, als er wie ein Stein ins Bett fiel. Am nächsten Morgen stand er bereits um acht Uhr auf, wirkte während des Frühstücks aber immer noch betrunken und äußerte sich nur unzusammenhängend darüber, was sie unternommen hatten – sie waren in einem Nachtklub gelandet und mussten später eine Stunde lang auf ein Taxi warten –, sodass Helen ihn fragte, ob es nicht besser wäre, wenn er sich wieder hinlegen würde.

Er stand erst um zwölf wieder auf, immer noch müde und verkatert, und setzte sich an den Computer.

»Ich dachte, dass ich mit den Kindern einen Ausflug zum Rodelhang mache«, sagte sie und ging ins Wohnzimmer. Er hatte sein Telefon in der Hand. Wem schrieb er eine SMS? Michael?

»Hattet ihr Spaß gestern Abend?«

»Ja, unheimlich.«

»Schreibst du ihm gerade eine SMS?«

»Ja, wir überlegen, ob wir heute wieder ins Studio gehen.«

»Aha«, sagte Helen, »ihr seid jetzt also richtige Kumpel geworden?«

»Ich weiß nicht. Es ist ja nur Sport.«

Sie konnte nicht glauben, dass dies derselbe Christian war, der vor Kurzem noch darauf bestanden hatte, dass sie sich Butterbrote für die Fährfahrt schmierten, der lieber den Spatz in der Hand als die Taube auf dem Dach hatte, der niemals die Kontrolle verlor. Was war an Michael dran, dass er sich plötzlich so benahm? War es eine frühe Midlife-Crisis? Versuchte er die als Kleinkindvater verlorenen Jahre nachzuholen?

Am Abend fragte sie ihn, ob sie nicht Sex haben könnten. Sie lagen im Bett und hatten sich gerade eine Fernsehserie auf DVD angeschaut. Die Kinder waren früh in ihre Zimmer gegangen und schliefen. Er reagierte sofort – drehte sich um und legte sich auf sie, zog die Unterhosen herunter, und in weniger als zehn Minuten war es vorüber.

»Danke, das war schön«, sagte er.

»Ja, das war es. Wir sollten öfter Sex haben.«

»Das sollten wir wirklich.«

Für eine Weile wurde es still, und Helen begann bereits einzuschlummern, als er plötzlich zu sprechen begann.

»Ich habe über etwas nachgedacht«, sagte er.

»Mhm.«

»Dass wir einander eigentlich gar nicht kennen. Ich meine, wir kennen uns natürlich, aber wir wissen nichts darüber, wie der andere gelebt hat, bevor die Kinder kamen. Wir haben uns kennengelernt und Kinder bekommen, und damit begann sozusagen unser gemeinsames Leben, aber wer wir davor waren, davon weiß der andere gar nichts. Mir kommt es fast so vor, als hätte vor Amanda und Lukas eine andere Person mein Leben geführt.«

»Du meinst, diese ganze Musik, die du jetzt auf einmal hörst?«

»Ja ... aber nicht nur das. Oder doch, das trifft es schon ganz gut. Ich habe mit diesen ganzen Dingen aufgehört, weil ich dachte, das macht man so. Dass man alles hinter sich lässt.«

»Aber ich habe dich nie darum gebeten.«

»Nein, ich weiß, ich weiß. Ich weiß selber nicht, warum ich das gemacht habe. Aber ich habe mich ziemlich lange mit Michael darüber unterhalten, und dabei ist mir klar geworden, dass ich vielleicht nicht mehr richtig ich selbst bin. Er hat sich nicht verändert, nur weil er Kinder bekommen hat.«

»Nein, aber seine Frau ist auch tot. Und woher weißt du, dass er sich nicht verändert hat?«

»Weil er es sagt.«

»Aha. Also, was würdest du gerne tun? In einer Band spielen? So etwas in der Art?«

»Ja, vielleicht. Zum Beispiel.«

Sie schwiegen eine Weile.

»Er scheint eine Menge zu wissen. Er hat eine unheimliche Allgemeinbildung.«

»Wer? Michael?«

»Ja, genau.«

»Du scheinst ihn ja ein bisschen zu bewundern?«

Christian widersprach.

»Nein, das nun auch wieder nicht, aber es muss doch mal gesagt werden, wenn jemand so gebildet ist!«

Sie lagen eine Weile schweigend da, und Helen schlummerte beinahe wieder ein, aber es gelang ihr, sich selbst davon abzuhalten. Sie konzentrierte sich auf das Zimmer und die letzte Bemerkung, die sie unbedingt loswerden wollte.

»Christian?«

»Ja?«

»Ich glaube, ich möchte nach Kristinestad fahren und Fammo besuchen.«

»Wann?«

»So bald wie möglich. Am nächsten Wochenende vielleicht?«

»Klar.«

Vor dem Einschlafen machte sie noch einen Plan: Sie würde sich einen Tag von der Schule freinehmen und hinfahren.

35

Eva saß im Dunkeln, mitten in ihrer Installation. Es war der dreizehnte März. In den vergangenen Tagen war es wärmer geworden in London, man konnte in der Sonne sitzen und Kaffee trinken, man konnte lange Spaziergänge am Fluss unternehmen, ohne zu frieren, man konnte beinahe das Gefühl bekommen, dass das Dasein erträglich war, dass es schon hinter der nächsten Ecke irgendwas gab, auf das es sich zu warten lohnte.

Sie hatte ihre Installation innerhalb von zwei Wochen aufgebaut. Sarah hatte ihr in der Galerie viel Platz überlassen. Eva kam jeden Morgen und überlegte, plante, manchmal dachte sie nicht einmal ans Essen, und dann überraschte Sarah sie mit einem Imbiss. Manchmal arbeitete sie, bis sie entdeckte, dass es bereits zwei Uhr nachts war und an der Zeit, nach Hause zu gehen. Die anderen Schüler fertigten ihre Kunstwerke in der Hochschule an, aber Eva hatte die Erlaubnis bekommen, es direkt an seinem Standort aufzubauen. Sie benutzte Schlagbohrer und Stahlseile, Sarah unterstützte sie beim Ausrechnen der Winkel und Höhen. Die zeitraubendste Arbeit war das Flechten der Hülle, die ihre Kote umgeben sollte. Sie fertigte sie teilweise aus den Zweigen, die sie in Kristinestad gesammelt hatte. Den Rest hatte sie sich in drei großen Ikea-Kartons aus dem nächstgelegenen Wald geholt, den sie und Russ auf Google Maps ausfindig gemacht hatten. Sie kam auf die Idee, das

Bibelzitat auf Schwedisch und auf Englisch in alter, österbottnischer Tradition als Häkelarbeit anzubringen: »Hier ist nichts anderes als Gottes Haus, und hier ist die Pforte des Himmels.«

Jetzt war sie so gut wie fertig und musste nur noch die Beleuchtung im Inneren der Kote installieren. In der hintersten Ecke stand ein kleiner Fernseher, auf dem ein Film gezeigt wurde, den sie mit Helens Hilfe zusammengestellt hatte. Er bestand aus kurzen Ausschnitten von Filmen, die Max gemacht hatte, als sie noch klein waren. Eva fand, dass die einfachen Achtmillimeterfilme ohne Ton eine unmittelbare Ästhetik besaßen.

Sarah krabbelte in die Kote und schaute sich in aller Ruhe um.

»Mir gefällt es hier. Es ist so harmonisch. Die meisten, die bei uns ihre Werke zeigen, arbeiten mit einer Art Ästhetik der Hässlichkeit. Es ist selten, dass jemand die Schönheit so unmittelbar zu umarmen wagt.«

Eva freute sich über das Kompliment. Sie hatte in letzter Zeit viel über die Liebe nachgedacht. Dass es vielleicht gar nicht so schlimm war, Dinge aus Liebe zu tun. Man muss ja nicht immer drüberstehen. Es hatte auch seinen Reiz, einmal keine dicke Mauer aus Ironie zwischen sich und seinem Gegenüber hochzuziehen.

»Ich möchte mich noch mal für Malik entschuldigen. Ich habe ihn lange nicht mehr so schlimm erlebt. Aber so ist es nun einmal, wenn man bipolar ist, dann endet die manische Periode früher oder später damit, dass man gegen eine Wand rennt. Erzähl es niemandem, aber ich glaube, dass er in ein Mädchen an eurer Schule verliebt war. Als sie Schluss mit ihm gemacht hat, ist er ausgeflippt.«

Eva wusste nicht, was sie sagen sollte.

»Aber stört es dich nicht … ich meine, ihr seid schließlich verheiratet?«

Sarah lachte. Sie schaute Eva an, und plötzlich erinnerte sie unheimlich an Katriina, in der Art, wie sie die Frage wegwischte.

»Unsere Ehe funktioniert seit über zehn Jahren nicht mehr. Ich weiß nicht einmal mehr, ob ich überhaupt noch auf Männer stehe. Aber ich kann ja nicht einfach … irgendjemand muss sich um ihn kümmern. Jemand muss dafür sorgen, dass er Hilfe bekommt, wenn er welche braucht. Die meiste Zeit gelingt es ihm ja, ein halbwegs normales Leben zu führen. Seine Familie ist total durchgeknallt, aber das habe ich dir ja schon erzählt. Du weißt ja, das ist vererbbar.«

Als Eva an diesem Abend nach Hause ging, nahm sie den Weg über St. Paul's und setzte sich auf die Treppe. Das Occupy-Camp war Ende Februar geräumt worden, und viele hatten aufgegeben. Ein Teil hatte seine Zelte ganz in der Nähe, am Finsbury Square, wieder aufgebaut, aber die große Bewegung war zersplittert. Jetzt standen Touristen unten auf dem Platz vor der Kirche, als wäre nichts geschehen oder als wäre alles wieder zur Normalität zurückgekehrt, und das Leben ging unerbittlich weiter. Es war traurig, dachte sie. Dass eine weltumspannende Revolution und totales Vergessen so nahe beieinanderlagen. Ein warmer Windhauch fuhr unter ihren Pulli. Sie stand auf und machte sich auf den Heimweg.

Juni

36

Max fühlte sich, als hätte er sein ganzes erwachsenes Leben nur auf diesen einen Augenblick gewartet. Er streckte sich, drückte Rücken und Schultern durch, schaute auf seinen Zettel hinunter.

Er sollte bei der Hochzeit seiner jüngsten Tochter eine Rede halten, und er war so aufgeregt, dass er nicht wusste, wo er anfangen sollte.

Er hatte auch auf Helens Hochzeit eine Rede gehalten, aber das hier war etwas anderes. Als Eva geboren wurde, erlebte er alles bewusster, er wiegte sie an unzähligen Abenden in den Schlaf, hielt sie im Arm, während er Rachmaninow hörte, dem er in jenem Herbst Anfang der Achtzigerjahre ganz verfallen war. Das waren erhabene Momente, und während der ganzen Zeit stellte er sich vor, wie sie eines Tages eine erwachsene Frau sein würde – dass er eine Rede für sie halten und genau diese Worte sagen würde. Als ob sich ihre Beziehung durch genau diesen Augenblick definieren würde, in dem sie ihn verließ und er sagen konnte: So warst du. So ging es uns. So sah unser gemeinsames Leben aus. Das habe ich getan.

Es spielte keine Rolle, dass er Russ kaum kannte. Er schien ein angenehmer Mensch zu sein, und Max gefiel er in jeder Beziehung ausgezeichnet. Was wäre die Alternative gewesen? Das Leben ging weiter. Die einen trennten sich, die anderen heirateten.

Jetzt stand er in der Mitte der Tafel im Festsaal des Ruderstadions und schlug mit einem Messer gegen sein Glas, bis er die ungeteilte Aufmerksamkeit der Gäste hatte.

Draußen war alles grün, hellgrün, wie immer zu Beginn des Sommers, wenn noch nichts verblüht ist, wenn noch tausend Versprechungen und unendliche Möglichkeiten in der Luft liegen. Es war kein Zufall, dass man den Frühling immer mehr zu schätzen wusste, je älter man wurde. Er war ein konkreter Beweis dafür, dass das Leben jedes Jahr neu geboren wurde, dass immer noch Zeit war.

Er hatte seine Rede auf einen Zettel geschrieben, der mittlerweile schweißfeucht und zerknittert war, aber er faltete ihn auseinander und ließ ihn vor sich auf den Tisch sinken. Er hatte seine Lesebrille dabei, war aber sicher, dass er seine Rede auswendig vortragen konnte. Er hatte sie schon so viele Male gelesen.

Er räusperte sich, lächelte zu Eva hinüber – sie trug ein hellgelbes Kleid –, lächelte Russ an – er hatte sich die Haare schneiden lassen und seinen Schnurrbart gestutzt – und hob an:

»Ja, meine lieben Freunde. Für einen finnischen Soziologen ist es undenkbar, eine Hochzeitsrede zu halten, ohne Edvard Westermarck zu erwähnen. Woran wir uns bei Edvard Westermarck heute am meisten erinnern, abgesehen von seiner Kritik an Freud, ist seine Pionierarbeit, was die Geschichte der Ehe betrifft. Es gibt eine sehr schöne schwedische Ausgabe, aus der wir einiges über die Eherituale in weiten Teilen der Welt lernen können. Jetzt lebte Westermarck zwar am Ende des neunzehnten Jahrhunderts, und die ethnologischen Erkenntnisse dieser Zeit waren zweifellos von einem kolonialistischen Blickwinkel geprägt, darüber hinaus stammt ein Teil seiner Geschichten aus Gesprächen, die er mit Missionaren geführt hat, aber nichtsdestotrotz kann es interessant sein, sich anzuschauen, was der gute Edvard über die Ehe als Institution zu sagen hat. Ich werde ein wenig aus seinen Aufzeichnungen vorlesen.«

Er räusperte sich erneut.

»Bevor ein junger Macusi-Indianer aus Britisch-Guayana sich eine Frau nehmen darf, muss er beweisen, dass er ein Mann ist und die Arbeit eines Mannes ausführen kann. Ohne mit der Wimper zu zucken, erträgt er, dass ihm Fleischwunden zugefügt werden oder dass er in eine Hängematte voller Feuerameisen eingenäht wird. Oder er zeigt seinen Mut in anderen, vergleichbaren Prüfungen.«

Die Hochzeitsgäste lachten.

Max nahm Blickkontakt mit Katriina auf, die ein Glas hielt und es auf dem Tisch abstellte. Ihr Lächeln war starr, beinahe verächtlich. Max' Blicke fanden seine Schwester. Der Saal war hell erleuchtet, aber die Birken vor den Fenstern warfen Schatten an die Wände. Elisabeth schaute ihn an, wie sie es immer getan hatte, mit einer leicht amüsierten Miene, als wäre sie die einzige Person auf der Welt, die wusste, dass er eigentlich nur eine Rolle spielte. Dass alles nur Theater war.

Eva übersetzte für Russ, der bemüht mitlachte.

Max fuhr fort:

»Dear Russ, du solltest dich glücklich schätzen, dass du im einundzwanzigsten Jahrhundert heiratest. Wenn du es im neunzehnten Jahrhundert getan hättest, wäre es vielleicht nicht ganz so einfach gewesen. In Sibirien ging der zukünftige Schwiegervater in den Wald und fällte den dicksten Baum, den er finden konnte. Der Schwiegersohn musste diesen Baum dann bis zum Dorf zurücktragen. Nur wenn er es schaffte, taugte er als Ehemann.«

Mehr Gelächter im Saal. Max dachte, dass er sich durchaus noch ein paar weitere Beispiele leisten konnte, er war ja gerade erst warm geworden.

»Jetzt zitiere ich Westermarck wörtlich.«

Max nahm das Buch, eine Ausgabe von 1923, und las laut daraus vor.

»Bei den Wapokomo in Britisch-Ostafrika verhindert eine Vorschrift allzu frühzeitige Eheschließungen. Sie besagt, dass kein junger Mann heiraten darf, bevor er nicht ein Krokodil getötet und der Frau einen Teil des Fleisches zu essen gegeben hat. Und von etlichen Stämmen in Südostasien, die die Jagd auf Menschenköpfe pflegen, sagt man, dass kein Mann heiraten darf, wenn er nicht mindestens ein Haupt als Zeichen seiner Tapferkeit vorzeigen kann.«

Max nahm erneut Blickkontakt mit Katriina auf, die unsäglich gelangweilt aussah. Sie starrte auf ihr Weinglas.

»Aber natürlich geht es bei der Ehe nicht um diese Art von Kraftproben, sondern um ganz andere Prüfungen. Einen Schrumpfkopf herstellen oder ein Krokodil töten, das kann ja jeder …«

Das Publikum lachte schallend.

»… die wirklich schwere Aufgabe – ja, das werdet ihr gemeinsam entdecken dürfen – besteht darin, dass man einander nicht aus den Augen verliert, dass man es schafft, durch den anderen zu leben und nicht durch sich selbst. Darüber hat Westermarck auch geschrieben. Westermarck selbst ist sein ganzes Leben lang unverheiratet geblieben, und heute scheint es allgemein anerkannt zu sein, dass er homosexuell war. Aber er hat die Aufmerksamkeit auf ein interessantes Detail gelenkt: Man spricht selten über die glücklichen Ehen. Er schreibt: ›Es sind nicht sie, die Theater, Kino und Schriftsteller zu ihren Geschichten inspirieren.‹ Bei euch beiden bin ich allerdings davon überzeugt, dass ihr mehr Verstand habt als ich und Evas Mutter. Wir haben ja ziemlich lange durchgehalten, wie ihr alle wisst, aber *shit happens*.«

Max bekam keine Reaktion aus dem Publikum oder von Katriina. Er schaute zu Helen. Sie sah erschrocken aus. Er räusperte sich ein weiteres Mal.

»Russ! Wir haben einander noch gar nicht richtig kennengelernt, aber nach allem, was ich beobachtet habe, machst du meine Tochter sehr glücklich. Wir müssen einfach nachsichtig damit umgehen, dass du aus London kommst – einer Stadt, über die Westermarck im Übrigen schrieb, dass sie ›den Nebel braucht, um ihre hässliche Architektur zu verbergen‹. Ein Prosit auf das Brautpaar!«

Alle hoben die Gläser, auch Katriina, die Max jetzt mit einem neuen Ausdruck betrachtete, als hätte sie die Absicht, sich gleich zu erheben und eine außerordentlich sarkastische Bemerkung zu machen.

Max hatte sich von seiner Arbeit beurlauben lassen und war nach London geflogen, um sich Evas Ausstellung anzuschauen. Er wohnte für eine Woche in einem allzu teuren Hotel in der Nähe des Hydeparks, aß mit Eva und Russ zu Abend, wenn sie Zeit hatten, und unternahm ausgedehnte Spaziergänge durch das frühlingshafte und blühende London. Eines Tages aß er allein zu Abend und hätte fast eine Unterhaltung mit zwei Männern begonnen, die am Nebentisch saßen und sich Geschichten über den Zweiten Weltkrieg erzählten. Max hätte gerne an der Konversation teilgenommen, ihnen eröffnet, dass er aus Finnland kam, und vom Winterkrieg erzählt – diese Männer schienen sich durch so etwas beeindrucken zu lassen, und es wäre schön gewesen, sich mit jemandem in seinem Alter zu unterhalten. Aber jedes Mal, wenn er versuchte, Blickkontakt herzustellen, wollte es ihm nicht gelingen. Er saß also daneben und hörte zu, ein oder zwei Stunden lang, während die Männer immer lauter wurden und sich am Ende zu streiten begannen. Max verließ das Restaurant mit dem Gefühl, dass er sehr viel mehr Zeit bräuchte, um einen Ort wie London zu verstehen. Als er am nächsten Tag ins British Museum ging, erfuhr er zu seiner Enttäuschung, dass der Reading Room, in dem auch Westermarck gesessen hatte, vorübergehend geschlossen war, da das Museum eine neue Ausstellung vorbereitete. Er ging in den Museumsshop und wollte sich eine Buchstütze in Form des Gottes Anubis kaufen, aber als er zur Kasse kam, fiel ihm plötzlich ein, dass alle seine Bücher in Kisten verpackt waren. Dass er gar kein Arbeitszimmer mehr hatte.

Max stand immer noch vor seinen Zuhörern.

»Ja, das war ungefähr alles, was ich sagen wollte. Beziehungsweise – nur eines noch – wenn ich schon hier stehe, möchte ich die Gelegenheit ergreifen und sagen, wie stolz ich auf euch bin. Auf meine beiden Töchter. Ihr macht euren Vater so glücklich. Macht weiter so.«

Er ließ seinen Blick durch den Saal wandern. Zu Katriina, zu Eva, zu Helen und Christian und den Enkelkindern. Russ saß neben Eva und sah aus wie ein Mann, der gerade im Lotto gewonnen hat. Elisabeth war da und Ebba, die im Rollstuhl saß. Bemerkenswerterweise sah seine Mutter so munter aus wie schon seit vielen Jahren nicht mehr. Vielleicht würde sie sie alle noch überleben.

Nach dem Beifall ging Max zu Ebba und küsste sie auf die Stirn. Elisabeth begrüßte ihn.

»Schöne Rede. Auf den Mund gefallen bist du jedenfalls nicht«, sagte sie.

Risto kam auf ihn zu, klopfte ihm auf die Schulter und wollte ihm gratulieren. Jemand hatte Musik aufgelegt, Beach Boys, und sie strömte aus den Lautsprechern und füllte den Saal. Die Leute standen auf dem Balkon und unterhielten sich. Max schaute sich um und fand Evas Blick. Sie stand in ihrem hellgelben Leinenkleid in der Tür zum Speisesaal.

Max ging zu Helen. Sie hatte Lukas auf dem Schoß. Er war gerade vor ein paar Wochen erst sechs geworden. Amanda, die ein blaues Kleid trug, spielte mit einem blauen Luftballon.

»Sagst du Guten Tag zu Moffa?«, fragte Helen.

»Hallo, Moffa«, sagte Amanda.

»Wie lange müssen wir auf dieser Scheißhochzeit bleiben?«, fragte Lukas.

»Was haben wir über dieses Wort gesagt, Lukas?«

Sie hatten beinahe zweihundert Gäste eingeladen. Zwanzig davon kamen aus England. Sie bildeten eine kleine Clique in einer Ecke des Saals, und Max vermutete, dass die meisten von ihnen gemeinsame Freunde von Eva und Russ waren. Von Russ' Familie waren nur seine Mutter und seine Schwester mit ihren Kindern gekommen. Max und Katriina waren ihnen vorgestellt worden, ganz kurz, und er fragte sich, ob sie einander jemals besser kennenlernen würden oder ob es das erste und letzte Mal war, dass er die Schwiegermutter seiner Tochter traf.

Er fand Katriina draußen auf dem Balkon. Sie saß auf einer Bank und rauchte. Sie war schön, und Max hasste sich selbst für diesen Gedanken.

»Gar nicht so schlecht, diese Hochzeit.«

»Nein, ganz und gar nicht«, antwortete sie.

»Hast du mit der Mutter gesprochen?«

»Nur ein bisschen. Sie macht einen netten Eindruck. Und du?«

»Nein, gar nicht. Seine Schwester ist sehr jung.«

»Auch nicht viel jünger als ich bei Helens Geburt.«

»Nein, vielleicht nicht.«

Als Max dort saß, mit der Mittsommersonne hoch oben am Himmel, in der milden Luft – ganz ohne Mücken –, kam es ihm vor, als hätte sich gar nichts verändert. Er hätte sich an Katriina lehnen, einen Arm um sie legen und die ganze Nacht so sitzen bleiben können.

»Was guckst du so?«, fragte sie.

DANK

Viele Menschen haben zu der Entstehung dieses Buchs einen Beitrag geleistet. Professor JP Roos von der Universität Helsinki stand mir in einer frühen Phase großzügig mit Literaturhinweisen zur Seite, stellte sich für ein Interview zur Verfügung und gab wertvolle Kommentare zu dem Manuskript ab, als es allmählich seine endgültige Form annahm. Sture Sunabacka erzählte, wie es war, in den Siebzigerjahren als Österbottning nach Helsinki zu kommen, und Em Weirdigan teilte ihre Erfahrungen von vier Monaten in der Occupy-Bewegung in London mit mir. Ulf Månsson half mir mit juristischen Formulierungen, die ebenfalls ihren Weg ins Buch fanden.

Edvard Westermarcks Memoiren waren eine faszinierende und gleichzeitig unterhaltsame Lektüre während der Entstehung des Romans, ebenso seine Bücher über die Institution der Ehe. Es sollte wirklich jemand eine Westermarck-Biografie schreiben. Die letzte, verfasst von Rolf Lagerborg, erschien in den Fünfzigerjahren und ist bei Weitem nicht vollständig.

Als Einführung in die Kunstszene las ich Sarah Thorntons *Sieben Tage in der Kunstwelt.* Michael Foleys Essaysammlung *The Age of Absurdity: Why Modern Life Makes it Hard to be Happy* hatte einen gewissen Einfluss auf den Soziologieprofessor Max und seine Sicht auf die Welt. Das Sommerhaus der Familie Paul heißt »Råddon«, ein Wort, das ich in Lars Huldéns

Gedichtsammlung *Långdansen* (1976) gefunden habe. Ebenfalls erwähnen möchte ich Claire Messuds Roman *Des Kaisers Kinder* (2006), dem ich die Idee verdanke, Max über den Artikel in der *Helsingin Sanomat* vorzustellen.

Pia Ingström vertrat mich während meiner Beurlaubung vom *Hufvudstadsbladet*, und meine Kollegin Lena Skogberg hat das Manuskript gelesen, als ein frischer Blick darauf nötig war. Mein Dank gilt auch dem *Svenska Kulturfonden*, *Östersjöns översättar- och författarcentrum* in Visby und dem *Kulturfonden för Sverige Finland*.

Vielen Dank auch an meine Lektorinnen Sara Ehnholm Hielm, Nina Eidem und Lotta Sonninen für alle Kommentare und Verbesserungen – und vor allem für ihre Geduld.

Und schließlich noch ein großes Dankeschön an Malin, die mich während der ganzen Zeit unterstützt hat. Das macht ALLES so viel einfacher. Ich liebe dich.